本项目受广东省宣传文化发展专项资金资助出版

粤派评论丛书

专题研究

「粤派评论」视野中的「打工文学」

柳冬妩 著

SPM
南方出版传媒
广东人民出版社
·广州·

图书在版编目（CIP）数据

"粤派评论"视野中的"打工文学" / 柳冬妩著. —广州：广东人民出版社，2018.1
（粤派评论丛书）
ISBN 978-7-218-12169-7

Ⅰ．①粤…　Ⅱ．柳…　Ⅲ．①中国文学—当代文学—文学评论—文集　Ⅳ．①I206.7-53

中国版本图书馆CIP数据核字（2017）第260595号

"YUEPAI PINGLUN" SHIYE ZHONG DE "DAGONG WENXUE"
"粤派评论"视野中的"打工文学"　柳冬妩 著　版权所有　翻印必究

出 版 人：肖风华

责任编辑：梁　茵　廖志芬
装帧设计：张绮华
排　　版：广州市奔流文化传播有限公司
责任技编：周　杰　吴彦斌

出版发行：广东人民出版社
地　　址：广州市大沙头四马路10号（邮政编码：510102）
电　　话：（020）83798714（总编室）
传　　真：（020）83780199
网　　址：http://www.gdpph.com
印　　刷：珠海市鹏腾宇印务有限公司
开　　本：787毫米×1092毫米　1/16
印　　张：21.5　字　数：340千
版　　次：2018年1月第1版　2018年1月第1次印刷
定　　价：88.00元

如发现印装质量问题，影响阅读，请与出版社（020-83795749）联系调换。
售书热线：（020）83795240

"粤派评论丛书"编辑委员会

(按姓氏音序排列)

学术顾问: 陈思和　温儒敏

总 主 编: 蒋述卓

执行主编: 陈剑晖　郭小东　贺仲明　林　岗　宋剑华

编　　委: 陈剑晖　陈平原　陈桥生　陈小奇　古远清
　　　　　　郭小东　贺仲明　洪子诚　黄树森　黄天骥
　　　　　　黄伟宗　黄修己　黄子平　蒋述卓　林　岗
　　　　　　刘斯奋　饶芃子　宋剑华　谢有顺　徐南铁
　　　　　　许钦松　杨　义　张　柠

总 序

近百年来中国文坛,"京派批评""海派批评"以及20世纪80年代崛起的"闽派批评"已是大家公认的文学现象,但"粤派评论"却极少被人提起。事实上,不论从地域精神、文化气质,还是文脉的历史传承,抑或批评的影响力来看,"粤派评论"都有着独特精神气质和文化品格,有它的优势和辉煌。只不过,由于历史、现实、文化和地域的诸多原因,"粤派评论"一直被低估、忽视乃至遮蔽。有鉴于此,我们认为,以百年粤派文学以及美术、音乐、戏剧、影视等评论为切入点,出版一套"粤派评论丛书",挖掘被历史和某种文化偏见所遮蔽的"粤派评论"的价值,彰显粤派文学与文化的独特内涵和深厚底蕴,不仅能更好地展示广东文艺评论的力量,让"粤派评论"发出更响亮的声音,而且有助于增强广东文化的自信,提升广东文化的影响力,促进区域文化的繁荣发展。

出版这套丛书,有厚实、充分的历史、现实、文化和地域等方面的依据。

第一,传统文化的影响。岭南文化明显不同于北方文化。如汉代以降以陈钦、陈元为代表的"经学"注释,便明显不同于北方"经学"的严密深邃与繁复,呈现出轻灵简易的特点,并因此被称为"简易之学"。六祖惠能则为佛学禅宗注进了日常化、世俗化的内涵。明代大儒陈白沙主张"学贵知疑",强调独立思考,提倡较为自由开放的学风,逐渐形成一个有粤派特点的哲学学派。这种不同于北方的文化传统,势必对"粤派评论"的形成起到潜移默化的作用。

第二,文论传统的依据。"粤派评论"的起源可追溯到晚清,黄遵宪的"诗界革命",梁启超的"小说界革命"的倡导,开创了一个时代的风潮,在

全国产生了普泛的影响。上世纪二三十年代，黄药眠在《创造周报》发表大量文艺大众化、诗歌民族化的文章，风行一时。钟敬文措意于民间文学，被视为中国民间文学的创始人。新中国建立后的"十七年"，"粤派评论"的代表人物有黄秋耘、萧殷、梁宗岱等人。新时期以来，"粤派评论"也涌现出不少在全国具有一定知名度的文艺评论家。如饶芃子、黄树森、黄修己、黄伟宗、洪子诚、刘斯奋、杨义、温儒敏、谢望新、李钟声、古远清、蒋述卓、陈平原、程文超、林岗、陈剑晖、郭小东、宋剑华、陈志红等，其阵容和影响力虽不及"京派批评"和"海派批评"，但其深厚力量堪比"闽派批评"，超越国内大多数地域的文艺评论阵营。如果视野和范围再开放拓展，加上饶宗颐、王起、黄天骥等老一辈学者的纯学术研究，则"粤派评论"更是蔚为壮观。

第三，地理环境的优势。从地理上看，广东占有沿海之利，在沟通世界方面具有得天独厚的优势；同时，广东处于边缘，这既是劣势也是优势。近现代以来，粤派学者在中西文化交汇的背景下，感受并接受多种文明带来的思想启迪。他们视野开阔，思维活跃，不安现状，积极进取，敢为人先，因此能走在时代变革的前列。黄遵宪、康有为、梁启超、孙中山等是这方面的代表人物。他们秉承中国学术的传统，又开创了"粤派评论"的先河。这种地缘、文化土壤的内在培植作用，在"粤派评论"的发展过程中是显而易见的。

"粤派评论"有属于自己的鲜明特点。

第一，中国现当代文学史写作，是"粤派评论"最为鲜亮的一道风景线。在这方面，"粤派评论"几乎占了文学史写作的半壁江山，而且处于前沿位置，有的甚至成为中国现当代文学史写作的高地。比如20世纪80年代，钱理群、陈平原、黄子平联合发表的著名论文《论二十世纪中国文学》，其中陈平原、黄子平均为粤人。洪子诚的《中国当代文学史》以方法先进、富于问题意识、善于整合中西传统资源和吸纳同时代前沿研究成果著称，它与陈思和的《中国当代文学史教程》被学界誉为中国现当代文学史的"南北双璧"。杨义的三卷本《中国现代小说史》是比较方法运用在文学史写作的有效实践，该著材料扎实，眼光独到，分析文本有血有肉，堪与夏志清的《中国现代小说史》比肩。此外，温儒敏的《中国现代文学批评史》、黄修己的《中国现代文学发展史》、古远清的港台文学史写作，也都各具特色，体现出自己的史观、史识和史德。

第二,"粤派评论"注重文艺、文化评论的日常化、本土经验和实践性。粤派评论家追求发现创新,但不拒绝深刻宽厚;追求实证内敛,而不喜凌空高蹈;追求灵动圆融,而厌恶哗众取宠。这就体现了前瞻视野与务实批评的结合,经济文化与文艺批评的合流,全球眼光与岭南乡土文化挖掘的齐头并进,灵活敏锐与学问学理的相得益彰,多元开放与独立文化人格的互为表里。粤派评论家有自己的批评立场、批评观念,亦有自己的学术立足点和生长点。他们既面向时代和生活,感受文艺风潮的脉动,又高度重视审美中的文化积累和文化传承;既追求批评的理论性、学理性和体系建构,又强调批评的实践性,注重感性与诗性的个性呈现。

我们认为,建构"粤派评论",不能沿袭传统的流派范畴与标准,它不是一种具有特定文化立场、一致追求趋向和自觉结社的理论阐释行动。它只是一个松散的、没有理论宣言与主张的群体。因此,没有必要纠结"粤派评论"究竟是一个学派,还是一个地域性的概念,但有一点可以肯定:"粤派评论"已是一个客观存在的文化实体,即虽具有地方身份标识,却不局限于一地之见的文艺理论家、批评家群体。

党的十九大报告指出,发展中国特色社会主义文化,就是以马克思主义为指导,坚守中华文化立场,立足当代中国现实,结合当今时代条件,发展面向现代化、面向世界、面向未来的,民族的科学的大众的社会主义文化,推动社会主义精神文明和物质文明协调发展。广东省委宣传部策划、组织、指导编纂出版"粤派评论丛书",是贯彻落实十九大关于文化建设发展精神的一项重要举措,是讲好中国故事、传播中国声音、阐发中国精神、展现中国风貌的一次文化实践。我们坚信,扎根广东、辐射全国的"粤派评论"必将成为新时代坚定文化自信、实现中华民族伟大复兴路上其中一块最稳固的基石。

"粤派评论丛书"编辑委员会

作者近照

作者简介：

柳冬妩，本名刘定富，安徽霍邱县人。国家一级作家。中国作家协会会员、广东省文艺评论家协会副主席、东莞文学艺术院副院长，广东省首届签约文学评论家。荣获第五届中国文联文艺评论奖、第九届中国文联文艺评论奖等奖项。独立主持完成国家社科基金项目、广东省哲学社科项目、广东省重点文学创作项目等多项。在《读书》《天涯》《文艺争鸣》《南方文坛》《当代文坛》《小说评论》《文艺理论与批评》《扬子江评论》《鲁迅研究月刊》等刊物发表文学评论一百多万字，被《新华文摘》《新华文摘精华本》《读书三十年精粹》《中国学术年鉴》《北大年选》等转载和收入三十多万字。出版的著作有：《明星写真》《从乡村到城市的精神胎记——中国打工诗歌研究》《梦中的鸟巢》《内部的叙述》《打工文学的整体观察》《解密〈变形记〉》《东莞新世纪作家群研究》《江山幽处客重经——一个家族的诗歌史》《"粤派评论"视野中的"打工文学"》。

目 录

导论　广东打工文学发展概述 / 1

一、打工小说 / 3

二、打工诗歌 / 15

三、打工散文 / 20

四、打工纪实 / 24

五、纯文学与俗文学 / 28

第一章　一种先锋性文学

一、《别人的城市》与林坚的先锋面影 / 6

二、《幸福咒》与曾楚桥的后现代书写 / 31

三、《白斑马》与王十月的神秘书写 / 35

四、《寻根团》：发掘人类生存之谜 / 45

第二章　匿名者的身份追问

一、农民：走在城市和乡村的线上 / 55

二、打工：一个沧桑的词 / 83

三、盲流：反抗背后的呐喊与疼痛 / 114

四、来自底层的身份叙述 / 125

第三章　发现和重塑被遮蔽的身体

一、他们拥有身体而且他们就是身体 / 142

二、疾病的隐喻 / 151

三、性的真实镜像 / 160

四、身体叙事：事件的烙印 / 168

五、打工现场的身体修辞 / 179

六、一种有声音的写作 / 192

第四章　珠三角新型城镇化的文学想象

一、对城中村的现场书写 / 212

二、新型城镇里的命运简图 / 230

三、深南大道的寓言化书写 / 248

四、空间变迁中的身位与场位　255

五、哪一枚坠落的是乡愁 / 267

第五章　"世界工厂"的相对性书写
——以王十月《国家订单》为例

一、小老板的人性探询 / 286

二、张怀恩的性格探询 / 292

三、"中国制造"的历史探询 / 297

四、世界相对性的探询 / 300

导论
广东打工文学发展概述

打工文学是当代最具冲击性和辨识性的一种粤派文学类型，它的发生与发展，无疑是广东乃至中国当代文学史上最重要的事件之一。李敬泽说过，广东省拿十次茅盾文学奖的意义，都比不上广东出了打工文学。广东打工文学的整体崛起，既是一种文学现象，也是一种文化现象。打工文学已经成为醒目的粤派文化符号。对打工文学的形成原因，从地域文化、历史传统、个人和社会等方面进行全方位的探讨与论证，重点评述代表性作家的重要作品，努力保存打工文学创作的珍贵记忆，对打工文学进行全面、系统、整体的回顾和总结，探讨打工文学发展的特性、特质和特征，具有较高的学术价值和社会价值。

最近几十年来，打工文学思潮之所以最早在广东形成，这是与广东作为中国社会经济变革的前沿地相适应的。文学总是从特殊的历史语境中获得形式，文学的形式随社会和历史语境的不同而变化。大多数文学类型的产生都离不开特定的生存空间和特殊的历史文化语境。"打工文学"是特定的社会制度、经济生活和文化活动的必然产物，是中国工业化城市化全球化的大环境下特有的文学现象，一定程度上折射出当代中国在社会、文化转型期产生的某种精神现象和心灵矛盾。二十世纪八十年代末至今，中国的民工潮成为人类历史上最大的一次人口迁徙，而广东作为最大的民工输入地，"打工文学"的出现，根本就不值得大惊小怪的了，我们没有理由为这个称号感到羞耻。"打工文学"的生成机制同特定的时代社会语境和丰富的文化语汇有着割不断的联系。相对于异彩纷呈、波澜壮阔的打工生活，相对于乡土中国前所未有的各种外在的生存矛盾和内在的精神变迁，"打工文学"对它的呈现只能算冰山一角。"打工文学"的书写关涉到中国现代性语境中最广大的个体生命的诸般复

"粤派评论"视野中的"打工文学"

杂因素，记载了数以亿计的乡下人向城市进军的历史足印，具有鲜明的转型时代特征。"打工文学"的创作无可置疑地成为这个时代重要的文学经验的一部分。众所周知，在当今的社会生活或精神生活中，文学的重要性已经明显降低。尽管如此，"打工文学"仍和一个时代建立了如影随形的关系。它的全部经验已经成为我们值得珍惜的文学遗产，但它的影响以及在当下的意义也许才刚刚开始。

根据文体学分类，"打工文学"可以分为"打工诗歌""打工散文""打工小说"等，作为打工文学类型的一级分类。现代意义上的"文学"这一概念，最早也是从十八世纪末期才开始出现。文学史上独立的"文学"概念，诞生的时间远远晚于诗、小说或者散文。谈论"打工文学"，不可能不进入某种或者某几种文体类型。每种文体类型，都有自己的评判标准。"打工作家"受着当代文学思潮的影响，带来了自身的视野解放和文体意识的可贵觉醒。"打工文学"由于内容书写的不同，而呈现出不同的文体学特点。"打工文学"包括"打工小说""打工诗歌""打工散文"各种文体，在每一个文体的写作中，都有优异表现者塑造了自己纯粹的文学品质，拥有自己独特的艺术谱系。"打工作家"充分地意识到文学作为一种超越现实功利的精神创造现象，在具体的写作实践中，他们会选择更切合表达生活、现实、想象和生存直觉的文本、文体形式。王十月用不同的文体安排着他的写作板块，长、中、短篇和散文，不同文体有不同侧重的表现点，而且有着不同的意味，他意在由这不同的侧面，构成一个整体的文学世界。如果不对他的作品作全部的扫描，就会盲人摸象，得出一个局部的片面的印象。每一种文体都有自己的特征。张柠在谈及郑小琼的诗歌写作时，就指出了小说与诗歌的文体差异："郑小琼改写了当代文学中的钢铁意象，她把一个火热的意象改写成为一个冰冷的意象，这是一个全新的体验。……铁的意象是如何被改写的？那就是它身处改革开放前沿的，具有资本主义市场特征的生命的遭遇。这样的问题可以通过诗歌的意象来解决，至于像在拿工资时拿少了这样的问题，在小说中完全可以解决。所以有些问题小说是可以解决的，但是有些问题是只有诗歌才能解决的。小说用很多字还不能表达的东西，诗歌在几个词的转化之间就已经能够表达。小说是一个杂语世界，让生活细节将词语原有的逻辑搅乱，而诗歌则是词语的加速器，迅速抵达核心部位。实际上词语就是有这样的一种功能。诗歌批评家能够把诗歌乃至词语本身的重要性进一步凸显出来，应该将意象变化的历史呈现出来，这就是经验史和精神史。诗歌所承载的经验史和精神史在词语中得到了表现。诗歌很有力度，通过诗歌的写作和批评能承载这个时代本身的精神内部的细微变化。"① "打工作家"非常关心文学自身的问题，比如语言、文体、叙事等等，他们的艺术观念和审美形态的形成都经历了一个动态的发展过程。一些"打工作家"甚至以一种反叛和激进的姿态来实现自己关于文学的"有意味的形式"。多年来，我对"打工文学"的研究，也是从不同文体不同角度进行的，希望达成对"打工文学"的整体性观照与建构。

考察广东几十年打工文学创作，似乎只有按不同文体进行比较系统、全面的描述和分析，才能对打工文学在广东的生成背景、发展过程、主要形态等展开比较清晰的解读和界定。

一、打工小说

《特区文学》1984年第3期，刊发了林坚的小说《夜晚，在海边有一个人》。这是全国见诸公开媒体的第一篇"打工小说"。这个短篇小说叙述的是一个打工仔要不要当"资本家"的领班，要二十块钱，还是要信念与尊严？在这篇"打工小说"的开山之作中，作者关注的中心不是单纯的苦难和困窘，而是更多地探究以什么样的方式生存。那是一个价值评判体系发生剧烈冲突的时代。在林坚的中篇小说《阳光地带》（《特区文学》1989年第5期）、《别人的城市》（《花城》1990年第1期）中，价值判断的剧烈冲突，也成为他创作的关注点。同时，当时开始的先锋小说叙述方式也被林坚成功运用，体现在他对小说结构、形式的安排上。林坚与另一位早期的"打工作家"张伟明在创作中都借鉴了"意识流"等西方现代主义文学技巧，采用了时空切割、视角跳跃、内心独白、潜意识的表现以及扭曲变形等现代小说技巧。他们继承了同一

---

① 张柠、谭五昌、张清华：《当下诗歌写作问题三人谈》，载《星星》理论下月刊2008年第2期。

时期先锋文学在形式上的探索，也形成了自己的文学观念、叙述方法和语言经验，他们一直以文学的姿态来实现自己关于文学的有意味的形式。这也表明，"打工文学"从一诞生开始，就是形式上的概念，同时也是社会历史学概念。因此，在考察"打工文学"这一文学类型的变化时既要考虑社会转型的因素，又要考虑文学形式的因素。从社会转型因素考察，"打工文学"发轫于广东，广东的文学刊物最早关注与推动"打工文学"，无论在地缘和时间上，都是一种必然。在推出林坚的同时，《特区文学》1990年第1期刊发了张伟明的短篇小说《下一站》，这是"打工文学"早期代表作品之一。这篇小说的情节所涉及的时间是香港回归之前，1997这个年份扮演了一个关于未来的能指，标志了阶层差异（老板与雇工）向不同社会（大陆与港台——作为国际资本的中介）的制度文化差异的游走。在一个外资企业里，当香港女经理杜丽珠颐指气使地把工厂管理员吹雨"马仔""马仔"地呼喝个不停时，人的自尊是以这样朴素而奇特的方式爆发的："告诉你，本少爷名字不叫马仔，叫一九九七！"杜丽珠即以扣奖金为威胁，吹雨声明将本月工资给这位"香港婆"当"小费"，然后把手戳向她的鼻梁："老子先炒你鱿鱼。"吹雨的反抗借用了收回香港的政治符号，与其说是一种实在的威胁，不如说是一个外来工作为弱者向支配他命运的国际资本出的一口恶气，反证了他毫无保护自身权益的真实的政治资源。他的勇敢和他的可笑的弱势构成了反差。他注定要以反复失业的形式漂流下去。他不知道自己的"下一站"在哪里。他发现自己始终是没有归宿的移民。张伟明的另外两篇小说《对了，我是打工仔》（《广州文艺》1990年第2期）和《我们INT》（最早刊于深圳宝安区创办的《大鹏湾》创刊号，《青年文学》1990年第2期），也被视为"打工小说"的早期代表作。在《我们INT》中，张伟明描写了打工者对流水线为轴心的大工业生产的不适应（INT，即接触不良），"我"与其他打工者难以忍受厂方无休止的加班，采取了"集体休假"的行动，而"我"在梦中对香港总管小姐的痛快占有，也是弱者在想象的性关系改写中挽回打工仔自尊的一种书写。1992年，张伟明、林坚出版了小说集《青春之旅——深圳打工仔映画》，这应该是全国公开出版的第一本"打工小说"集。1994年，林坚、张伟明与另外一位"打工作家"周崇贤的"打工小说"都荣获了广东省第九届新人新作奖，这是"打工文学"在广东崛起的一个重要标志。

二十世纪九十年代，在珠三角影响最大的"打工小说"作者是"打工作家"周崇贤。周崇贤出版有长篇小说《我流浪，因为我悲伤》《盲流部落》《都市盲流》《南国迷情》《异客》《南部沧桑》等11部，《打工妹咏叹调》等中短篇小说集五部，在《作品与争鸣》《小说选刊》《人民文学》《作品》等刊物发表作品600多万字，绝大多数为"打工小说"。其中，广东省作家协会主办的文学期刊《作品》，数十次发表周崇贤的中短篇"打工小说"。中篇小说《那雪那窗那女孩》（《作品》1993年第6期）获1994年广东省第九届新人新作奖。在周崇贤几百万字的小说中，有不少篇写过妓女，但是，写得最美的，是《那窗那雪那女孩》中的女主人公喻小蒙这个人物形象。《那窗那雪那女孩》精心构思、刻意营造的，是一种情绪抒发，是一种属于他乡谋生者生活艰难与情意飘忽而产生的人生愁绪。当时，反映打工者生活的作品已经渐成气候，但更多的在于展示生活的艰辛与打工者的自强自立，而像《那窗那雪那女孩》一样，从打工者心头时刻缠绕的飘零愁绪切入，去探视人生变幻、生命之谜，以至溢出一种凄迷的生命本题意识来，却是不多见的。它已经越过简单的打工生活层面，而直视人物内心世界，超越生存奋斗的一般主题，去探寻生命之迹，这就有了一种哲学意识的观照，使小说充满了一种文化意味。周崇贤的叙事有着某种复杂的透明性，那些感觉和回忆，那种心绪和遐想的状态，都给人细致而深刻的印象。中篇小说《打工妹咏叹调》（《佛山文艺》1991年第6期）是早期"打工小说"的代表作品，它不仅叙述了蓝岚和刘学珍这些天真烂漫的小女孩，差点儿被饿死异乡的痛苦经历，还重点叙述了以岚妹为首的打工妹，团结一致与老板抗争，老板终于让步而打工妹最终取得胜利的过程。在这个抗争过程中，虽然厂长老板都表现出了丑恶的嘴脸，可最终都转变为了"好人"，这也是打工妹们以自己团结友爱的力量感动了老板所致。中篇小说《青春无注释》（《佛山文艺》1993年第1期）描写几个打工青年男女在恋爱婚姻上的种种纠纷。在中篇小说《关于未婚先孕》（《作品与争鸣》1993年第10期）里，张牛大和林七妹以及霍宝，上演了一场出卖亲生儿子的闹剧。中篇小说《我要活——下——去！》（《作品》1997年12月）主要讲述的是打工妹吴媚与台商老板聘请的流口水刘厂长之间的抗争故事。长篇小说

《盲流部落》和《都市盲流》塑造了颇具传奇色彩的打工英雄人物刀锋形象。最近几年，周崇贤致力于《周易》研究，并更名为周易，但写出了几篇打工小说力作。中篇小说《杀狗》（《当代》2009年第1期）写的是农民工成功路上的辛酸泪，农民工王二为了在城市立足，受尽折磨，终于办了自己的公司，成功的背后却是妻离子散，父亲王一神经也出了问题，每天拎着刀子到处寻狗杀狗。这篇小说通过三个有些极端的人物王一、王二、三三，描述了打工给打工者及其家人在精神上造成的损害。从乡村到城市来打工的人，不管是成功者王二，还是失败者三三，都难以摆脱打工生活处境卑微、压抑及其侮辱所打下的烙印。"父亲"王一更是只能以杀狗这一极端行为表达内心的愤懑，甚至被人视为疯狂。小说写出了这些"被损害与被侮辱的"人内心的辛酸，也写出了社会"进步"所付出的血泪代价。中篇小说《恶》和《沙井盖》（《广州文艺》2010年第1期），仍延续了周崇贤对打工者精神世界的关注，但是视野更为开阔，写出了不同阶层、人物所面临的精神处境，以一种网状的叙事方式勾连起不同的人物及其世界，呈现出了一个个时代的横切面，让我们看到其中人物的生存状态，而透过这些人的生存困境及其相互关系，呈现出了时代本身的"痼疾"。

新世纪初以来，王十月成为"打工小说"写作的标杆性作家。其创作频频出现在《人民文学》《中国作家》等权威刊物上，频频入选《小说月报》《新华文摘》《小说选刊》《作品与争鸣》《中篇小说月报》《长篇小说选》《中华文学选刊》等权威刊物，他的许多作品已经成为"打工文学"研究不可或缺的标本与不能回避的言说对象。2001年第6期的《作品》刊发了王十月的中篇小说《出租屋里的磨刀声》，被全国几大文学选刊转载，入选中国作协创研部选编的《新时期争鸣作品选》，这篇小说是王十月小说创作的一个重要起点。在《出租屋里的磨刀声》中，小说的主人公天右是一个地地道道的打工人，他的欲求极其简单，性的满足与出租屋的安全感是他唯一追求的东西，因为只有这才能使他拥有幸福的感觉，这种幸福是那么的具体、现实、接近。平时，他与女友何丽在工厂的流水线上重复着机械的劳动。周末，就到偏僻的市郊出租屋里过着类似有家人的同居生活。可是，就这么卑微的一点幸福也会给别人带来痛苦。住在他们隔壁的，是比他们更卑微的打工人，男人是磨刀的，他的女人宏则是为生活所迫在酒店卖笑的陪酒女郎。他们是为着自己的爱情变成流浪打工人的,可命运之神却并未被他们的相濡以沫感动,而是加倍地摧残这对患难的人。宏为了她简单平常的愿望屈从了,她的男人无力改变现状,只能在磨刀的过程中忘记他的痛苦、他的自责。而天右与何丽在隔壁的做爱声,使他连这种自我欺骗的宁静都不能保持。他用磨刀声来破坏对方的幸福,又以自己的鲜血,换回心理的平衡。磨刀人内心的郁闷和仇恨无以发泄,只是用夜夜磨刀来虚拟一种复仇的满足。磨刀人后来从那个阴暗的地方消失了,把仇恨的种子也带走了。天右却又成了这里的另一个磨刀人,在"霍霍"的磨刀声造就的虚拟世界中磨去他的恐惧,磨平他的仇恨。他们无力对现实做出任何反抗,只能在磨刀的过程中虚假地释放着仇恨和疯狂,直至失去正常思考的能力。磨刀作为一种象征物改变了作者想象中的现实世界,它作为某种指引获得了价值。它以某种虚拟想象的方式,永远在为具体的现实服务。我们在《出租屋里的磨刀声》中感受到某种象征情绪。字里行间不经意流露出的霍霍磨刀声,以及磨刀人的故事本身,便是小说的主题所在。其他的任何道具,均作为一个简洁虚拟的平台存在。而一个残酷厚重的现实,若隐若现地隐藏在小说的背后。这是真正的纯文学写作,小说在现实、幻觉的交集地带,充满了悲哀与挣扎,沉默与反抗,隐忍与讲述。

在王十月的小说创作中,打工题材占了40%左右,包括《国家订单》《白斑马》《寻根团》等中短篇小说和《烦躁不安》《大哥》《无碑》《收脚印的人》四部长篇。这些"打工小说"几乎都是由肉身之苦进入并想象人的世界。在王十月的小说中,让身体进入写作是他最关注的问题。身体一直是王十月书写的对象和主题,身体成了王十月"打工小说"的叙述之源。他所讲述的关于身体的故事,使身体成为意义的结点。在《开冲床的人》(《北京文学·精彩阅读》2009年第2期)中,失聪的耳蜗,变成了戏剧情节真正的核心。打工仔李响失去听力,他改名为李想。没有想到,耳聋却成全了他,他在无声的世界中开了十年的冲床没有出问题,而他的同事却一个接一个在生产事故中指断掌残。对于失去听力的李想来说,南下打工十多年来他已经习惯了身边工友这样痛苦地失去手掌,整个工厂仿佛就是一片危机四伏的原始森林,各种机器如同怪兽随时准备吞噬这群打工仔身体的某一个部位,所以李想已近乎痛苦得麻木了。李想很孤独，只有来自广西的一个文盲工友"小广西"和他要好。一个文盲，一个耳聋，两个非常自卑的人成了密友。然而，"小广西"在一次事故中被拧了麻花，断了手掌，没有得到赔偿的他铤而走险，劫持人质与警察对抗，最后走上绝路。此后，李想更加孤独，他有了一个理想，就是要赚够钱做手术治好自己的病，听鸟叫。一年以后，李想终于存够了钱，植入了一个人工耳蜗，实现了梦想。但万万没有想到，在剧烈的噪声干扰下，李想曾千万次躲过的冲床最终砸在了他的手掌上。他的手掌也经历了像"小广西"们一样痛苦的失去，他也像陀螺，像死鱼，像麻花一样地挣扎。小说逼真地向我们展示了一个令人不寒而栗的打工场景，充满诗意的梦想与残酷现实之间的巨大张力，使我们从习以为常的日常生活抽身出来，重新审视现实，聚焦社会边缘人群的生存境况。在《开冲床的人》中，王十月对身体有着独特的描述：拒绝了身体快感，它要让身体残缺，没有任何行使快感的能力，除了苦难还是苦难。那是因为身体完全和历史以及寓言捆绑在一起。身体有能力突显出来，它占据了全部写作的要害区域，身体填满了历史本身，历史空壳之中只有身体在呈现。小说是身体对自己的历史化，也是对历史的肉身化。《开冲床的人》是来自身体、关于身体的一场戏剧性的发现和书写。肉体伤害的描写就是精神的一种表现形式，肉体的展示甚至更具有去蔽力量，去除精神的遮蔽。物质的身体变成指意的身体。身体不能复原。身体的伤害才是最大的伤害。在王十月的小说里，历史的反思性全部落到身体上，一切身体的伤痛才是最深刻的创痛。短篇小说《厂牌》通过与性爱无关的情节展示了城市强权对底层打工者的伤害：丢失厂牌与身份证的打工妹李梅，在找工作时受到联防治安员的讹诈与恐吓，最后被胖子治安员奸污，受到侮辱的李梅精神失常。性，并不简单属于肉体性的身体，而是属于在很大程度上决定身份的各种想象和象征的复合体。《示众》（《小说月报》2007年第1期）表明王十月的表述发生了质的变化——作品通过在城里打工多年的老冯前往探望自己修建的"依云小区"而被当做贼示众这一中心事件表述了丰富的思想内涵，挂在身上的牌子是他的身体不能承受之辱，他"感觉身体在云里飘"。《文身》（原载《山花》2006年4期，后被汕头大学出版社出版的《中国最佳短篇小说》收入）中，一位名叫"少年"的打工者在工厂门前目睹了文身的烂仔向工人们强收保护费，架势威猛，无人敢惹，他想到自己身单体薄，总处在弱势地位，就下决心去文身，做个强者。谁知他文身以后，工友们开始对他敬而远之，人事部门知道以后炒了他的鱿鱼。因为文身，在"善的世界"里他再也不容易找到工作，被社会遗弃。生活的重负、外部环境的挤压，使他被动的被恶势力"绑架"了，他的青春和人生被绑上了战车，把他推到"恶世界"，恶势力把他变成另一种"打工者"，让他去收保护费。但他的人性和良知不泯，上岗第一天还没作案，就被警察抓住了。少年文身是对历史与现实空无的双重焦虑，是对身体压迫与错过，失去中心主义的恐惧。打工者作为他者，那么这个他者通常就是他们的身体。王十月特别着意于刻录在小说主人公身体上的记号。记号在身体上留下烙印，使它成为一个指意过程中的一部分。给身体打上记号，身体成为王十月小说叙述主题的一个象征。

　　王十月在他的小说中寻求建立一种身体符号学。在荣获广东省第八届精神文明建设"五个一工程奖"的长篇小说《无碑》里，老乌脸上的那块胎记，在书中一直被反复描述，成为叙述中的关键标记，成为意义的根源和核心。小说的情节依赖着这个记号演进。《无碑》写了改革开放以来，一个打工者三十年的个人史，一个村庄三十年的村庄史，一间民营工厂三十年的发展史。这个人叫老乌，他是这个时代广大打工者的代表；一个村庄，在作品中名叫瑶台，从其地理位置和环境的描写，很容易就让人联想到深圳或东莞的某个镇。一间工厂，差不多是珠三角大多数工厂的缩影。故事从1992年老乌从家乡湖北来到南方打工开始。老乌，本名李保云，因为脸上长了一块乌黑的胎记，被工友戏称为老乌。老乌怀揣着美好的梦想去南方打工，却遭遇了人生的种种尴尬。先是应聘屡屡被骗，后是爱情屡屡受挫，再又屡屡陷入工友和老板的两难选择中。在他最困难的时候，老板收留了他并培养了他，因此，当老板利益与工友利益发生冲突时，他陷入了极大的道德困惑和情感困惑之中，他既不愿看到工友对他恩重如山的老板罢工，又不愿看到老板克扣工友们的工资，他把罢工的事告诉老板的结果是，整个工厂照常生产，那些要带头罢工的人被老板的威逼利诱各个击破，拿到了钱，老乌却成了出卖朋友和工友利益的恶人。无颜面对工友的老乌，不得不辞职另起炉灶。另起炉灶的过程中，曾经有意无意伤害过他的阿湘和阿霞又先后走进他的生活，阿霞带着两个孩子投靠他，最终却又回到了自己丈夫的怀抱。阿湘跟他睡了一夜后，把孩子一扔杳无音信，他不得不把阿湘和别人的孩子养大。可贵的是，面对这一个个尴尬，他都是用一颗真诚、善良、坦荡的心去拥抱。他依然牵挂帮助那些误解他的工友。他依然爱戴恩重如山的老板。他依然微笑迎接生活。当他含辛茹苦地把阿湘的孩子养大后，他又恋恋不舍地把孩子送还给了找上门来的阿湘。他用自己的本真、纯善、宽容、爱和坚守，化解了一个个尴尬，赢得了一次次升华。《无碑》的不同凡响之处，在于小说通过老乌这个人物，全面展示了中国社会变迁当中打工者不得不经历也不得不面对的多种复杂关系，所涉及的生活内容无不充满灵魂折磨和血肉创痛。这里有着众多日常生存的具象摹写，打工者的见工，卑贱的打工生活，令人愤慨的人身歧视，惯常的人与人之间的龃龉，利益上的矛盾冲突乃至龌龊的人性。尤其是李刚和老乌两次孤立无援的罢工行为，展示了众多底层民众作为人的劣根性，同时也对两个涉世未深的青年寄予了深切的同情。在这个貌似描写打工生活的具象文本中，王十月实际上希望能够通过老乌建立一个类似于瑶台这样的外来人自己的家园，或者说，在叙述老乌的多次人生经历的过程中，实际上是为无数打工者寻找精神家园的过程。因为对于一部分向往都市生活的外出打工者来说，迁徙已经成为一种习惯，回望身后的故乡已经身影模糊，可是城市之门仅仅打开一个小缝，而且是物质主义喧嚣下的赤裸裸的利益关系。《无碑》是一个自我反讽的题目。《无碑》是一部有"碑"的小说，在"无碑"之下仍然是无数文字构成的重重迷宫。《无碑》的锐利之处在于它在个人的"小历史"中引出了有关当代中国的"大历史"的种种"传奇"。王十月没有刻意表现"大历史"，而是在追索有关老乌的个人历史时，"大历史"无法回避地化入其间。这"大历史"不是正史的"宏伟叙事"，而是"野史"或"稗史"，是"大历史"边缘的人的命运。王十月因此跨出了个人的视野，提供了对于近几十年来中国人沧桑命运的表述，小说显示了在"大历史"之中的个人的沉浮，自有一份无可奈何的命运感。王十月在对个人的感情有深刻的剖析和锐利的反讽的同时，对历史中的个人命运有更多的同情和悲悯。王十月的笔触在此往往流露出温婉和诗意。但这毕竟是饱经沧桑的诗意，是对于命运无奈的诗意。这尖锐打破我们的平静，戳破了生命的面纱，逼迫我们去思考那些希望回避的东西。这里没有了浪漫幻想，却让我们面对刻骨的挑战和追问。王十月的另外一部打工题材长篇小说《收脚印的人》叙述了中国改革开放初中期的收容遣送之罪，是对人性沦陷的拷问，处处闪烁着人道主义的光辉。

二十世纪九十年代至今，除了王十月、周崇贤、林坚、张伟明外，广东的其他"打工作家"也创作出了一大批"打工小说"。代表作家有戴斌、于怀岸、曾楚桥、卫鸦、黎志扬、吕啸天、闫永群、邓家勇等。《驶出欲望街》（缪永）、《谁都别乱来》（罗迪）、《情爱原生态》（戴斌）等"打工小说"，被全国主要文学选刊转载。2016年英年早逝的"打工作家"闫永群是典型的南方漂泊者，他90年代初背井离乡来到东莞谋生，谋生之余仍坚持文学创作，并显示出很好的创作实力，后因家庭变故，一度中断了自己的文学创作，再拾笔时已是十年之隔。十年，个中经历，其甘苦自知。重拾笔后的闫永群厚积薄发，相继在《中国作家》《山花》等国家级、中文核心刊物等发表了大量打工小说。作为一个拥有丰富底层打工经历的作家，闫永群笔下的文字弥漫着浓厚的南方工业生活气息，显得原汁原味，并打上了鲜明的个体生存经验印记。一个作家的创作总是受到其自身生存经验的制约，他只能写他自己熟悉的东西，不熟悉的东西往往就无法写得很确切，而创作个体的动机则是其内心灵魂深处强烈表达倾诉欲望的需要。作家总是一直在写自己熟悉的或者与其息息相关生息与共的领域，闫永群也不例外。他的小说创作视野主要着眼于自己漂泊的地方——南方工业小镇上林立的工厂和工业区（一个叫鸡啼岗的小镇）和故乡中原大地的一个偏僻小村落，作者的心灵徘徊游弋于这两个地方，以仰望的姿势在城市回望故乡，或者以逃亡的姿势匆匆回到无处扎根的城市，呈现出一种背离的矛盾状态。闫永群的创作是十分纯正的打工小说，所谓纯正主要是指其原汁原味的底层叙述带有鲜明的自传色彩。他的小说创作也呈现出几个鲜明的阶段，早期的小说创作稍显稚嫩，就创作者的姿态而言还停留在自我苦难的倾诉之上，但文笔清晰灵动，呈现出可喜的文学灵性，后期的小说渐次成熟起来，笔触伸展到了人物的精神内核，对人性的挖掘达到一定深度。所以可以这样说，闫永群的小说创作在一定程度上映射出了打工文学的发展轨迹，比如早期的打工小说创作手法比较传统陈旧，创作姿态也只是停留在一味吐苦水的层面，中后期的小说在表现手法上呈现出多样化的态势，汲取了西方一些现代与后现代派的写作技法,在形式上增加了文本的厚度,主旨思想意境上也深度聚焦于农民工生存精神困境以及人性嬗变异化方面的探索。闫永群的小说介于城市与乡村之间,时而把笔触伸向工业气息浓厚的南方工业小镇,时而又把笔触伸向萧条寂寥的偏僻故乡小村落,而且这两种笔触的转换往往是深层次的杂糅。比如小说《离乡》中的"小群"想离开寂寥空荡的村庄去广东寻梦,却因村长刘三炮一再阻拦,成了村长刘三炮接待上级领导时的"酒缸"。小说中小群的最终离乡,他的心情是复杂的,是决绝而义无反顾的;而《逃离故乡》中的小群来到广东后因为生存、爱情等各种各样的原因重新回到故乡,最后又以逃跑的姿势离开了故乡,显得更加意味深长,充满黑色幽默的味道。发表在《中国作家》的短篇小说《山里的婆婆》把城乡一体化进程之中寂寥萧条的农村的留守现象渲染刻画得生动逼真淋漓尽致,读来令人心酸无比。这篇小说沉重而苍凉,言语之间灵性而又充满诗意,让人印象深刻,难以忘怀。

盛可以的长篇小说《北妹》可能是广东最具国际性影响的打工小说。盛可以二十世纪七十年代出生于湖南益阳,1994年移居深圳,现居北京。2002年开始小说创作,著有长篇小说《北妹》《水乳》《道德颂》《死亡赋格》以及多部中短篇小说集。作品被译成英、德、韩、日、荷兰等多种文字出版发行。《北妹》从2002年问世后,已持续销售十年以上,有多种翻译版本在全世界出版发行。在《北妹》中,湖南妹子钱小红少女时代便离开家乡,先到当地县城打工,后和另一女孩一起到广东S城,成为"北妹"(广东等地对外来打工妹的称呼)中的一员。她们作为城市的边缘人,经济上真正的无产者,除了劳力和身体一无所有,性别上是"被侮辱和被损害"的第二性,所以无论在发廊、工厂,还是在酒店、宾馆,处处受到各色男人骚扰和城市女人的猜忌。此外,背景出生又给予她们地域文化上的天然劣势,因而她们的生活混乱而艰辛。钱小红由于过早发育,生了一对丰乳,天然地被很多人从良家妇女的行列中排斥了出去,她的丰乳成为她身为女性、忍受屈辱的缘由和标记;但乳房所表征的蓬勃生命力,也体现在她身上,相比懦弱无主见的另一些女孩,她有个性、有原则,绝不卖身,和很多底层人一样,具有坚不可摧的生命力,顽强地呈现出生活本身的价值。这是一部无产女孩生死书,展示一代"北妹"的残酷生活。小说尖锐而富于个性,抵达女性生活深层景观的方式直接而有力。作为这位备受国际文坛关注的中国女作家的代表作,此书已持续销售十年以上,有多种翻译版本在全世界出版发行。盛可以塑造了广东打工文学中最成功的一个人物钱小红,也证明了自己作为一名杰出小说家的天分。

最近几年,广东打工小说创作的代表人物是陈再见。在《人民文学》《十月》《当代》《钟山》《中国作家》《天涯》《江南》等文学刊物发表作品100多万字,并多次被《小说选刊》《小说月报》《新华文摘》《中篇小说选刊》等选刊选载;作品入选2015和2016年度《小说选刊》年度排行榜、2016年度《收获》年度排行榜等;出版有长篇小说《六歌》,小说集《一只鸟仔独支脚》《喜欢抹脸的人》《你不知道路往哪边拐》;荣获《小说选刊》年度新人奖、广东作协短篇小说奖、全国青年产业工人文学大奖中篇小说奖、深圳原创网络文学拉力赛冠军等奖项。短篇小说《回县城》获第七届《小说选刊》新人奖,呈现了"漂一代"生活中最普遍的尴尬,"异乡"与"故乡"均变得陌生,"新的姿态"与"故有姿态"双重丧失。陈再见抓取主人公的意识流动部分,着重展现漂泊者精神上的困顿;而他对漂泊者现实境遇的叙写,则有新写实的味道,主人公倥偬的行旅以及时光流转中的遭际,形成一股生活流——与意识流动并行推进。主人公与故乡的隔阂,母亲的病,母子关系在文本中投注的隐喻,绘成一幅关于漂泊者精神出路与归属的繁复图谱。

二十世纪九十年代以前,"打工小说"的创作主体主要以"打工作家"为主,新世纪以来,"非打工作家"对打工题材的全面挖掘形成了当代文坛一道纷繁而芜杂的文学景观。在荣获第三届至第五届全国鲁迅文学奖的中短篇小说中,有八篇属打工题材:孙惠芬的《歇马山庄的两个女人》、陈应松的《松鸦为什么鸣叫》、王安忆的《发廊情话》、夏天敏的《接吻长安街》、迟子建的《世界上所有的夜晚》、邵丽的《明惠的圣诞》、范小青的《城乡简史》、王十月的《国家订单》,在这些获奖作家中只有王十月是"打工作家"。当代"非打工作家"写作"打工小说",从数量上和影响上已经超过了"打工作家"。这一点已经与当年的"知青文学"有所不同,当年的知青文学自始至终都是以"知青作家"为主要的写作主体。范小青在《目光投向农民工》中说:"我近几年的小说创作,有较多内容是写农民工的,粗粗统计一下,近五六年,中短篇小说中几乎有一半,还有专门写农民工的长篇小说,像《城市之光》等，从数量上讲，是不算少了。因为我过去的作品较多写苏州小城小巷小市民，所以这一变化，就给人印象了。我自己也曾经想过，怎么就会把写作的目光投向了这么一个群体呢？其实，现在回想起来，却不是我主动将目光投向他们的，而是这个群体扑上门来了，它急切而全面地扑上来了，它轰轰烈烈地扑上来了，你想躲也躲不过，你生活的方方面面都无法跟他们分开了，他们帮你装修房子，他们给你送纯净水，他们将你无法处理的旧货垃圾拖走，他们日日夜夜站在你家小区门口，守护着你的平安日子，你到饭店吃饭，给你端盘子送菜的，几乎清一色是外来打工者，你走在街头，会看到一溜排开的工棚，如果你伸头进去看看，你就知道他们的生活处境是怎样的。因为他们的大量出现和存在，甚至使得我们每一个城市的方言都渐渐地淡去了。就是这样一个庞大的群体，顽强地走进了我们的视线。只要不是有意闭上眼睛，你的目光就无法离开他们了。"打工"已经成为当代作家不能回避的题材。除了范小青外，孙惠芬也创作了不少打工题材小说，开拓和深化了小说对当下打工生活和精神世界的叙述。她的长篇小说《吉宽的马车》通过歇马山庄一个名叫吉宽的农民进城之后的遭遇与困惑，描写了当下农民工实在的生活情景与精神状态。吉宽到城市后，一改在歇马山庄乡下时懒汉的秉性与旧习，到处打工，自食其力，但始终没有能够走出生存的困境。刘震云的长篇小说《我叫刘跃进》，也是以某民工建筑队的厨子刘跃进的种种意外遭际，状写农民工走进都市之后难以预料又难以应对的遭际引来的迷失与迷茫。小说在刘跃进如何以做饭的手艺来打工糊口上，花费的笔墨并不很多，主要的篇幅都是写他由丢包、捡包引来的不可预料的命运更变。打工题材在新世纪以来被作家普遍接受和使用，原因是多方面的：既与新世纪的社会情绪、审美意识有至深的联系，又可能反映出新世纪以来的文化文学时尚，也有可能与历史的"转折"有某种潜在的关系，更有可能是某一作家群体临时性的文学策略。这些，都反映出文学创作在"影响"和"建构"上的复杂因素，是很难从一个维度上解释清楚的。

广东也有部分"非打工作家"介入"打工小说"创作，虽没有形成气候，也出现了一些精品佳作。如陈启文的《回南天》（中篇小说，发表于《花城》2013年第4期中篇头条，《中篇小说选刊》2013年第5期选载），《回南天》是陈启文的"南方经验"系列小说之一，这是一部揭示农民工精神苦闷和

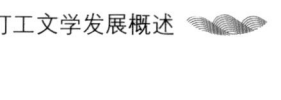

极度性压抑的小说,一个难以启齿更难以言说的话题。在写作过程中陈启文就吃惊地发现,一部在题材上看似很"社会"的小说,一旦进入笔下,便开始变得荒诞起来。这其实就是"中国式荒诞",这样的荒诞根本不需要进行卡夫卡式的变形,也不需要加缪式的虚构,它就是我们在这个时代最直接的生活现实。在回南天那种沉闷的、令人窒息的氛围中,一群远离故乡的农民工像神话中的西西弗斯那样日复一日地在建筑工地劳作,当生存简化为漫长而沉重的苦役,所有生存之外的一切几乎都被剥离一空。当下,描写农民工生活的小说很多,但更多是关注他们苦难的生存状态,相比体力上的苦累、物质上的匮乏、社会地位的低下,农民工在精神上的苦闷和焦虑还长久地处于一种被遮蔽的状态,甚至是一种被蔑视的存在,这使得他们的精神世界如同一直未被揭示的心理暗箱。《回南天》无疑是陈启文企图揭开这种"暗箱"的一次尝试。陈启文的《回南天》以严肃的现实主义笔触直面农民工及其家属的生理饥渴与精神困境。小说事实上将两种时态进行了艺术性的并置。虎生是农民工困境的进行时,吴哥则是这种困境的完成时。虎生是吴哥的过去,吴哥是虎生的未来。吴哥本已成为农民工的成功代表,在老家建起了漂亮楼房。可媳妇却经不起多年的独身煎熬,和吴哥最痛恨的村长暗中有了瓜葛。吴哥因而心理扭曲,最终成了一个变态杀人犯。吴哥的悲剧及所有"虎生"们的现实境遇值得我们深思。

二、打工诗歌

"打工诗歌"不是一种自上而下的关怀,而是来自"底层"本身的孕育,但影响力较大的"打工诗人"都有着被《诗刊》发现、培养、扶植的经历。我小学四年级时开始写诗,1992年高中毕业后到东莞打工,两年之内写了上百首打工题材诗歌,1995年初结集为《打工诗抄》,诗歌评论家杨光治和杨匡汉分别作序、作跋,但当时未能出版。1995年第5期《诗刊》发表了我的组诗《我在广东打工》,包括《嫁接》《试用》《跳槽》《临时工》等几首诗歌。之后《诗刊》又多次发表我的打工题材诗歌,加起来有20多首。但从1995年后,我放弃诗歌写作达五年之久,直到新世纪之后才开始重新写作,由写诗转向文学研究。1997年"农民工"谢湘南、张绍民参加《诗刊》第十四届"青

"粤派评论"视野中的"打工文学"

春诗会",《诗刊》于1998年第1期以较大篇幅发表了他们的打工题材诗歌,这是《诗刊》对"打工诗歌"创作的最重要的一次推动。2000年,谢湘南的个人诗集《零点的搬运工》入选中华文学基金会"21世纪文学之星丛书",2006年获广东省鲁迅文学奖。到今天为止,谢湘南与张绍民仍然是"打工诗歌"最具实力最具个性化的代表性诗人。"打工诗人"郑小琼、程鹏、许强分别于2005年、2008年、2010年参加了《诗刊》"青春诗会"。"打工诗人"李明亮的诗集《裸睡的民工》入选2012年度"21世纪文学之星丛书"。郑小琼获得庄重文文学奖、《诗刊》新世纪十佳诗人奖、《诗选刊》先锋诗人奖、广东省鲁迅文学艺术奖等多项奖励。张绍民、谢湘南、郑小琼在参加"青春诗会"前,几乎没有在《诗刊》上发表过诗歌,这更加证明了《诗刊》善于慧眼识珠,有发现新人的历史自觉性。翻开最近十几年"青春诗会"的入选诗人名单,有相当一批诗人参加时都还没有脱离"农民"身份,他们虽然仍是农村户口,但这些诗人已不再单纯地只是"面朝黄土背朝天"的土地耕作者,在越来越迅速的城市化进程中,他们更多是在城市和农村之间奔走,兼具着农民、民工、小商人等多重身份。而背离乡土的流浪,让他们饱受思乡之苦,生活之重,他们的写作不可能忽略工业时代这个大背景。2010年,《诗刊》与《星星》联合评出首届中国十大农民诗人,大多数都属于"打工诗人",是"生活在城市却被称为农民的人",如唐以洪、尤克利都发表过不少"打工诗歌"作品。《星星》诗刊还于2008年举办了首届农民工诗歌大奖赛,获奖者大部分是"打工诗人"。对于"打工诗人"这个特殊的写作群体,诗歌评论家徐敬亚曾发出这样的感叹:

> 而中国当代打工诗人们却是在自己劳动并成为自己的写作者!他们打卡,他们试用,他们被监视,他们建大楼,他们亲历繁重,他们遭遇不幸……他们写得虽然诗艺不高,但他们写得历历在目,写得令人揪心……翻遍了欧洲文学史,找遍了我的书架,我竟然找不到一首劳动者自己写自己劳动的诗!贪婪的资本主义上升时期那些苦难哪里去了?被资本压迫的血泪哪里去了?不是因为没有诗,而是因为文学史中诗歌的门槛太高,是因为那个年代有知识的劳动

16

者太少太少。文学史上，只有旁观者，只有少数有良知的旁观者，为他们的苦难留下了可怜鲜见的记述。但是今天，我们有幸看到了真实的、劳动者充满艰难的诗。这种仿佛追回了历史光阴的机会，难道我们当代诗歌的评论者们不应该珍惜吗？他们打工，但他们像当年的知识青年一样具有复杂的意识与知识。哪怕他们的诗歌水平十分幼稚。但正是他们，让我们的情感不安，让我们在和平、富裕，百无聊赖的生活中看见了历史前方曾经出现过的一切因人群分化产生的异变，以及异变过程中心灵的起伏与不平……①

这些来自既是底层本身又超越底层的"打工诗人"，把个人体验过的生活与广阔的时代生活的本质方面联系起来，写出"打工诗歌"，是他们的使命。或有同仁对继续沿用"打工诗歌"和"打工诗人"这一概念提出质疑，甚至不以为然，对此我深表理解。命名是对命名者的开示，也是对被命名者的遮蔽。遭受污名化体验的"打工诗人"，对抗污名让他们成为言说的主体。话语并不是被动地反映一种预先存在的现实，而是一种我们对事物施加的暴力。"打工诗人"和数以亿计的"农民工"一样，是充满矛盾和过渡色彩的被污名化了的社会群体。他们对现实的出离，他们对"打工诗人"这个称谓的难言之隐，从本质上讲，正是一种本能性的文化警觉。从社会公正的角度看，必须淡化现有"打工诗人"的身份，我甚至希望"打工诗歌"尽快自动消逝或者最终被"都市诗歌"所取代。作为"农民工"中最敏感的分子，"打工诗人"往往最能深味并发现城市的新奇和限制。他们的书写，在中国辽阔的城市与乡村之间展开。他们的写作与他们自身的命运一样从一个侧面反映了乡土中国的沧桑变化，痛苦或幸福的经历。他们身为历史主体的命运，命运背后存在着复杂暧昧的种种问题。"打工诗人"的真实处境是：带着历史强加于个人之上的不可擦抹的创痛，迎着都市文明无边的诱惑，他们所经历的内心生活或内心经验是暧昧的、复杂的、甚至是分裂的。他们的使命就是把这个羸弱、短暂的大地深深地、痛苦地、充满激情地铭记在心，使它的本质在我们心中再一次生动地苏

---

① 徐敬亚：《诗歌回家的六个方向》，载《文艺争鸣》2005年第4期。

生。"打工诗人"的人生形式充满着对命运不懈的叩访和探寻,穿过种种有限的、暂时性的因素的掩盖、束缚,去寻找人的灵魂的归属和位置,去用诗的语言,建构一个与现实的生存世界相对抗的诗的世界,一个使人的灵性得到发挥,人的心灵自由得到确立,使生存个体从暂时性的生存体制中得到解脱的世界。与其说"打工诗歌"来自写作与语言现实之间的亲和力,不如说来自另一种更古老、更原始的冲动,即致力于去蔽破障,使那些沉默(或被迫沉默)的事物从幽昧的黑暗中站出来,发出声音和光亮的诗本身的冲动。"打工诗人"从自己的个体经验领域出发,把握住现实和历史一闪而过的灵光,见证了中国从乡村到城市的"宏大叙事",唤醒群体与个体沉默或被遮蔽的记忆。当然,对于诗歌写作而言,打工的经历与其本身并非是压倒一切的东西,并非是诗歌的意义,而只是可以从中创造出意义和意味的元素,有时甚至只是背景。作为"打工诗人"自身,他必须认识到,不能从题材的角度来夸大自己写作的必要性和重要性,也不能将自己的写作局限在题材的框架内。"打工诗人"不一定非要写"打工诗歌"不可,他的写作甚至要突破"打工"对他的束缚,才能真正获得表达自己的可能。他必须不断突破自身的限制和集体命名对个人的遮蔽,将写作推向一个不断更新、日益深广的境界,赢得艺术自身的个性和尊严。

"打工诗歌"写作,也存在一个多层次的、网状的结构。尽管"打工诗人"和"打工诗歌"是相关密切的概念,但两者之间并不产生必然的符号。诗的创造永远是一种个人的活动。写什么是大家的,只有怎么写才是个人的。就一位诗人来说,其创作的阶段性与鲜明性也是可见的,我们没有必要把一位"打工诗人"的创作生硬地归结为"打工诗歌"范畴。打工者可以写出"打工诗歌",非打工者也可以写出"打工诗歌",打工者写的不一定就是"打工诗歌"。"打工诗歌"主要由"打工诗人"来完成,但是"打工"进入了其他诗人的写作视野和意义世界,它的经验化入他们的感觉结构中,使他们也没有办法忽视它的巨大存在。不管是"打工诗歌",还是其他的"底层写作"都激活了诗歌介入现实的精神,重建了诗歌与我们的生活世界,与社会历史境遇之间的互动关系。在我的"打工诗歌"评论中,曾大量引用一些"非打工诗人"写"打工"的诗歌,比如伊沙、宋晓贤、卢卫平、老刀、方舟、世宾、阿斐等诗人写的"打工"的诗歌。卢卫平刚开始写诗时,在湖北一所中学当老师,1992

年到珠海后，写了一系列涉及打工题材的诗歌，我早在1993年就读过他发表在《星星》诗刊上的《拜访老乡》等"打工诗歌"。他曾参加《诗刊》第十五届"青春诗会"。以诗性的方式处理现实题材，这些诗人率先做出了成功的尝试，体现了他们介入现实生存和把握个体经验相结合的综合意识。但除卢卫平外，其他"非打工诗人"创作的"打工诗歌"在他们的整体创作中所占比例较小，不像"打工小说"创作，出现了一批"非打工作家"专攻"打工小说"的势头。总体而言，在"打工诗歌"创作中，"打工诗人"占据了主导地位。

最近几年迅速成名的打工诗人郭金牛，湖北省浠水县人，1992年到深圳打工。诗作在欧洲被翻译成德语、英语、荷兰、捷克等多种语言，曾参展第44届荷兰鹿特丹国际诗歌节，获首届北京国际华文诗歌奖，首届中国金迪诗歌奖。郭金牛的书写为我们研究"打工诗歌"提供了重要的观察入口和美学路径。《纸上还乡：郭金牛诗集》（以下简称《纸上还乡》）是作者背井离乡近二十年辗转广东各地写成的诗集，主要记录了一个农民从事建筑工、搬运工、工厂普工、摆地摊的内心生涯。在坎坷、复杂、悲凉的底层经验的打磨熬炼下，逐渐形成了一种十分特别的灵动尖锐、一咏三叹的语言风格，作者用这种时而破碎突兀时而哀婉悠长的语言为广大的命运同路人立言，也展示了席卷全球的工业化历程下人的现代性境遇。《纸上还乡》获首届国际华文诗歌奖第一部诗集奖，此诗歌奖的46位评委均为中外包括美英德等国的资深诗人和理论家。《纸上还乡》作为一部农民工写就的诗集，我们得以从一个不同的角度窥见当代中国最庞大辛酸的主题：农民工的生涯，和他们的内心。

在广东"打工诗人"群体中，许立志因为跳楼自杀，其诗歌的传播和经经典化的速度，得益于网络和自媒体。许立志，生于1990年7月28日，广东揭阳人。高中毕业后在广州、揭阳等地打工，2011年初来到深圳，进入富士康公司成为一名流水线工人，后调至物流岗位。2014年初合约期满后曾赴江苏谋职，不久返回深圳，2014年9月26日与富士康公司又签订了一份为期三年的劳动合同，9月30日坠楼辞世。其诗集《新的一天》在他去世后众筹出版。许立志自杀后，其诗歌迅速成为"打工诗歌"中的名篇，如《我咽下一枚铁做的月亮……》："我咽下一枚铁做的月亮／他们管它叫做螺丝／我咽下这工业的废水，失业的订单／那些低于机台的青春早早夭亡／我咽下奔波，咽下流离失所/咽下人行天桥,咽下长满水锈的生活/我再咽不下了/所有我曾经咽下的现在都从喉咙汹涌而出/在祖国的领土上铺成一首/耻辱的诗"。"一枚铁做的月亮"本来很美,也许只有工人才能想象出这样的意象。可是,这些"工厂的废水"让"我"如鲠在喉、难以下咽,"我"不愿意再咽、再忍气吞声,"我"要把"曾经咽下的现在都从喉咙汹涌而出",这种21世纪"世界工厂"里的中国工人所遭受的生存境遇成为祖国的耻辱。这种自发、原生、真诚、质朴、有痛感、直接与生命体验相关的命运之诗具有打动人心的情感力量,是接地气的感动写作、灵魂写作。

三、打工散文

"打工散文"与"打工诗歌"十分接近,都是自我感悟、自我聆听、自我抒发的东西,是一种不拘一格的自我体验的表述。在"打工散文"创作中,"打工作家"完全占据了主导地位。"打工作家"创作的"打工散文"作品频频亮相于《人民文学》等"主流刊物"上,开启了散文写作的新气象。《人民文学》对"打工散文"创作起到了决定性的推动作用,王十月、郑小琼最初登上《人民文学》的不是他们的小说和诗歌,都是"打工散文"作品。"打工散文"具有代表性的作家和作品,有萧相风的《词典:南方工业生活》(《人民文学》2010年第10期)、郑小琼的《铁·塑料厂》(《人民文学》2007年第5期)、《印刷厂》(《人民文学》2007年第11期)、《从中兴路到邮局》(《天涯》2007年第6期)、《东莞生存词》(《江南》2009年第4期),王十月的《烂尾楼》(《人民文学》2006年第4期)、《寻亲记》(《人民文学》2006年第5期、《散文海外版》2006年第4期)、《冷暖间》(《人民文学》2006年第6期)、《关卡》(《天涯》2007年第6期)、《声音》(《黄河文学》2007年第7期)、《总有微光照亮》(《文学界》2008年第3期)、《小民安家》(《作品》2008年第9期)、《父与子的战争》(《北京文学》2011年第1期)、《我是我的陷阱》(《天涯》2010年第1期),塞壬的《下落不明的生活》(《人民文学》2007年第1期)、《转身》(《人民文学》2008年第1期)、《在镇里飞》(《人民文学》2008年第3期)、《月末的广

导论　广东打工文学发展概述

深线》(《天涯》2006年第6期)、《南方没有四季》(《美文》2007年第7期)、《声嚣》(《天涯》2007年第6期)、《消失》(《人民文学》2009年第4期)、《哭孩子》(《人民文学》(2009年第7期)、《匿名者》(《人民文学》2010年第7期),张利文的《三个进城的女子》(《中华散文》2005年第5期),安石榴的《深圳地图》(《人民文学》2001年第10期),周崇贤的《打工:挣扎或者希望》(《人民文学》2001年第2期),叶耳的《31区的月光》(《广西文学》2007年第6期)、《从客里山来的孩子》(《特区文学》2006年第1期)等。其中萧相风荣获2010年度人民文学奖,王十月的散文荣获了冰心散文奖,郑小琼荣获了庄重文文学奖、人民文学新浪潮散文奖,塞壬获得了2008年度人民文学奖散文奖和第七届华语文学传媒大奖新人奖。塞壬散文《转身》、王十月散文《小民安家》荣登2008年中国当代文学最新作品排行榜。塞壬的《哭孩子》荣登2009年中国散文排行榜,《匿名者》荣登2010年中国当代文学最新作品排行榜。这些作家有深厚的打工经验和对底层生活的尖锐表达,他们不是以一种居高临下的姿态去触摸和观照、想象和描摹,而是以个人的在场、个人与周遭现实(物象)的精密融合,促成感官、身体和精神的"我在",书写"我"经历的生活,"我"当下的生活,"我"看到的生活,"我"内心隐藏的生活。他们在散文中以自己的眼光发现现实的意义,恢复那些被遮蔽的现实,并重新思考他们自身的命运。因此"打工散文"文本自觉摒弃了情感与文字的剥离现象,既有生活在场,也有心灵在场,呈现出独特的个体精神和强烈的底层情怀,在经验和技艺的双重维度上扩展了散文写作的视域。"打工散文"写作超越了我们以往的阅读经验,似乎是一种陌生化的表达,却恰恰是对遮蔽的生活本质的洞穿,沉重、苍凉甚至残酷,有一种直抵生命核心的力量。

一般来说,"打工作家"写"打工散文",习惯于以内视角和个人记忆、个人生存体验来处理各种生活范围的题材,从无可置疑的个人体验出发对工业时代的复杂生活做出大规模表现和思考。王十月说:"可以说流浪的生活,是我写作的另一个宝库,其间难忘的细节太多,这些细节,主要记录在我的那些为数不多,但篇篇都是发自肺腑的散文中,我难忘的,是在漂泊途中遇到的那些飘在异乡的兄弟姐妹们。是他们的名字,照亮了我的漂泊生涯。

这些故事说两天两夜也说不完,因此要了解这些细节,还是去看我的那些散文吧,如《寻亲记》、如《冷暖间》、如《总有微光照亮》、如《声音》和《关卡》。我想我的散文,记录的是我的生活,但又不仅仅是我的个人生活,而是以我的眼和心,看到和感受到的,这个大时代中小人物的生活,他们的欢喜与悲伤。"散文必须以真实为基础,以真实为形相。文坛上也存在散文可以虚构的观点,我对这一观点存疑。虚构是小说的利器和命根子,但却是散文的克星和致命伤。一个很大的误区在于,持散文可以虚构观点的人,实质上是将重构完全等同于虚构,以为虚构才是现代散文突围的方向,并把它当做现代散文借此区别于其他散文的标志。这实际上是将小说与散文之间最后一道界桩拔除掉了。散文写作是据实而构,由构而虚;这个"实"以基本的存在事实为真,而"构"是处理这些存在事实的方式,尤其是在细部和氛围上的重构方式;这个"虚"是由"实构"而生发出来的情韵、意味的空间。而小说是据虚而构,由构而实。这个"虚"是入世甚深者超乎其上之"虚","构"即是"御风而行",取乎其神而造之,并由此试图达到本质真实之"实"。也就是说,与小说相比,散文是非虚构文本。

《人民文学》在2010年推出了"非虚构"栏目,其中先后发表的梁鸿的《梁庄》、慕容雪村的《中国,少了一味药》、萧相风的《词典:南方工业生活》等,引起了读者和批评界的强烈反响。《人民文学》的"非虚构"并非是一个新的文学命名,它源于美国的非虚构文学、非虚构小说。《人民文学》对于"非虚构"的倡导,其重要价值在于赋予了关于"非虚构"更多新的诠释和中国价值。《词典:南方工业生活》实际上是一篇大散文,或者说是一组系列散文,放在"非虚构"栏目里是比较合适的。《人民文学》用几十页刊登这篇大散文,可能是《人民文学》发表的最长的散文之一,但也只是选载。《词典:南方工业生活》的完整版由花城出版社出版。在这部十多万字的作品中,"打工作家"萧相风以"打工""爱情""电子厂""老乡"等词条为题,根据自己长期的打工生活经验,借助于社会学和人类学"田野考察"的方法,逐一对南方工业生活进行书写,力图通过客观叙述,打碎先入为主的价值观和审美观,呈现生活现场一度被遮掩的秘密和真相,以词典的方式有机地剖析了工业的物性和被工业的齿轮带动起来的异常活跃的人性。工业影响和塑造着现代人的感性，但它自身却往往不再是感性对象。《词典：南方工业生活》，让我们看到了工业中的人——那些曾是农民的工人，不是作为"问题"，而是作为活生生的人，在工业中劳作和生活。这篇大散文被认为是近些年来罕见的对工厂和工人生活的深入的第一手表达。1999年毕业于北京信息工程学院的萧相风，南下广东，反复奔走于珠三角地区，从事过搬运工、普工、机修、业务员、QC、生产计划员、车间主管、工程师、经理和ISO专员等职业，近几年终于在深圳安定下来。《词典：南方工业生活》就是一个打工者2000年至今奔走于珠三角的生活纪实，作者用一种关键词的方式结构出一部打工生活的词典，用日记一般的真实记录诠释着这部词典里的每一个词，将他日常所经历的，所感受到的，所接受、抗拒甚至无可奈何的种种经验和体验如流水账似的细细道来。萧相风说："目前就我个人而言，我注重真实、自然，其次是浑厚和韵味。真实，是指态度的真诚，情感的真切，灵魂的真实，现在讲假话的人太多了。自然，是我个人的追求，我看不惯拿腔捏调的东西。当然，有些矫情也是必要的，写作本身就是一件矫情的事。但返璞归真、抱朴守静，是个大境界，我也做得不好。"

周齐林的打工散文，最近几年也引起广泛关注。他的散文《南方工业生活手记》一举荣获华语民间散文大奖第四届在场主义散文奖新锐奖，成为该届最年轻的获奖者。《南方工业生活手记》，有着超越作者年龄的冷静和从容。冷硬的铁件、逼仄的居室、脏乱的空间、荒凉的情绪，物质技术的强大冒进，与人类美好情感的萎缩空败等，这些工业化、城市化进程中的当下元素，被作者照相式地呈现出来，有一种真相剥离中震撼人心的在场力量。在周齐林的《病历》（《作品》2013年第3期）中，因为深陷在巨大的经济压力之中，"我"放下病重的爷爷和身患重度风湿经常半夜从疼痛中惊醒过来的母亲，逃跑般，踏上了南下的火车，"如一条虫，藏在火车肚皮深处。在奔驰的夜色里，故乡愈来愈远"。来到南方的工业城市，然后自己感受到的就是与漂泊交织在一起的陌生与熟悉，欣慰与失望。在夜晚，更是有"一种强烈的悬空感忽然间袭过来，狠狠地攫住了我，撕裂开来，它汹涌咆哮着，让我局促不安"；在白天，"我"消失在鞋厂、制衣厂、电子厂、背包厂等各式各样的工厂的茫茫的工衣里，迟缓、滞重、逼仄、苦闷、枯燥、单调，循环往复，于是"在日

复一日的日子里,平淡琐碎中,我愈来愈感到生活的残酷,感到时光的不可抗拒性"。在异乡,当自己以匍匐的姿势生存下来,回望千里之外的故乡,能有哪个人不会泪流满面呢?

"打工散文"以个人经验为依据,无不包含着"打工作家"对自身经验的确证,他们从个体主体性出发,以独立的精神姿态和话语方式,去处理他们的生存、历史和个体生命中的问题。"打工散文"是粗糙的,有时甚至是简陋的,但是,它深刻切入到我们这一代最基本的历史境遇中去,在文学话语与历史话语,个人化的形式技艺、思想起源和宽大的生存关怀、文化关怀之间,建立了一种深入的彼此激活的能动关系。

四、打工纪实

除了小说、诗歌、散文之外,"打工文学"中还有一部分属于"非虚构""打工纪实"作品。这类作品可以分为两类,一类是报告文学,一类是自述类。

对现实或者说当下社会生活的直击,是报告文学与生俱来的基本品质。从二十世纪八十年代末开始,"民工潮"引起了一些新闻记者的关注,于是,出现了一些关于"民工潮"的报告文学。报告文学在八十年代文学、文化地形图中占据着特别突出的位置,在某种程度上,报告文学充当了新闻调查的功能。葛象贤、屈维英在对1989年春节后出现的民工潮进行三个多月的追踪寻访的基础上,于1990年出版了《中国民工潮——"盲流"真相录》的报告文学,把刚刚出现的"民工潮"比喻为"中国古老的黄土竟然流动起来了——那像黄土一样固定的中国农民开始像潮水一样流动起来,而且势头很猛"。这里的"黄土"与陈凯歌的电影《黄土地》一样是八十年代以来对中国特有的修辞方式。1992年,海天出版社出版了打工文学系列丛书,丛书包括打工题材报告文学集《青春寻梦——广东打工潮追击》,收入了《来自女儿国的报告》《凤栖何方》《深圳临工》《青春变奏曲》《外来工问题报告》《在蛇口,一次短暂的"罢工"》《打工族面面观》《外来工冲击波》《从打工仔到总经理》《一个湘女的三级跳》《来自梅州的一群打工仔》等15篇报告文学。这可能是广东最早的一部打工题材报告文学集。这套丛书还包括安子的《青春驿站——

深圳打工妹写真》（以下简称《青春驿站》），也属于"打工纪实"。《青春驿站》由一个个或长或短的人物序列构成，包括安子自己在内，共写了十六个女性在深圳特区的故事。这些深圳打工妹都在深圳"掌握了生命的舵把"，实现了自己的梦想，找到了适合自己的生存空间，"懂得了自己存在于社会的价值"，"懂得了青春生命的内在涵义"。在这本书的内容提要最前面写着："这是全国第一部由正宗打工妹写出来的打工文学作品"。2005年，安子由作家出版社出版了《边缘档案——深圳保姆写真》，她继续"微笑看世界"，继续充当打工妹的精神引领者。安子在她的书信体文集《安子的天空》《青春絮语》中创造了不少警句：每个人都有做太阳的机会；风筝会飞是因为逆风，人会成长是因为逆境，等等。安子的创作也属于底层叙事，但她又完成了对底层处境的超越，表现了打工者群体阶层变迁的可能性。她先后被CCTV、新华社等主流媒体喻为中国"打工皇后"，是深圳十大杰出青年，中国改革开放二十年二十个历史风云人物之一。2007年，湖北人民出版社出版了傅加华的纪实文学《中国第一打工妹——安子传奇》。最近几年关于"农民工子女"的长篇报告文学出版了数十部，如黄传会的《我的课桌在哪里——农民工子女教育调查》、聂茂的《伤村——中国农村留守儿童忧思录》、阮梅的《世纪之痛——中国农村留守儿童调查》、邱易东创作的《空巢十二月——留守中学生的成长故事》等，这些报告文学揭示出来的社会伤痕发人深省。2005年《北京文学》举办"第二届北京文学奖"，将"读者最喜欢的报告文学奖"颁给了胡传永的《血泪打工妹》。面对一个个遭受厄运的打工妹：自杀的青苇，被杀的韩桑，失踪的袁芹，疯掉的柏家芸……同样是女性作家的胡传永以这篇含泪带血、充满悲愤与真实描述的报告文学，唤起我们良知的苏醒和心灵的震颤。梁鸿在《中国在梁庄》中，也为我们讲述了一个留守女人春梅因为性问题而自杀的悲剧，以复杂多端的角色和角度，呈现当下的、具体的村庄，梁庄成为认识后乡土中国的醒目标本。"打工作家"张伟明的长篇系列纪实文学《深眸·女》，不再把目光停留在还在打工的人群身上，而是延伸到了那些曾经在深圳打工，而今不知道流散何方的打工女身上。他关心她们的过去，关心她们的现在，关心她们的未来。他游走祖国各地，四处打听和采访曾经为深圳流过血汗做过贡献的打工妹，把悲悯的情怀和敬畏的心灵，带到了一个崭新的境界和崭新的高度。2012年4月，花城出版社出版了《洪流·中国农民工30年迁徙史》，由《南方都市报》特别报道组撰写，是首部全方位关注农民工、阐述当代中国巨变的历史实录。

生活·读书·新知三联书店2006年出版了《失语者的呼声——中国打工妹口述》一书，记录了十六位打工妹口述的故事，它以最直接和全面的方式，记录了基层打工女性的声音，使她们真正成为发展的主体，实践表达意见的权力。中国经济出版社2010年出版了《繁花：中国打工妹实录》，是中央电视台《半边天》之《繁花》栏目播出内容结集，主持人张越深入几十个地点，跟踪寻访数百人，勾勒出中国年轻打工妹的辛酸与幸福，以独特视角娓娓道出打工妹的来龙去脉，亲身故事和离奇遭遇。《繁花》这个节目已经不是很纯粹的电视片，也不是很纯粹的纪录片，它像一个社会学意义上的女性生活的影像样本。由贵州教育出版社出版的《中国农民工口述实录》一书，是贵州电视台电视谈话类节目《中国农民工》已播出节目内容的集结，它也保持了节目中由农民工讲述自己故事的基本样式。

具有文学性的自述类作品，是由"打工作家"创作的带有自传体性质的纪实小说，因为这类作品所描写的就是作者自己的打工生活，而现实有时比虚构更加令人目瞪口呆。小说所展现的他们的艰辛与苦难，他们的爱与恨、伤与痛、血与泪，比很多文学作品中虚构的故事更加残酷，足以令一切叙事技巧黯然失色。现代出版社于2008年出版了杨海燕（房忆萝）的《我是一朵飘零的花——东莞打工妹生存实录》，这本书以朴素的笔调、纪实性的手法记录下了自己的打工经历，讲述了一个打工妹所看到的、经历的和体会的城乡世界，记录下了工业化过程中一个普通打工女孩的命运。这不仅仅是她个人的命运，也是这个年代背井离乡的打工群体生活状态的一个缩影。诗人叶匡政在这本书的推荐语中给予了高度评价："房忆萝的《我是一朵飘零的花》，无疑是真文学，是活文学，它与中国当代文学所散发的那种棺木气息全然不同。这部作品提醒我们，文学首先是真实，在此前提下，才能言及其他。中国社会的真实精神状况，在这部作品中昭然若揭。绝不能认为它描述的是所谓的底层生活，它呈现的是全社会的生存与精神现状。如果一定认为有什么底层生活，它也远比其他层面的生活来得纯朴与干净。"2010年，世界知识出版社出版了周述恒的《中国式民工》。这本书是以周述恒十三年的打工经历为原型结合身边工友们的故事,记录了农民工群体在城市里打拼的种种际遇、悲欢离合。该书以小凡、小林和张志伟这三个农民工背井离乡的打工生活为主线,反映了农民工艰辛的生存状态,以及农民工在城市里很难找寻的认同感与归属感。故事涉及黄牛党、黑中介、狠城管、卖淫小姐等众多社会角色,有工伤索赔之痛,有用生命相胁讨要工资的血泪故事。该书给读者展现了一个特殊的群体——进城务工农民工的原生态生活,以及在目前体制下,农民工演绎出的一幕幕悲壮而艰辛的生存之路。

丁燕在打工"非虚构"创作方面,产生了全面性的影响。《工厂女孩》获新浪读书2013年"中国十大好书"、2013年中国报告文学优秀作品排行榜榜首、国家图书馆第九届文津图书奖。《低天空:珠江三角洲女工的痛与爱》获第五届徐迟报告文学奖,第六届鲁迅文学奖提名。《工厂男孩》获亚洲周刊2016年年度十大好书。著名作家周国平是如此评价《工厂女孩》的:"中国逐年推高的GDP中有工厂女孩挥洒的汗水和青春,但她们本身处于无名状态,生存境况似乎无人关注。作者丁燕在接近不惑之年去当女工的勇气和坚韧令人敬佩,正是因为有这样长时间的亲身体验,她才对女工的生存状态有了真实、细致、具体的感知,才写出了这部血肉丰满的纪实作品。"《工厂女孩》是丁燕经过长期观察及深入思考,最终历练而就的,堪称当下中国非虚构文学之难得力作,它不仅传承中国纪实文学之传统,并在写作手法上有所实验和拓展,血肉丰满,人物鲜明,故事跌宕,情绪饱满。在2013年出版了《工厂女孩》后,丁燕于2016年5月出版了《工厂男孩》,她将视线投放到80后、90后男工的生存状态,以亲历者的探访,作家的情怀,铭记下她所目睹到的风起云涌或暗淡幽微,描绘出新生代产业工人历尽沧桑的人生百态和心路历程。《工厂男孩》是一次直面新时代的新尝试。这也是一部能留给未来,并可能被未来所回顾及重视的非虚构佳作。在《工厂男孩》一书中,丁燕向读者描述了一幅尖锐的东莞城市肖像——关于衰退和发展,关于破坏和重建,关于伤痛和希冀。她用她对东莞这座城市的诚恳,描述了这座城市如何膨胀式发展,又如何自我修复。在她看来,东莞是中国最具戏剧性色彩的城市,也是被污名化最严重的城市,其风格类同西部片,其成长饱受争议。然而,三十多年来,东莞以"海

纳百川"之胸怀，让无数打工者汇聚于此。这些打工群体的困惑与无奈，爱恨与情仇，如万花筒里的璀璨碎片，复杂多变，难以预测，但又意义深远。以直面的方式目睹打工者的生存现状，引发了丁燕的惊叹与沉思，促她记录下她所目睹到的当下。而纵观全书可知，让她始终念兹在兹的核心问题，是发展大潮中，人如何维护其个体之尊严。

五、纯文学与俗文学

文体学分类并不能完全解决"打工文学"的审美评价问题，我更看重"打工文学"的雅俗之分。"打工诗歌"、"打工散文"、"打工小说"可以根据它们的审美特征进一步的细分。在"打工文学"之中，俗文学与纯文学在不断拉开距离又不断渗透弥合的双向作用中共同发展，这两种文学各有各的读者，各有各的趣味，两者并不构成竞争关系。"打工文学"中的纯文学作品，主要刊载于《人民文学》《收获》《花城》《当代》《诗刊》等所谓纯文学刊物上，俗文学作品则主要发表于大众刊物上，如《故事会》上的"打工故事"。《佛山文艺》《江门文艺》等刊物发表过的"打工文学"则雅俗共赏，有雅有俗。纯文学和大众文学越来越具有兼容性，恰恰是这个时代文学发展的一种新的契机。

纯文学的概念产生于二十世纪八十年代，是相对于刚刚结束不久的"文革"时期庸俗政治化倾向的文学加以区别。就现在而言，其概念更多的是倾向于针对目前的流行文学或通俗文学来讲的。"打工文学"的经典作品产生于纯文学创作，"纯文学"是"打工文学"的精华所在。打工文学中的纯文学，才是真正值得人们关注的文学，一种真正的艺术意义上的文学。在小说、诗歌、散文等不同文体的书写中，"纯文学"一直是一些"打工作家"艺术追求中的内在目标。"打工文学"的纯文学化，其实也就是打工生活经验的纯文学化。打工文学不是简单地呈现底层生活的贫穷、艰辛甚至某些可以想见的枯燥和乏味，而是以来自纯文学的、训练有素的目光去审视那贫穷、坚信、枯燥和乏味。当那些表面上的社会功能远离文学之后，我们会发现，文学裸露出的严肃而深情的内核，刚好是这社会最严肃而深情的内心需求：这种需求就是用最极端的感受力和思考力去反观自身,社会和个人同样需要以文学来感受自己、了解自己、拥有自我意识。蔡翔对"纯文学"之于当代文学的意义做过这样的阐释:"近二十年来,'纯文学'是一个极为重要的核心概念,它不仅创造了一种崭新的文学观,同时也极大地影响并改写了中国当代文学,这个概念有效地控制了具体的文学实践,同时,也有效地渗透到了文学批评甚至文学教育之中,任何一个人对此都不可能漠然视之。而在某种意义上,甚至可以毫不夸张地说,'纯文学'这个概念在中国的产生、兴起乃至对整个文学史的控制,都留下了现代性在当代中国的影响痕迹。""打工文学"从它诞生的那一天起,就受到了"纯文学""先锋文学"等当代中国文学思潮的深刻影响,一些"打工作家"的作品也可以看作中国当代"纯文学""先锋文学"的一个重要组成部分。如"打工作家"林坚的中篇小说《别人的城市》,就发表在1990年第1期的《花城》杂志上,而《花城》那时是中国"先锋文学"的重镇。进入新世纪以来,一些"打工作家"成为《人民文学》等所谓纯文学刊物的常客。一个"打工作家"并不仅仅生活在"打工"之中,生活在"此刻",他生活在一个更大更浩瀚的世界之中,尤其是当今传媒、通讯手段的发展,使我们生活在一个由各种不同事物、事件所组成的综合境域之中。不管什么样的文学,从本质上来说是共通的,彼此间的影响有一个看不见的秘密渠道。中国当代的文学思潮,"打工作家"都敏感地参与了,他们的作品都留下了"纯文学"的影响痕迹。那是他们从当代中国文学乃至世界文学那里得到的深刻馈赠。只是在当代中国文学的格局之内,除了王十月、郑小琼外,打工文学的"纯文学"写作一直没有得到足够关注。"打工文学"的纯文学写作,无法轻松地纳入以市场经济机制为中心的文化体系和符号秩序。它们更像是一些边缘性的文化碎片。"打工文学"从来没有、也不曾想成为什么显赫的东西,"边缘"几乎是它与生俱来的属性。尽管如此,它还是给当代的文学世界注入了一股鲜活的血液,也从以商业利益为逻辑的强势话语当中分割出一方文化空间,为当代文学保持了几许丰富和弹性。

通俗文学指的是除了民间文学以外,还包括现实创作的通俗化、大众化,具有较高的商业价值,以满足一般读者消遣娱乐为主要目的的文学作品。通俗文学又称大众文学、俗文学,与严肃文学、雅文学相对应。通俗文学只是

以相对通俗化、简单化的文学手段给人主要以娱乐方面的享受，其思想的苍白和艺术价值的贫乏是远远不能与纯文学相比的。我们应该允许多种文学样式的存在，这两种精神产品都要生产，以满足不同的读者需求。从现实来看，纯文学读者群相对较少，而通俗文学正在大量地占据着低文化人群。有着比较深刻文化内涵的纯文学作品远远比不上那些快餐式的、被以工业化方式生产出来的通俗文学、网络文学流行得快。"打工文学"中的"打工故事""打工歌谣"属于通俗文学，与此相对的是"打工文学"中的纯文学写作。从二十世纪九十年代开始，《故事会》上的"打工故事"开始增多。《故事会》杂志是上海文艺出版社旗下一本以发表故事为主的通俗文学刊物，其发行量在中国乃至世界文化综合类期刊中一直名列前茅。上海文艺出版社2008年出版的《故事会：打工故事》收编的二十四则故事比之于生活本身只能算是沧海一粟，但它们确确实实是生活中打工仔、打工妹们打工生活的写照与缩影。2009年，华东师范大学出版社出版了《感动农民的68个打工故事》，书中具体收录了《深圳到底有多远》《不让摸脸的打工妹》《打工妹追衣款》《陌生人的电话》《那年冬天好大雪》《草根英雄盼实在》《多一个，少一个》《兄弟，我用生命捍卫你的爱情》《今夜，我们只相依在一起》等打工故事。在"打工小说"创作中，韩宇的《东莞不相信眼泪》、洪湖浪的《牛小米外企打拼记》、周述恒的《中国式民工》等带有通俗色彩的作品，在市场上的发行量远远高于王十月、戴斌、林坚等人的"纯文学"作品。

对"打工文学"进行细分的确是困难的，比方说，一部小说可以按不同的标准划进不同的类型，或者一部分小说本身就是混类、跨类现象。比如，郑小琼由花城出版社出版的诗集《女工记》（诗集中的大多数作品已在《人民文学》《天涯》《钟山》等刊物上发表）由三部分构成：主体部分是诗，插有"手记"，还有"后记"。这三部分是一个整体，缺一不可。"手记"是进一步说明，描述，或者扩大，联想，是主体部分的补白和伸延。"后记"其实也是必要的补充。整部作品的文字形式有两种，一种是诗，一种是散文。文学类型的细分没有一成不变的标准。但是，无论分类对象多么复杂，只要坚持科学的分类标准和切实可行的分类方法，都是可以被解释和说明的。

第一章

一种先锋性文学

"粤派评论"视野中的"打工文学"

广东是中国改革开放的先锋、理论创新的热土。在这片热土上最早诞生的打工文学,是一种先锋文学。受先锋派文学和现代主义运动的影响,"打工文学"存在着复杂的先锋艺术因素。这里所指的先锋文学,是指二十世纪八十年代中期开始的在中国当代文坛掀起波澜的现代派写作。中国先锋文学的繁盛期,正是现代主义、存在主义、后现代主义在中国广为流行的时期,由于受到多种西方现代思潮的影响与渗透,中国的先锋文学不可避免地成为现代主义、后现代主义、存在主义的混合体。先锋文学带有明显的模仿和贩运外国现代派写作的痕迹,但事实上模仿和贩运本身就是一种功绩。先锋的意义就在于它的革命性,它打破旧的范式,为范式的重建提供了新的材料。"当代美学不能忽视艺术早已进入后先锋派阶段的事实,也同样不能忽视历史上的先锋主义运动给艺术领域带来的深刻变化。"①一些深受外国现代派和当代先锋文学思潮影响的"打工作家"无意中继续充当了先锋的使命,他们贩运过来的现代派的一招一式,都具有锐利的锋芒,使文学获得了更为广阔的空间。

在《别人的城市》《深南大道》《白斑马》等打工小说中,线形、整一的故事时间被弄得支离破碎,叙事时间能指化倾向十分明显,完全可以归类于"先锋小说"。周崇贤1995年出版的首部长篇打工小说《隐形沼泽》把一个深沉的故事撕裂成为一块一块的碎片,所有的人物都隐藏在那些蒙太奇式的叙述中,创作出了与传统小说和现代先锋小说交织的艺术实体。曾楚桥写过一篇小说《王十月写秋风辞》,有意混淆现实与虚构的界限,让真人真名出现在作品中,既互相指涉,又互相拆解,使作品拥有了一种似真非真、似假非假的艺术效果,这种小说技法在"先锋小说"那里被称为"元叙事手法"。《酒徒》是香港作家刘以鬯的一篇小说,被誉为"中国第一部意识流小说"。在"打工作家"张伟明的小说语言里能看到《酒徒》的影子。张伟明说:"《酒徒》是一部很智慧的小说,我反复看过不下十次,还有一本书《流放者归来》,这是我

---

① [法]热拉尔·热奈特著,王文融译:《叙事话语 新叙事话语》,中国社会科学出版社,1990年9月版,第12页。

一直反复看的两本书。《酒徒》还有一些优秀的小说影响了我的写作技法，对《流放者归来》的经常阅读能令我常常保持一种清晰的思维。"[1]谢湘南、张绍民、郑小琼、辛酉等人创作的"打工诗歌"，也是当代先锋诗歌的重要组成部分。郑小琼曾荣获《诗选刊》2006·中国年度先锋诗歌奖，在台湾唐山出版社出版的大陆先锋诗丛中，郑小琼也名列其中。他们正是凭借成熟的"先锋诗学"，使诗歌恢复并拓宽了介入处理现实、历史深广度的能力，获得了自由叙述的维度和可能的发展空间，最大限度地打开了存在的遮蔽，建立起诗歌与当代生活的更加广泛的关系。"先锋诗歌"与现实并不就是一种疏离状态，而是同样对时代作了鲜明而尖锐的发言，以此对社会正义、人性、文明和历史尽职尽责。"先锋诗歌"中出现的叙事性、反讽和喜剧化、口语化的写作倾向，就是这种立场和精神在诗歌中的体现。2010年以大散文《词典：南方工业生活》荣获人民文学奖的"打工作家"萧相风，著有《中国现代诗歌普及十讲》，曾自印诗集《噪音2.0》，也是一位先锋诗人，他对北岛、多多、杨炼、于坚、余怒、雷平阳、蒋浩等人的现代诗歌有深入研究。对于本来就是先锋作家的残雪，她的打工题材小说《民工团》毫无疑问是属于先锋小说写作，与她的小说《黄泥街》《山上的小屋》《苍老的浮云》一样，仍然用怪诞离奇的意象、非理性非逻辑的情节、性格扭曲的人物演绎怪诞的主题。残雪以她那惯用的怪异与冷峻将小人物之间在"死囚"般生存处境里还相互告密和互相压迫，为了追求一己利益而力争强权等道德错位和灵魂缺失进行了揭露。虽然她采用的是一种变形的写法，让我们觉得另类，但其借用"民工团"这一底层组织来展开，又让你感觉到其对道德拷问的严厉以及对人性追问的犀利。

评论家李德南在评论新锐打工作家陈再见的文章中，注意到了陈再见"还可以视为是先锋小说的承传者。许多如今仍然坚持严肃的文学探索的青年作家，大多受到过余华、苏童、格非等先锋作家的影响。正是昔日的先锋写作，为这些青年作家提供了写作技巧上的参照，让他们得以迅速地完成诗学或叙事艺术上的积累，从而能够多样地、自如地和现实短兵相接，进行个人

---

[1] 袁可嘉：《现代派论·英美诗论》，中国社会科学出版社，1985年5月版，第144页。

化的写作风格的建构。这种承传关系,在陈再见的身上也存在。他的《喜欢抹脸的人》《妹妹》《大军河》《上帝的弃儿》等作品均能看出这一点。"在《喜欢抹脸的人》中,对虚无、宿命的主题的重述则跟往昔的先锋小说非常接近。《妹妹》的主人公名叫林果,他生性敏感,有些忧郁的气质。他出生于乡村,成年后入城打工。这个敏感而忧郁的青年一直在记忆与现实之间踟蹰。就主题而言,这篇小说一方面继承了昔日的先锋小说家对宿命这一主题的关注。"陈再见在此展现出苏童式的细腻而独异的想象力,以及余华式的冷酷。"李德南也注意到了陈再见对先锋小说的一种超越:"如果只是传承先锋小说的叙事艺术和主题,小说的意义终归是有限的。好在这篇小说在另外的层面能有所推进,有所创造。以往的先锋小说有非常浓重的观念预设的痕迹,观念也跟现实多有隔膜,陈再见则曾试图让这种相对空灵的观念找到现实的根源,让小说的写作足够及物,贴近现实。虽然小说中没有用很多的篇幅去写林果的打工生活,但是这篇作品相当到位地写出了林果作为新生代的农民工在城市里生活的艰难,尤其是当厄运降临时,他是如何的难以承受。这种虚与实的结合能力,是超过他的文学前辈的。这种能力,在《上帝的弃儿》则得到了进一步的彰显。"

"打工文学"从诞生的那一刻起,就打下了"先锋文学"不可磨灭的影响烙印。无论是精神层面上的,还是具体的文学技巧层面上的,都进行过仿效、移植、吸收并创造性转化。"打工文学"既有受"先锋文学"有形无形影响的一面,也有立足自身主体性上"反影响"的一面,而且后者似乎更为重要。当年先锋文学的形式变革,其挑战的对象是多年来现实主义定于一尊的霸权。但当"先锋文学"逐渐成为一个主流概念以后,演变为对社会任何一方的利益都没有实际触及的"最安全"的文学,缺少对社会变革的干预和对现实的介入。主流的先锋文学概念因此具有了保守性和封闭性,不少在"先锋文学"观影响下的写作出现了与社会相脱节的问题,某种程度上正削弱或曲解先锋性。普遍推行"形式乌托邦",也会排斥文学的多样差异,甚至会出现"艺术暴力"或"艺术专政"。"打工文学"没有被局限于形式的翻新,顽强地保存了主流之外的自由、草根性和先锋性,特别在题材的开拓、思想的突破上,都扩展到了更真切的历史语境。而先锋就是自由,从这个意义上说,"打工文学"倒成了我们这个时代最具"先锋性"的文学。而打工文学最早的代表之一，林坚的中篇小说《别人的城市》，先锋性元素非常明显。

打工文学的先锋性写作，在打工散文里也有所体现。如塞壬荣获人民文学奖的散文《转身》，与先锋文学存在着一种内在联系。塞壬从自己对时间、历史、人的存在与散文本质的思考出发，有选择地接受了先锋小说在时间实验上的探索成果，《百年孤独》时间模式得到了再创性运用。马尔克斯对二十世纪后期中国文学的强烈刺激与深刻影响，已成为文学史上一个不争的事实。《百年孤独》的时间模式引发中国文学现代意义上的叙事变革，主要体现在先锋小说的时间实验。如"多日之后，4的父亲在一个傍晚站在院中时，蓦然感到难言的冷清"（余华《世事如烟》），"在这个发现之后很久，也就是一九六八年五月八日那一天，一个年轻的女子向我走了过来"，"多日之后的下午，我离开了自己的寓所"（余华《此文献给少女柳杨》）等等。苏童的《米》、格非的《敌人》、叶兆言的《枣树的故事》等小说都不时出现"许多年以前""许多年以后"之类的时间句式。"许多年以前"是使"现在"与"过去"发生联系；"许多年以后"则是使"现在"与"未来"联系起来，而"现在"一变而为"过去"，具有一定的预叙意义。谈及马尔克斯的"影响"，美国比较文学家约瑟夫·T.肖认为："各种影响的种子都可能降落，然而只有那些落在条件具备的土地上的种子才能够发芽，每一粒种子又将受到它扎根在那里的土壤和气候的影响。"以此分析马尔克斯在现代中国传播与接受之原因主要有二：一方面有降落着的"影响的种子"，即二十世纪后期以来以马尔克斯为代表的拉美魔幻现实主义在欧美乃至世界范围内的"爆炸性"影响；另一方面，也许是更重要的方面，则是有"条件具备的土地"，即作为接受主体的中国文学与马尔克斯的文学有着极为相似的历史文化语境和现实文化境遇。塞壬在《转身》的开头明显借鉴了小说《百年孤独》的写作手法，但却让人耳目一新："多年以后，再也没有人跟我提起过1Cr18Ni9Ti，3Cr2W8V，H13，D2，Gcr15，W9……（它们是特种钢的代号）这些埋藏在钢铁料场深处的精灵，这些曾跟我鼻息相闻、有着隐秘默契的金属元素，这些满怀希冀并等待一种热切的目光跟它们相撞的钢铁贵族……我在一个下午脱下了蓝色的工装及红色的安全帽，空着手，一个人步伐稳健地走出钢厂的铁

门,它'砰'地关上了,它把一个人的命运就此切断。那个遥远的下午如此简单。"这让人想起马尔克斯精心构思的《百年孤独》的著名开篇语句:"许多年之后,面对行刑队,奥雷良诺·布恩地亚上校将会回想起,他父亲带他去见识冰块的那个遥远的下午。"在《转身》这篇散文里多次出现类似的句式:"多年后,我在南方的城市""多年后,我在南方认识了郑小琼""从那以后,我学会了沉默""多年后,流浪于南方"……这些具有"母题"意义的语式明显来自马尔克斯《百年孤独》的"许多年后……"这是《百年孤独》的重要叙述语言,这道叙事语式确立了叙事时间与故事时间之间的循环回返的圆形轨迹,叙事时间从过去跨进现在,又从现在回到过去,叙事由回忆展现,回忆使时间重复出现。塞壬散文循环的叙事方式和结构形态恰好同散文的"下落不明的生活"主题构成和谐统一的整体。"下落不明的生活"也就在这一时间循环结构中呈现。这个循环往复的时间结构使时间和命运交织一起,人们在时间的年轮中无法摆脱轮回的命运,使散文蒙上了不可逃脱的宿命色彩。现在,塞壬把先锋小说的叙述革命引入散文形式领域,有效地促进了汉语散文在叙事和形式层面上与当代先锋小说的接轨。

在这里,我将以林坚的小说《别人的城市》、曾楚桥的小说《幸福咒》、王十月的小说《白斑马》与《寻根团》为例,采用文本细读的方式,探讨打工文学的先锋性写作。

一、《别人的城市》与林坚的先锋面影

1982年初,因深圳市蛇口工业区某港资企业招工的机会,林坚得以来到深圳工作生活至今。期间工作几经跳槽,先后从事过流水线工人、娱乐场所服务员、企业主管、机关单位宣传干事、秘书,现为深圳某杂志编辑。1984年开始发表文学作品,中篇小说《别人的城市》获广东省第八届(1989—1991)新人新作奖、深圳十年(1980—1990)大鹏文艺奖、深圳市首届青年文学奖,长篇小说《有个地方在城外》获深圳市第二届(1996)大鹏文艺奖。林坚是广东最早出现的"打工作家"(1982年高中毕业后到深圳港资厂做杂工),也是极具艺术形式感的"先锋作家",他的短篇小说《深夜,海边有一个人》(《特区

第一章 一种先锋性文学

文学》1984年第3期）是最早表现打工者生活的小说之一。在已经出版的各种"打工文学"选本里，作为林坚的代表作，他的中篇小说《别人的城市》（原载《花城》1990年第1期）一直占据着头条位置。这个掷地有声的小说标题已经成为打工一族的口头用语和精神印记。这篇小说为什么会成为"打工文学"的经典文本？根本原因在于作者选择了更切合表达生活、现实、想象和生存直觉的文本形式，充分地意识到小说作为一种超越现实功利的精神创造现象其自身的结构方式，从而，以他的写作实践，为小说文体形式赋予自主的意义，使我们感到小说的文体形式所具有的难以替代的魅力。这是容易被我们忽略而又恰恰是小说成功的重要元素。因此，我们有必要把《别人的城市》放置在文学而不是庸俗社会学的范畴中来加以分析，小说的人物、叙述、结构、场景、情节、细节，在这里被当做"先锋小说"来鉴赏而不仅仅是被当成社会学的一份材料来加以利用。

（一）时间的解构与碎片的美学

《别人的城市》在叙事时间安排上表现出对现实主义传统的背离，是一篇语言形式实验性很强的先锋小说。也许可以这么说，在二十世纪八九十年代那场先锋文学浪潮中，先锋派作品中曾经有过的新因素，在《别人的城市》中全都有了。仅凭这篇小说，林坚是无愧于"打工文学"中的先锋作家称号的。在这篇作品中，林坚大胆地进行了小说文本的先锋实验，对传统的"时间流"加以颠覆。作品不再是传统的起、承、转、合，即开端、发展、高潮、结局，作家对小说有"时间切割"权力，给人感觉一种碎片式的叙述。

"先锋小说"通常被界定为二十世纪八九十年代那一场声势浩大的带有实验性质的小说形式创新运动。先锋小说使中国小说叙事美学发生了根本性的变革。小说美学观念的嬗变必然引起叙事各要素的变革，而其中，叙事模式——叙事视角、叙事时间、叙事结构的变化最具有革命性意义。传统现实主义小说为了追求故事的真实性，而把叙事时间全部压制到故事时间中去，压抑在最原始的层面，叙事时间与故事时间是完全一致的。而在先锋小说那里，叙事时间拆解了故事时间，故事时间受到压抑，叙事时间浮出，能指时间消解了所指时间。先锋小说叙事时间能指化是先锋叙事美学最核心的内容。法国结构主义批评家热拉尔·热奈特在《叙事话语》中曾援引著名电影符号学家克里斯蒂安·麦茨的一段话来印证叙事时间性的重要意义，他说："叙事是一组有两个时间的序列……被讲述事情时间和叙事时间（所指时间和能指时间）。这种双重性不仅使一切时间畸变成为可能……更为根本的是，它要求我们确认叙事功能正是把一种时间呈现为另一种时间。"①从方法论角度讲，叙事是把故事时间转化为能指时间的技术，而从最根本的意义上讲，它是对生命体验的一种方式，因为时间是生命的抽象形式。在叙事时，《别人的城市》总是把时间切断然后重新加以组合，以人物主观意识来中断、转换、随意结合故事时间，使小说故事时间不按线形状态前进。小说文本中叙事时间上的这种变化的标志表现为"那时""那天""三年多的日子里""以后的三个月里""当晚""那时候""从此以后"的运用。这种表达方式可在余华、莫言、格非、吕新等人的先锋小说里大量找到，如吕新的《葵花》"那天夜里，凯一个人在读小说《向日葵的故事》""老赵的爹那时候也闻到葵花的气息了"等，这道语式作为叙述的动机和转折直接出现，它或是经过伪装潜伏于故事的圈套中，或者作为总体叙述的叙述结构的策略起到作用，或者作为阶段性的关联语起到作用。在《别人的城市》里，叙事作为一种独立的声音，作为人物主观心理体验，与故事产生了分离，叙事借助后述法与预述法两道语式促使故事转换、中断、随意结合和突然短路。小说第一部分的开头便运用了"那时""那天"的句式：

　　我离开皇都丝绸时装公司，一骨碌投身进了一达公司，纯粹是机缘巧合的结果。那时，我们四个年轻小伙子，整日整夜在几百台电动缝纫机间出没。女工们一律笑着叫我们师傅，因为她们的血汗超产奖全操在我们手上，那天，领班叫吴良去领工具。我说我去吧，问题就要命地出在这里。

小说通过"那时""那天"句式引出"我"对皇都公司生活的一段回

---

① [法]热拉尔·热奈特著，王文融译：《叙事话语　新叙事话语》，中国社会科学出版社，1990年9月版，第12页。

想,用心理学词眼叫后述法,两个看似平常的字眼确立了小说的叙述起点。这个开头标明叙事者的叙述有个隐含的"现在"的时刻,小说的叙述其实是从"现在时"开始的。这一部分着重书写了"我"去领钳子,撞见"车间主管正和一个女工,在早晨精神的最佳状态里,轻呼小叫地坐着做爱"。这个"机缘巧合"的结果,导致"半个月后,我辞职了"。然后叙述进行转换,对"我在皇都公司三年多的日子"进行了简洁叙述,描写了"我"对"女儿国"的记忆:"记忆中,车缝工场里,永远弥漫着女性的体味和丝绸味,这种混合的味道深入我的肌肤,使我的朋友们一下子就能闻得出来。"这段文字对小说人物的出场起到了铺垫作用,引出了"相思王至美"的男师傅吴良和齐欢。对齐欢的交代只有最后一句话:"那时候,我还不知道,齐欢就在这个工场里。"这句话采用了预述法,把后面的事情提前叙述。这道叙事语式确立了叙事时间与故事时间之间的循环往复的圆周轨迹,叙事时间从过去跨进了现在。一个隐身的现在时的叙事者的存在,意味着小说的回忆有一个最终的参照和判断尺度,一个理想化的站在最后的制高点上的主体的存在。正是这一潜在的主体性观照着小说起点的"我"的回忆,使"我"的回忆纳入一个更大的叙事框架中,从而增添了文本释义的复杂。后述法与预述法在林坚的这篇小说里往往互相融合,这正是由于"现在时间"的存在,"我"成了站在终点的叙事者。在小说里,林坚利用这种时间语式给叙述提供任意转折的自由,故事一环扣一环地在这种时间语式上铰合或拆解,叙事时间最终改变了故事的自然秩序,叙事变成拆解故事结果的逆反时间运动。如小说第二部分的开头也隐含着"现在时间"的存在:

> 我活了足足二十五个年头,破天荒第一次坐上警车,是齐欢突然死去的第三天深夜。当晚吴良请我吃饭。

与第一部分的开头一样,这也是一个"逆时序"的开头。在叙事学中,故事时序和叙事时序之间的不协调称为"逆时序",是回溯性的叙事,即小说是以回溯的形式讲出来的。回溯是人的生存方式本身,回溯在追寻到过去时间的同时,也就确证了自我的此在,即当下的现存在。由于采用了"逆时序"

叙事,这篇小说的开端、高潮、结束的过程都不是按实际的时序进行的,打破了事件的自然秩序,而按照叙事的需要进行排列。第二部分的开头实际上是从故事时间的"中间"开始的,然后通过"解释性"的回忆,将故事完整地叙述完。小说第二部分是"我"对"齐欢突然死去的第三天深夜"的一段追述,整体上属于回想性质的后述法,但相对于"第三天深夜"之前的时间段而言,又是对齐欢之死的预述——通过警察对"我"的审讯透露出故事的结果局面:"男的用水果刀捅死在浴缸里,再用削了皮的电线,捆起女的活活电死。"而在这一段叙述之后,小说中女主人公还好好地活了很长一段时间。预述即是将未来要发生的事件提前叙述出来。在故事时间序列上,结果总是后于原因、过程发生的。在线形逻辑顺序中,结果显出极为重要的寓言教化作用。然而在先锋小说中,在叙事时间序列上发生了转化,叙事时间序列上结果出现在先于原因、过程的位置,于是线形的故事时间的寓言性被消解了,线形的历史观变成了宿命的无法扭转的循环历史观:不管故事以后如何发展,宿命的结论已无法改变。预述其实是叙事时间对故事时间介入的一种方式。在这篇小说的叙述结构里,"齐欢突然死去的第三天深夜",是叙事者"我"现在总体回忆的一个关键坐标。从小说叙事时间看,小说后面的七个部分,分别叙述了"第三天深夜"之前与之后的事情。第三部分写"我"被警察放出来后,被齐欢的妹妹齐乐接到巴昂公司驻南山工业区的总代理处,但中间又插入了一大段"我"的回忆:"我第一次见到齐乐,是一年前在她姐姐齐欢的宿舍里。当时,我和齐欢相对无言……"。第四部分写"吴良给了我认识齐欢的机会",回忆了"我"与齐欢初识的那个平安夜。第五部分写齐乐接"我"出来以后的三个月里,"我"在齐乐手下抄写文件,打电话给新世界总经理王铭(与齐欢一块死去的那个男人)的秘书周小姐。第六部分,写"我"与周小姐的见面与对话,中间插入"我"的一段回忆:齐欢告诉"我",她碰见了新世界总经理,想去那里做讲解员。第七部分写"我最后一次见到齐欢,是她自杀的当天晚上"。第八部分是写"我下定决心回家去,是在代理处两周年志庆酒会的晚上"。第九部分写"我"回到家乡,最后又离开了家乡。小说的九个部分(在小说里标为:一、二、三、四、五、六、七、八、九)不再是自然主义的时间延续,故事经常被叙事打断,故事时间呈交错状。故事时间的统一性被肢解,各个单元故事时间互相拆解，或者故事时间的有序性被弄得杂乱无章。故事时间的线形特征被取消，叙事时间作为独立的成分游离于故事时间之外。故事的独立性被消解，文本只是捕捉诗意的感悟及对人生之思的编织，故事只能作为主观情感的敞开，生长在叙事时间的支点上，叙事时间展开，才有故事时间存在的可能。

　　叙事时间与故事时间之间的时间差标示了叙事与故事之间的离异，使《别人的城市》这篇小说文本的内部充满了碎片特征，主要表现在意识的碎片性。碎片在含义上指片断，破碎的点状，被隔断的各个局部。碎片与人的意识相关联，意识组织一切感官活动，它统觉人在特定状态的各种直接经验，是知觉思维、情感、欲望的基础，意识调控着注意的信息量，意识分类各种经验状态，意识对各种记忆输入做出判断。在《别人的城市》里，叙事时间的主要特征是向人物主观意识转化，小说的每个部分都是对往事复现的记忆本身的断片形式，完全打乱了故事时间序列，本来连贯的时间序列在这里却被瓦解了，变成了一个个支离破碎的碎片。如小说的第六部分，王铭的秘书周小姐向"我"谈论王铭的生前情况，"周小姐伸出手去抓身边的一丛米兰，用力一拉，米兰沙沙地晃动，她的眼泪就扑簌簌滚落下来。我傻乎乎坐着，一时手足无措。"叙述到此，通过一行空格，插入叙述者"我"对齐欢生前的一个回忆片断：齐欢找"我"，"我"不在宿舍，"我"去女工宿舍找到了齐欢，她告诉"我"，她认识了一个人，是新世界的总经理……。这段回忆是"我"与周小姐对话停顿时的自由联想，是"我"内心活动的表达，是"我"的意识在流动。然后通过一行空格切换到"周小姐揩干眼泪……"，这个动作打断了我的记忆流程，重新开始对话。在《别人的城市》这篇小说里，或者说，整篇小说都是回忆的产物，回忆既是"我"的一种生活形态，同时又是小说的结构情节方式，是叙事形式。在《别人的城市》中，林坚有意识地做了碎片化处理，他把一个完整的故事打散，在叙事过程中，通过叙述者"我"的意识活动，不断地穿插记忆的片断，不仅故事是破碎的，人物、场景以及心理流程都是破碎的。以回忆作为结构方式，使《别人的城市》呈现出碎片的美学特征，因为记忆本身就是来自过去的断裂的碎片。

　　时间意识是二十世纪现代主义小说家和当代先锋小说作家比较自觉的一种意识。林坚的小说充分体现了这种自觉意识，他习惯把人物的内心活动、回忆、遐想等随时折叠到叙事中,这给阅读造成一些障碍,但是给叙事提供了复杂而多变的空间,充满了对存在与选择的复杂思考。林坚于1994年出版的《有个地方在城外》,是国内最早反映打工生活与心路历程的长篇小说之一,小说把此时的感觉与迷失的记忆相混淆,那些流动的生活表象渗透了一个打工仔的内心独白。主人公从小父母离异,没有家的感觉,幼小的心灵里便萌生出一种逃离的愿望,向往着拥有一个美丽而宁静的地方。长大后,他再也无法忍受封闭、落后的小城环境和亲情无存的"家",终于在一个早晨逃离至一个沿海开放城市。小说描写了三种生活:"我"在大坳镇的童年生活;在凤凰城的少年生活;在某大城市的打工生活。作者不是简单地介绍这些生活细节。童年生活与山区的落日记忆,少年生活与凤凰城里的凤凰花腐烂气味的记忆,与打工生活中的各种切身体验都交织在一起。也就是说,作者的叙述语言不仅来自于他的头脑记忆,还来自他身体各种器官的记忆。作品叙事主人公"我",拖着疲惫的躯体下班,在工房的屋顶上看到落日余晖,他的记忆与大坳镇山边的落日和父亲游街、母亲出走等震惊体验融合在一起。"我"在秋日的林荫道上,忍受着打工生活的无聊。但落叶使"我"闻到了凤凰城中凤凰花腐烂的气息,想到了在那里的各种困苦和遭遇。对现实的描写,通过各种记忆与过去的事件连在一起。主人公"我"的叙事突出表现了意识流的特征,一是时空和记忆的场景切换,二是所有的流程都由当下的某种感觉和事物触动。我们可以明显地看出,决定着叙事走向的不是同性恋老板方先生,不是恋物癖叶明远,不是钻营的钟立鸣,而一直是"我"的独白和追忆。尽管"我"的追忆总是被各种受伤的体验所中断,但时间成了一种有意味的形式,或者是能被体验到的内容。这种叙事走向决定了作品审美升华的意向。叙事主人公说:"我的记忆总是混浊的。"正是追忆这条叙事线索的穿透力,把那种貌似有秩序的打工生活击得粉碎。现实生活中的迷失,作者在这里是借助于对城外某个"地方"的追忆发现的。无论是长篇《有个地方在城外》,还是中篇《别人的城市》,林坚小说中的时间体验,都与记忆的形式和记忆的本性密切相关,与断片化的小说元素和美学密切相关。

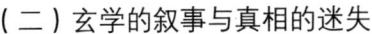

（二）玄学的叙事与真相的迷失

传统小说的终极指向是意义，这个目的控制着整个小说的叙述，控制着小说的操作，所以小说的文本必须是一个有机的整体。而先锋小说一开始的目的是消解意义，所以也就消解了传统小说的整体性，消解了扁平模式。他们要消解意义、消解扁平模式就意味着反传统，就意味着他们必须与传统的小说观念作战，所以，他们采用了种种的方式，故意去颠覆传统的叙事模式。他们最常使用的方式是戏拟。所谓戏拟，就是一开始故意模仿传统小说的叙事方式，然后在写作的过程中颠覆这种方式。《别人的城市》明显模仿或挪用了侦探小说的叙述方式，把小说叙述的本质突显出来。侦探小说就是典型探究真相的叙述方式，某种意义上，侦探小说把小说本质化了，把小说的本质直接化了。《别人的城市》强烈地带着对真相的探究展开叙述，小说第二部分的第一句就体现了这一点："我活了足足二十五个年头，破天荒第一次坐上警车，是齐欢突然死去的第三天深夜。"而警察对"我"的一段审讯，更是典型的侦探小说制造悬念的方法：

中年人突然一拍桌子，站起来，走到我身边，双手叉开按在桌面上。

"抬起头。"他说，"别浪费时间了。现在人证物证俱在，你还有什么话说，交代吧。"

"要我交代什么呀？"我声音颤抖。

"你太不老实了。好。第一，房间茶杯有你的指纹；第二，你从公司偷出的电线，虽然削了皮，但仍可鉴定出来；第三，从晚上8点至9点30分这段时间，也就是说，他们被杀的这段时间，只有你一个人进过房间。据我们所知，你自己也承认，你曾经和女死者谈过恋爱。你杀人的动机就是报复，是不是？你比法西斯还要残忍，先将男的用水果刀捅死在浴缸里，再用削了皮的电线，捆起女的活活电死。那晚你请假，没加班，是不是？"

这是对侦探小说的戏仿，具有浓厚的侦探小说色彩，小说以探究一对男女之死的名义引诱读者上钩。这对男女为什么会如此惨烈地死去？死前发生了什么？这个时候，"死亡"本身所包含的叙事动力悄然启用，履行了衔接的职责。人们知道，"死亡"不仅是个生理学概念，种种非正常死亡业已包含了追查真相的需求。在这个意义上，尸体即是叙事悬念——许多侦探小说都喜欢用尸体作为开场白。这同样是林坚在叙事层面上对于"死亡"的利用，追查死因的心理期待作为一种巨大的悬念深深地提供了后继的叙事动力。但小说直到结束，叙述者始终没有给读者以任何真正令人满意的回答。这就是林坚的小说不是侦探推理小说的一个重大特征。侦探推理小说最终是要解决悬念的，悬念的设置只是其吸引读者的手段，而林坚的小说不会解决悬念，而是将悬念一直维持下去，并且叙述的过程就是一个悬念不断加重的过程。在侦探推理小说中，悬念是为清晰的结果服务的，是一个个伏笔，这些悬念会在故事的进程中发挥出其不意的作用。而在林坚的小说里，悬念是没有答案的，悬念就是一切。因此，《别人的城市》并不是真正的侦探小说，也就是徒具侦探小说形式，而实质上并不以解谜或揭露真相为主要内容或着眼点的小说，这与传统的侦探小说大异其趣。而小说的断裂式叙事结构和叙述手法更拆解了传统侦探小说的线性叙述及其内在的逻辑性，对侦探小说的传统叙述结构进行了强烈的颠覆。传统的侦探小说在时间上是完整、明晰的，故事是有头有尾的，时间链条和因果链条是紧密相连的。所以传统的侦探小说总是阐释性的，它通过对人物事件因果关系的交代，显示自己的意义。而林坚的小说叙事把小说的时间链条打断了。时间链条被打断之后，因果链条也因此而被打破，小说的意义也就无法被整合出来。像林坚这样的小说，在批评界曾被命名为"反侦探小说""后现代神秘小说""解析性侦探小说"。这里我采用迈克尔·霍尔奎斯特的命名"玄学侦探小说"，他在《侦探小说及其他问题》中用这个术语描述一些后现代主义作家采用侦探小说的方法、又舍弃它的结局的尝试，是"为先锋派文化和通俗文化建立了一种联系"。[①]"玄学侦探小说"系作家对侦探小说的后现代式的戏

---

① [美]布鲁克斯·沃伦：《小说鉴赏》，世界图书出版公司，2008年8月版，第2页。

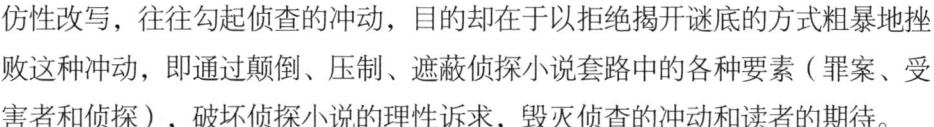

仿性改写，往往勾起侦查的冲动，目的却在于以拒绝揭开谜底的方式粗暴地挫败这种冲动，即通过颠倒、压制、遮蔽侦探小说套路中的各种要素（罪案、受害者和侦探），破坏侦探小说的理性诉求，毁灭侦查的冲动和读者的期待。

《别人的城市》体现了玄学侦探小说的本体论价值，它在二十年前的出现并不是偶然的。受到后现代主义思潮影响，一些先锋作家在二十世纪八九十年代都敏感地注意到侦探小说这一十分吸引人的文类并予以改造，使之为自己的主题或表现手法服务。叶兆言感兴趣的是犯罪的动机和方式，也即故事的前半部分。他把自己这类颠覆传统的作品称为"犯罪研究"。《古老话题》《最后》《五千元》《五月的黄昏》等着眼于发掘人生的原状，而不屑于解释神秘事件。洪峰的《极地之侧》、苏童的《美人失踪》讲述的均是失踪的人的故事。格非的长篇《敌人》以赵少忠私下里对纵火和系列谋杀的侦探活动为情节，借用弗洛伊德等人的理论探讨心理与现实、原始欲望的放纵与压抑、知识的利与弊等玄而又玄的问题。陈染的《沙漏街的卜语》对侦探小说进行明白无误的戏仿，读者企图分辨"现实"和"幻想"的愿望最终受到嘲弄。在先锋小说家中间，运用"戏拟"这种方式最受注目的是余华，他的《河边的错误》《鲜血梅花》以及《古典爱情》堪称这方面的代表作。《河边的错误》是对传统侦探小说模式的颠覆。像一切公案侦破小说一样，这篇小说的情节非常曲折：在河边离奇的谋杀一再发生，有案发现场，而且不止一个。于是侦察员发现一个又一个的疑点，但一个又一个的排除。最后，警方发现凶手是一个疯子，而他的杀人则毫无动机可言。公案小说或其现代变种侦探小说，是对动机因果最为重视的小说，其因果链上一切不清楚的环节，只不过是伏笔，都是为最后的彻底曝光做准备。但在余华这篇小说中，因果链完全破坏了作案动机并被疯狂取代，小说的结尾变成无可拯救的漆黑。这就是中国玄学侦探小说的诞生，它成为先锋小说的一个重要分支。它不再破解某人的死亡之谜而转为探究人类生存中的种种迷惘，往往不提供令读者"满意"的谜底。玄学侦探小说采用常规侦探小说中侦探调查罪案的基本程序，却颠覆了其中的许多或全部规范，而致力于探究与神秘事件无关的各种问题。玄学侦探小说已成为后现代思潮影响下作者"欺骗"读者的诡计之一。虽然这个诡计是西方作家用过的，它仍是现当代中国小说史上最具独创性的一批作品，完全可与西方同类作品媲美。

　　玄学侦探小说的套路同先锋派结下不解之缘，其迷人的魅力也为林坚所利用。《别人的城市》讲述的是对不在场的无望的追寻。作为嫌疑犯的叙述者"我"，在小说的第三部分便被公安（侦探）放出来了。叙述者"我"一定要弄清楚齐欢的死因是什么，他实际上充当了继续侦探者的角色，开始寻找与调查，调查的过程就是叙述者叙述的内容。这是对传统侦探形象的解构。

　　叙述者"我"首先在自己的记忆中进行侦探。小说的第三、第四部分插入我对齐欢生前的回忆片断，第七部分则是"我"对齐欢自杀当晚的回忆，回忆里充满不祥的预感。人们谈论身边发生的死亡，通常会叙述自己的种种预感。走向灾难性结局的一个叙事动力来源于人物的"预感"。"预感"是先锋作家频繁使用的一个词语。任何景象都可能让苏童、余华或者格非笔下的人物预感到未来的灾难。及时报告不祥的预感显然是一种叙事策略。这些预感与梦境共同组成神秘气氛，这些预感的应验与否以及应验程度同样是一种巨大的悬念。小说第四部分写"我"与齐欢初识的平安夜，"我"与齐欢在海边流连，"一条独木桥直伸往海里，尽头处，搭起了一个简陋的遮篷，前面，高高地悬起一张巨大的渔网。""我们在那个遮篷下，找到了放落渔网的机关。齐欢认真地盯着渔网落下去的海面……她的侧脸和脖子呈现出一种忧伤的美艳。"这部分的结尾混同了梦境与现实的标志，写"我"从现实直接走入梦境："我做了一个梦，梦见我和齐欢骑着马，奔跑在山间的驿道上。山里的风疾劲无声，山头是光秃秃的，全是峥嵘的岩石和干燥的黄土。后来，齐欢连人带马掉进了万丈的深谷里。而我却在一张渔网里，发现她和马的尸首，我醒过来，已是中午时分。以后，这个梦常在我的睡眠里出现。"这个梦是"我"心理镜像的折射，渲染了命运的神秘。从精神分析学的意义上看，梦蕴含着人类精神世界的奥妙，且常常以隐喻的方式解释着现实世界潜藏的玄机，为探索人的无意识领域提供了一条便捷有力的渠道。那个梦带来了某种不祥的预感，那张巨大的网是一种隐喻，弱小的个体一如网中之鱼，无论怎样挣扎都免不了"人为刀俎、我为鱼肉"的悲惨命运。小说第七部分写齐欢自杀的当天晚上，是预感的集中描写，比如齐欢出现了一些失常行为，包括"她的妆化得很美，眼睛却好像失去了生命光彩……我顿时感到吃惊和恐惧"。

齐欢之死，应验了叙述者"我"的种种预感，但我并不能阻止悲剧的发生。悲剧发生后，我比任何人都想弄清齐欢的死因，我告诉齐欢的妹妹齐乐："齐欢走了，跟谁都有关系"。但"我现在发觉我并不了解她"。"齐欢出事后，我在被拘留的那一个月里，我才发现，其实齐欢始终都没有爱过我。而我至今仍然深爱着她。"齐欢为什么不爱我？齐欢与有着同性恋倾向的阿彩是什么关系？与"搞过"她的吴良是什么关系？齐欢为什么会与新世界总经理王铭死在一起，他们是什么关系？王铭到底是一个什么样的人？小说中的"我"带着对寻求真相的焦虑，他渴望真相，他急切地探求真相，这也说明真相依然是一个情结，一个要跨越的障碍。齐欢百日忌辰的前一天，"我"冒充公安打电话到新世界总经理室，想了解王铭的情况。接电话的周秘书说："三个月前，你们不是来了解过了吗？""我"只好承认"我"是齐欢的男朋友。我约周小姐出来聊聊，她立即就答应了。"我"想了解王铭，周小姐其实也很想从"我"这里了解齐欢的情况，她也成了一个侦探者。这也是对传统侦探形象的解构。"我"与周小姐都试图运用传统的探案方式来了解真相，结果却恰恰在戏仿中颠覆了这种方式，否定了侦探的有效性。小说最具有颠覆意义的地方，在于承认混乱是常态，真正的认知是不可能的。作者营造的是错综复杂、乱人眼目且又不给予出路的迷宫般的文本世界。谜案中的谜成为错综复杂、没有出口的迷宫，充满无尽的可能性与不确定性。如果说传统侦探小说对现实主义、线性叙事和理性等因素的强调凸现了其认识论的确定性，那么林坚的小说则刻意颠覆这种确定性，并对叙事、阐释、主体、现实的本质以及人类认知的限度提出了质疑。

真正成功的小说并不提供确切的人生图式。在《别人的城市》里，林坚往往只选择一个生活横切面，尤其是直录对话，回避作者甚至叙事者的解释与说明，使小说情境呈示出生活本身固有的复杂性和多义性。小说的很多骨干部分几乎全部由人物对白组成，仿佛是一部长长的戏剧。《别人的城市》的结构，实际是作者在给自己出难题，他必须精心设计好每一句对话，才能传达人物对话中内在的情绪与语调，读者也只能凭联想去感受人物的内在心理以及心灵世界，这是一条绝妙的丰富小说意蕴的途径。小说隐匿了叙述者，不加判断与解说，读者只能凭对话内容去感知，小说就复杂化了，具有了开放性，同时

也耐读了。以下是小说中"我"与吴良的一段对白:

"人现在活得像个神仙了。"我说。

"谁像你呀,女朋友也不多一个。喂,在我家认识的齐小姐,够不够劲啊?"

我想,我的脸肯定是顿时乌云密布了。吴良没看出,还嫌不够似的又补上一句:"还未玩腻啊?"

"吴良,我问你,你是不是搞过齐欢?"我问。

"你别这样好不好,知道吗,你一本正经的样子我真看不惯,特逗人笑。"

"有没有?告诉我!"我问。

"有。"

"干吗玩人家?"

"哦,难道要我娶她做老婆不成?她本来就不是好货,容易上手得很。"

"你玩别人我不管,玩她你……"

"你是教训我,还是怎么着?这关你什么事了?"吴良瞪着我。

"你和齐欢是什么时候开始的?"

"那时你还未认识她。"

"你应该娶她。"

"我干吗要娶她?她不外乎是看上我的钱,我知道。"

"你们都是混蛋。"

我突然挥出一拳。吴良往后连退几步,伸手抚着下巴,我转身扬长而去。半路上,吴良开着摩托车从我身边擦过,回过头狠狠地瞪我一眼,然后加大油门,开得飞快。

在这里,事件是通过对白来陈述的,内心活动也是通过对白来呈现的,甚至人物的特征、性格和行为都依靠对白来提供。我们可以通过对话,窥出人物的身世、境遇、身份、性情、观念等丰富的形象信息。对白成了叙事本身。由对白所推动的叙事行为，在这篇小说中远远大于事件和主题。"对白叙事"的重要性在于：作者和叙述者让位给人物，叙述主体消失在人物的背后，人物成了小说真正的主人公。他不仅是叙述的对象，而且是叙述的主体。小说几乎是独立于作者之外，它就像生活境遇本身在那里自己呈现自己。小说中的诸多省略、空白以及人物对话中丰富的潜台词，必须经过细读的方式才能显现出来。

在"对白叙事"中，林坚还采用悖论式叙述，作为增强迷宫效果的一个有力手段，在小说文本里形成一种不可名状的自我消解状态。小说中出现的自我指涉和自我消解，都表明玄学侦探小说具有很强的实验性和现代性。悖论式情节和话语在《别人的城市》中可谓比比皆是：在与周小姐的对话中，周小姐肯定王铭与齐欢真爱过。"我"说："那么说，他们是为情自杀了？"周小姐说："这倒不一定。现在已无可考证，变成一个谜。到底谁是自杀者？还是两人都是自杀者？为什么要自杀？只有他们自己知道。""我"也附和道："是的，只有他们自己知道。"小说所展现的罪案之谜是根本无法解开或者只能在极为抽象意义上才能得以揭示的。这就是这个故事的真相，这个真相当然还是不能确定，但充满了疑点。我们一直期待真相的揭示，但揭示的结果仍然是不确定的结局。周小姐对案件做出了推测，可是接下来她又不断推翻自己的推测，她的每一句话都消解了前一句的意思，每一段都使下一段成为不可能。与周小姐一样，"我"的叙述也充满了悖论："怎么说呢，她太复杂了。这几个月来，我在想，我了解齐欢多少？说不清，或者很少，或者根本谈不上了解。但有时又觉得，我很了解她。我们在一起时是我们最快乐的时候，她也这么说。""齐欢三岁的时候，'文革'开始了。她妈妈被当做特务关了起来，后来便疯了。之后怎么样？齐欢说，她不知道，她父亲也不知道。"这种悖论式叙述，连同变化莫测的环境和幽灵般的人物，都暗示了要在意义缺席的迷宫中寻找事实真相注定会失败。周小姐说齐欢与王铭总经理是"真爱"，但吴良却对"我"说他"搞过齐欢"，"她本来就不是什么好货，容易上手得很。""我"、吴良、周小姐对齐欢的认识差异巨大，既相互印证又彼此消解了对方的存在。"我"、周小姐与吴良作为小说里的叙述者，都难以确定齐欢

的真实存在。周小姐所提供的，吴良与"我"对话所透露的，只是其视角的内容。不同的记载与不同的人有着各种各样的迥然不同的叙述与解释，而叙述者根本无法判断谁是谁非。这种叙述与判断的不确定，使得小说的世界变得恍惚起来。读者随着侦探不断拆解，面临的却永远只是否定和可能。叙述者调查的东西出现空缺，所以拼凑起来不仅不完整，而且自相矛盾。整篇小说就是通过这些去追寻那个更大的"空缺"——死因。由于整个故事很不完整，死因是什么也就越显得特别的重要，但由于调查所得"空缺"很多，死因又无法浮出水面。这样，在场的叙述成为谜面，不在场的成为谜底，死因成了永恒的不在，成了无法补上的空缺。而这空缺又是小说至关重要的，是整个故事中最关键的，最需要讲述的。小说通过对真相的隐瞒、肢解、放逐，使得齐欢的历史不可还原。但这并不意味生活的完结，而是更加不可理喻，有更多不可叙述的东西要涌溢出来。这是生活崩溃的时刻，真相迷失就是生活史的崩溃。

在《别人的城市》里，小说的叙述一直围绕齐欢的死亡来进行，但是齐欢的死因却最终被省略了。齐欢的死因，读者只能根据上下文去判断了。"省略就是指一段时间很明显地过去了，而文中对此却丝毫未提及。根据这段持续时间是否确切，省略有可能是做了明示或暗示的。这就由读者从上下文中去判断了。"①先锋小说对"省略"的运用，是对传统叙事的反叛，打破了以往完整的事件叙述和人物传记式的叙事，而只截取某一事件片断或某一人生片断，以致常常出现起因的空缺、突然的短路，甚至高潮的空白等等。而且，作为传统叙事中心的人物也降到一个符号或一个道具的地位，仅仅作为叙事的一个因素而存在。与齐欢相关的人物，还有吴良。小说第二部分，在齐欢死亡的第三天晚上，吴良在与"我"的谈话中透露他曾"搞过齐欢"，并对我说："那时你还未认识她呢。"他们是怎么认识的？齐欢的死与他有关吗？昔日的工友吴良"先富起来"，在海边的黄金地段买了一层楼，但如何富起来"始终是一个谜。他对此一贯守口如瓶"。读《别人的城市》，总有一些说不清楚的东西存在。一旦林坚补充了背景介绍，交代了来龙去脉，小说就完全可能很清楚。但

---

① 达维德·方丹：《诗学：文学形式通论》，天津人民出版社，2003年3月版，第43页。

林坚的高明处在于他绝不会让一切一目了然。这反而是一种真正忠实于生活本相的小说技巧。我们在生活中真正面对的，正是一些搞不清前因后果的情境。小说中还有一个重要人物，与齐欢同宿舍的阿彩，她一直痛恨"我"，因为她与齐欢有同性恋倾向。她对齐欢的影响有多大？迷失的真相，扑朔迷离的外乡人的生活史，只能靠读者猜测了。包括警察最后是怎么处理齐欢王铭之死，这些都被省略了。小说的叙述似乎离真相越来越远，真相变得越来越难以理解。我们不断地叙述这个事件，就是这个在表象之下，它的本质或真相变得不可捉摸，真相需要我们去探究。

真相最终大白和真相不可得的迷失，表现了两种小说观念，表现了后现代小说叙事的特别之处。《别人的城市》对真相采取了一种绵延的方式，它表达对真相的怀疑，它总以探究真相为始，以迷失真相失败告终。这样的小说叙述在谋杀真相的同时，也谋杀了传统小说，谋杀了小说最经典和最本质的特质。在对"真相"的处理上，《别人的城市》具有现代主义与后现代主义特征。现实主义小说把讲述本身当做全部事实，并且尽量使它与客观现实或我们经验的可理解性达成一致，它不要背后的真相，它的真相就在事实性里。现代主义的作品则把真相形而上学化，那是一种难以言喻的哲学或意义。后现代主义则把真相消解掉，真相似乎在那里，但它又不能被确定，真相总是处于逃离之中。我们陷入了外在话语之流的迷宫，我们陷入了话语的圈套。到现代主义和后现代主义之后，我们已经发现这个世界的真相消失了，真相迷失了，我们所能获得的是关于外表与外在的印象。在这样一个圈套中，我们到底怎样才能接近那个真相和真实？而在对话语之流的追逐中，我们已经遗忘了真相，我们甚至已经不需要真相，我们后来发现，真相是什么？真相是空的，就像小说中的那张巨大的渔网，把它踩起时它是空的。本被赋予某种价值象征意味的那个"巨大的渔网"，一条鱼也没有，表明其价值所在只是也只能是价值的虚空。因此，小说的最后一部分写"我"回到了家乡凤凰城，"竟然是莽莽苍苍的一片空白"。在后现代的历史当中，真相似乎并不重要了，这个世界是没有真相的，这个世界的真相已经遗失，所以它陷入在这样一个话语恐慌和一片空白当中。

从小说的角度来看，对真相的追逐与拆解，正是后现代叙述形成的一套新的经验,而《别人的城市》正是一个典型的后现代派玄学侦探小说文本。《别人的城市》是多解的,或者说,它的解释是很难穷尽的,它是对生存境遇的无穷追问,它的最大特征是未完成性。这种未完成性是先锋小说的重要特征。传统侦探小说属于封闭式的文本,引导读者被动地阅读,在作者安排的结局中满足自己的期待,读者没有创造文本意义的权力和自由。而玄学侦探小说不是一个完成的、盈满的、自我封闭的世界,它没有结局,或提供多个结局,使文本的阐释和读者的选择具有多种可能性,这也是玄学侦探小说最具颠覆意义的特征之一。《别人的城市》就属于这种开放式的文本。小说里的叙述者,讲述的都是主体的分裂状态和认知的局限性,都没有给读者提供任何明确的答案。就是以一个问题来回答另一个问题,它的一切都是开放的,没有完成的,可以再重新开始。这种开放式的结局,既表明了小说的虚构性和游戏性,也给读者留下了自由创造意义的空间。读者的理解成为完成小说创作的关键,不同的解读都会使小说中的人物和事件呈现出不同的面貌,产生不同的联系。读者只能在缺乏统一结构的迷宫世界里自己解读各种推测,积极参与意义构建却不希求万事昭然,尘埃落定。《别人的城市》的开放性和游戏性,期待的也正是这样的读者。

(三)死亡的寓意与生存的拷问

林坚的小说不多,但无不饱含艺术的先锋与激情。先锋文学的本质特征就在于它的独创性、反叛性与不可重复性,因此,真正的先锋是精神的先锋,是体现在作家审美理想中的自由、反抗、探索和创新的艺术表现,是作家与世俗潮流逆向而行的个人操守,是对人类命运和生命存在的可能性前景的不断发现。无论是中篇小说《别人的城市》《阳光地带》,还是长篇小说《有个地方在城外》,林坚的叙述都有着早期先锋小说明显的特征。这些曾在先锋小说盛极一时的叙述方式如今读来还是那么亲切,那么有质感与弹性。西方现代派文学、中国当代先锋文学思潮对林坚"打工小说"创作的影响很大,不仅表现在结构、语言和叙述的探索上,更重要的是,林坚的先锋创作试图运用一种全新的话语方式来表达他对人和世界本身的独特理解。他对人和世界的关注,与绝大多数"传统现实主义打工作家"不同,后者多停留在从社会历史和伦理道德的角度对人和世界的再现上,"打工小说"中的先锋创作则是对人和世界的存在的真实探询。《别人的城市》不仅在形式和技术方面是对先锋小说的一种实验和探索,在存在的探索上也具有先锋意义,其潜文本中具有深刻的存在主题。与其他"打工文学"作家相比,林坚不仅是叙述的先锋,还是存在的先锋。在《别人的城市》中,我们可以看到形式试验与对存在、认知等严肃问题的认识被较好地结合在一起。"小说是进行中的生活的生动体现,它是生活的一种富有想象力的演出;而作为演出,它是我们自我生活的一种扩展。"与同时期的先锋作家相比,林坚更注重将当下生活内容和生存体验熔铸于外在的形式,体现了先锋文学从形式的新潮到存在的先锋的转换,把形式探索与普通大众的打工生活联系起来。林坚的小说,形成了具有鲜明的自身文化特色的先锋小说的变异模式,深入开掘和拓展了本土底层的独特经验。无论是从形式的角度还是存在的角度,林坚的小说创作,一开始就把"打工文学"的创作,引领到了一个前所未有的层次和深度。

二十世纪八九十年代的先锋作家嗜好悲剧。在大量的先锋小说里都弥漫着死亡的气氛。死亡作为先锋作家擅长使用的探索主题价值的媒介,承载了多层意义。在《别人的城市》这篇小说里,林坚对存在意义的探索、对人性和社会的批判以及所建立的叙述模式和美学风格,在很大程度上是通过对齐欢死亡的表现来实现的。也就是说,死亡问题可以提供关于存在、价值和审美的多重意义。所谓死亡问题,也就是生存问题。在生存层面,小说通过死亡揭示了人的生存困境和人性的复杂内涵,必然引出人性批判。在社会文化层面,死亡透射出日常生活和社会变迁对人类个体命运的深刻影响。小说的叙述机制,就能穿过死亡走向现实世间,走向生存,走向具体问题。小说的存在价值是在死亡之外,死亡是作为价值发现的媒介来使用的。当本义的死亡降临具体的生命个体时,死亡叙事中体现人文主义精神的对于个体生命的关怀主题也就显现出来。同时,人生的正负两面也分明地展现出来,个体的存在状态和日常经验得以还原。在《别人的城市》里,社会现实和凝结着现实关系的个人也被拆解得七零八落,齐欢的具体死因虽然未被拆解出来,但拆解的最终目的是从碎片中寻找存在和人性的真相。这篇小说具有普遍的人生意义,而不是一个案件的分析报告。玄学侦探虽然失败,但叙述者段志("我")的迷惘却逼真地再现了

现实世界细腻、微妙的生存体验,表现了人面对生存的"震惊"和对生命的悲悯情怀。以死亡为镜面,对普通人命运遭际的思考与陈述,实际上也是对所有生命形式的最切近的隐喻。

在现实的情景背后,小说揭示了人性中的暴力倾向这个更深层的、恒定的因素。齐欢的自杀有一个情绪酝酿的过程,流露出了主动轻生的念头。小说的第七部分,写出了她的死亡动机、绝望感形成的过程和内心冲突:齐欢跟"我"索要了大约三米长的电线,在咖啡廊里,她说自己"只是个客人,生活在别人的城市里"。齐欢抓着"我"的手就往自己的脸上打去,然后举起双手捂着脸在轻轻哭泣,哭后"嘴角忽然挂出一丝若隐若现的笑意"。"我"送齐欢回到新世纪酒店,"廊道上铺着猩红的地毯,我仿佛是走在血泊里。半路上,我忍不住又折回去。我打开门,发现齐欢仍坐在那里,对着镜子发呆。"小说曲尽其妙地描写了齐欢在生命最后时刻的心理变化过程。小说第二部分,通过审讯"我"的公安之口叙述出齐欢与王铭惨死的情景。小说第六部分,通过王铭秘书周小姐之口讲述了王铭和他妻子"大概是属于那种没有爱情的婚姻",然而他又是一个"有志向的人,心总是躁动不安"。新世纪总经理王铭与齐欢的"真爱",是一种颠覆性的叙述,让真相显得更扑朔迷离。"到底谁是自杀者?还是两个人都是自杀者?"与齐欢一起自杀的王铭,是什么让他们最终走上了一条不归路?到底是谁实施了暴力?我们只能根据上下文来进行判断。如果是齐欢,那么她的死亡既是一种自主选择的主动性的自杀行为,也是一种暴力攻击行为,其暴力指向他人,也指向自身。也许是无法逆转的人生困局,导致人产生绝望,绝望造成极端的暴力。齐欢的死亡动机,应该是逃避或摆脱恶化的现实处境和绝望的精神处境。严重的精神和情感危机、现实环境压力、伤害等负性生活事件是自杀者的应激源和自杀行为的触发因素。萨特说过"他人即地狱",如果你不能很好地处理和他人的关系,那么他人即地狱。林坚刻画的是人与人之间的关系,人和世界的相处方式。人性的可怕是"我"在"别人的城市"里的必然遭遇。人性中的确含有相当复杂的成分,不是简单划一的,一些优秀的作家,都是最丰富最复杂的人。

《别人的城市》借助于死亡的助力,打开了人性的最黑暗之处,对人生中恶的因素进行了最大幅度的揭示,使我们对现代社会的人性状况和人类自身发展保持一份警惕。在《别人的城市》里，爱的溃败已成不争的事实，"我"对齐欢的爱情被导向一种缺席的爱情。"我"与齐欢之间产生不了真正的爱情，齐欢的死撕破了"我"关于浪漫炽情的幻想："齐欢出事后，我在被拘留的那一个月里，我才发现，其实齐欢始终都没有爱过我。而我至今仍然深爱着她。""我"对爱情的不断追问和想象，受到嘲弄。"我"其实对失去爱情信念的局面忧心忡忡却无可奈何，游移的叙事外衣之下深藏的是一份伤感的情怀：孤独而无助，沉湎于内心，充满了困惑、怀疑、焦虑。在小说里，任何有关"完美""纯洁""真善"的理想都消退了，这也决定了小说人物对"爱"的态度。爱情沦为欲望的饰物，以一种曲折的方式映射着一个迷失沦丧的世界。欲望从现实情景中凸显出来，以狰狞的对爱情的否定形式而矗立，并逐渐符号化、嬉戏化。这里，金钱欲望不再被闪烁其词地言说、声色俱厉地指斥，而是被从容不迫地说出并获得前所未有的认同。"我"与齐欢平安夜初次见面，齐欢说："有钱人总有很多朋友的。"在这里，人的精神追求被一种实利主义所取代，实利主义将人的一切需要都简化成对"金钱""实惠"的需要。当对金钱物欲的推崇开始打破人的伦理道德的底线时，林坚笔下的各色都市人物通过形形色色的言行，最终不约而同地亮出了相同的结果：在来势汹汹的金钱等物欲狂潮的冲击下人的尊严、理性乃至人格早已溃不成军、纷纷落马。人的欲望也就那么几种，对财富、金钱和权力的欲望，还有对性的欲望。在皇都公司打工时的吴良，单相思王至美，王至美一句"师傅仔，你几多钱一个月啊？"便让吴良为此请"我"喝了一夜酒，后来发达了的吴良还将自己养着的长毛杂种狗取名王至美。发达了的吴良，以玩女人为荣，对两年前王至美"出口"到美国，他颇能理解："反正一切向钱看。老实说，王至美大老远的嫁去美国，也不能怪她。"小说中的"吴良"，是"无良"的谐音。发达后的吴良，消费女性被他当做进入世俗享乐生活的最后仪式。一个男人在都市繁华梦中对世俗最后的放逐，就是通过性追逐来达到的。吴良"搞过"齐欢，但他不为齐欢做任何道德的保证，爱情不过是一件简陋的道具，完全褪去了它神秘、圣洁的光芒，而被实用地简化为一种"物"，可以随心所"欲"地招来挥去。吴良说齐欢跟他上床，"她不外乎是看上我的钱罢了"。先富起来的吴良已经不是"脸皮最薄，在女工面前总是羞羞答答的"皇都公司的一个师傅了。

"我"的人生价值尺度遭到了"无良"伦理的摧毁。当金钱主宰了一切,包括性,金钱可以买到性,可以交换性,爱情已经不再是性的必要前提时,爱情还有什么力量来统摄人类?在林坚的小说中,爱情是缺席者,原来隐匿在爱情之后的羞羞答答的性走到前台来,开始大摇大摆地挑逗撕扯人的文明面具,性成了交换法则的产物。在《别人的城市》中出现了这种交换的可能性。"我"爱着的齐欢,在吴良眼里却只是一个玩物,被玩赏的欲望化的对象。在一个欲望膨胀,人们可以追求欲望为生活目标的时代,表现人的欲望,对文学来说其实是提供了一个很好的契机。因为文学确实不能忽视欲望,文学史上有很多大作家,如陀思妥耶夫斯基就是通过欲望的描写,把人类的灵魂揭示得特别深刻。在《别人的城市》里,欲望对人性的扭曲就这样在看似不经意的叙述中被惊心动魄地写出。"我"面对的是一个虚脱的生活现场,不存在自我认同的任何意义基础和价值前提,情感被瓦解,似乎只剩下欲望是真实的。昔日颇具制约力的道德、伦理等话语权威无不悄然弱化,甚至失语。而传统的道德,在小说里早已退位成了一种精神伪道具。商品社会所激发的人们对物质、金钱欲望的追求,以及欲望喧嚣下对健康的人道伦理和正常人性的消解,无疑又是必须引起人道主义警觉的。也正是在这个意义上,林坚显示了一名有良知有思想的作家对时代现象的准确把握,为"别人的城市"留下了一个栩栩如生的真实写照和缩微图景,留下了对人性冷峻的剖析和拷问。

在深究世间意义、存在体验和人性本质外,《别人的城市》也隐含了作家对社会政治生活的尖锐批判。人的社会属性中体现的基本情感需求和取向,也应属于人性的基本内容。在小说里,故事的社会时代背景非常明晰。小说描写了沿海开放城市光怪陆离的生活场景,作者着意刻画的是各种人的生活态度。这里有底层打工仔、打工妹、暴发户、业务代办、公司秘书、同性恋者和殉情者,他们的活动构成无序的都市生活的主要部分。林坚不但有对底层生存境况的写照,有对他们不幸遭遇的同情,更有对他们寻找、努力、挣扎、失败直至堕落这一过程的寻绎。一个作家也许无法直接解决社会问题,但是他应当有坚守良知的基本立场。小说从一个侧面探索了齐欢死亡意识深层的那些潜在而微妙的演变,并应该说,小说中的死亡意识是与社会有着直接的关系的。生命是和世界相联系的,个人通过周围的世界来进行自己的选择,并由此来确定

第一章 一种先锋性文学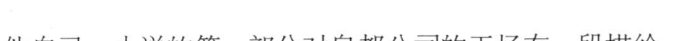

他自己。小说的第一部分对皇都公司的工场有一段描绘：

> 工场里的日光灯管没日没夜地亮着，几百名女工在苍白的光线下，默默地听着缝纫机的声音，眼睛布满血丝，泪水盈盈，目光聚焦在那根快得像一条线的车针上。在女儿国里，她们全没了矜持和羞涩。在缺少异性的环境里，她们真实、坦荡、无所顾忌。我们几个男师傅，常常免不了是她们的开心果。最尴尬和心跳加速的是在夏天，她们都穿上裙子，我们去修衣车时，一双玉腿令我们目光迷乱。如果碰上那些开放型女工，简直让你目瞪口呆手足无措。她们不穿内裤，你的目光就禁不住像一匹脱缰的野马，在她白净细嫩的大腿上"嘚嘚嘚"地狂乱地往里奔突。而她心知肚明，却不喜不怒，突然地用力一拍你的头，或一脚踢向你的面门或胸脯。笑骂道：
>
> "看什么你，要看今晚让你看个够。"

《别人的城市》从一个侧面非常尖锐地揭示了打工一族的性问题，折射出隐匿在这后边的复杂的现实生活。但林坚并不全心探入社会政治肌理，研究其具体内涵，而是重点关注其在社会个体身上的折光。小说中的阿彩具有同性恋的倾向。女同性恋的存在不仅包括打破禁忌和反对压迫的生活方式，它还直接地反对男人侵占女人的权利。小说中三处写到阿彩对"我"的嫉恨，这些言语行为细节描写和心理刻画，清楚地昭示着阿彩与齐欢之间情欲交融的"爱"是确实存在的。"我"第一次认识齐欢的时候，齐欢坦言阿彩"常喜欢搂我的腰，有一次她还吻我哪"。"我"告诉齐欢："我看过一本书，是讲监狱里的犯人生活的。在那样的环境里，男女犯人有很多人有这种爱好和倾向。"从人性的角度来说，其实这也是人在孤独的情境中趋向于本能的选择，爱与被感知的需要。阿彩生活在女儿国里，这样的环境可能使她产生了同性恋倾向。同性爱在小说中作为一种存在，它是对普遍的现有的生活秩序的批判。在女儿国里，性的问题不仅来自男少女多的现实，还来自出卖性、肉体可能带来金钱的诱惑。自然的欲望、金钱的诱惑，使得不少打工妹沦为廉价的性消费品，成为老板、工头（如小说中的主管）、发达后的男人（如小说中的吴良）玩弄的对象。小说的开头，对男主管与女工做爱的戏谑性描述带着某种质问的严酷。性的欲望的畸形释放是性的饥渴和精神饥渴的深度重压。在小说里，我们不难洞察到林坚对打工族"性问题"有着非常深刻的挖掘、认知审视和思辨拷问。他将性的本原性和社会性一起复活，欲望、存在和匮乏的纠结，共同构成否定性的小说文本。

在《别人的城市》里，叙述的是一起生命的悲剧，林坚却将姐妹俩取名齐欢齐乐，颇具有反讽的意味。齐乐采取的是一种主动入世的姿态，以其自身的智慧阐释现实与人生，倒也名副其实。齐欢却用死亡的惨烈表达了她对世界的厌倦。叙述人"我"与齐欢一样，在"别人的城市"里，哪怕在一些欢乐的场景里，也始终处于一种"被抛"的位置，经常处于尴尬的不适的不"欢乐"的状态。林坚对小说人物的反讽命名，可能受到了莫言的影响。从写作的年限上来讲，这种影响完全是可能的。莫言的中篇小说《欢乐》发表于1987年，描写了一个贫困高中生齐文栋考学的经历，他的母亲到处乞讨帮他攒学费，这个学生本来就承受着来自方方面面的压力，同时几次高考都未能考中大学，最后就选择了自杀，这是一个带有悲剧色彩的作品。明明是一个悲剧故事，却取名《欢乐》。在表现方法上，《别人的城市》与莫言的《欢乐》更具有血缘关系，它们都属于意识流小说。《欢乐》一开始，那个失魂落魄、疲惫、绝望的年轻人跌跌撞撞地从家中窜出来，便将我们带入了他奔赴死亡的梦魇般的旅程，在死意已决、了无牵挂的情况下，白云苍狗般的意识之流喷涌而出，将他的全部人生经历袒露无遗，社会情况与个人遭际，民族文化与个体发生重叠交混。若干年后，中国文坛又出现了贾平凹的《高兴》和王大进的长篇小说《欢乐》，这两部描写"农民工"生活的长篇也都极具反讽色彩。反讽是作者由于洞察表现对象在内容、形式、现象与本质等方面复杂因素的悖立状态，为了维持这种复杂的对立因素的平衡，而选择的一种暗含嘲讽、否定意味和揭蔽性质的委婉的幽隐的修辞策略。在《高兴》（《当代》2007年第5期，作家出版社2007年9月版）中，贾平凹以反讽的笔致讲述了刘高兴们并不"高兴"的拾荒生活。尽管小说的关键词是"高兴"，小说的主人公"高兴"似乎也无处不在，并无时无刻不在说"高兴"的话，做"高兴"的事。然而，事实上，包围着小说主人公"高兴"的却绝非什么高兴事：他原本并不想来西安的，只是他先卖力卖血后卖肾盖起了新房，王妈给他介绍的"新娘"却嫁给了别人；在自己卖到西安的肾的指引下（这似乎是一个隐喻，隐喻城市对农村的抽取），他懵懵懂懂地来到了西安，可西安赐予他的只是一份收破烂的工作；收破烂本也能痛并快乐地活着，可他却遇上了孟夷纯（这仍然是一个隐喻，隐喻爱情，隐喻幸福），不幸的是，孟夷纯陷在生活的深渊之中不能自拔，于是，"高兴"跟她一起陷到生活的深渊之中了；他与五富相濡以沫，可五富却命丧西安，无法叶落归根，在别人的城市里，他的灵魂始终找不到最终栖息之地。小说主人公刘高兴的命名，显然构成了一种巨大的反讽。王大进的长篇小说《欢乐》（十月文艺出版社2002年版）也是一部悲剧性的作品，作者却将主人公取名为周兴旺，描写了他在城市和乡村之间进退两茫茫的现实困境。五十多岁的周兴旺进城打工，费了一番周折之后居然还找到了一个轻松、清闲的活计，接着他把老伴、儿子、女儿、女婿都带进了城并安置了下来。在接下来的故事中，他经历了"下岗"，老伴染病最后身亡，做传销被骗，然后又成为诈骗者的帮闲工具这样一系列的遭遇。最后，他带着老伴的骨灰和对城市的失望怅然返回了农村。在这里，作者的用意昭然若揭：城市不是周兴旺苦苦寻找的欢乐的彼岸，当他从乡村逃离，企图摆脱贫困的命运时，另一场悲剧早已埋伏在他的前面。小说的题目与主人公的命名都是对人物悲戚处境的无奈反讽。从以上分析可以看出，《别人的城市》与《高兴》《欢乐》都有着深刻的批判意识和反讽意味，但《别人的城市》比贾平凹的《高兴》、王大进的《欢乐》早十几年诞生，从这个意义上来说，这个中篇小说更具有先锋意义。贾平凹、王大进在为他们的小说起名时，不知道有没有受到林坚《别人的城市》和莫言《欢乐》的影响，但至少在文本上构成了互文关系。

作为一篇具有先锋色彩的"打工小说"，《别人的城市》通过一种逆向化的思维方式，对对立性的存在状态和价值观念做出揭示和反讽，从而观照生活中的某些缺失，达到对某些人类优秀品质的呼唤，最终的指向仍然是人的"存在"这一终极。小说中的叙述者段志（"我"）有愤世嫉俗的一面。林坚试图致力于发掘它的现实理由，表达出对现代城市生活的强烈怀疑。小说从一个打工者的角度，对"别人的城市"进行批判、质疑和逃离。城市对于一些外乡人而言，是一个巨大的他者化的客体。叙述人"我"处于无法进入都市生活的困扰之中，"我"的犹疑徘徊不过是固守住内心的道德理想的另一种表达方式。"我"的那种拒绝和不参与在都市混杂堕落的人群中显得落落寡合，那类似局外人的"城市孤独感"与欲望横流的周边环境产生强烈的反差，是对病态社会中人的"异化"处境的一种曲折反映和激进抗议。"我"对现代性语境下人的"异化"表现出明确的质疑，质疑之后的姿态却举步维艰。"我"将为此做出选择，是弃城而去，寻求精神的皈依，还是在无奈中与城市和解。"往何处去"成为"我"精神归宿的难题，面临现实与精神的对立使"我"陷入无助的困境。这些困境与渴望终于无法解决，包括齐欢与王总的死，预示着堕落的肉体与渴望精神自救的对立，自我毁灭是不妥协之举，也是没有出路的明证。小说以对抗凸显了城市现代性之恶，也揭示了林坚对抗的决然，但以毁灭为结局的对抗终究非林坚的出路，林坚又将如何为自己陷入城市现代性的精神寻找出路？现实存在仍要考验个体精神自救的能力。"我"回到家乡凤凰城，想为自己漂泊无依的精神寻找一个安定的憩园。但凤凰城已经不是他逃避、削弱、缓解心灵孤独的最好寄托，他无法从那里获得救赎。凤凰城对于"我"来说，也变成了一个"别人的城市"。最后，"我拎着旅行袋，离开了这座古城"。林坚的长篇小说《有个地方在城外》也重演了《别人的城市》的生命主题：逃离与寻找。在《有个地方在城外》的第十八章中，作者用一种"元叙事"的方式谈到《别人的城市》，并暗示了它与《有个地方在城外》之间的某种关系。从《别人的城市》到《有个地方在城外》中间，似乎有一种更内在的联系。那个在"城外的"美好地方在哪里呢？在作者永远的追忆中，永远的漂泊中。因此，从某种意义上说，《别人的城市》讲述了一个"无结局"的故事。"无结局"是指林坚并未能为他笔下与城市现代性对抗的人物提供切实可行的出路，城市批判的困惑中透示出精神的无限困境。小说主题意义的先锋性也正是体现了超前的哲学关怀，通过讲述人的世俗生命故事，抵达人类命运的终极关怀。

二、《幸福咒》与曾楚桥的后现代书写

中国社会的"现代化"虽然还在推进之中,但同时也具备了某些后现代文化的因素。二十世纪八九十年代,中国出现了一批自觉的学习后现代主义的先锋派作家,创作了一些具有先锋实验性质的小说。这样的创作思潮对一些优秀的"打工作家"产生了深刻影响,在模仿和运用后现代小说家的叙事技巧和表现形式的同时,他们与中国社会现实和历史文化、人的生存境遇相融合,创作了具有后现代色彩的"打工小说",体现了后现代的精神实质和内涵。"打工作家"曾楚桥的《幸福咒》(原载《收获》2007年第6期,收入《2007年短篇小说》,春风文艺出版社出版,李敬泽选编)无论在叙述的文体上还是内在精神上,都具有成熟的后现代小说特点。

《幸福咒》是充满了真正结构性反讽的后现代小说文本。因为真正的结构性反讽,只能在后现代小说创作中才会产生。反讽是后现代主义写作消解书写主体自我情感的有效方式,也是伊哈勃·哈桑借以描述后现代文化特征的系列性定义之一。结构反讽,是在一种含有两重意思的结构中表现出来的持续的反讽,通常借一个天真的主人公、叙述人、代言者,他们糊里糊涂的天性导致了对情况的误解,于是作者心领神会地引导读者去修正更改。人对自己周围的世界、他人以及自己的错误认识而遭到命运的捉弄,是造成反讽的根本原因之一。在《幸福咒》中,民工来顺死后,单纯的媳妇翠珍要按家乡的风俗在城市给他做场法事。工头在女人的坚决要求下,请来一年轻和尚念咒语。和尚最后念的是"幸福咒","其实和尚根本就没有什么幸福咒可念,和尚只是用风流底话一遍一遍地唱《我要幸福》,和尚早就看出女人是个刚从乡下出来的,就是风流底话骂她,她也一样云里雾里去的。"假和尚是这篇小说的叙述枢纽,也是这篇小说的反讽之源。在假和尚做"法事"的一个晚上,许多乱七八糟的人,许多令人哭笑不得的事情集中上演。这些完全有违女人为丈夫做法事的初衷,让她感受到了命运的捉弄,这是一种深度的对"幸福"的命运反讽。而在机警的读者看来,这些都是可以修正或避免的,读者也可以从中体味出叙述者的反讽意图。因此,在《幸福咒》中,单纯无知的女人的行为与全知全能的叙述者的矛盾结合,就造成了《幸福咒》的结构反讽,因为整个语境的反讽性,

决定了文本内一切组合关系的反讽性。文本中的一切要素均制约于整个反讽语境，反讽推动了文本中的一切。连小说的名字和死者来顺的名字都是反讽的，明明痛苦得要死，却偏偏叫"幸福咒"，明明从脚手架上摔下来，偏偏叫"来顺"，符合人类缺什么想什么的原理。这种本质性的结构反讽，使《幸福咒》充满了后现代色彩。

反讽作为《幸福咒》的中心原则，决定了文本中人物、故事、情节、细部、语言的关系均是反讽。人物反讽：比如和尚"一头歌星般的长发，手腕上还刻有刺青，样子不像是个和尚，倒是和香港电影里那些烂仔有几分相似"。比如看上去弱小却意志不亚于刘胡兰的二奶，还有看上去大方却骨子里算计的包工头。场景反讽：小说中多次描写热闹的麻将桌，多次描写死者放大的彩色照片，"死者一脸幸福的笑容"。细节反讽：比如和尚念咒时，拿出手机给女朋友回信息，这在话语上构成了冲突和相互拆解的格局。最有力的细节是小说的结尾，"女人突然发现照片上的丈夫长出了长长的胡子"，收到了"此时无声胜有声"的效果。死者照片长胡子的悬念看似不可能，但仔细一想也完全有可能是女人昏睡期间某个人的恶作剧。构成对命运、对故事、对人物最强有力说服的是细节，细节是我们洞察人物与事件的根本所在。小说中密集的细节非常有力地揭示了小说的反讽性质。小说里的细节，既是主题的，又是人物的。故事的轮廓是用细节从各个角度和方向填出来的。一方面，整篇作品的叙述流波澜不惊，另一方面，每个角落都有不安的小骚动，于不事声张处，给人以巨大的震惊。

反讽作为一种修辞术，在《幸福咒》里形成了文本语境上的喜剧色彩。死亡与喜剧性似乎难以对接，但小说文本偏偏实现了这种对接。包工头与来顺的工友打牌，一副事不关己的样子，表现出无聊、无奈、不认真和游戏的态度："工头现在已经赢回了一部分钱，兴致特别高，工头的兴致一来，他就忘记了法事，至于和尚来不来似乎已经与他无关了。"这汲汲于现世的活着的人们，对死者和死者妻子的态度颇有几分敷衍的意味，表现了对生命的麻木状态，流露出冷漠的精神特征，体现出对死亡的隔膜态度。而工头二奶和三奶的到来，更让来顺的死，在这里成了一场闹剧的道具。她们先是看工头打牌，后来吵起嘴来，并大打出手。"林黛玉"把"牛仔"打伤了，"牛仔"搬来两个男人报复"林黛玉","谁也没有想到,就在灵堂里,当着那么多人的面,两个男人就把'林黛玉'轮奸了。整个过程'林黛玉'始终一声不吭,一副人为刀俎、我为鱼肉的模样。"灵堂里的场面很是滑稽,描述简直是一场精彩的小品。在小说里,喜剧手法成为一个中介,因为它的作用力,使悲伤、怜悯、严肃、恐惧等传统的悲剧感情中渗入了异质性的谐谑、嬉戏、悖谬的因素。而小说中的那张假钞,更为来顺的死亡悲剧增添了谐谑成分,成为喜剧的滑稽与悲剧的沉重的结合。工头让女人去买几瓶红牛,随手甩给女人一张百元大钞。大钞是假的,女人自己掏了腰包把红牛买了回来,一声不响地坐在了草席上。和尚来做法事,收了女人准备好的五百元红包并不满足,又让女人支付二百五十元。假和尚对女人递来的钱非常在乎,发现了那张假钞。当灵堂里最后只剩下和尚和女人时,和尚以念"幸福咒"为名,再次收了女人的一百五十元。这应该是和尚对收到那张假钞的不满,巧立名目来报复女人,所谓的"幸福咒"只是和尚用风流底话一遍一遍地唱《我要幸福》。这样的叙事消解了传统文学中死亡的悲剧意义,悲剧失去悲剧的意味,甚至走向它的反面,呈现出喜剧的特征,成为喜剧性的悲剧。对于他人之死的同情性悲恸,是人类的一种自然情怀,与此相适应,悲剧就成为理所当然的表现形式。曾楚桥却以喜剧的形式表现死亡,这种生存悲哀告别了作家传统的死亡表现形式,然而,给人的震撼力却来得更为强烈。可以这样说,在这里苦难和悲剧非但没有得到消解,反而是更强烈地加剧了。用喜剧表达悲剧,无疑如同黑白色调间的对比,会产生反差强烈的戏剧性效果。在小说设置的喜剧情境中,女人最后在灵堂里把三天的安眠药一齐吃下去,悲剧的主角在悖谬中得到了强化。她无法接受自己心中神圣的超度亡夫的宗教仪式被别人一再地戏弄,反复地亵渎。当工头和工友们在亡夫的灵堂里打麻将的时候,当工头的两个二奶在亡夫的灵堂里大打出手的时候,尤其是当一个俗不可耐的伪和尚在那里为她的亡夫念着假咒语的时候,女人的心其实在暗中滴血。表面上的冷静和忍让掩盖不住她内心的愤怒、绝望和痛苦。在抒写高潮后,留下的是一片死一样的静寂、彻骨的寒冷、无限的悲情。因此,女人"醒过来的第一个念头就是马上回家,她一刻钟也不愿意在城里停留"。在反讽的语境中,体现着叙述者曲折表达的否定情感和批判力量,淡然、调侃、嬉戏的非常姿态后面,隐藏着更执着的态度、更强烈的愤怒、更深层的悲哀、更难排解的苦痛。

　　小说的结构性反讽决定了小说的叙述态度。在《幸福咒》里，曾楚桥用冷静和克制的态度来讲述生命毁灭的故事，包含着话语和语调的双重反讽。这是二十世纪末先锋作家偏爱的叙述态度，也就是当时小说界风靡一时的所谓"零度情感"或"零度叙述"。作家在叙述故事的过程中，最大限度地抑制感情倾向和理性评价，使叙述者的主观因素保持不介入状态或零度介入状态。在这种"无我"的叙述中，叙述者看起来表情漠然，对不幸者没有同情的表示，对作恶者也没有激愤之辞。曾楚桥成功地运用了零度介入的方式，造成了小说文本较丰富的意义层次和情感的张力。从叙述策略来看，"局外人"的姿态本身就是一种鲜明而强烈的情感态度。小说展示女人失去丈夫之痛时，叙述者却不动声色，显得若无其事，并刻意细致入微地进行貌似纯客观的描述。故事的悲情与叙述者的漠然态度、读者的震撼感与叙述者情感的"零度状态"，其间反差过大，必定引起读者的注意和追究，意义的增值也最显著。故事和人物提供的暗示已经确立了文本的基本价值，作者的零度介入强化了这种价值。

　　反讽作为一种曲线表达，是对负性表现对象的一种隐性批判。这种批判比直接批判更有力度，更具震撼力，更耐人寻味，也更具艺术感染力。《幸福咒》以作者的反讽叙事精神，从话语嬗变的角度，关注时代物的异化、人的异化和精神存在的异化。曾楚桥在小说里发掘假恶丑，把做法事的夜晚变成了一个假恶丑的狂欢节，对和尚、工头和工头的二奶三奶们进行戏谑式的嘲弄。在"牛仔"和"林黛玉"的物质纠缠中，工头已经异化成了一个物质的符号、欲望的符号。工头身边的女人，什么"二奶""三奶"之流，看中的全是他的金钱，而不是他作为人的真正价值。连和尚的灵魂世界都为物欲所塞。所谓"幸福咒"，其实是假和尚欺骗女人的一个招揽钱财的伎俩。小说的反讽叙述批判了人性的异化、现代社会的病态，也暗示了生存的荒诞。曾楚桥对人性的洞察是深刻而痛入骨髓的。他的《幸福咒》，毫不留情地把肮脏与丑恶的人性赤裸裸地展示在我们面前。与此同时，小说也开掘了女人本真善良的细微之处，展示生命的受虐和反抗、屈辱和高贵。那个女人其实并非不知和尚的伎俩，她明明已经识破了和尚的骗术，但她却并没有揭穿和尚的假象，而是选择了"假中求真"，满足了和尚贪得无厌，额外索要钱财的要求，一定要他为自己的丈夫，同时也是为自己念一百遍"幸福咒"。因为女人此时已决意去死，去追随丈夫的亡灵。在面对人性的丑恶和冷酷，面对社会的冷漠和阴暗，面对生存的荒诞和荒谬，她渴望在死亡中找到生命的归宿。小说最后写女人吃安眠药，想跟丈夫一起去另一个世界，既含有对异化世界和周围人性之恶的控诉，也寄寓了对不幸者灵魂之美的肯定。小说由此实现了对丑恶的超越。这种来自于西方现代小说经典的写法恰恰证明了曾楚桥小说骨子里的精神根基是先锋的，牢不可破的。他固执地探求的正是人类灵魂深处的奥秘，是尊严与屈辱的交替，是生与死的考验，是灵与肉的搏杀，是美好与邪恶的交战。小说以特殊的反讽方式介入主题，对一个充满荒诞感的现代灵堂进行了后现代深切揭示，为我们认识世界提供了一个本质性的新视角。

三、《白斑马》与王十月的神秘书写

在王十月的"打工小说"里，《白斑马》（原载《十月》2008年第5期）表现出的对小说文体、语言和诸种叙事策略的探索十分突出，神秘主义色彩极浓。藏策在编选《2008年度中篇小说精选》（天津人民出版社2009年版）时选入了这篇小说，并在序言中说："王十月在2008年里最有影响的小说是《国家订单》，但我却更喜欢他的这篇《白斑马》，因为这篇《白斑马》更文学一些，让我们看到了梦想的力量。"所谓"梦想的力量"也就是神秘主义的力量，神秘主义是理解和研究这篇小说不容回避的重要视角。在文本内部的语境中，神秘主义是一种认识论意义上的经验方式，一种主体与世界的关系，一种存在状态。神秘主义丰富了作家观照世界和人生苦难的审美视角，它将外物纳入心灵的广阔无垠的疆界，拓展了文学的审美视域。在当代，有许多作家在不遗余力地揭示着世界的神秘与神奇——从马原的《冈底斯的诱惑》表达对神秘西藏的敬畏到韩少功的《爸爸爸》对一段楚文化混沌历史的追问，从史铁生的《礼拜日》对世界神秘真谛海阔天空的猜想与浩叹到林白关于"写作过程绝对是一个很神秘的过程"的信念，从贾平凹小说中十分浓厚的神秘文化氛围到陈忠实的《白鹿原》对异兆的刻画，从迟子建的《原始风景》对北方孩子神秘人生体验的诗意描绘到徐小斌的《羽蛇》《双鱼星座》对女性直觉和梦幻的尽情

渲染……这些，都汇成了一股声势不容低估的潮流，表达了当代人对东方神秘主义的重新审视和有所认同，同时也冲击着、动摇着理性的世界观和人生观。在这样的背景下看王十月的《白斑马》，是可以看出他对于神秘主义文化的独到发现与感悟的。神秘主义加强了小说的灵魂感应力和现实感应力，打通了此在世界与神秘世界的深层沟通。在这篇小说里，人的世界不再是清晰可见的"至清无鱼"的世界，而是包含着超常、奇谲、朦胧的神秘因素。《白斑马》的出现，说明神秘主义为"打工文学"提供了一种超越现实和理性层面的表现视角，使文学的审美意蕴得到很大的提升。

《白斑马》在一种浓重的神秘氛围里，选取了陡峻的第二人称"你"，揭示了四个人物的死亡命运：

一是云林山庄的主人李固。李固，生于长江之畔古城荆州，其祖父为民国期间荆州书法家。毕业于某名牌大学美术系的李固，由于某种原因在佛山陶瓷厂当普工。1998年"你"与李固的偶然相遇，改变了彼此的命运。经历了许多的苦难，多年后，他在深圳拥有了自己的公司，有了千万资产。妻子这时却因癌逝去，同时带走了肚里的孩子。他的副总、也是他最信赖的同学借此机会又背叛了他。接连的两次打击，让他心灰意冷，遁入木头镇云林山庄，每天以画画、养鸟为生。李固全力做一个现代隐者，但达不到古人的标准（"小隐隐于野，大隐隐于市"）。白斑马的出现，打破了他内心的宁静。面对菜农马贵的无赖敲诈，他用猎枪射杀了马贵，然后自杀。问题是，在案发现场，画家李固的墙壁上，发现了三个血红的大字：白斑马。在他死后，朋友为他举办了一次画展：《白斑马——李固遗作展》。

二是菜农马贵。他不是小镇的原居民，和这里其他菜农一样，他来自H省。十几年前，木头镇周边的小镇开始开发，对于蔬菜的需求日增，一些H省来的先行者，就开始在木头镇承包了土地种菜，而小镇本地的主人，则到周边的镇办起了三来一补的工厂。这小镇，最先看到白斑马的，该是菜农马贵。那段时间，每到黄昏，马贵都会看见白斑马。马贵想过许多办法，想抓住这匹古怪的马，都未能成功。马贵愤怒了，从老家带来猎枪，他发誓要杀死白斑马。马贵背来了枪，却在杀人不成中被李固所杀。

三是文化打工仔桑成。多年前，桑成在玩具厂打工，爱上那个长相普通却开朗质朴的QC林丽。在南国的香蕉林里，他和林丽正要完成他生命中的第一次，治安员的突然出现，破坏了生命中最庄严圣洁的仪式。林丽被送到木头镇收容所，从此消失了，他的心理落下了严重的病根。多年后，作为政府文化单位的临时工、打工仔，桑成与老板（"你们都叫领导为老板"）一起出差，不愿参与集体嫖娼，老板冷笑了一声，说，农民！桑成后来与老板发生争执，找老板的老板想改变自己临时工的命运，目的没有达到，却被炒了鱿鱼。桑成在酒后宣布了两件事，第一件，是他要让自己堕落一回，第二件，他要去一趟木头镇。"在哪里丢失的，就要在哪里找回来。"桑成在木头镇遇见了英子，这是他的宿命，也是英子的宿命。桑成告诉"你"，他在木头镇找到了林丽。桑成说他在木头镇见到了一匹白斑马，白斑马总是在傍晚出现，独行在小镇街头，嘚嘚嗒嗒，嘚嘚嗒嗒，马蹄声每晚入梦。后来人们发现桑成和英子时，他们已骑着白斑马去了另一个世界。桑成掐死了英子，然后自杀。按摩房的墙壁上，留有三个血红的大字：白斑马。

四是洗脚妹英子。英子多多年前来到深圳，开始在沙井镇的建筑工地打工，不小心从脚手架上掉下来，死了。英子妈来这边，处理完男人的后事，就跟着老乡来到木头镇，租了菜地种菜。英子妈为李固送菜，英子也得以认识了李固。英子是个充满幻想却长相平庸的姑娘，在洗脚城里只能为客人洗脚。英子打工的洗脚城，二楼洗脚，三楼松骨。英子从来没有上过三楼。在这里打工一年多了，她甚至不知道三楼是什么样子。她没有学过松骨，她知道，学会了也不会有客人点她。越是这样，英子越发对三楼产生了强烈的好奇。桑成的到来，英子生平第一次上三楼为客人服务，那一次，也成了她人生的最后一次。她想把自己珍藏的第一次献给桑成，帮助桑成堕落，却没有实现这个卑微的梦想，窒息在桑成的怀里。

小说中的所有人物似乎都是为了揭示死亡的宿命而设置的道具。小说由一系列死亡事件营造了神秘的氛围：一切都与白斑马有关，一切都好像真真切切地发生过，但又好像只是模模糊糊的印象与居心叵测的传说。一直到最后，那些迷案都笼罩在诡异的神秘氛围中。死亡，死亡，一连串的不幸组成一条神秘的死亡链，这种宿命般的暗示，正是小说中的神秘主义的一次远行。这几个人死前都见过白斑马，一个个不可避免地死去，还有一个未死的"你"也见过白斑马。白斑马在小说中构成了一个神秘谱系,具有一种象征性意义,一种隐秘意义,或者暗示性意义。于是,所有的关于白斑马的神秘性,自然笼罩整个小镇和全部叙事氛围。小说一开始便借用侦探小说手法,为我们制造了神秘主义的谜团:"你来到木头镇,那桩轰动一时的凶案已发生许久,关于白斑马的传说,在人们的茶余饭后越传越玄,而事情的完整经过已成为谜,湮灭在时光的尘埃中。"传说从来不是空穴来风,李固、马贵、英子、桑成,他们都看见了白斑马,他们都死了。神秘主义离不开这一个个悬念。人是喜欢寻根问底的,王十月显然抓住了这一特点,给我们制造了一个又一个悬念。现实世界本就是一个复杂多变的世界,当我们面对这个神秘的世界时,有很多东西都是我们无法理解的。无可解的东西,却正好是人们努力去求解的东西。有时,我们自以为感受到了现实的真实,其实只不过是看到了它的阴影而已。白斑马为何物成了警方后来追寻事件真相的切入点,然而却没有找到任何答案。"白斑马"三个字是何人所写,也成了一个永远不解之谜。警方在走访英子的家人和那些菜农时,得知了画家李固枪杀马贵案也与白斑马有关。警方将两案并案侦查,但查到最后,依然没能理出头绪,于是两案都成为了悬案。警察们在画家的画室里,看到了满屋子的画,那些巨幅的油画,全部由各种黑白相间的条纹组成。那些画被画家命名为白斑马1号至99号。白斑马100号的创作尚未完成。但是白斑马100号出现了变化,人们在未完成的画中,看出了隐藏着的一个人物的形象,有人说那个人是英子的母亲,有人说不是。

其实,王十月传达的是一个传说中的世界。白斑马在小说中给我们造设了各种各样的谜团,呈现给了我们一个神秘的世界。我们深入小说中,试图解开这些谜团,但是我们失望了,越是深入,越是迷惑。白斑马是一个神秘的谜,作者没有解开,"你"更深闯其中。这个作者虚拟的第二人称相信在某种程度上就是作者王十月本人:"你"突然发现"你"已无法写作,仓皇逃离招安,逃离深圳,来到木头镇。自凶案发生后,小镇人对李固的园子避之不及。小镇传说:凡见白斑马者必死。但"你"的作家身份让"你"对传说的缘起有着强烈好奇。"你"已无法记得,这是第几次来到云林山庄门口。"你看见了白斑马。其时天色正黄昏,残阳如血"。小说中的"你"因为看到了白斑马而成了一个预言者,担心自己会像其他看到白斑马的人一样,会死。"你"心中

第一章　一种先锋性文学

充满了对死亡的恐惧，一天到晚心神不安，好像厄运随时会降临，甚至罔顾妻儿的感受，告诉妻子白斑马的故事，为妻子寻找"托孤"对象。当然，"你"也希望"你"是个例外。白斑马像一个无形的魔咒，引诱着"你"去寻找真相。"你试图弄清楚桑成和英子之间发生的事件真相，但你将永远也无法弄清。传说英子也看见过白斑马。你找到了英子妈，英子妈证实了这个传言。英子妈还沉浸在痛苦之中，显然不太想去谈有关英子的一切。""你"相信，弄清楚了他们真正的死因，"你"就有可能避免这样的灾难。未来是不可知的，因而是神秘的，对于未来将要发生的事情的预言和不时出现的征兆也同样是神秘的。王十月显然不会放过这些令人产生神秘感的东西，在他的小说里，预言和征兆总会时不时地跳出来牵扯住读者那根脆弱的神经。预言往往是通过各种各样的预言者说出来的，而预言的产生也是不确定的，是根据已有的事实推断出来的，而这些预言及其来源本身就构成了某种神秘的氛围。

　　白斑马这个神秘意象是整篇小说的线索，小说的情节都是围绕着白斑马而铺叙展开的。同时，白斑马这个神秘意象又是一种象征，蕴涵着作品的主题。颇受魔幻现实主义影响的当代中国作家们格外重视对神秘意象的创造，贾平凹在《太白山记》《高老庄》《怀念狼》等作品中创造了一系列腾挪多姿、神奇空灵且富有表现力的魔幻意象，莫言文学世界中的诸多感觉意象，陈忠实笔下的白鹿意象，韩少功、李杭育、王安忆、扎西达娃等所创造的神秘而飘逸的意象等，共同构成了当代中国小说丰姿多彩的魔幻意象世界。《白斑马》最重要的艺术特征之一就是现实的幻化和幻化的现实。在实与虚之间，能够自由地来回穿梭，这种呈现在文本之中集实与虚为一体的正是白斑马这个神秘意象。但在这些之上，更重要的是，他必须表达出打工者那种无论如何不能磨灭的激情与梦想，因此他塑造了白斑马这样一个神秘的形象，这世间绝无的马，被认为是死亡的预兆，在市侩的菜农李贵看来是诡秘的挑衅，必杀之而后快；但在李固、桑成、英子和"你"的眼中，那是难以用语言表达的人间大美：白斑马是所有美好的化身，是善良，是希望，是耀眼的理想，是为了追求奋不顾身。"英子从来没有见过这么漂亮的马"。"英子被这世间的大美击倒，她想大哭一场，泪就真的下来了。"作为隐喻，它使打工者对于进入城市的渴求蒙上了一层形而上的光芒，使打工者的奋斗与屈辱都得到了升华。白斑马这个神秘意象犹如一个充满了魔力的箭头，把我们引向了那个潜伏于经验之外的神秘小镇。

与写实作品关注客观世界的视角相比，神秘主义更多关注的是对未知世界的表现和对感性世界与主体心理体验的描写，这也使得作家更为重视直觉、表象、意绪、心理、潜意识等表现手法在作品中的运用。至于小说中运用幻想、幻景、暗示、预言和荒诞、梦魇、夸张等手法的例子更是俯拾皆是。如英子对白斑马的"南柯一梦"：

> 她终于如愿以偿，她看见了白斑马，踩着音乐的节拍，嘚嘚嗒嗒，从远而近。白斑马温顺地走到她身边，停下脚步，睁着一双大眼看她。她伸出手，轻抚白斑马的脸，白斑马伏在地上，冲她点头，她明白了白斑马的心思，骑上马背，白斑马站了起来，嘚嘚嗒嗒，驮着她离开了山庄。小镇的街上，除了偶尔呼啸而过的一辆汽车，几个蜷缩在墙角安身的流浪汉，就是英子和白斑马的天空。走上大路后，白斑马开始小跑了起来，迈着细碎的步子，越迈越快，渐渐就飞了起来。白斑马把英子带到了一个陌生的地方，又趴在了地上。英子明白它的意思，说你是让我下马吗？白斑马对英子咧开嘴一笑，这一笑，英子一下子认出了白斑马。英子脱口而出："怎么是你？"
>
> "是我。"

白斑马跨在了英子的身上，英子紧紧地搂着白斑马。

这是英子坐在山庄对面的树下的"南柯一梦"，这是她"梦中的幸福与不安"。梦幻最能揭示个人精神深处的无意识状态。关于梦的描写增加了小说的神秘气氛，使读者感到有一种不可思议的神秘力量隐藏在人物背后，始终被一种莫名其妙的情绪所缠绕着。神秘描写是《白斑马》的精魂，可以断定，假如抽取掉作品中的这些描写，作家只是平实地叙述故事，小说的艺术审美性肯定会大打折扣。神秘主义主要是一种体验，一种感觉，有时还伴随着强烈的主观化和情感化色彩。神秘主义是一种远远超越了日常生活的另一种极端体验，是日常运用的词语无法直接表达的,只能诉诸比喻、类比、象征等修辞手法来间接表达。白斑马在小说里有了自己繁殖生长的可能,它有了自己的生命。梦幻是一种认识方式,是对现实的一种解释方式。英子梦见白斑马,表现了她当时的心理状态。小说中写道:"英子其实对李固抱有很浓的兴趣。母亲经常爱说起李固,李固在英子眼里,是那样的神秘。英子对未知的生活,总是充满了好奇。当她初次走进云林山庄,看到那么大的园子,有山,有水,还有那么多的鸟。在这里生活的,会是一个什么样的人呢?这主人超出了英子可以想象的范畴。"当英子提着妈为李固收拾好的蔬菜,第一次走进了云林山庄。"园子里很静,静得除了鸟声,还是鸟声。鸟声一下子勾起了英子对家乡的美好记忆。""看一眼李固的画,英子的脸刷地就红了。那一天李固画的是女人体,可是那女人的五官,却分明是英子妈。""英子的脑子一下子就乱了,慌里慌张地离开了云林山庄。英子对母亲和李固的关系产生了联想。""南柯一梦"深刻地揭示了英子心灵的变化和奥秘。白斑马已经进入了她的潜意识状态。

王十月在小说里所描绘的现实是日常现实与想象中的现实的混合体。1949年,古巴著名作家卡彭铁尔在长篇小说《这个世界的王国》的序言里,指出了"神奇的现实"的重要性,认为拉丁美洲日常现实本身所具有的"神奇性"对于文学创作具有重要意义。马尔克斯在谈到他的《百年孤独》中的魔幻色彩时说,作品中那些在他人看来是荒诞不经的事情,在南美大陆却是和现实生活融合在一起的,是人们深信不疑的。而王十月对他笔下的神秘也是深信不疑的,因为他在本身就很神秘的木头镇生活了几年。木头镇是一个神奇的地方,在这里现实的世界和想象的世界是既交叉又重合的。看上去是神奇的、虚幻的或魔幻的东西,实际上不过是木头镇的现实特征。小说是这样描述木头镇的:"你知道木头镇,在很久以前,那是个让打工者闻之色变的地方。那些没有暂住证的外来者,被治安收容后,旋即遣送至此,等候他们的亲朋拿钱来赎。那时你虽没到过木头镇,却不止一次在你的文字中想象和描写过木头镇。在你的笔下,木头镇的风是阴冷的风,木头镇是一个暗无天日的所在,是人间的炼狱,是打工者的噩梦。"王十月笔下的木头镇,也就是位于东莞山区片的樟木头镇,一个充满神秘气息的小镇。樟木头收容所曾经是珠三角打工者的"古拉格群岛"和"集中营",是打工者的挫败和耻辱之地。桑成说:"我来木头镇,是为了把林丽从我的心头抹去。"他能抹去吗?他的人生,因木头镇和林丽落下了致命的伤疤。桑成临终前那一声"无法进入"因此显得何等悲凉。

  命运的偶然与荒诞决定了历史书写的荒谬与遮蔽。而个人却对此无能为力。白斑马这个神秘意象中的"意",它较多地指向了对现实社会的阐扬与批判,以及对人性的考量与思索。这个神秘意象才在空灵、神秘之余显得充实而又厚重。从虚构的修辞性现实到对存在境遇的深度探测,《白斑马》揭示了社会转型时代的打工一族的境遇。以"白斑马"为隐喻,以几个打工人物为依托,在永不放弃的打工背景下,揭示人性的悲哀,世事的凄凉,理想的追求与破灭。作为"打工作家",王十月对打工者的命运沉浮有着独特而深入的感受。神秘主义因其不可言说性,多用寓言或象征化写作,这种寓言和象征熔铸着作家对于历史和人生的深刻思考,也给作品平添了不少的生命悲怆和历史沧桑感。《白斑马》是在为一代人的努力与挫败书写心灵史,表现他们的壮烈与悲怆,并进而折射出社会结构上的巨大不公。王十月不再简单叙述打工者的故事,而是要提炼和表现出打工者深层的历史,他们内在的、抽象的痛苦和屈辱,社会和时代对他们的挤压和不容。小说不像神话一样回避现实而臆造一个幻想世界,而是创造一个神奇的天地来展示人生,展示打工者的生存秘史。晃动于小说中的人物,仍然是那一群为了进入城市而努力而奔突而焦虑的人们,只是时至今日他们已然分化,面目各异:画家李固,经历过颠簸坎坷,也享受过荣华富贵,可算是外来打工者中成功的代表,而如今他已看累了世道人心,他选择隐居在木头镇,除了看中它的清静,是否也有某种凭吊的意味?"你"的朋友桑成,从农村来到深圳,奋斗多年却仍然无法接受这欲望都市的逻辑,也无法被这都市接纳,他选择退到木头镇,这里有他作为一个外来打工者不堪回首的过往,这过往仿佛一个与生俱来的印记,预告了他在面对城市时的无能。菜农马贵等人,他们凭借一种本能的精明来到木头镇,为咫尺之遥的城市提供新鲜蔬菜,与桑成等一批最早的进城者相比,他们没有那种改变自我身份的强烈激情,他们是精神更加卑琐的一个群体。英子,作为打工者的第二代,她被刻意强调的丑陋或许同样可以理解为某种先天不足,但她偏偏选择与她的形象不相匹配的洗脚妹作为她的工作，并依靠自己的努力赢得尊重。可以说，她的执拗和尊严打开了某种实现价值的可能性，因而当她终于被桑成于无意识中扼死，我们就倍感怅然：不管如何努力，深切的无力和沮丧终究是打工者不能摆脱的命运吗？

神秘主义的出现本身，就是与偶然性、不确定性相对应的。人们以为一切都有规律，但在冥冥之中扼住命运咽喉的却是偶然性，人们为了反抗命运而挣扎着，但人们的挣扎原来也是命运之神早已编好的剧本的一部分。王十月只是想利用别具风格的叙述，用他的方法，去揭示人存在的悲剧本质。《白斑马》的神秘主义写法，是对人的"不可知"与"不确定"性命运的一种探询。打工人物的命运与灵魂挣扎作为终极表现，人性中善恶美丑的交织撕扯，各有千秋，李固隐而不能，终以杀人和自杀寻求解脱；马贵死有余辜，毫不足惜；桑成在负罪和忏悔交织的绝望和悲伤中迷失，以一块碎玻璃了结了自己的生命；英子在"来吧来吧"的梦呓中，死而有憾。小说中，所有的人物似乎是被冥冥中的异在力量所玩弄，世界的构成变得无法描述与解释，一切都陷入真实与非真实的混沌中，从而陷入更深的神秘主义之中。小说在微妙人际关系中揭示了生活的玄机：生活中充满变数，人与人的关系相当微妙。一切的变故都难以预料，也说不清楚。小说点化出了日常生活中命运无常的微妙玄机，从而表达了对中国民间命运观的认同。人与人的相遇也是偶然性之谜。人与人的巧合构成了王十月小说的神秘世界。我们可以认为，这些巧合都是王十月人为设置的，但我们又不得不佩服王十月设置这些巧合时的天衣无缝。小说中这一个又一个人物，他们始终是不可知的，始终与我们有着一定的距离，他们的一切似乎都处于一个遥远的点上，无法捉摸和把握，而且他们的出现、失踪和隐遁都具有突发性，在这样一种境况中，神秘感就自然起来了。

小说中想象的生活领域总是和实际生活领域联系着，更深地揭示了人的生活困境和精神困境。毫无疑问，就是在最充满幻想的小说里也会含有某些现实的成分，但同样毫无疑问的是，一篇使用神秘手法处理故事结局的小说，在各种细节描写方面必须真实，此外，它还必须遵守一般的准则以保持想象的连贯性。也就是说，幻想的故事必须是一种可以想象的现实，必须和小说中的其他要素保持有机的联系。《白斑马》做到了这一点，变现实为幻想而不失其真，将现实性与神秘性杂糅起来。王十月的想象力所勾勒出来的东西并不是凭空杜撰出来的东西，而是现实生活的一种投影，一种重新组合的图景。白斑马可以看作几个有着心理疾病的人的内心幻象，是他们虚构的幻觉。首先看到白斑马的马贵显然是病理学上的一个病例。小说快结尾时透露："然而在走访中，你又得知，那些菜农里，除了马贵，谁也没有看见过所谓的白斑马，因此那时大家都认为马贵得了疯病，每天晚上，马贵都会背着他的猎枪在菜地里埋伏，他的行为被菜农们传为笑谈。"故事叙事者相当明确地指出，人们觉得他很古怪。人们认为马贵得了疯病。作为小说家，必须考虑使他"发病"的特殊原因。小说第三节开头明确地点明了马贵是一个穷人，"马贵是近几年才从H省来木头镇种菜的，他的一双儿女，皆在这菜园长大，如今早过就读年龄，却未曾上学。"在这篇小说里，背景和人物描写的真实性表现了情节的真实性。我在政府文化部门里做过多年的"文化打工仔"，身份焦虑比工厂里的打工仔更为强烈。我能理解小说中的"你"和桑成，以及理解王十月在小说中的直接议论："你和桑成，只是政府文化单位的临时工、打工仔。你们没有根。你们的生活经不起意外的打击。你们的人生是建立在一个脆弱的地基上的，你们是被社会福利遗忘的人。也正因此，你们对未来总是心怀忧虑。""他们生命中的痛苦，和你的一样。你知道桑成的痛，知道英子的痛，甚至也能理解画家李固的痛苦，可是你却无法透过纷繁的生活，看到这些痛苦的根源。你感受到了他们生命中的那种挥之不去的焦灼，那种焦灼和你的痛苦是那么相似，可是你无法理清自己内心的焦灼与痛苦的根源。"桑成为什么会做出那样可怕的行为？王十月对每一个人物的结局都慎重考虑，都适当铺垫，都是有根源的。这种有现实依据的但同时又神秘化的细节构成了小说的主体。作品的叙事多为现实性的，充满逼真的细部描写，情节多在合乎逻辑的框架中展开。洗脚妹英子，则属于那种把现实和幻觉混为一谈的人。而桑成也是如此，他打电话告诉"你"，他在木头镇找到林丽了。他把英子混同林丽——现实的领域和幻象的领域在他是混为一体的。使他把幻觉与现实混为一谈的原因是什么？小说把他们的行为与行为背后的社会生活联系起来了。小说是几个心理变态病例的精神史。小说为什么使用第二人称？小说讲述的就是"你们"的故事。"你们"永远是城市的局外人,"我"的意识一直在自我弱化,向着死亡深渊堕落。小说将意义的落脚点从探知死亡界限之外的秘密,转移到了感知意识内部的差异。小说中的"你"感知到了桑成、英子、李固、马贵的身份焦虑、精神病变、生命困境,感知到了他们的死亡,感知死亡就是感知一种失去、一种与"别人的城市"的隔离。

四、《寻根团》:发掘人类生存之谜

二十世纪七十年代末,美国黑人作家亚历克斯·哈利创作了一部畅销全球的历史小说《根》。作者自称他经过十二年的考证研究,追溯到他的六代以上的祖先昆塔·肯特,一个从非洲西海岸被白人奴隶贩子掳到北美当奴隶的黑人,描述了他在非洲的自由人生活,他和他的子孙在美国奴隶制下的苦难历程,以及这个家族获得自由后的经历。贯穿着《根》的一个主题思想是:人最宝贵的东西,是知道自己是什么人,是从哪儿来的,必须找到自己的"根"。当时寻根的现象变成了一个全球的现象,中国作家第一个很明确地提出寻根主张的是韩少功。1985年他率先在一篇纲领性的论文《文学的"根"》中声明:"文学有根,文学之根应深植于民族传统的文化土壤中",他提出应该"在立足现实的同时又对现实世界进行超越,去揭示一些决定民族发展和人类生存的谜"。在这样的理论指引之下,一批作家开始致力于对传统意识、民族文化心理的挖掘,他们创作的作品被称为"寻根文学"。在整个寻根文学思潮中,担任主要角色的是知青作家。一批"知青作家"成为"寻根文学"的创作主体,他们利用起自己曾下乡、接近农民日常生活的经验,并透过这种生活经验进一步寻找散失在民间的传统文化价值。在当时的文坛,"知青文学"迅速演变成"寻根文学",兴起了一股"文化寻根"的热潮。寻根小说的代表作家、作品有:韩少功的楚文化系列《爸爸爸》《女女女》等,贾平凹的商州文化系列《商州初录》《商州又录》《商州再录》等,李杭育的吴越文化系列《沙灶遗风》等,郑万隆的女真文化系列《老棒子酒馆》等。王安忆的《小鲍庄》也是寻根文学中的一个里程碑式的作品。"文革"期间下放到山西的北京知青李锐,那时候也创作了产生广泛影响的厚土系列小说。

 "粤派评论"视野中的"打工文学"

比起当年的"知青作家","打工作家"的寻根意识更为强烈,"打工文学"围绕着根性内涵的演变而清晰地呈现出"寻根""拔根""扎根""失根"的精神探求特征,显示了与"寻根文学"精神向度上的内在接续性。外出打工的人在离开家园的时候,大多交织在两种命运之间——漂泊抑或返乡。游子返乡式的写作,寻根似的写作,是"打工作家"创作中的一个极其重要的主题。他们背井离乡在城市闯荡,接受了现代文明的洗礼,再回过头来观照过去的生活,与亚历克斯·哈利的"寻根",也与二十多年前的"寻根文学"进行了精神脉络的衔接。王十月《活物》等小说中的楚州与烟村,于怀岸《猫庄史》等小说中的猫庄,已经是与我们生命经验有着很深关联的寻根坐标。但王十月、于怀岸的寻根书写,与当年的寻根作家们相比,又有所不同。他们所指示的是当下转型时期中国乡村人群的生存形态,起码在时间的确定上作者并没有含糊。在小说《猫庄的秘密》开头,于怀岸写道:"我在许多小说里提到过一个村庄,它叫猫庄。作家都是从自己最熟悉的地方写起的,我当然也不例外。猫庄是我的故乡,严格意义上说,它只是我此刻的故乡。我此刻人在广州,但是我的户口、房子、田地都在猫庄,父母和孩子也在。此刻,我在广州的状态就是一个字:混!也就是说,我有一天总得回猫庄的,不管混不混得下去,我都得回去。也许今天,也许明天,只是时间早晚的问题。"猫庄作为故事的发源地,成为作家记忆中的苦难或温暖的终结所在。于怀岸的小说,有数十篇以猫庄的人和事为描摹对象,那里虽隐含着人性的乖张和乡间旧俗的阴霾,但作家细致入微的描写凸现出对底层小人物的温情和关爱,当下时代的所指非常清楚,这就与当年寻根作家们笔下的中国乡村的描画有了区分,如王安忆的《小鲍庄》等,时间所指的模糊使其象征的指向更宽阔,但也失去针对当下的锋利性,或者说难以听到皮肉切割的声响。当年的寻根作家无意地放纵种种风俗民情和掌故轶闻淹没或者置换了人物性格。人物仅仅成为种种野史、传闻片断的连缀,成为大批文化资料展览的解说员。与其说是小说,不如说更像民俗志。即使一些才华出众、经验丰富的寻根作家也难以避免这种艺术缺陷,如阿城的《遍地风流》之中的某些篇什。在王十月的楚州系列小说和于怀岸的猫庄系列小说里,我们看不到这样的毛病,能感受到历史与当下的血肉联系。他们在当下的语境中去叙述过去,原本自然的、不值得被书写的一切才一一展

第一章 一种先锋性文学

现,获得重述的价值。当然,就像当年知青作家写作的部分寻根小说,已经无法归入"知青文学"一样,王十月的《活物》、于怀岸的《猫庄史》等小说已经不属于"打工文学"研究范畴。我在这里关注的是"打工文学"与"寻根文学"类型可以融合的部分文本,比如王十月的《寻根团》。

王十月将打工文化与封建文化积淀奇特地糅为一体的中篇小说《寻根团》(《人民文学》2011年第5期,《中华文学选刊》《小说选刊》《作品与争鸣》等转载)是典型的寻根文学文本,荣获了2011年度茅台杯人民文学奖中篇小说奖。授奖辞写道:"王十月的《寻根团》直面苍生、忧思深广。作家深谙内幕、刨根问底,在返乡寻根的集体行为中,让众多人物所代表的不同阶层间的利益纠葛与复杂境遇昭然若揭,真实而深刻地呈现了当下中国乡村的社会图景和精神病相以及漂泊者无法还乡、无根可寻而又无法从精神上融入城市的疼痛与迷惘。"王十月的小说与韩少功对楚文化的寻根似乎一脉相通,他在《寻根团》里借助主人公王六一之口"侃侃谈到八十年代的寻根文学",谈到他们这些在外的游子对根的感情和寻根的感受。王六一满四十岁,在外打工整整二十年。现在的他,有了城市户口,却总觉得,这里不是他的家,故乡那个家也不再是他的家,觉得自己是一个飘荡在城乡之间的离魂。也就是说,王六一是一个无根的人。正因为如此,他是多么迫切地想要寻找到他自己的灵魂的根。"王六一是楚州人,楚人尚巫鬼,信梦能预言"。所以《寻根团》以一场梦开启了王六一的寻根之旅,并且全篇有三个梦。小说开头写王六一梦见去世的父母责怪他"十年不回家"、不管家里的房子被人戳了两个洞。当他随着"寻根团"的富豪们回乡后,他居然一下子认不出父母合葬的坟在哪里。好在凭记忆终于找到了父母的坟头,王六一想到父母托的那个梦,在他的格外留意下,发现别人在他父母的坟上钉下了桃木桩:两根木头橛子,木头橛子上用油漆画了一些符咒。这应验了王六一的第一个梦。第二个梦写王六一在堂兄屋前打盹,他竟再得一梦,梦中父母指认的"仇家"马老倌挥着木剑吓退了亡灵。在第三个梦里,王六一梦见亲如兄弟的马有贵"赤条条"与他告别后,被"青面小鬼"掳走。马有贵正是马老倌的儿子,当初和他一道下广东、现今因"尘肺病"奄奄一息。梦醒来,马有贵果真已撒手人寰,王六一去他家,竟看到和梦中一模一样的木剑,于是骇然逃离。"楚人尚巫鬼",梦境为这部写实

47

主义品格极强的小说平添了一种幽冥、悬疑的色彩，小说情节时时在现实与幻景中或平移、或交叠。托梦、桃木桩、木剑是来自楚地民间的，是楚地民间巫性的写照，具有强烈的巫性文化特征。巫楚文化是以江汉地区为中心，在原始宗教、巫术、神话的沃土中发展起来的一支由楚人创造的文化，其本质上是一种具有原始宗教意味的区域性文化，它处于边缘，居于民间，是一种人类原始遗风的存留。《寻根团》重在揭示国民病态心理，笔触直接深入到伦理传统、世态民俗之中。小说对"桃木桩"有这样一段描述：

> 在楚州乡下，谁家要有人得了难治之症久医无效，会去请马角作法，马角通灵，能直接和鬼神对话，作法之后，便得鬼魂附体，说话的声音语调，全然是某个死者的声音，说出一些不为人知的故事来，指出是哪一个死鬼缠住了病人，这时就得削了"桃木桩"，画上符咒，钉在那死鬼的坟头，病人的病就会慢慢好转。而那被钉的人家，却会家宅不安。或者是有仇家，怨恨对手，又苦于报仇无门，就偷偷地在其祖坟上钉下"桃木桩"诅咒。王六一并不相信"桃木桩"的法力，只是觉得愤怒。在烟村，本是赵、陈、马三大姓的天下，王姓是小姓，总是被人欺的，父母在世时，是十足的老好人，在村里从来不高声说话，低声下气过了一辈子，没想到死后还被人钉了桃木桩。王六一突然觉得，这么多年过去了，故乡终究是落后而愚昧的，当年逃离故乡，不正是向往着外面世界的文明与先进么，怎么在外面久了，又是那么的厌恶外面世界的复杂与浮躁，在回忆中把故乡想象成了世外桃源。奋力将两根"桃木桩"扔山下，点上香烛纸钱，祭了清明旗，放了鞭炮，鞭炮声中，王六一双膝跪在父母坟前，深深磕了三个头。

桃木桩、木剑与小说中所写的逐鹿岭公祭、托梦、鬼魂附体都是楚地巫性文化的镜像书写，王六一的"托梦"、马有贵的生死正是巫楚民间文化特质的一种外在的显性存在。巫楚文化本质上是一种具有原始宗教意味的区域性文化，巫楚文化相对于中原儒家文化具有明显的异质性：非正统、非规范、非理性。得益于巫楚文化的深深浸润，基于对巫楚文化特性及其历史意义的理解，王十月关注巫楚文化，并对巫性生命形态作审美化的观照和提升，对巫性思维方式作艺术化的吸收与借鉴。这大概不是廉价的恋归情绪和地方观念，而是一种对民族的重新认识，一种审美意识中潜在的历史因素的苏醒，一种追求和把握人世无限感和永恒感的对象化表现。王十月说过："楚州是我的精神故乡，它是无限有，但也是有根的。它的根是我的故乡荆山楚水间的那片土地，那里巫风盛行，从小在巫鬼文化中长大的我，对那里的一些风俗和传说很感兴趣……我想建构一个属于自己文字的王国，那个地方叫楚州。"故乡、楚文化，无疑是王十月的血脉之根与文化之根，是他文学经验的发源地。作为深受巫楚文化精神浸染和影响的传人，王十月的写作力图深入到历史传统之中，发掘人类生存的谜。他的长篇小说《三十一区》写的是楚州的一个城乡结合部的小镇，长篇小说《活物》讲述的是发生于白家沟的荒诞故事，文本中无所不在的荒诞、反讽、象征手法的运用都是后现代的，但我们又随时随处能够发现神怪轶事、民间传说等《山海经》这样的传统文学读本中常见的话语方式。传统与现代结合的结果只有一个，使不同阅读趣味的人可以按照一己审美完成一次酣畅的饕餮。王十月的荆楚文化系列小说有开阔复杂的精神空间，对时空、梦境和民间仪式处理富于想象力，从而建构起一个立体的楚州。王十月完成了他对深厚的荆楚文化的理性与深情的回望，寄予了他对荆楚文化特别是荆楚的浪漫主义和巫鬼文化的回溯、敬意与反思。

《寻根团》与王十月的《活物》等小说拥有一个共同的地理坐标：楚州，但与《活物》等小说不同的是，《寻根团》同时又具有"打工小说"的类型特征。小说中，"楚州籍旅粤商人投资考察文化寻根团"的主要成员是大大小小的老板一百来个，这些老板原来都是当年的打工仔，如今开着奔驰宝马威风凛凛衣锦还乡。王六一作为一名作家随行，无法与他们真正融合成一体，作者自身的影子在其中隐约出现。当赵总请一帮人到楚州的夜总会，体验家乡的夜生活时，王六一选择了逃离。马有贵更是寻根团的累赘，本来不在其内，是王六一安排他搭顺风车回家的。马有贵是这篇小说的关键人物，因为有了他，小说实现了对"寻根团"的深度解构。马有贵与王六一是从穿开裆裤玩到大的邻居，当年出门打工也是一道，那时的马有贵"壮得日得死母牛"。他与王六一曾在同一个工艺厂打工，王六一干调色，他干磨砂。王六一因写小说，在南方闯出了名堂，先是当了作家，又招进报社当记者。马有贵一直在那家工艺厂上班，得了尘肺病，瘦成了鸦片鬼一样的老头。工厂炒了他，在王六一的帮助下，才拿到了二十万元的赔偿金。不料，这赔偿金提前结束了马有贵的生命。邻居告诉王六一："他这次回家，马老倌就让他把钱交给他保管，大概是怕马有贵死了，这钱被他老婆独吞了吧。马有贵呢，又不肯把这钱给爸，说这钱是他留给儿子的。马老倌说你要真的死了，你媳妇再嫁人，这钱就姓别人的姓，不姓马了。总之就是这么个意思吧。可能是父子俩为这事吵了起来。"一气之下，马有贵喝药自杀。马有贵的形象象征了底层民众的一种境遇一种命运，一种无力把握世界、无法表述自我、弱小无助的存在状态。"命运"是王十月小说中最重要的母题，而他对于命运的理解则赋予作品异于他人的特色。与其说他在创作中执著地表现人生，不如说是始终如一地探讨命运。马有贵们的苦难人生和张总们的穷奢极侈在小说内外纠结：千万人踏着同一条路南下，回乡寻根之路却是天壤之别。正如王六一"想到这所谓的寻根团，有的是衣锦还乡，有的却是把命丢在了黄泉，当真是冰火两重天"。在《寻根团》里，老板毕光明这次回乡，谈好了入股楚雄化工，成了大股东。毕光明的中学同学——王六一的堂哥王中秋却在王六一回家时被派出所抓了起来，因为他带头反对在烟村修化工厂。在地域文化浓郁的氛围中，王十月写出了现代人尤其是马有贵、王中秋们的弱小和生活的无助，揭示了底层民众生存困境的荒诞性存在，现代工业社会与传统人情人性的对立和冲突，其藏在小说内部的忧患意识，震撼人心。王十月以一种富于想象力的魔幻现实主义手法，通过一次返乡寻根的叙述，描写了打工阶层的剧烈分化，描写了乡土中国的历史变迁，把信梦、桃木咒与人物的命运、时代的变迁糅合在一起，刻画出了一幅具有象征色彩的民俗画，其中隐喻着封闭、凝滞、愚昧落后的民族文化形态，而这种传统的文化格局和生活方式在现代文明的冲击下，正面临崩溃的命运。小说体现出强烈的主体理性批判精神，对这种文化状态的各种劣根性内容和新的生存危机给予深刻的揭露。这个批判的主题是通过对马有贵这一形象的描绘完成的，作家在小说中把笔触探向了生命的本体存在，探索着生存的艰难及生命存在的方式和意义。《寻根团》对时代经验的书写之深刻，并不在于所谓的文化意味，而是隐藏在文化表象之下的一代人精神创伤,这种创伤之所以铭刻在心灵上,在于它是个人的最切身的感受。作者所绘就的不仅是只剩黑白两色的底层图景,他实际上是在力求将巨变中的乡土中国的根性,以及社会生活的多元性与分化、异化特质,用一种变形的笔法,以有别于过往作品的叙述方式,作一种近乎史诗般的宏大叙事。

从某种意义上说,《寻根团》可以说是对"打工文学"的拓展和深化,王十月在挖掘文化历史内涵的同时,又展现了他对当代生存现实经验的表达能力。真实的人生,人的本来面目,往往被覆盖在厚厚的文化堆积层下。这种堆积既有历史的,也有现实的。《寻根团》从文化寻根发生了向精神寻根的深层次扭转,由"寻根"转而出现向"审根"的过渡。《寻根团》的巨大反讽是:在寻根的途中讲述了一个失根的故事,寻根暗变成了对根的询问,直指时代的病根与历史的病根。王六一的形象本身既象征了对根的询问,又是对根的象征性回答。从寻根转向抖搂病根,整个故事是对失根的思考。烟村是生养王六一的家乡,是他爱之恨之出生地,是他一生都逃不掉的牵挂,是他的根。烟村是楚州最美的村庄,但无法逃避被工业污染的命运,生活在这里的人们,至今仍然面临着巨大的生存压力。烟村隐藏着我们这个民族的文化历史的秘密,同时又是王十月笔下的现实事件发生的场所。这是一个具有象征性的地点,历史记忆与现实经验的交汇地。王六一的家因父母的离世已经完全破败,"荒草苦艾一直蔓延到了台阶上",这是打工时代遗留下的普遍场景。马有贵之死与堂哥被抓,更让王六一的烟村寻根之旅蒙上了悲剧色彩。通过人在时空坐标系中位置的确立,王十月使"我在哪里""我从何处来""我向何方去"等象征性的终极问题呈现了出来,但小说里的王六一找不到解疑可循的途径。"那一刻,王六一觉得,此次回家寻根,根没有寻到,倒把对根的情感给斩断了。"他担心自己将来无根可归。无论是精神的家园还是现实的家园,在王六一这里都彻底丧失。在这篇小说里,王十月看到了土地、自然、家族、民间文化、古老的伦理等等这些重要的、文学借以构筑意义的中心观念都正在巨大的社会变革中经受严峻的考验。《寻根团》表现出王十月一种人类学意义上的焦虑,是对现代社会的一次深度解构。王十月对人物命运的探讨具有终极关怀的色彩,他将现代人置于楚文化的历史背景中,在人类意义层面展示人的价值内涵,使价值求索具有了终极追寻的意蕴。在物欲操纵的现代社会，被压抑的人们如何重新认识主体自我价值，是王十月终极关怀的重心。我想，对人的价值，尤其是对终极价值的追问也许会作为一种义不容辞的责任伴随着王十月作为作家的一生。这也表明，"打工小说"最终接触到的，还是那些人类精神生活的基本问题：意义问题、生与死的问题、我是谁及向何处去的问题。

第二章

匿名者的身份追问

"粤派评论"视野中的"打工文学"

雷蒙德·威廉斯在《漫长的革命》与《文化与社会》中,从情感结构入手,对十九世纪的英国社会展开全面文化分析,其中包括他对这一时期工业小说的精彩解释。他论述的英国"工业小说",与当代中国"打工文学"有着相似的历史文化语境。在《乡村与城市》中,雷蒙德·威廉斯将英国十九、二十世纪的文学史当做一种城乡研究,诠释乡村田园文学模式如何转变为都市文学模式,引出了大量关于文学、政治和历史的非常复杂的问题,这一研究理路对于当下的"打工文学"研究同样具有启示性。与威廉斯所研究的城乡相比,中国当代的城乡具有更加复杂的文化特征。随着几亿农民工进入都市打工并且形成大规模的流动,城市空间已经和边远城镇、农村的空间交错融汇,并且在网络的虚拟空间对照映射下构成多种空间关系。前现代、现代与后现代文明以并置状态呈现在城乡中国面前,这使得城乡中国的生活与经验非常复杂。在乡村城市化的大背景下,在遭遇现代性冲突时,城乡中国所呈现出来的矛盾与张力,在全世界都是独一无二的。在当代中国特殊的城乡社会生态中,不同文化群落之间的差异、矛盾和冲突一直是"打工文学"写作所关注的突出问题。"打工文学"是从乡村到城市的精神胎记,让我们对城乡中国的现实、困境及心灵需求有了真正的思考与了解。"打工文学"这种文学类型的出现,不仅意味着传统的"乡土文学"发生内在转变,还大大丰富了单薄的"城市文学",是"城市文学"的必要补充。

当代中国的城市化进程特点之一是在极短时间内大量乡村人口爆发式地涌入城市,而与此同时城市仍然以户籍等手段顽强地坚守着原住居民与"移民"之间的身份壁垒。打工族群的离散和聚合,形成了当代社会文化非常复杂的"散存结构"。流散现象是近百年来全球化进程的必然产物,这种现象的出现造就了"流散文学"的诞生。乡愁以及与此直接相关的流散感、放逐感和认同危机、身份焦虑,几乎是所有背井离乡的打工者的共有情结,也是"打工文学"的一个重要母题。"打工文学"也是一种"流散文学",具有离散美学的特征,是中国当代流散文化的一个重要镜像。作为"流散文学",打工者的身份认同问题，是"打工作家"最为关切和最受困扰的问题，也是触动他们情感的最为敏感的按钮。无论是在"文化研究"中，还是考察"流散文学"或"打工文学"，"身份认同"都是一个重要关键词，其显著特征可以概括为一种焦虑与希冀、痛苦与欣悦的主体体验。"打工文学"的本质在于描述匿名者的生存经验，是来自底层内部的身体叙述，是身份未定者的文学，也是持续追求归属和无穷追问身份的文学。"打工文学"是打工者生存经验和精神体验的感性化表现，是形塑族性记忆的重要文化想象场域和美学形式。本书中的很多篇章都分析了"打工文学"中的身份认同问题。"打工文学"的身份认同问题，关乎几亿中国人的现实生存境遇和文化境遇，它既与城乡中国的社会变迁相关，也与特定的政治文化生态存在密切联系。身份认同问题表明了"打工文学"蕴含着值得进一步探究的意义空间，至少，它为我们把握当前中国的复杂思想状况和现实境遇，提供了一条别样的认知路径。

一、农民：走在城市和乡村的线上

（一）

已成为历史的二十世纪充满了反讽性。流亡的波兰诗人米沃什曾说过一句伤心话：对于写作者来说，二十世纪的历史还没有人动过。人类在二十世纪的社会变革相当多，小农阶级的消失就堪称其中最伟大的变革，最为壮观暴烈的词汇也容纳不了它内在的递变和搏动。马克思曾经预言工业化将使小农阶级从土地上消失，恩格斯则认为圈地运动使农民从"白银时代"进入了"黑铁时代"——不过他们是站在批判资本主义的角度来看这个问题。如果说当时的思想家们种种预言尚欠准确，那么这一预言倒是在某种程度上预见到了中国小农阶级的历史命运。中国人是农耕民族，安土重迁。自《诗经》十五国风始，诗录下了华夏小农经济的农业结构的超稳定性，自给自足，安贫乐道。中国人的出门远行总是要有赴考、贬谪、戍边、流放、逃难、避祸等不得已的理由，这从某种意义上暗示了中国人是世界上最非吉卜赛的民族，中国人的吉卜赛情结在封闭文化中受到了最深最久的压抑。炎黄子孙所在的土地领域，几千年没有太多的变化，资本主义经济的萌芽遭到了封建经济文化千方百计的扼杀。所以雨果说：中华民族的古代像浸沉着福尔马林溶液的胚胎。它没有成长的机会，因此就处于停滞之中。但在二十世纪末期，随着工业社会、资讯社会和跨国资本主义社会的来临，世界上最古老的农业社会终于被连根拔起。市场经济得到了理论的正面肯定之后，城市化工业化浪潮席卷了华夏大地。在中国诗坛，为数众多的"乡土诗人"群迅速分崩离析。

> 20世纪80年代／中国乡土诗人／像麦田上的蝗虫／遍地皆是／他们把自己伪装成农民／垄断农事和炊烟／他们的确有过乡村经历／有资格写出标准的乡土诗／他们会在第一行／赞美金黄的麦田／和屋顶上的圆月／接着会出现抒情的油菜花／在落日的屋檐下／擦亮了黄铜般的歌谣／当然少不了／辫子粗又长的姑娘／她跳动的乳房／赶上了民歌的鼓点／河水的两岸是和平的村庄／诗篇的结尾是丰收的打谷场／诗人是崇高的／中国的乡土诗人格外崇高／他们揽上了赞美家园的活计／麦田，菜畦和蝴蝶／都是乡土诗永不枯竭的源泉／但麦田盖起了工厂／推土机碾过了菜畦的篱笆／飞来飞去的蝴蝶／也被泼上了工业的硫酸／这样的打击是致命的／时至21世纪的今天／中国乡土诗人仿佛杀虫剂下的害虫／逐渐销声匿迹／剩下的一小撮抱头鼠窜／满腹仇恨／砸碎了工业时代的啤酒瓶／呕吐着农业时代的挽歌（黄金明《中国乡土诗人考》）

麦田、油菜花、蝴蝶、菜畦、炊烟、丰收的打谷场和手持镰刀的中国农民，这些田园牧歌制造出来的意象体系在现代工业和不可遏止的欲望之间窒息。一切都在变，不仅我们的生活，甚至连人类经验本身。也许这样的过程是传统社会向现代社会转型的过程中都要进行的。自由主义的经济学家可以无视这一过程中人们所承受的物质磨难和精神痛苦，把它看成是每个社会都必然要经受的"现代化阵痛"的一部分。但是，诗人却不能如此，他们必然要用人道主义眼光来看待这一过程中的人和事，对之寄予无限的怜悯。应当说，数以亿计的"农民工"是这些变化的主体，同时也是强烈的感受者，他们当中触角敏锐的"打工诗人"更痛切地感受到这种变化,更应真切地全面地表现出这些变化,表现出这些变化中最能代表时代鲜明特征和意义的部分,透视出乡土中国梦魇般的生存图景。"打工诗人"谢湘南的《农民问题》就是从宏观上进入,发出了不同于所谓"乡土诗人"的声音,逼近了这个时代的本质:

农民问题／出门问题／坐火车问题／买票问题／挤车问题／／农民问题／吃饭问题／干活问题／干什么的问题／到哪里干的问题／干谁的问题／／农民问题／税收问题／子女上学问题／父母下葬问题／盖房穿衣问题／养猪养鸡问题／／农民问题／怎样不做一个农民的问题／怎样做回一个农民的问题／农民问题／我的问题

"农民问题"不仅是诗人,也是整个民族都在思考的问题。农民问题形成于二十世纪五十年代,巩固于六七十年代,缓解于八十年代,激化于九十年代。谢湘南说出作为一个"农民"的困惑与隐隐的焦虑。他写作过程中始终在解决的正是与自己相关的问题,是解决这些问题的愿望构成了他写作的原始动力。我们不能要求每一个诗人都对时代提出建设性意见,但我们永远需要面对现实、探求真理的激情。毛泽东说:"中国的问题是农民问题。"邓小平说:"中国最大的问题是农民问题。"农民问题解决不了,中国的现代化事业无异于纸上谈兵。中国农民在中国的农田里挥舞着鞭子抽打着中国的牛马,中国的牛马拉着中国老祖宗设计的犁,亦步亦趋地费力往前走——这种典型的代表着苦难、代表着辛酸的劳动生产方式,我们的民族、我们的农民,仍在沿着这个延续了两千年的方式走进了我们刚刚才开了头的二十一世纪。"从牛到牛／从爷爷到爷爷／我古老的乡村／有多少沧桑"(卢卫平《乡村画》)。我们不得不承认"三农问题",不得不承认广大内陆乡村千疮百孔,已成为一个国家难以愈合、正在流血的伤口。诗人王小妮在《11月里的割稻人》中写道:"从广西到江西／总是遇见躬在地里的割稻人／／一个省又一个省草木黄了／一个省又一个省／这个国家原来舍得用金子铺地／／可是有人永远钉在黄昏／像一些弯着的黑斑／谁来欣赏这古老的魔术／割稻人正把一粒金子剥成一颗白米／／不要像我坐着车赶路／一天跨过三个省份／只是感觉到大地点缀一些割稻人／／

要喊他站起来／看看那些含金量最低的脸／看看他们流出什么颜色的汗。"诗人的洞察力朝着农业古国的黄昏，有点像黄金分割，向我们呈现了"那些含金量最低的脸"。他们在土地上看不到希望，他们被命运压弯的腰也会自己站起来，他们把目光转向城市，他们要逃离崩溃的乡村和破败的田园。当城市人口在追求智能化住宅设计、在实施人性化办公设置一类的构想、在享受最现代化的生活质量的时候，农民，作为与你们同宗同种的人，为什么只配与牛马镰刀为伍承担着凄惨命运？为什么要把他们永远钉在黄昏？成千上万的破产农民不得不考虑"怎样不做一个农民的问题"，那些含金量最低的脸几乎是空无依傍而又坚定不移地扬起自强之剑，刺破城乡壁垒，赫然形成一个庞大而特殊的社会群体。

……／放下镰刀／放下锄头／别了小儿／别了老娘／卖了猪羊／荒了田地／离了婚／我们进城去／我们进城去／我们要进城／我们进城干什么／进了城再说／……（谢湘南《在对列车漫长等待中听到的一首歌》）

那年夏天我终于下定决心到南方去／至于具体到南方的什么地方／我并不清楚。——南方／对我而言，仅仅是一个词语／仅仅是一个不确定的方位／和指向。我只需要／像一只深秋的候鸟一样／矢志不移义无反顾地／朝着南方飞翔／就行了。我还知道／像我这样到南方去的人还有／很多。很多。他们／像细菌一样的多，像细菌一样／挤满了火车、汽车和轮船／等等交通工具的肠胃，到南方／去找寻一块自己的土壤／而我混在他们中间，仅仅是／一颗芝麻粒大的／一个黑点（辛酉《到南方去》）

今天的村庄／不说到它的寂静说不过去／打工时代的村庄／村庄多了一种流行的家具／那就是行囊／行囊都到异乡到城里谋生去／村里能不寂静吗／许多孩子跟着行囊外出／村庄小学里没有了童年的朗读／村庄能不寂静吗／青蛙王子进城／在城市酒桌上变成可以

第二章 匿名者的身份追问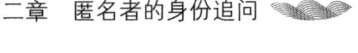

吃的哑巴／村里的蛇也进城／在酒桌上成了被吃的龙／蝉小姐进城／到城里的夜总会当歌手谋生／村庄里再也听不到她们的歌声／该进城的都已经进城／只在村庄的大地／没有鞋子穿／就没有进城／剩下来的村庄／用减法减完的村庄／只剩下寂静在村庄里／像风一样到处生长（张绍民《寂静》）

千百年来，农民和土地的关系血浓于水，唇齿相依，是须臾不可分割的两个名词。然而中国改革开放的实践证明，农民不断从土地上剥离出来才是乡土中国现代化的唯一出路。"农民不甘差别／扑向城里的圣火"（高平《城市》）。他们依依不舍地望一眼山沟里平原上低矮的房屋，穿越田野上弯弯曲曲的小道，开始了由乡村到城市的谋生大迁徙。他们"像细菌一样／挤满了火车、汽车和轮船／等等交通工具的肠胃"：他们搭乘最便宜的汽车，钻进最末等的船舱，躺在火车的过道里或蜷缩在臭气冲天的厕所里，被捞世界的五彩梦怯生生地带进了他们盼望已久的天堂般的城市。城市文明作为一种诱惑，一种目标，时时吸引着大批的乡村追随者；而乡村追随者为使自己能融入城市，必须要经过一番脱胎换骨的思想蜕变历程。"身上沾土　脚下挂泥／比起你笔直的西装　当镜子照的皮鞋／我简直就是一只灰鼠　挤公共汽车／你意味深长地避开我／这有点伤我的自尊／视泥土为脏物的人　根扎何处……／这些都没有让我不羡慕你／都没有让我不梦想成为城里人／只是一旦梦想成真　我会珍惜／泥土　善待乡下人"（卢卫平《乡下人进城》）。"在这座青春的城市里／早茶卡拉OK快餐和煲仔／还有生猛海鲜及蛇煲／诸多新鲜无比的事／深深打动了我／这个来自乡村的打工仔"（徐道勇《来自乡村的打工仔》）。"他们的普通话说得越来越流利／他们也学会哼几句粤语歌曲／／他们不愿再回老家去种地／他们宁可在这儿受城里人的气／／他们的梦想正一点点破碎／他们的梦想正一点点实现"（张德明《打工仔》）。城乡的文化转型往往便在此种蜕变中不知不觉地完成。它代表了文明的进步方向，是走向现代化的必经之途。但同时，此种蜕变也是痛苦的。它并非是个体的痛苦，而是文化的痛苦：几千年的传统文化（以乡村为特征）面临着咄咄逼人的现代文化（以城市为象征），日渐茫然，力不从心，在左冲右突中最后不得不或归顺城市文化，或成为顽固的乡村文化的守灵者。由于中国强大的农业文化传统，使得中国城市的现代都市化过程显得尤为艰难。诗人无法回避这种过程，更无法回避在此过程中的城乡两种文化冲突。某种意义上，此种文化冲突构成了"打工诗歌"的一个主要的、特有的内容。在中国这样一个语境中，我们怎么来承担历史赋予给我们个人的力量？我们的写作怎样与真实的人生发生遭遇而不是陷在空洞中？"打工诗人"在此问题上能很好地显示自己的"现实关怀""人文关怀"精神，这是他们诗歌写作的灵魂和闪光点。

我又看见农田了／在列车上／它们在飞奔／像浪　一层层涌进／我长途跋涉的眼里／那些禾苗绿得多么干净／真想伸出手去抚摸它们／可是这轰鸣的列车／离它们越来越远／我已多年不问农事／看见农田／我惭愧不已（张守刚《农田》）

这是离芒种还有两天的下午／夏天的一个角落／我慵懒／在办公桌上左手托着腮／望着窗外的雨发呆／这是农事繁忙的季节／中午的电话听筒里／耕牛吆喝的声音／还在耳边响起／父亲说：都一把老骨头了／还得亲自下田／他举起的鞭／像抽打在我身上／别人的秧已经栽下去了／已开始转绿／父亲有些着急／得在芒种跟前把秧插进田里／"芒种打火夜插秧啊"／我有些无奈／这双多年不问农事的手／已经无法将／长满荒草的土地／铺成绿油油的稻田（张守刚《我在工业区想着稻田》）

张小民是田村第一个到城里打工的／他春节回家向乡亲们讲城里的女人……／张小民过完春节回到城里／田村的田里长出一种奇怪的杂草／张小民的爷爷　田村最老的老人／都没有见过这种杂草／这种杂草只用三年就覆盖了田村／在杂草中出没的只有老人和孩子（卢卫平《奇怪的杂草》）

"田园将芜胡不归？"一千六百年前，诗人陶渊明发出了这样的追问。

第二章 匿名者的身份追问

千百年来,这样的追问一直停留在人们的耳边。千百年来,拥有一块或大或小的属于自己的田园,曾是无数中国人一生的追求。田园上生长着一个朴实民族的光荣和梦想。但现在,田园成为遗弃甚至诅咒的对象,长满了"奇怪的杂草"。"农民"纷纷离家出走,"已多年不问农事/看见农田/惭愧不已"。"青黄不接的青纱帐/已看不到农人们忙碌的身影……/我好像/不再热爱自己的故乡/和故乡的女人"(韩少君《来到城市的民工》)。"女人们在疯狂购物/男人不放过任何一个/能够亲昵的机会/老人和孩子守住田园/群山被凿开……/从农村到城市/人们挤满了列车/他们要用热爱金钱的痴狂/去终结一个时代"(谢湘南《结束》)。在陶渊明的时代,荒芜的只是他自家的田园,他因为做官而不能悉心照料。但现在,所有的田园都面临着荒芜的危险。诗人从个人的命运出发,通过诗歌对中国农村、农民、农业等重大社会问题进行了诗化的、深度的开采,打开了诗人从农村到城市身份转换的复杂情感和记忆,展示了在农业收益过低和农民负担过重的压力下,农村土地出现大面积弃耕——制度的缺陷无情地切断了农民与土地这种与生俱来的天然的亲缘关系,农民抛弃之于自身具有生存保障意义的土地这一残酷而无奈的历史图像。"一年一年有蝗虫飞来。家乡人忙着迁移/大花房和广州的梦想"(曾蒙《家乡》)。诗人"只有用诗歌忏悔/只有请农具和牛们原谅/虽然我搁浅了农事/但仍与庄稼一道呼吸"(徐非《眺望萤火点燃的乡村》)。

"打工诗人"是村庄丢失的一块块奔跑的乡土,是乡土中国裂变所产生的诗歌因子,是将挎包当作家园背在背上的异乡人。乡土,是农业文化精神积淀最深最厚的堡垒,其封建性,也就保存最多。由于特殊的视角,"打工诗人"得以与农业文化做正面和反面的全面接触。"离开村庄好多年了/村庄的一切都放在村庄里//今夜我猛然想到/我就是村庄丢失的一块奔跑的乡土//这块乡土回故乡一次/村庄把它并没有丢失的一百多斤找回来了"(张绍民《一百多斤的村庄》)。生于乡下也死于本土的农民很难成为诗人。只有从那里走出来,然后又不时回望的人,只有那些不仅回望,而且对留下来的人们始终怀有深深的感情,懂得什么叫"悲天悯人"的人,才会做一个诗人。

在异乡,破烂的民谣不足以取暖/我无法忘记:乡村是忧伤

的//譬如那个位于湘西南腹地/名字叫山下的村子,破旧不堪/但从不缺少阳光和传说。是我的摇篮/被村里父老乡亲唤做大山的干瘦老汉/是我的父亲。昨夜/在接通我的电话之后,他一边咳嗽着/一边说:我身子还硬朗//父亲的两个弟弟/名字的最后一个字,也叫山/其中一座已经躺下,因为一条毒蛇的偷袭/另一座,与父亲一样/还在承受着贫穷的践踏和别人的嘲笑/他们爽朗的微笑,其实也很忧伤//我无法忘记:乡村是忧伤的/在异乡,我把单薄的民谣披在身上/像父亲那样度过这个严寒的冬季(曾文广《乡村是忧伤的》)

这是在城市里打拼的"打工诗人"对苦难乡村的一次深层打量,他让我们回到了乡村命运和农民情感的复杂形态中去。真实的生存大地被书页层层掩盖,我们的"乡村是忧伤的",远不是可以供人逃避的完美伊甸园。曾文广的诗切入了贫穷乡村的悲哀与痛苦,切入了其千年顽强挣扎中隐约的命运旋律。那个遥远的乡村在"打工诗人"笔下无法变得轻盈,因为"打工诗人"正视了那个乡村的真实面目,正视了父老乡亲苦难和屈辱的命运,尤其是他们勤劳、朴实、忍让背后隐藏着的那种深刻的悲哀。"打工诗人""在诗歌的扉页抚摸每一个酸痛的部位/农业的根须吐着苦涩的气息"(陈芳《抚摸某一个酸痛的部位》)。张绍民在《砍柴》中写道:"我在北京也能看到——几千里以外的父亲/一个七十岁的矮瘦老人/在冬天农闲时爬上树/用柴刀劈掉歪枝/他骑在树上/被大地举高/整个冬天/屋后堆满了柴禾/火焰和灰烬都藏在里面/它们在恋爱,拥抱/父亲砍了那么多柴/灶里的火焰/足能把生米煮成熟饭。"诗人卢卫平在《修坟》中写道:"有一间好房子住在乡下/你就哪儿也不去了/母亲你一生第一次出远门就到了天堂。"诗人进城了,他们的父老乡亲仍在凄然地忍受着悲苦的命运,只能躺在山高皇帝远的角落里,默默地舔着自己的火焰和灰烬。自始至终,寂静无声。"回到村里/有的人再也见不到了/他们在泥土里/守着村庄"(张绍民《提前》)。"在外打工一年回到村庄/娘告诉我/村里有三个老人去世/隔壁老李吃假药瞎了眼睛/村干部换届/村长还是他/时光真短/几句话/一年就过去了"(张绍民《一年》)。"打工诗人"致力于"零度"开始的某种可能形式，对农业文化中那些糟糕的东西采取放弃的态度，从而呈现出如梦初醒的对存在的领悟，以一种意料不到的方式照亮乡土这存在之物。"打工诗人"对父辈的怜悯，其实质是自我溯源与内心解剖，是对辛酸社会与个人历史的反思与探寻。这是一种内在的斗争，"打工诗人"对现实的矛盾、怀疑、追问由此展开。在城市生活多年的"打工诗人"依然是城市躯壳上的边缘人，这是他们内心的沉痛和冲突所在，他们一直"走在城市和乡村的线上"，但他们却以惊人的平衡术，走出了一条崭新的诗歌之路：

> 朋友们，写下这个题目我就后悔了／我将被自己以及这个标题误导／这是个极具有象征和强烈抒情味的标题／现在我怎样面对汽车和尘土抒情呢？／我又能赋予城市和乡村什么意蕴呢？／譬如说我现在居住的城市深圳／我出生地方湖南省的罗渡村／不错，它们之间的确有条线，很长或很宽／但那是条看不见的线，是空洞的，即使千万条／很多次我从出生的小村子奔到深圳／很多次我又从深圳回到我的小村子／朋友们，你能告诉我我走在一条什么样的线上？／你能告诉我在这条线上我都看到了什么？／朋友们，我什么也没看到，我只想打瞌睡（谢湘南《走在城市与乡村的线上》）

谢湘南以他诗人的智慧和激情，浓缩了在城乡二元结构所铸造的身份制的巨大阴影下，打工一族存活的真实状态。这首诗歌以特有的诗性方式，表达了对农民的生存状况、农民弃耕与农民背井离土后却最终无法与城市兼容、户籍制度尤其是身份制与个体农民的悲剧性命运等社会学问题的深刻思考。谢湘南笔下的罗渡村是象征的却也是现实的，深圳是现实的但同样是象征的，两地之间的不断往返带来了灵魂的渐变和尘世的忧伤。"打工诗人"的体验涵盖了城市和乡村，一种战栗的落寞之感油然而生。在现代都市，诗人感知到的不仅是现代文明的进步和喧嚣，还有压抑着的苦闷、难解的孤独。"我想逃跑／又想留下来／不知为什么／我有点依恋／在这个城市／我不想说孤独／黑暗中我只能拿双眼当灯笼／我看见了谁？我的朋友，我的亲人／我白天黑夜地想／

唯有你像一束光／敲碎了我的玻璃／我的窗子开始有风／悄然而入"（谢湘南《孤独的城市》）。这是谢湘南个人对城市这个庞大肌体进行的思考。"打工诗人"置身其间的城市太虚幻了。可触可感的现实，正是他们可触可感的虚幻。从乡村到城市，这种时间和空间上的跨度，使谢湘南的诗歌在城市和乡村之间奔跑。对乡村的反思和表达，对中国城乡二元结构下农民真实的生存状态以及农民与土地命运的思考，但更多的，是他通过诗歌寻找、抒写、表达人的归宿感。乡村是平和的、清新的、安宁的，但又是落后的愚昧的——诗人转回乡村，也不过是一种心态的暂时转移和祈求，因理想和向往遭受磨难后的祈祷和忏悔。某些制度上的束缚如果不被彻底根除，对于大多数"打工诗人"来讲，他们只能长期"走在城市和乡村的线上"。这和那些拥有城市户口的所谓"乡土诗人"有着先天的区别。

> 我在固始县无量寺村有一亩水田／那些无立足之地的人未必记挂它／十七岁之前我是一个农民／这土地的身份，钉在我的脚板上／在我离开无量寺村多年之后／那些无立足之地的人至今不肯俯下身子／在通往都市的长途汽车上／他们穿过我年年歉收的水田，冷漠、迷茫而坚定（杨晓民《无量寺村》）

诗中的"一亩水田"像一块永远的胎记，像身份的证明，诗人杨晓民用一种漠然、纪实的话题方式激活着一个时代的记忆。在身份制社会中，如果你生在一个乡民阶层，如果你没能通过独木桥使自己进入主流社会，那么你的耻辱将是终生的。正视这种历史事实是一切有良知的人们的基本品格。然而，从历史的创伤中走出的人，并非都具有同等的觉醒。高考的契机使杨晓民改换了身份，进入了繁华的京华都市，但他却始终挂念着曾经为他所拥有的"一亩水田"，感同身受地关切、思考着农民兄弟的生存状况、欲望与迷惘，农村的制度瓶颈与农民尴尬的现实处境，城乡的分割与冲突，急剧变革年代里的农村及其顽强个体生命的困惑与挣扎等问题。杨晓民曾在一篇文章中指出："解放前的中国乡村是流动的，解放后，形成了城乡二元社会结构，农民成了身份制里最低的一个等级，只有通过考学、参军的独木桥才能摆脱乡村，

第二章 匿名者的身份追问

改变身份。……因为身份制存在,中国的农村完全没有进入现代社会,像农民进城,还叫农民工,叫离乡不离土。所以我看到的乡村是肮脏的,使我有着无言名状的悲凉和对贫穷的不堪回首以及它带给我的沉重。中国社会对乡村其实是带有歧视性的,如果我考不上大学,我就是一个农民,那么我去打工,我还是农民,是打工仔,是民工,这种身份对一个人的影响是巨大的。"这种见解在所谓的"乡土诗人"群体中难得一见,这得益于杨晓民对"三农"问题的研究。十几年前的"新乡土诗人"陈惠芳曾一语道破:我们是一群有着城市户口的"农民浪子"。而"打工诗人"是有着农民户口的"城市浪子"。这种写作背景上的差异,也正是现在的"打工诗歌"与所谓的新乡土诗的根本差异。十几年前曾风行一时的"新乡土诗"是古代田园诗隐逸精神在新诗中的回光返照,隐藏或明示着与"仕途"的种种关联。即使如陶渊明那样亲自躬耕垄亩,也仍然是业余农民,因为他那种"采菊东篱下,悠然见南山"的闲雅,便不是为稻粱谋的农民所扮得的。为稻粱谋的"打工诗人"虽然搭上了通往都市的长途汽车,有的甚至在城市生活了上十个年头,但土地的身份,仍钉在他们的脚板上。尽管他们已经走了很远,远得都快找不到自己了,但制度仍把他们确认为"农民"。一亩贫瘠、年年歉收的水田以至成千上万这样的水田、旱田和耕地脱离了其原本厚重温暖的含义,异化成一种身份和人格,一块烙印,一种灾难,一种先天的劫持。从丧失了对土地财产的所有权开始,农民及其后代们也同时丧失了交易权、迁徙权、自治权、退出权以及所有相关权利。人与土地、人与物权、人与传统就这样触目惊心地分离着,排斥着,厌恶着。数以亿计的农民从不属于他们的田地上逃出,逃到了更加陌生、排斥和不属于他们的都市,这些现代化的垫脚石和弃儿,这些善良、憨厚而无知的阶级兄弟,他们的未来究竟属于城市还是乡村?他们的家园、他们的根究竟在哪里?他们已没有退路,他们别无选择,所以他们是冷漠麻木的,迷茫痛苦的,同时也是坚定不移的,没有人能够阻挡他们奔向城市的脚步。在城市和乡村之间,他们是一群凄凉而铺天盖地的候鸟,同时又酷似神话中遭到天谴的罪囚。作为"农民工"群体的代言人,"打工诗人"成为多元文化、多元价值观相互较量与碰撞、相互排斥与吸引的磁场。他们在乡村和城市之间涌动,他们脱离了传统的社会结构,难以寻找,难以辨认,他们生息于社会的边缘地带,沉默无声。"农民是一种身份／不是一种职业／这是我们大地的怪胎／乡村和城市畸形疯长／要选择／意味着你还没有出生"（陈勇《农民——献给秦晖教授》）。"当我生活在村庄里／村里的一切／都陪着我／当我离开它／它仍旧在我的身体里／在远方我带着它生活"（张绍民《远距离》）。"十年，多长的汉江，步行也该走完了／你的整个流域！但是，苏家河这个村庄／我永远记得你的荒凉／……但是苏家河，我仍然／把户口留在了你的丘陵上：／那些光秃秃的土壤，曾经勾起／我对富裕和广大的生存的欲望……"（冰马《苏家河村》）。时代迅变，农民与乡土的关系解体，生活图式混乱，生存区位倒错。生活的重量与生命的承担催逼着这一代人。因为户口关系，在城市谋生多年的"打工诗人"似乎还未能彻底逃离他们的乡村，他们以反思的态度求索生活本质及其变迁，将自己纳入生存的动乱里与之浮沉，诚实地观睹，幽微地勾连，成为时代命运的显影者。

（二）

与小农阶级从历史上消失这一过程相伴的是都市化进程。现代都市的崛起并取代乡村成为社会生活的中心，这是二十世纪人类历史和文化的重大事件。当代中国正在全面遭遇都市社会，以经济效益至上和生产消费理念为中心的文化意识升腾在都市上空，改变了几千年来中国社会传统的知识结构、道德规范、生命意识和审美趣味，现代中国人的生命形态经历了沉重的嬗变。都市显明了人类进程的必然性，它包容了大善与大恶。都市是人类的第二个身躯，是现代文明的代表性符号。"火车站是大都市吐故纳新的胃／广场就是它巨大的溃疡／出口处如同下水道，鱼龙混杂向外排泄／而那么多好人，米粒一样健康"（杨克《火车站》）。被诗人身体化的空间是广州火车站。任何一个到过广州火车站的人都会对那里印象深刻。那人群中绝大多数是来自全国各地的外地劳工，他们主要是农村的逃离者，工业化主要的廉价劳动力。这种构成清楚地显示了现代城市文明还是处在"小农"（并非小农经济）包围的汪洋大海之中。在历史的"吐故纳新"中，"广场"是一个难于医治的"溃疡"。诗人唐力也写过以《火车站》为题的诗，"献给四处漂泊的民工，他们通过火车站，再一次诞生。"诗人"热爱候车室的人，这些大地上的人，这些浩大的，带着

第二章 匿名者的身份追问

自己的省份行走的人"。诗人看出了火车站与历史相连的非常诡秘的一面,两个不同的时代和两个不同的世界在这里被连接在一起,因为过去往往是当下内在的现实。

东南西北的方言／在此激动地汇合／这些来自土地的人们／带着家乡的风味／内心的张望／以及一代代传下来的本色／匆匆上路／高粱喂养出来的力气／山歌洗涤出来的贤惠／还有贫瘠烘烤出来的耐心／是他们永不褪色的介绍信／其实这一群一群的人／也是一列一列生动的火车啊／他们拉动乡村／专注地一步步驶向／灯火辉煌的都市（马明林《火车站》）

列车终究无法将我消化／它长长地叹了一口气／把我吐在迷惘的站台／旅途已经结束／而流浪还没有真正开始／行李卷儿无奈地耷拉／在我风尘仆仆的背上／它的真正意义／只是一个累赘／挤在黑压压的人流／我无法盘算出将去的地方／人蛇混杂的广州啊／你今夜打算将我／如何处置（张守刚《站台》）

1996年3月的广州火车站也有大规模人群／广场上堆着的行李就像炸药包／差一点我把头顶耸立的电子时钟当作了／亲爱的列宁。两个外国男人西装革履站在／一块牌子上,那是美国人的香烟广告／1996年3月我仍然是一个不抽烟的农家孩子／被人流从火车站卸下来,像从森林中抽出来的／一块木头。天空和土地都已改变／五块钱的盒饭只能占住胃的一个角落／不时有人碰撞我的身体——擦过去／一样的面孔,像不可抑制的革命激情／戴袖章的老头正逮着一个女人要罚款／旁边的小姑娘滞留广场,在夜色的敞开中叫卖／水果与汽车、报摊与票贩子在眼里进进出出／有多少人？或者就我自己：等着／"亲爱的列宁"打开一个时间的缺口／将陌生的衣服——穿得熟练（谢湘南《1996年3月的广州火车站》）

"粤派评论"视野中的"打工文学"

"打工诗人"被人流从火车站卸下来，便打开了进入城市的缺口。"打工诗人"进入城市，但宿命的旅程才刚刚开头。欲望的旗帜在城市上空迷乱地摇摆，意义消解了、持守的原则逃遁了，剩下人们朝城市这只人口大容器奔走的身影。城市对那些初到的漂泊者做足了冰冷和陌生的面孔。这些漂泊者被另外一些城市的固守者称之为"盲流"。"车票的前程叫做漂泊/车票的一生/背井离乡//谁与车票一起上路/谁像早年的病根/离幸福还有三十三斤草药//梦中的一痛是汽笛一声/车票离开叫做站的亲娘……"（子虚《有谁知道车票的故乡》）。背井离乡的农民进入城市，作为其中的"打工诗人"，他们对发生在城市的一切怀有特殊的敏感是天经地义的。"我醒来时/火车并非停在想象的旷野/我下车在所有下车者的后面/行李磕绊着前行的脚步/阳光显得陌生//我醒来时/天空已经凌乱/我的声音传不出更远/我的心房堆积着焦虑/我四目张望/小心翼翼走过城市的隧道……"（谢湘南《我醒来时……》）。"听别人说/城市是个好地方/城市挣钱机会多/我来到城市/想象钞票/到处都是//可我从这个月走到那个月/从这个日子走到那个日子/我眼睛望见的/被风吹动的都是/树叶"（风童《打工者日记》）。城市充满不确定的迷宫似的道路，希望和失望像城市的霓虹灯一样在打工者的脸上变幻闪烁。当他们在城市里看着来往的人群像落叶一样慢慢堆积，又四散开去，那些生动的、木然的、狡黠的脸，由不同的个性或宿命构成，又都在物质的重压下显示一个相同的平面，他们开始处于一种境地：渴望全面卷入，又被一只手不客气地推出。那种不是产生于逃避而是产生于向往的孤独，便是"打工诗歌"得以出现的肇始。

在北京，你可以没有孩子/但不能没有一条狗/在宠物如此尊贵的年代/一个外省青年，还不如/一条狗那么容易找到归宿//从汽车车身锃亮的油漆反光里/我看到我瘦下来的青春/与城市的繁荣成反比/从查暂住证的吆喝声中，我才知道/在普通话的语境里/方言显得多么无力//此刻，在别人的花园里/我写着这首让人费解的诗/这美丽的景色不是我的/但此刻的心情是我的//这一刻，有一个句子/出现在我的诗里/这是我以前从没有写到过的/我

第二章 匿名者的身份追问

不得不写下这让我莫名地踌躇／这让我莫名地悲伤的句子——哦，在北京，我狗一样生活／人一样活着（郁金《狗一样生活》）

初冬的北京／干裂的风吹裂了我的嘴唇／不能大口喝酒，大块吃肉啊／就连打个呵欠也得小心／／风中的叶子／被时间这巨大的肺／毫不留情地吸了进去／吐出来时，已找不到春天的门／哦，一片落了的叶子／她能否再一次长到树上／／一个落魄的诗人／口袋里只剩下风／骨子里只剩下诗歌，除了灵魂／他无法将更多的光芒献给生活／众多的词在他诗外的生活里流浪／但没有一个词带给他荣誉／带给他面包和吃喝／／命运，刀子般割着我／逼我交出身上的所有／如果一切不可避免／我宁愿交出诗歌／也不愿交出我的痛苦和欢乐（郁金《初冬的北京》）

狗一样生活，人一样活着。众多的词在诗外的生活里流浪，游荡于城市的迷宫之中。城市是我们惧怕的所在也是我们向往的所在。在以经济为重心的社会里，特别是在市场喧嚣的城市里，"打工诗人"被摩肩接踵的人流所推搡，疾速的物流使他们陷入恐慌、穷于应付，扼杀了他们沉思中的美梦。纵向的封闭的文化心态使他们在城市面前不得不诚惶诚恐，不得不探头探脑，于是就露出些狭隘猥琐的情形。在缺少温暖的环境里，他们的骨子里只剩下诗歌，除了灵魂，他们无法将更多的光芒献给生活。从内地小城漂到北京的诗人郁金，一家三口挤在一间二十多平方米的出租屋里，开始了他的打工生涯。与那些有着"农民"身份的"打工诗人"相比，郁金诗歌里的血性与他们一脉相承。从法国诗人波德莱尔的《巴黎的忧郁》到美国诗人庞德的《比萨诗章》，再到郁金的《初冬的北京》，城市既给我们巨大的诱惑，也带来无尽的厌倦。城市生活的黑洞，它吸进了多少汽车、噪声、激动人心的话语、多少年迈或年轻人的身体？"在城市啃麦当劳／城市也在啃我／诱惑是一颗颗锋利的牙齿／欲望伸长贪婪的舌头／我被迫进入城市的胃／隐隐疼痛　隐隐感觉／自己就是一根瘦瘦的薯条／只不过穿着一件肥肥的西装"（徐非《在城市啃麦当劳》）。"在这个城里我是被无数人啃过的骨头"（卢卫平《一封家书》）。

英国诗人威廉·布莱克将英国工业革命时期的城市，称之为"黑暗的撒旦的作坊"，至今仍然是一种警示。何况今日城市的扩张愈演愈烈，而土地却不能再生，环境污染也不能根治，对人性的硬化路面式的处理更是后患无穷。昔日城市的主角是机器，今日城市的主角是汽车，明天的主角是谁？人已被手段所工具化，被概念、信息所抽象化，感性的、乌托邦的城市在构建和实施中一挫再挫。在汽车车身锃亮的油漆反光里，城市无形了，喧嚣无形了，唯独"打工诗人"是无形中吐出的一根有形的肋骨。当经历了兴奋、抗拒、焦躁而无力与城市相对时，"打工诗人"谢湘南想到了《放弃》：

> 这是一个思考中的问题/我能用平静的语气叙述它/连我自己也感到吃惊/这证明我已不是孩子还是更像孩子？/当然我绝不可能成为第二个梭罗/但我真的打算回到乡下去/我想去守护我父母的风烛残年/去耕作他们宽阔额头上的沟壑/将他们眼角的忧郁搬到阳光中去/还有那些书上的指印，夹在书页中的/少年目光，都应拿出来晒晒/我不能肯定一个女人的身子是否会同样受潮/重要的是在这里我已开始厌恶/我不能从一只鸟的图案中去猜测季节和颜色/我会在某个夜晚突然消失吗？/从这个城市或者就从这世界

即使如此，"打工诗人"也不可能自动放弃在城市中生存的权利，如同他们不可能放弃思考和表达的权利，因为城市还有他们所眷恋的东西。"我想到 我的青春/坚硬得像一块石头/如果不在城市里打水漂/就会沉到乡村的/寂寞的淤泥里"（谢湘南《我终将一无所成》）。"我们/像爱家园样爱着钢筋砖木/一座又一座拔高的建筑/使故乡和这里/有了真正的距离"（蒲仕相《从深圳走过》）。"我回来了/这个我待了六年的城市/一点也不觉得熟悉//原来一些又脏又乱的小区/已经拆除或者正在拆除/很快地，就会重新叠起一些盒子/我暂时只能住在朋友的家里/深居简出，寻找着/继续生活下来的机会//我回来了/有时我走在街上/下意识地，避开那些熟悉的人"（游离《我回来了》）。怀乡也罢，返乡也罢，只能是一种纯精神向度的活动，而不可能付诸实践，他们只能在文明中想象着这种退去。这种象征

性的"围城"效应决定了他们内心的城乡冲突虽然日益深刻、痛苦,但却始终只能是姿态性的、无声无息的。"他们用诅咒的方式/表达对城市的喜爱和依恋"(吴作歆《城市的歌者》)。"没有根能在玻璃上长出叶子/在城市 卑微与屈辱/是睡上下铺的兄弟/城市抛弃你 如同堕落的富翁/抛弃一枚硬币 既然如此/你就抛弃城市吧 和你的梦想一起私奔"(卢卫平《抛弃城市》)。"这些年,我似乎只是忙于/把自己的身体/从一个城市搬运到/另一个城市/就像我曾经把热爱/从一个女人搬运到/另一个女人"(向阳《在路上》)。"这座城市没心没肺/你与它相爱,分手/你与它相顾频频,一步三回头/它总是这样/似笑非笑地看你/或者面色铁青/转脸而去"(天骄《我身体里的雨水》)。城市就像一位矜持高贵的漂亮少妇一样轻轻拒绝着各种试图登堂入室的亲近,而她身上散发的美好又总传递着让人欲罢不能的信息。城市对于"打工诗人"来说,难以融入,也难以离去,他们只有不停地搬运自己。乡村出身的"打工诗人",最终成长为当今这样的工商的城市、弄巧的城市、遵从感官快意原则的城市的最为顽固的异己者。一些诗歌作品正表现了他们所面临的惶遽和困惑。"这些忧郁的歌者/用文字的鳃在钢筋水泥中/寻找气孔和养料/'城市是魔鬼教会人类的最后一个名词'/他们边说边挤上公共汽车/赶回市中心的窝"(吴作歆《城市的歌者》)。他们一头扎进城市,身子随着摇晃不定的城市一起摇晃。他们用喘息的时间来眺望、记录在城市生活的遭遇或一群人在城市的生活经历。在冷漠、暴力、失业、焦虑、浮躁的生活中,找回一点人的自尊和自信,并营造出小小的惊讶、恐慌和快乐,以促进大脑的血液循环和四肢的弹性。"匍匐走在这个世界上/也许就是一切/我把微弱的触须/伸向感知的岁月/希冀收获一个流动的声音"(罗德远《黑蚂蚁》)。"这些蚂蚁,多么像我乡下的兄弟/她们执著地把忙碌搬到城里/把简单的生活搬到城里/把未来搬到城里//瞧,这些蚂蚁/以她们的小,以她们的轻/以她们的坚韧,爬在/命运的脉络上//世界很小,与一窝蚂蚁相遇/是有福的。我突然发现/自己也是一只蚂蚁/卑微地活着,并深深地/爱着"(郁金《路边的蚂蚁》)。"打工诗人"以未来的名义,让他们的心与城市暂时地融为一体。他们写作的文本深处蕴含着对另一种生活的希望和呼唤,从而保存了他们的梦想。

进入城市是生存的需要，反抗城市是心灵的需要。城市的吸引力和排斥力为文学提供了深刻的主题和观点：在"打工诗歌"中，城市与其说是一个地点，不如说是一种隐喻。小米在《广东》中写道："一个去广州两年了 一直没有消息／两年后 另一个也去了广州／前面去的那个人去了深圳／又去了珠海 后面去的这个人／也去深圳 也去珠海／在广东茫茫的人海里 什么东西／被蜂拥而至的热情淹没了／不是那么多城市不愿留下这个人／是一颗心 不肯收留另一颗心。"对"打工诗人"来说，城市似乎变成了类似于形式的东西。他们置身于城市，又不混同于人群。他们的诗歌在嘈杂的都市语言挤压下，还能展开由己及他的艺术关怀、批判和追问。"他们都是异乡人，像我一样……／他们叫卖着，从过了春节到春节来临／像我一样，普通话不一定标准／香蕉、苹果、甘蔗，黄昏时他们声音很好／他们推着小车，香蕉、苹果、甘蔗／他们叫卖着，还要学会隐藏／转移。从这条街到那条街，在岁月中／他们不一定叫出声来，但我听到了／像我一样，目光艰涩、像井"（谢湘南《卖香蕉的人，卖苹果的人，卖甘蔗的人》）。虽然卖水果的流浪小摊贩叫不出声来，但却通过诗人的喉舌叫出了声音。"打工诗人"的诗歌是对生存的盘诘和对体验的穷根究底。他们超越了自身的恐惧而去关怀周围的世界，他们站在比自己更弱的弱势群体一边，关注社会更底层人们和孤弱者的命运，实际上也是在关怀城市中的自己。比起其他诗人对待一个遭遇不幸者的同情和关怀，他们更加牢固、更加发自内心、不含任何表演的成分。

珠江的宽阔就要流入大海／夜深了，江水像是在呜咽／对对情侣被情牵去／无人购买你孑然的背影／／小姑娘你不要对着江面落泪／江水无情它会卷走韶华／手中的鲜花就让它随水漂去／它毕竟不能自己走路／／把你眼里的空茫卖给我／在这珠江边上，灯火照不到更远／如果你真的想家，也请你不要落泪／泪水洗不掉脸上的铅灰／／夜深沉坐在身边／如果没有家也请你回家／不要等待黎明，不要用自己的孤独去等待／太阳的孤独／小姑娘！这样太残忍
（谢湘南《珠江边上》）

第二章 匿名者的身份追问

一个过马路的人／他用四肢过马路／他双腿盘曲／他用他的整个身体过马路／他的脸形同路面／他的眼睛已经"骨碌碌"／到了马路那边／哦，他在笑／他是个快乐的人／／一个过马路的人／他总是一个人过马路／在别人的注视下／在别人都不敢过马路的时候／他走在马路中央（谢湘南《一个过马路的人》）

谢湘南的这两首诗可以借来隐喻"打工诗人"自身的处境。诗人将目光投向他人，他似乎写得很客观，似乎也看不见什么激昂的情感，但诗中作者之"我"并未死亡，而是潜得很深。"打工诗人"像珠江边卖花的小姑娘，对对情侣被情牵去，无人购买他们孑然的背影。他们又像那个过马路的人，艰难地走在城市和乡村的线中央，他们的眼睛已经"骨碌碌"。作为从打工一族中走出来的"成功人士"，一些"打工诗人"或为报纸杂志打工，或以"临时工"的身份受聘政府部门，不知底细的人很难从中看出他们与正式人员的区别，但他们却体验到了一种可怕的差异，抑郁路上，抱困城中。他们早已在内心过上了城市生活，但暗暗贴在他们身上的"农民"标签却很难撕去，常常在无意中触动心中最疼痛的部位。"他们将沉闷的生活驮到／指定的位置而他们／没有位置"（黄吉文《城市负重者》）。在城市与乡村的吸纳与抗拒中，在当代晦暗不明的生活中，他们的内心被慢慢消耗，他们最为典型。城市和乡村，不是一个选择上非此即彼的问题，而是好和更好的问题，城市和乡村本来就不应该筑起高不可越的铜墙铁壁。发达国家过度城市化之后，城乡差别消失，就不存在所谓的"城乡二元对立"，也不存在城市的畸形繁荣与乡村经济的严重衰落。在中国，与发达的大城市相对立的，不仅是欠发达地区的广大乡村，还包括现代化程度较低的内陆城镇。更多的城乡冲突是隐性的，并不以激烈的形式外现出来。那种城乡对立区域封闭的社会管理制度显得越来越滞后。人类文明的最高境界是物质与精神双重饱满的文明，中国的城市和乡村与之都有相当大的距离。中国以"下岗农民"为主体的外出打工者具有某种被动性，他们仅仅是不情愿的、宿命的流浪者。民工潮并不是农民自由意志的体现，而是农业严重凋敝后无法生存的被迫选择，出外打工其实是唯一的出路。"民工，是什么力量的打击／使你们顽强地楔入都市／从传统的田地中拔出脚来／成为城乡两栖动物"（王锡文《民工》）。打工者辗转异乡，和过去的异地求学、从军、参加工作皆不同，没有那种荣誉感和责任感，也没有自然滋生的安家立业的感觉。当年的知青下放农村至少吃住不愁，而现在的不少打工者都有过流落或被驱逐的命运。"在拥挤的工业区／我的名字掉了／我听见乡土气息的名字／掉在生硬的水泥地上／喊痛的声音／在这个脚挤着脚的地方／我找不到我的下落／／我的名字掉了／再没有什么证实我真正的身份／想去的工厂都将我拒绝／我还记得我的名字／我规矩地写给工厂／它们都用怀疑的目光／像盯着一个行骗的坏人"（张守刚《我的身份证掉了》）。"城市的大街上／人来人往／我走在其中／学别人讲话／学别人着装／怎么心里／还是觉得不像／像一滴油／漂浮在水上"（风童《悬浮》）。"这个城市日益繁华／驱逐了一个你／又来了同样的一个你／你是城市表皮的瘤／真正的毒瘤长在城市的深层"（魏勋《乞丐》）。真正的毒瘤长在历史的深处，它决定了中国无法在"城市化"这一现代化进程当中快速消化从土地上源源不断流出的小农阶层，不少"打工诗人"注定要像卖香蕉的人卖苹果的人卖甘蔗的人一样在城市与乡村的线上学会隐藏和转移，在城市和乡村的边缘来来去去，成为"悬浮一族"。对于他们，时代是不可选择的。他们在两个世界之间徘徊，一个已经死去，一个尚未诞生。城市，往往使"打工诗人"进入一种意识的晕眩之中，过去无暇追忆，现在难以把握，将来无可言说。"钟表的声音让我驶进了时间的隧道／暗了，全暗了"（郑小琼《感伤》）。一个比写作更具体更基本更严酷的问题每时每刻都横在"打工诗人"面前：在城市如何活下去。更多时候，"打工诗人"需要从诗歌中抽身出来，他们不仅要先应付命运从内到外的催迫，还要应付"城市文明"的侵袭，因为文明的进程伴随着人的异化过程。置身其中，"打工诗人"审视了自我的尴尬。"发生在外省／事件和爱情／朋友和陌生的女人／最显而易见的是饥饿／失业、居留问题"（安石榴《外省的生活》）。生存策略在这里高于对缪斯的忠诚。

（三）

二十世纪八十年代末至今，在从乡村到城市的线上，中国社会在文化碰撞与激荡中出现转型，最重要的一个方面，就是都市生活呈现出非自然化倾向。商业时代的城市文明给人类带来的最直接的危害，就是金钱支配下的人的异化，导致了精神的贫困和疯狂。"现代文明啼哭着诞生／还没有睁开眼睛／就宣称万分饥渴"（高平《城市》）。作为见证，"打工诗人"往往通过对现代都市生活的透视，展开对城市文明的批评和反思，反映人与都市两者之间所形成的压抑与释放的紧张关系。长期以来人们几乎都毫不动摇地坚信，人类历史的前进以及人类文明的发展，给人们自己带来的都是绝对的好处而且是越来越多的好处。他们认为靠科学的发展和物质生产的极大丰富，人们最终就会从种种限制和诸多痛苦中彻底解脱出来。而人们恰恰忽略了，物质生产的高度发展，早已远远超出了当初人们对于基本生活需要的满足。现代科技的发明和物质财富的创造，归根结底是由于人的无休止的欲望的驱使，而事实上，人的欲望又是永远无法得到最后的满足的。因而，社会文明的进步和物质生产的发展并不能把人类自己真正从苦难中永久地解救出来，相反却不断地促使人类的欲望更无止境地膨胀，并进而造成了人的许多新的生存的困境和精神的苦痛。如今，这样一个已经被商业化大潮所深深掩埋的真理，"打工诗人"也看得非常明白。

  来城里打工这几年／俺家用的沙发茶几衣橱／摩托车彩电洗衣机电脑／都是在城里淘来的二手货／城里人喜新厌旧蔚然成风／穿了两水的衣服说丢就丢／贼亮的皮鞋说不穿就不穿了／那娶进门没几天的老婆／也说不要就不要了／出去找二奶三奶来供奉／可是那些老婆甩哪去了呢／俺走遍城市的大街小巷／也没淘得来一个（散心《二手货》）

  诗人用一种聪明的、调侃似的、令人能沉思且易懂的表现手法与口语来挖掘他在这"城市文明"世界的遭遇，有些玩票性质"随手而写"的轻快感，可是其间带有哲学式的嘲讽。这是一个追求金钱、追求享乐的年代，物欲尖锐的哨声在我们身边喧响。市场经济的机制保障了人们追求欲望的合法性，人性的解放从二十世纪八十年代的理想主义走到了"自己的亚当"（马克思语）的物欲与原欲的释放。与封建小农经济社会禁欲主义相比，现代商业经济社会则使女性更公开的成为商品，沦为物。

> 侄女长大成人／要用幻想征服什么／她的幻想发芽于乡村／向城市生长出绿叶／／侄女要进城／叔叔们都在城里有好的营生／叔叔们把城市建设／叔叔们总是怜爱稚嫩的侄女／……聪明的侄女爱好三级跳／喜欢美国香蕉而不是非洲茉莉／叔叔们你们有美钞吗／哪一位叔叔的美钞最多／侄女将城市的魔方玩转／将大洋彼岸的城市锁进心爱的抽屉／城市说白了也就是一种关系……（谢湘南《侄女的幻想与城市相对论》）

谢湘南选取了欲望化女性——物欲与原欲的畸形产物，作为批判的对象。"侄女"进城之后，她的乡村素质——质朴、纯真、向善、求美——迅速蜕尽，一种世故而且世俗的庸人气和恶人心理弥漫全身。就精神而言，商品化过程就是自我离异的过程。这些年来，数百万来自乡村的打工妹在商品重重包围以及自身某种商品化后，蜕变成城市里的"小姐""二奶""女秘书"与"干女儿"，形成了中国庞大的地下性产业。"一个妓女在招手／一个妖艳的美人儿／在街道旁边的樟树下／站立成城市里／最为肮脏丑陋的风景"（辛酉《一个妓女在招手》）。这样一种都市里的特殊阶层，她们身上折射着社会变革的复杂投影。诗人发现，城市说白了也就是一种关系。"当三陪的四表姐／飘香南方的一朵野玫瑰／去年回家乘波音747／消息爆炸了小村／你父亲心脏病被流言击中／你母亲哭干眼泪骂你扫帚星……"（徐非《当三陪的四表姐》）。女人"所能包含的一切永远在她的身体之内／在你想象之外／一个女人只需要一个暧昧的动作／就可以做成一笔大生意"（花枪《女秘书》）。"在乡下／耳朵贴近乳房／听到的是乳汁／神秘地流淌／／在城里／耳朵贴近乳房／听到的是欲望／赤裸地燃烧"（卢卫平《城乡差别》）。这一切遭遇是命定的，在乡村与城市短短的姻缘中，美好和谐总是昙花一现，欲望的折磨铺满心灵史。以致我们谈论任何话题，都似乎无法离开"商业化"这一带有西方实用主义哲学的时代话语，就好像二十世纪八十年代以前，社会生活的方方面面都离不开社会主义意识形态一样。在一幅西式现代生活图景面前，人的各种本能开始表面化并趋于"合法化",而人们对精神价值的人文关怀已为切身的需要所替代。凡俗时代早已来临,诗人也拒绝不了感性的欢腾,不要说"在通向牛逼的路上一路狂奔的"下半身诗人沈浩波们,连著名的韩东们也不能置身事外,把他们的触角早已深入到最污秽的生活环境中去。"那坐台女今晚和她的杯子在一起/杯子空了,她没有客人/杯子空了,就是空虚来临/她需要暗红色的美酒和另一种液体/让我来将它们注满,照顾她的生意/让我把我的钱花在罪恶上/不要阻挡,也不要害怕/灯光明亮,犹如一堆玻璃/……我和橡皮做爱,而她置身事外/真的,她从不对我说:我爱"(韩东《在深圳的路灯下……》)。妓女和嫖客之间的丑事,同样进入诗歌的审美领域,而且韩东的叙述和描写凸现了生活的真实,淡化了传统中的美与丑。对此,著名作家韩少功生动地描述道:在这样一个时代里,"消灭思想便成为时尚,让我们万众一心跟着感觉走。这样,肠胃是更重要的器官,生殖器是更重要的器官。……人就是身体,人不过就是身体"(《夜行者梦语》)。人对人类丧失了责任感,这是当今世界最严重的危机。这一危机在精神生活领域的表现,便是艺术的危机,诗歌的危机。在古罗马时代,诗人贺拉斯曾骄傲地宣称,他的《歌集》将是一座比青铜更富有久远生命力的纪念碑。确实,古典诗学充满了自信和自豪。而今,文化却沦落为消费主义的文化,打落了诗人内心脆弱的平衡。在这个特定的时代,与韩东沈浩波们相比,"打工诗人"却勇敢地表现出道德上的勇气,捕捉到生活中被遮蔽的东西:

  她爷爷给她取的名字叫李翠莲/已经没有几个人知道/上初中的时候有个男生对她很好/直到现在她也忘不掉/……//别人介绍她去城里的一家酒店/给别人倒酒/后来陪别人喝酒/她没喝就在别人面前醉得一塌糊涂/然后就上了别人的床/……/她凋谢之前最大的愿望就是/带一大笔钱远走他乡/找一个安静的地方悄悄卸妆/每次看着那些猪狗般的男人压在她身上/她的心里都会这么想 虽然/一切遥遥无期/……/她的娘又病了/她的爹下地干活又闪住了腰/她经常把积蓄往家里寄点/但她不愿回家 坐在破旧的瓦房里/她会感到伤心/……(老了《李小姐的皮肉生涯》)

那么多背井离乡的兄弟姐妹啊／他们只认识钱／常常忘记自己／通宵达旦的白炽灯下／谁的脸那么苍白／昏倒在最后一道工序的妹妹／已不省人事／老板骂骂咧咧／他责怪那个妹妹的体质太差／只能炒掉鱿鱼去做妓女／那些敢怒不敢言的眼睛／流露出的忧伤／只能在黑夜里掩埋（张守刚《在工厂》）

　　生活之恶一步步地蛀蚀着世界，缓慢而无情地吞噬一切生命的血与肉。翠莲们，在支离破碎的生存中，得不到喘息与安宁。翠莲们，在现实中无法维护自己的幸福，甚至无法存留哪怕对美好往昔的片刻的回忆。翠莲们不就在我们身边吗？当"打工诗人"从乡村像个公跳蚤一样飘到城市的时候，翠莲们也像母跳蚤一样，承受着飘零的命运。在今天的中国，色情服务业虽不合法，但政府的行为却是暧昧的。这有很深的社会历史、现实原因和人性因素。在历史夹缝中生存的小姐，她们承担的各种压力在世界同类职业者中是少有的，身体的、经济的、人格的、心灵的。她们实际上是一个严重失语的弱势群体，在一个巨大的异己壁垒的压制之下，出现一种很吊诡的生存状态。诗人老了说："其实她和我们一样有着永远无法实现的理想／其实她和我们一样都要满足这个社会的欲望／虽然这是可耻的／虽然这是／可耻的。"对社会规定下的个体命运的思索具有了人道主义精神，这倒令我想起白居易的那句话："相逢何必曾相识，同是天涯沦落人。""打工诗人"骚动不安、尖锐锋利之下深埋着的是对人的温情，尤其是对翠莲们命运的现实关怀，也是对自身境遇的挖掘和问询，对生活的有限挽救。生活失去了美妙的光彩，而显露出丑恶、畸形的本相。畸形现实对人格主体的解构，造成"打工诗人"背负着难以承受的主体失落感。

　　他有着失败的爱情／漂亮的湖南小姐／抛下他走进了／一个有钱老头的怀里／南下五年　打工五年／没有谋到一官半职／在工厂做车位工／每天穿针引线／却将针扎进自己心尖上／那个痛啊／是湖南小姐抛弃他的那种……（张守刚《和工友聊天》）

第二章　匿名者的身份追问

　　……在岔路口，我站住／想起那位拦住我的女子／（有些羞赧），我掏光衣兜／递给她一枚1元的硬币／叫小姐的她／眼中的媚笑与绝望／将会噬咬我今夜的梦／／再拐一个弯／亲爱的租房，一屋子寂寞／将被灯光和一个男人／健康的呼吸／驱散（曾文广《走过零点的街头》）

　　发廊，性感十足的暴露女郎。她们挺胸抬头的样子／和我此时，形成多么鲜明的对比／我终于明白有时学历和粪土有多么相似的本质（许强《流浪是块永不愈合的伤疤》）

　　在这些诗中，既有对鲜活的生活细节的叙述，又有对某一历史阶段人的生存状态的体悟、审视和忧虑，在开掘日常经验的过程中，产生出强烈的时代感、当下性。在诗人描写客观现实的叙述之中，我们分明感到了某种阴影的逐渐渗透。当我们读完诗中的场景，我们心中分明涌现出一种阴郁低沉的东西，甚至是尖锐而细的痛与无边的苍凉。我们已经无法拒绝这样一种经验事实：物化世界所导致的心灵挣扎比其他任何时候都来得迫切而激烈。在"饿死诗人"的时代里，诗人何为？"打工诗人"又能何为？他们的身影在民族、国家、政治的集体话语中显得边缘而陌生，正是这种陌生确立了他们的独特性和警示性。生活在那样的一个时代里，作为一个人，"打工诗人"不可能不对现实生存困惑产生深刻的怀疑。叙事成分的介入，使他们的写作与生活构成了互文性，传达出更多的现实生活信息，揭下了这个世界的种种面具。"我提起笔几次想写它／桥头巷　南洲路的第一条巷子／在金斗酒家门前一闪身／一条暧昧的巷子／像黑暗中的暗探／就抖动在眼前／此起彼伏的犬吠声里／那些白天闭门不出的女人／娇艳地站在昏黄的路灯下／她们铜锈的目光里　闪着欲火／一个形容猥琐的糟老头／避开老伴的唠叨／正与她们如胶似漆地打情骂俏／在她们的暗示下／他始终不愿掏出钱来／身上仅有的一点钱／是留着明天喝酒的／／桥头巷啊桥头巷／一个想入非非的异乡少年／在这里痛快地失去贞洁／这一次／刚好花掉他在流水线上／五天的工资"（张守刚《桥头巷》）。

79

"粤派评论"视野中的"打工文学"

城市里有许多纠缠不清的小巷,这是她的肠子。我们天天穿梭行走于她的肠子之中,吸取她的暧昧的身体带来的毒气,这是我们无法解脱的悲哀。身边的一条小巷白天看上去是那样疲惫和陈旧,但到了晚上却充满了色情和神秘。"打工诗人"常常会因为不知如何去反映他寄生的这座城市而感到迷惑,从这点上来说,这座城市对于他来说,无疑是座迷宫。"我被海富大厦/每平方千元售价的广告/揭开贫穷的面具……/我住在八平方低矮的小屋里/被贫困包围/写着那种叫做诗的文字/我心安理得/住在海富大厦对面/海富大厦射出寂寞的灯光/我在写诗的空闲时间/想象海富大厦里/那个被孤独围困的女人/那个穷得只剩下/奢侈的女人/怎样搔首弄姿/等待有人去敲响她的门环"(张守刚《海富大厦》)。从文化意义上来看,在欲望化女性身上,寄寓着诗人对形而上精神家园的追求,深入幽微地揭示出一个时代的隐秘。"打工诗歌"作品体现了一种可贵的诗歌精神或是当代诗歌的力量——诗对某一历史阶段的真实介入、认知和纠正。"他们和/肮脏的城市始终保持着/一支扫帚的距离"(老刀《清洁工》)。"打工诗人"徐非在《寻人启事》一诗中对不慎迷失在红尘中的"小妹胭脂"充满了惋惜和呼唤:"胭脂穿粉红色低领紧身衣/超短裙 别手机戴金首饰/神经正常三去羊城四到深圳/AA广告公司做过文员/BB大酒楼当过迎宾/黑色高跟鞋踩着疯狂舞曲/不慎走失在灯红酒绿纸醉金迷里/如果有人见到她真实的背影/可电告本人 或者报警……"(徐非《寻人启事》)。"打工诗人"在困境中坚持某种操守,在市场化工业化城市化腐蚀过程中,在磨砺与漫长的岁月中,葆有自然人的本真诗性,不啻是一种独特的声音和奉献。

  豆蔻之前/十六岁的玉儿与姐姐相似/工卡一天一天收割她的芳龄/童心缺少一半/玉儿晶亮晶亮/身材比姐姐美小几分/像田田的荷花/使工业区清清秀秀/田田之荷/载不动众多的露珠汗水/滴在流水线上/拿男孩子一样重的工时/玉儿常用眼睛说水灵灵的话/开比桃花还嫩的爱情/做一秒钟新娘(丽玲《玉儿今年我一十六》)

第二章 匿名者的身份追问

  姐姐不沿妈妈的泪水流／未熟的杏子／从这家香到那家／打工的男孩像多年失散的表哥／姐姐是依人的小鸟／把打工的岁月全退还给媒人／远走高飞／姐姐／陌生的方言是最亲的爱情／守身如玉的爱情是你另一个家乡／远嫁他乡玉儿说真感人／妈妈知晓却大哭一场（丽玲《姐姐比我香两春》）

  丽玲的这两首诗非常富有人情味，富有一种亲切的、健康的、深挚的人情味，感觉是多么的真实和亲近。这种真实的诗歌就是真诚的诗歌，就是面对现代俗世、守护心灵纯净的诗歌。较之那些乞讨爱情的爱情诗，轻浮浅薄的爱情诗，故作高深的爱情诗，无病呻吟的爱情诗，"打工妹诗人"丽玲的"爱情诗"真挚质朴得多了，因而也就有人情味多了。她感受到了现代文明对心灵的碰撞，但不会被物欲所缚，蒙蔽心灵。她的诗歌是穿行在俗世的烟尘里去寻找心灵的灯盏。现代城市生活对物欲、权力、性的贪婪追求使人日益显示出了野兽的筋肌，这么说可能反倒是在污蔑动物，其实人比所有的动物都更贪婪。人似乎越来越像"野胡"，连诗人们也往往变得铁石心肠。我们有关"爱"的倾诉，成为语焉不详的喃喃自语。不过，一些"打工诗人"仍然以他们的"柔软心"让我们感动，他们仍然创作出一批对人间充满温情和爱意的诗歌，他们的作品是对爱的肯定，在一个物欲的时代，爱仍是存在的，纯净的心灵仍是存在的。

  写字楼与俺无缘／俺是坐在最偏远的车间／手握一张小小的名片／俺名就叫阿秀／七四年十二月在寒风里颤栗／而母亲在颤栗中一分为二／从此降生一只丑小鸭嘎嘎而鸣／／而今请注意我一米六零的体态／既不丰腴也不纤弱／我虽然不是诗／但有油菜花的诗意／我虽然不是绝好的模特／但宽大的厂服裹不住我颤动的青春／你不必顾虑／我择偶的要求不会太苛刻／年龄　身高　五官的政策适当放宽／有无婚史住房及地域条件可考虑／我虽然走惯了山村的泥泞路／但城市户口也不拒绝／如果你愿意与我北上／你必须懂得三月扶犁四月插秧／你必须懂得将生命的根须植入／深深的土地／我不

要你给我奢侈的山盟海誓／只要你爱得真诚爱得专一／我不要你给我金钱结构的小楼／只要你一方厚实的土巴墙／能遮挡我人生的风雨／如果是这样我的心房向你敞开／你就径直来我们电子厂／采我三月的芬芳（徐非《一位打工妹的征婚启事》）

这首诗最先刊于1994年9月的《外来工》杂志上，大部分读者将诗中的女主人翁阿秀误以为作者，徐非在短短的时间内收到了三千多封求爱信。这首朴实无华的诗歌，最先和最后打动我的，不是传达的技巧，也不是意象的诡秘，而是青春的心灵平和而又真切的袒露，是我们似乎已经陌生的情感的冲动和人格深层的低语。这首诗描写了"阿秀"对爱情和婚姻的憧憬、追求、幻想，塑造了一个大胆泼辣、感情炽烈、清纯可爱、未被世俗和金钱异化的打工妹形象，有着超越世俗的美丽和尊严，保持了"真人"的纯度。这一形象，不仅是打工一族苦苦寻求的理想，也是当今我们精神世界追求中所渴望的一方净土。在广东打拼十多年的诗人卢卫平则有把人的内心与现实世界相沟通的力量，使其诗歌更具有草根性，他那首《在水果街碰见一群苹果》让人读罢久久不能自已：

它们肯定不是一棵树上的／但它们都是苹果／这足够使它们团结／身子挨着身子　相互取暖　相互芬芳／它们不像榴莲　臭不可闻／还长出一身恶刺　防着别人／我老远就看见它们在微笑／等我走近　它们的脸就红了／是乡下少女那种低头的红／不像水蜜桃红得轻佻／不像草莓　红得有一股子腥气／它们是最干净最健康的水果／它们是善良的水果／它们当中最优秀的总是站在最显眼的地方／接受城市的挑选／它们是苹果中的幸运者　骄傲者／有多少苹果　一生不曾进城／快过年了　我从它们中挑几个最想家的／带回老家　让它们去看看／大雪纷飞中白发苍苍的爹娘

1995年诺贝尔文学奖授奖辞称希尼的诗"既有优美的抒情，又有伦理思考的深度，能从日常生活中提炼出神奇的想象，并使历史复活"。这就是诗歌的力量。在"一地鸡毛"的时代,诗人卢卫平直视转型期人们渴望返朴归真的心态,用"一群苹果"象征着人类社会未被污染过的最纯洁的一部分和人性中最美好、最善良、最干净的一面,是对现代文明的一种反拨,是一种返本心理的产物。诗人语气亲切平和,捕捉日常诗意的笔触越是具体、精确,就越是透露出他对一个生存群体的深切关注和同情,就越能体现诗歌之于生活无可替代的伦理价值。"打工诗人"徐非在平凡打工妹身上,诗人卢卫平在"一群苹果"身上都发掘出了人性的本真。不论是那个名叫阿秀的打工妹,还是接受过城市挑选的一群苹果,她们都抵抗了"文明"对她们的侵蚀、扭曲,不断地往回走,回到人的源头,回到作为一个人的最本真的要求。"乡下少女那种低头的红",散发着泥土的芳菲。"必须懂得三月扶犁四月插秧/你必须懂得将生命的根须植入/深深的土地"。这样的想象毕竟有些过于浪漫和超脱了,残酷的现实已经根本不可能再为我们提供这样纯净的田园生活。然而,我们却不能完全放弃这样的向往。它起码应该在我们的心灵中。

二、打工:一个沧桑的词

(一)

什么是打工?

《现代汉语词典》对其解释为:做工。

尼采说过,凡是历史者,再怎么为它下定义,都是徒劳无功。词语是世界的血肉。打工这个词之所以重要,全在于其复杂性,全在于这个词在历史发展过程的经历。我们并不需要知道这个词是什么,我们应当明辨的是,在当代的话语中,人们如何使用这个词。二十世纪八十年代后期,有人开始为打工族中的诗歌写作者做了群体性的命名:"打工诗人"。至于这样的命名是否合理,我也不想在此做过多的论述。我感兴趣的问题是,"打工诗人"的作品究竟体现了一种怎样的精神和心态?他们何以会产生这种心态?他们作品中所体现的那种精神对我们这个时代的诗歌具有怎样的意义?一些"打工诗人"为什么会从心理上抵触这个称谓?我们不要在谁是"打工诗人"这样的问题上纠缠

不休,因为我们连谁是"诗人"这样的问题都不可能有一个统一的答案。对真正的诗人而言,任何类别的标签都带有贬义。我们没有必要刻意地去界定具体的一首诗是否属于"打工诗歌"的范畴,也没有必要刻意地去界定谁是"打工诗人",名称是姑妄称之的东西,不必反复纠缠于此,应立足于作品的意义,诗人内心解放的意义,在此基础上,才能确立"打工诗歌"的意义,才能理解"打工诗人"写作的意义。我所理解的"打工诗人"与"打工诗歌"是两个需要打入引号的概念,有特定的意思。这是一个大量使用引号的时代,我们随时可能被装在引号里。这是我们的宿命,是我们需要通过不断打入引号来回溯、透析、否定并试图超越的生活历程和内心体验。

中国的现代化运动要求重建中国的政治、社会、经济体制,也要求重建中国的文化。在中国的现代化历史变革进程中,"打工族"是一个举足轻重的存在。"在我祖国的大地,每个打工者／都是一列前进的火车,准确说／是每个打工者都带着一列火车／前进。在我祖国的大地,到处／是火车在前进,准确说,到处／是火车带着打工者前进"(白连春《在我祖国的大地,每个打工者》)。打工改变了数以亿计的中国人的心灵史、生活史、个人编年史,这不仅是身体的、心灵的,也是文化的、形而上学的。"从深圳上海北京广州打工／回来的人／身上有不同的城市／一个人与另一个人／暗暗较劲／意思是我在的那个城市／比你的要好／／他们以前在村里熟识／回来后彼此陌生了／在村里站在彼此眼前／有一个城市与另一个城市的距离"(张绍民《比较》)。我们所经历的历史,它不仅左右着个人的生活和命运,甚至也在我们现在的心理定势、潜意识和语言中显露出来。诗人是一个种族的触角。诗歌是形象的人类学,是对种族记忆的保存。历史一再地昭示,每当一个时代处在巨大的转折时期,敏感的诗人常常会从自身的经历中攫取某种有"惊人的相似之处"的事物,作为自己宣泄和寄托内心隐秘情感和思绪的参照。近些年来,出现一批"打工诗人"和写打工生活的诗歌,也自然成为无法回避的事情。"打工诗歌"是我们这个时代最真实的见证之一,让我们窥见一个长期以来被忽视的社会群体的真实生活和心理状态。

在荒春。在贫困出没的山区／生长在田畦和叶禾下的小妹／

第二章 匿名者的身份追问

我十五岁的小妹／身着土布衣裳。带上被褥／和娘用针线织成的叮咛／一步一回头／沿江而下……／／穿越这种方言和那种方言／穿越红绿灯。巨大的建筑。陌生的面孔／像一只迷途的羊羔，孑然一身／被喧嚣的气浪吞进又吐出／铁屑。碎玻璃。机器轰鸣／我的窸窸窣窣的小妹／倏然之间失去了温软。双手／浸泡在疲劳中／瘦削如一根细铁棍／／小妹。温情的小妹／再不能骑在枣树上唱歌了。再不能／出入高粱地／偷听奶奶唤你乳名／小妹呀，你是哽咽着上路的／哽咽着离开山泉水和稻香／离开云朵般的羊群／清亮的雏鸡声／／为了奶奶的药方吗／为了弟弟的学费吗／十五岁。在城市还是／撒娇的年龄。而在山区／在贫困人家，你早已懂事／知道替大人分忧／知道家中的日子实在太苦／实在太难……／／月亮又升起来了。那么多的烟囱／不停地轰击着夜空／小妹在遥远的南方。在模糊的灯辉里／想家。想娘和弟弟／想消失又亲近的事情／一触即痛的情感，漫过／焐在怀里的几颗汗津津的镍币／／现在，你在拥挤不堪的宿舍／坐在砖块上，以腿当桌／用一笔一画木讷的字体／给亲人写信／你只读过半年书／每一个汉字都在喘息着／在你的注视下，发出怜爱的响声／并且波及到／失落的梦乡／／时间哗哗流淌。又快过年了／许多人风尘仆仆地赶回家乡／小妹呵，你也在推算返程的日期吗／谁能晓得你此刻躺在病床上／连手臂也抬不起／外头的风正大。风正猛／你感到冷／牙齿一阵阵打颤／身体一阵阵发抖／你哭着。你的同样憔悴的小姐妹／与你紧紧依偎在一起／互相温暖着。长久地发呆／长久地一声不语／／哦，我苦楚的小妹／什么时候才能顺着邮路回家／什么时候才能擦去／满脸的灰尘和委屈……（周拥军《打工的小妹》）

1995年3月，我在《中流》杂志上看到安徽诗人周拥军的这首诗歌，我能理解诗人面对"打工的小妹"时所产生的内心撞击和感情涌动，感受到每一个生活细节所传递过来的切肤之痛。这首细节生动的诗让我们不单看到画面似的形象，也让我们从中体会到情感的具体发生。这就是生活，是血泪，是心灵之痕，是个体的感动与普遍的颤栗，是乡土中国深层的脉动。打工的小妹，她们面对的一切，既是诱惑，也是陌生，既是苦难，也是磨砺。春秋战国，从奴隶制到封建制，是一次文明的大转型；今天，从农业文明到工业文明，从血缘文明或类血缘文明到市场文明，从传统文明到现代文明，是又一次文明的大转型。作为转型中的成员之一，国家或集体的经历当然也是我们的经历，它是我们个人经历的一个主导部分，是决定我们个人经历的一个大前提，它能左右我们的命运，改变我们的未来。在此意义上说，《打工的小妹》是中国几千万打工妹的生存写照、命运缩影。正如"打工诗人"子虚在《二十四姐妹》中所写："二十四姐妹生在乡间／二十四张车票／漂泊在二十四口气上／／二十四姐妹一母所生／二十四姐妹一脉相承……／二十四姐妹／二十四台机器／没有一片瓦遮雨／没有一把土养人／／二十四姐妹呵／我看不见你／只见二十四盏加班的灯。"这就是历史，是我们共同的经历。在这种共同的经历之中，我们每个人又有着不同的经历，这种经历不是纯私人化的，是大历史中的小历史，大经历中的小经历，是历史的历史。我们生活的全部意义或许就在于此，我们的生活和存在、经历是一种证明和见证，是历史的见证，是一个国家或集体历史的见证。这种经历因具体而生动，因琐碎而真实，因独特而感人。"说一声过去我们真的会泪流满面／我们是老了，老了的时候总喜欢忆苦思甜／其实每一代人都有自己青年时的悲欢／上一辈老年人说万恶的旧社会／如今的老年人说知青，将来的老年人／一定会说南下打工的苦辣辛酸"（司徒杰《说一声过去》）。作为特殊历史的见证者，诗人在汹涌、喧嚣的工业化大潮中寂寞然而有力地存在着，在与现实、传统和自身不同质素的龃龉中前行着。他们用诗歌将那些被掩埋的恐惧与颤栗、绝望和虔诚呈现出来，历史必须在战胜并且超越这一切之后才能获得自己，个人必须在面对并穿越这一切之后才能获得新生。对于个人与历史的这种关联，我相信人们在生活中多少都能意识到，但能否把它化为一种深刻独特的诗学意识，能否有能力在写作中把个人意识与历史的力量结合起来，那就是另一回事了。

    写出打工这个词　很艰难／说出来　流着泪　在村庄的时候／
  我把它当作可以让生命再次腾飞的阶梯　但我抵达／我把它　读作

第二章 匿名者的身份追问

陷阱　当作伤残的食指／高烧的感冒药　或者苦咖啡／二年来　我将这个词横着，竖着，倒着／都没有找到曾经的味道……／我见到的打工　是一个错别字／像我的误写　它支配着我一个内陆的女子／将青春和激情扔下　背负愤怒和伤口回去／但是我仍在夜的灯光里写着／打工　打工　并不沉重也不轻松的词／打工这个谬称　让生命充满沧桑的词／打工者是我他你或者应该如被本地人／唤着捞仔捞妹一样带着梦境和眺望／在海洋里捞来捞去捞到的是几张薄薄的钞票／和日渐褪去的青春　也是某个女工的叹息／没人倾听安慰　它是遗失路边的硬币／让我充满了遐想　打工这个词／是苦是甜是累是酸或者是我在／这个难得的假日黄昏写下的一截诗句／……透过夜班的女工的眼睛打工这个词充满艰辛／在失业者的嘴里打工这个词充满饥饿／当我们转过身去打工这个词充满回忆和惆怅／我不断地在纸上写着　打工打工打工／我的笔尖像一颗微亮的星辰照着白天的伤口／夜晚的乡愁　添加着我们的记忆／亲情　它里面交叉着重叠着百味　它在我身体里安置了故乡的灯火／……为了正确地理解这个词我必须把自己／浸在没有休息日的加班　确切地体味／上班十五个小时的滋味准确地估算／自己的劳动价值精确地／握住青春折旧费……（郑小琼《打工，一个沧桑的词》）

一种深入个体当下生存状态的个人写作语言，与具体的历史语境紧密相关。"一个刚来南方有着梦想和激情的郑小琼"，一个"打工的小妹"，开始寻找自身的存在，她完全是以诗性的介入来述说一个打工者的生存图景和真实心态。《打工，一个沧桑的词》在民刊《打工诗人》发表后，先后被《散文诗》《散文选刊》《青春诗刊》《2003年度全国最佳散文诗》等刊物和选本选载并荣获《散文诗》的"女娲奖"，打工妹郑小琼"成为在打工词语中站立的人"。领悟她是如何使用语言的，就意味着了解了她自身的生存状况，也意味着清楚她和世界的最本质的关联。她的每一句诗，每一个字都是从打工生活中提炼出来的一滴血，或一滴泪，一段梦想与一声叹息。这种诗歌能让心灵的震颤和伤痛历久弥新，不断地唤起我们对自身历史的反思和回忆。

"粤派评论"视野中的"打工文学"

历史是一个需要从中醒来的噩梦。"打工"是一个谬称,是一个让生命充满沧桑的词。让我们看看"打工"这个词的"前世今生":"本名 民工/小名 打工仔打工妹/学名 进城务工者/别名 三无人员/曾用名 盲流//尊称 城市建设者/昵称 农民兄弟/俗称 乡巴佬/绰号 游民/爷名 无产阶级同盟军/父名 人民民主专政基石之一/临时户口名 社会不稳定因素/永久宪法名 公民/家族封号 主人/时髦称呼 弱势群体……/打工的名字像成年期拐不回来的儿歌/在语词上响亮,在语法里暧昧//它作复数,被称作人民/君临于许多报告,属于客串性质/它作单数,就自称老乡/穿过城市的冷与硬,以便互相认领//它发高烧打摆子都在媒体/高兴时,被摆在'维权'的前面作状语/生气时,又成了'严管整治'的宾语/过年最露脸,在标题上与市长联合做了一天主语//此外,它总是和鱼建立借代关系——/车厢里的沙丁鱼,老板嘴边的炒鱿鱼/信访办缘木求鱼,医疗社保的漏网之鱼/还有美梦中总想翻身的咸鱼……"(刘虹《打工的名字》)。余杰在《民间话语》中,通过对徐柯《康居笔记汇函》之《闻见时抄》一册的研究,考证到"打工妹""苦力""职业病"等词系从百余年前的民间语言沿袭而来。纵观整个人类文明演进过程,当农业社会步入工业社会之际,往往伴随着移民潮的形成与"打工族"及其文学艺术的产生。如十六、十七世纪在西班牙和欧洲一些国家流行的流浪汉小说,它的主要描写对象是社会上的一些失业者、底层人物——流浪汉,通常由他们做第一人称叙述,展示其从甲地漂泊到乙地、从一个社会环境迁徙到另一个社会环境的各种遭遇、见闻和他们窘迫艰辛的奋争,并从下层人物的视角去观察、讽刺不合理的社会现实。历史进入近现代,中国走上人类文明发展的无可抵挡的乡村都市化与都市现代化的艰难历程,十九世纪下半叶的"洋务运动"是中国现代化历程的重要一步。已经有学者梳理过从晚清到二十世纪三十年代的材料,所谓"民工潮"始于以"洋务运动"为代表的晚清工业化时期,戊戌时期梁启超主办的《时务报》就记载:"中国工人伙多,有用之不竭之势。所得区区工价,实非美国工人所能自给。上海如此,他处尤为便宜,盖该口工价已较内地丰厚,致远方男女来谋食者日繁有徒,虽离家不计也",并且在民国初、中期越演越烈,1500万大致可以确定为二十世纪二十年代末期三十年代初"民工潮"的基本面貌。至于非常时期

如抗战时期以及二十世纪二十年代末以前的情况，我们无法窥其全豹。历年情况不尽相同，但最保守的估计平均也应在百万以上，因此不难想象近代"民工潮"规模之巨大了。二十世纪前半叶以上海为首的一些大城市，来自外省的数百万农民转换成稳定的产业工人，成为真正的城市人。反映在文学上，到了二十世纪三十年代出现了一个突出标志：左翼都市文学和现代派都市文学的兴起。如刘呐鸥、穆时英等人的都市题材小说，以《现代》创刊为标志的三十年代现代诗人群则围绕着田园和都市歌唱。田园派以戴望舒为首，他们聚居在现代都市，面对工业文明咄咄逼人的粗暴姿态，反复咏叹失去的田园梦，诗中浮动着一种迷离的乡愁。都市诗以施蛰存和徐迟为首，他们以美国意象派和都市诗为典范，讴歌或诅咒上海这座大都市崛起的风景。夏衍写于二十世纪三十年代的报告文学《包身工》，则可能是我国最早反映"打工妹"生活的"打工文学"。作家尤凤伟在关于打工题材小说《泥鳅》的创作谈中谈道："我的父亲在解放前离开村子到大连当了店员（也是外出打工）。但那时候的情况与现在迥然不同，我父亲从放下铺盖卷那一刻起就成为一个城里人，无论实际上还是感觉上都和城里人没有区别。而现在乡下人哪怕在城里干上十年八年，仍然还是个农民工。"在停滞近半个世纪以后，二十世纪八十年代中期开始，中国重新启动了比半个世纪前更加沉重的现代化进程，但由于政治、经济、文化等各种"清规戒律"仍大量存在，加上沉重的人口问题，导致许多打工者在社会的灰色夹缝中生存，农民转换成产业工人与城市市民的进程被滞后的社会管理制度严重制约。1953年以后推行的"城乡二元对立"政策，是这些问题的灾难性渊源。对我们所期待的而言，打工还只是一个开始，一个艰难的开始。中国的城乡二元社会结构实际上已经基本终结，只是我们的社会管理制度却不能"与时俱进"，不愿意承认这个现实。"农民工"应该是一个动词，而不是一个名词。遗憾的是，我们的国家却把它变成了一个名词。中国的乡村已经不存在"超稳定的内在结构"了，倒是我们看待乡村的眼光里有一种超稳定的内在结构。因此，乡下人在中国城市化工业化过程中所经历的成功和失败、欢乐和痛苦，与城里人很不相同，并拥有不同于西方工业化过程的特殊经验。这是没有历史感的全新经验，这种经验是当下的、具体的、片断的。在发达国家结束的一些地方，我们才刚刚起步。我们所寻求的历史终极也许只不过是一种"结

束"。马克思曾经给资本主义判过死刑,至今我们都不能说这一判决本身是错误的,因为谁都无法说资本雇佣劳动天经地义,永远不会变化。但如果我们把当今资本主义继续看成"每个毛孔都滴着血和肮脏的东西",却也未必正确。资本主义国家有一个发展变化的过程,如果没有根深蒂固的偏见,谁都会承认今天的资本主义国家好于两百年前的资本主义国家。在很大程度上,工业革命"圈地运动"时期的英国社会与今天的中国境况在现象上有一定的相似之处,中国现在的"农民工"与当年英国的破产农民也颇为相似,他们身上所隐藏的问题有时甚至比当年的英国农民更为严重。被称之为"现代化"改革的进程到了一定的阶段,更深的问题开始暴露出来,特别是这个社会的民主制度建设严重滞后于市场经济建设,随之而来的是道德和精神危机。

我们什么时候能完全消解打工这个词的历史语码?我们不可能一步到位。我们对语言的支配并非是可以像支配自己的想象力那样随心所欲。我们必须小心谨慎地使自己不至于夸张地使用每一个词。人们常常以为自己能够很轻松地做到改变一个词的语意指向,做出所谓的对之新意的赋予,其实并不是那么回事。在很多情况下,文化历史所赋予给一个词的内聚力是强大的,要想改变它并非易事,如果我们没有真正地做到准确地在语言的环境上给予重新解释的绝对氛围,要做到语意指向的改变几乎可以说是必定失败的事情。某市公安局要求在系统内禁称"打工仔""打工妹",而改口称"同志";有人呼吁将"民工"改称"劳动者";有人对"打工诗人""打工文学""打工作家""打工诗歌"之类的称谓喊打喊杀……"打工"这个词的意义在一些人的头脑里变得越来越糟糕。这并不说明这些人就有多么强的理性原则,或多么具有科学精神和求是态度,而是思维的狭窄。"打工妹""打工诗人"云云,是一种第三人称的和群体性的称呼,很少听见对一个具体的人以第三人称的方式来叫的。荀子说过:"名无固宜,约之以命。"这些称谓都经历过约定俗成的过程。在现实生活中,身份差异其实是存在的。生活中为什么会有各种各样对于身份的称谓,其实这里有着很大的合理性。现实生活中人与人的交往,处处都是需要区分身份的。所谓区分有两种:一种是以不平等的权利和待遇为目的进行区分;另一种则类似于对不同商品的市场定位,和作为一种对他人基本信息进行了解的分类尝试。我们要反对的只是前者,后者的区分恰恰是一种社会

第二章 匿名者的身份追问

多元化的体现。在法律的抽象系统中,所有的人都是甲方乙方。这是一种进步。但在现实生活中,所有的人都是同志,所有的写诗者都叫诗人,这其实是一种称呼的倒退。因为所有的人都相似,意味着所有的人都因为身份的单调无法被细分。"打工仔""打工妹""打工诗人"的称呼只是一种对于人群的分类尝试,词语本身并没有什么歧视和侮辱性,字面上也只是对其身份特征的一种平和的叙述。我认为,最重要的也不是变一个称呼,而是改变赋予这个称呼以歧视性社会评价的区域封闭城乡分离的一系列社会管理制度。在这些制度没有改变之前,你把农民工这个群体改称"上帝",把"打工诗人"称作"上帝诗人",他们都是受歧视的。词汇本身是没有罪的。决定一个社会话语体系的最根本的因素既不是上帝和诸神,也不是真理,而是决定人类社会状况的更强大、更实在的力量——权力。对社会来说,彻底废除区域封闭城乡分割的社会体制,逐步取消在各种体制上的歧视性待遇,让农民及农民工成为真正的公民和国民;对警察来说,通过对其权力进行制约来保障其执法的严格的程序性。这才是根本上防止歧视的态度,词汇的褒贬是由制度和文化去创造的,社会进步的真正方向,不是掩耳盗铃,而是有勇气让"打工"成为一个骄傲和富有尊严的词汇。"打工这个词/常从优秀的词典里掉下来/光着身子在街上游晃/念它的时候/常产生一种感觉/痛"(方舟《打工这个词》)。打工造成了伤害,而如果它对我们的伤害失败了,它会使我们变得强大。我们要变得强大,就要不断从既定的话语系统奴役中解脱出来,不断突破权力话语所规定的"禁区"和"领地",改变"打工"这个词的特别含义,"痛",是我们需要付出的必然代价。关键的是我们该如何减少这种代价,如何对"打工"这个词进行修正,如何把打工族从被强制界定的历史中解放出来。

事实上,对于打工一族,无论你喜欢与否,他们都已成为现代城市经济的天然的一个有机组成部分。特别是当中国的城市化大潮汹涌而来的时候,打工一族本身就是城市经济的"健康"标志,他们的存在本身,就说明这个城市是有活力、有发展潜力的。相反,当一个城市连民工都留不住的时候,所剩下的就只有我们对城市前途的担忧。"身体是城市的身体/灵魂是乡下的灵魂/我空成两片蚌壳/向城市敞开胸怀/我的青春、血肉/一生中的精华部分/没有变成黑土地上的一颗土/已经成了万丈高楼里的一粒沙"(屏子《在城市里嗑着瓜子》)。但是胸挂工卡怀揣暂住证的人在城乡二元隔离的制度中始终难以成为一类公民。他们是过客,在南方,在一切经济发达的地区,他们流汗流血流泪,但他们却永远被排斥在一切正规的统计之外。某些城市的人均产值高达3000美元、4000美元,这里面有他们作为分子的一份,但作为分母,他们的资格却在现行的制度下无意或有意地被剥夺了。历史主体地位的缺失,使打工一族在现实生活中找不到自己,找不到自己的历史,他们在自我的失重里飘摇。生活在飘摇世界中的"打工诗人"敏锐地感觉到、遭遇到种种极细小又极沉重的嘲弄、挤压、伤害和痛击。"我呆在深圳/这与一匹羊或一头牛呆在深圳/没有区别……"(谢湘南《呆着》)。"车票的方向/与亲切无关/直到心情一点点变凉/直到束束街灯变成白眼/一张打工的工卡默写着如花岁月/一张张车票注释着风湿频生的命运"(子虚《出门在外的时光》)。"临时工/方便得如盒快餐/在随便的地方/花点随便的钱/便被人随便的捏走"(樊冰《快餐盒》)。"被岁月洗净了铅华/被风霜打去了棱角/我变成了一片褪色的茶叶/不幸掉在老板的茶壶下/从这个的眼里倒入那个的眼里/从这个的心里倒入那个的心里/谁品尝我的灵魂/当我悄悄/从你的身边消逝"(家禾《茶叶》)。"最缺少的东西叫做归宿感/尽管,我熟悉工业区的一草一木/习惯于用地道的粤语与别人交谈/能一口气数出工业区内31个工厂的名称/但这里没有属于自己的将来/人在工业区,我却时刻/生活在千里之外的别处"(曾文广《人在工业区》)。生活并不在别处,就在我们自己的生命现场。写作就在他们的生活之内。"打工诗人"在对自我,对自我的历史失去真实感、确定感之后,特有的焦虑、恐惧与不安便罩住了自己,变幻无定的世界莫测高深地令他们的心感到飘摇失落。他们真实地面对自己的一切存在,通过个人的视野,获得了一种对生存世界具有个性和新鲜感的观察方式。"打工诗歌"里的世界是十分庞杂的,我们可以从中全方位、多角度地观察打工一族所在的生活现场。其内容的宽泛性几乎囊括了打工群体的全部生存境况,我们从中读到了"打工诗人"对这个时代的观察、分析和感触,虽然这些还是属于接近废墟状态的稚嫩作品。

（二）

"打工诗歌"文本中总有一种让人感到沉重的底色，都或多或少或强或弱地透露出作者浓重的苦难意识，其字里行间也总有一种来自内心深处的苍凉挥之不去，那和他们沉重的生存积累有关，他们曾或多或少地与苦难结缘，经受过严酷生活的洗礼。这种"底层意识"，这种"平民感"，这种触目惊心的生存体验，造就了"打工诗歌"与"打工诗人"。"城市醉了红男绿女们的情歌对唱／彻夜不歇……／街灯昏昏欲睡／巡夜的人　手里还拿着酒瓶／一些沉睡的梦　麻木不仁／／城市醉了　却有一个人醒着／他守着一盏沉思的灯／守着这座失去笑容和问候的城市／让笔和纸亲切地对话／他的名字叫'打工诗人'"（曾成《城市醉了》）。"打工诗人"生活的现场，是一个充满喧闹声响却又麻木不仁的现场，不是理想生活的温柔乡，有时它更像一个危险的泥淖和陷阱，一个残酷无情的生死擂台，那些在亟待完善的现行社会体制制约下的打工一族本身就是生活在社会底层的弱势群体。正是这样一个打工阶层却孕育了一大批诗歌写作者，也就是目前在诗坛上初露锋芒的"打工诗人"群。在失去笑容和问候的城市，"打工诗人"用他们深层、悲悯和睿智的眼睛守着一盏盏沉思的灯。打工路上充满凄风苦雨，诗歌使他们更坚强地站起来承受命运所给予的所有打击，成为打工一族的代言人。正如曾经的"打工诗人"安石榴所表白的那样："没有位置，我们就坐自己的位置，没有历史，让我们自己书写历史……"而没有历史的"打工诗歌"，本身就是一部历史。"打工诗人"谢湘南曾在1999年第4期的《山西文学》上发表过一篇感人至深的文章，回顾了他的打工生活历程、写诗历程和心路历程，他所传达的是"发展"的凯歌声中社会底层受难的声音：

> 1996年4月，我睡在广州火车站第二候车室旁边一个"花园"的一张石凳上。我这样睡了一个星期，我对那些出现在眼前的情景始终记忆犹新。如永不停息的人流和他们的喊叫、小山似的行李、刺眼的灯光和它照不到的地方、在地上翻飞的报纸、快餐盒、报车次的声音、小偷的脸、味道。对三四个在我身边盘绕的蚊子我还有一

丝特别的怀念,是它们让我深刻领悟到真正的生活,我认为那是对我人生的一次重大洗礼,至少让我明白了"绕树三匝,无枝可依"这样诗句的悲怆与疼痛。我心中的信念也该是从那时起变得更加坚毅,由朦胧迈向清晰辽阔之境。

最终我流落到深圳(这是我第三次踏入深圳这方土地)。经老乡介绍我进了一个五金电镀厂做搬运工,在那个厂里我一直干到1997年初(这是我干得时间最长久的一个工厂)。

关于1996年冬天的记忆我要从一只水龙头开始叙述。我穿过宿舍长长的刚刚刷过一次油漆的走廊,在进门大厅处转个小弯,来到这只水龙头前,它是厕所中众多水龙头的一个,然后我开始脱衣服,我蹲下来,打开水龙头,让水流在我身上,一寸寸咬着我的肌肤,有那么几秒钟我感觉到它就要咬着我的骨头,我开始大声唱歌……外面大厅里也传来一阵阵笑声,工友们在那里观看一部港产电视剧。我洗干净身体,再洗衣服,这样忙活一阵已是晚上的11点多。我回到我所住的106室,在它的十二个铺位中,我占有一个上铺。宿舍里没有人,我躺到我的床上,呆望着天花板、蜘蛛网,然后是正在滴水的衣服、湿漉漉的塑胶桶,还有拖鞋、生锈了且严实地蒙在窗子上的铁丝网。我拿出我的小本子开始记录起来,我感觉到我的思想在发生一种质的变化,那是一种飞跃,就从我的肌肤接触到冰凉的水的一刻开始……

在我刚搬进这间宿舍的一段时间,室友们都以为我是一个"哑巴",因为我不与他们一个车间,有时也不上同一个班,就是共同呆在宿舍的时候,他们看到我的情形往往只有两种:要么在一个本子上乱写乱画;要么睡觉。我知道在他们心里往往是把我当作不存在的,自然我也没有与他们交谈的欲望。就是在这段时间我写下了第一批较有力度的作品,如《呼吸》《零点的搬运工》《在西丽镇》等(见《诗刊》1998年第3期),也就是这批作品为我赢得了参加第十四届"青春诗会"的门票。我的这批诗作是对他们、我自身,以至诗歌与生活的距离一个很好的观照。我时常会想起我呆在那个铺位上的情形，那些被焦虑、忧郁、疲惫、怀想乃至空洞包围着的时刻（当然这些仍然是我现在生活的一部分，甚至是主要的一部分）。我唯一能做的是让这些走进我的诗里，另外我要寻找一种将它们隐藏起来的方法。我可以肯定那一阶段我诗中冷冰冰的语言就是五金厂环境的产物，那些机械、粘滑的机油，那只倾斜的水龙头……

我写诗的历史可以追溯到1993年，也就是这一年我贸然辍学，怀着少年的单纯理想踏入社会，先是在浙江的建筑工地上做了三个月小工，后来到深圳进了一家电子厂（在这家厂里我写下了生平的第一首诗，而且获得广东省音乐电台征稿优秀奖），不到半年又随厂辗转到珠海、中山等地。同时尝到了自己莽撞辍学付出的代价，我处于一个对知识强烈渴求的状态之中，1994年一场大病为我提供了回家的契机，也就是呆在家里的这段时间我大面积地接触了中国现代诗歌，那时"顾城事件"给了我巨大震撼（撞击），我开始思索，诗歌究竟应该怎么写？当然直到现在这个问题仍然缠绕着我，使我不甚了然……

生存永远是第一位的。一个无关系、无技术、无文凭的人他要在深圳找到一份工作是多么的艰难，他像一个算命的瞎眼先生一样等待着自己的好运气，他必须不停地奔走。1995年我第二次来到深圳，好不容易才找到一份工作，但没逗留两月，又因家中的变故返回家中。我就这样往返于深圳与家乡之间。1996年—1997年—1998年……

1997年12月我接到了《诗刊》邀请我参加青春诗会的通知，当时我在一家集团公司任人事助理（那是我打工以来工资最高的一份工作）三个月试用期未满，我向公司请假，公司不准。我毅然放弃了那份工作，去参加了青春诗会，我认为这是对我数年奔波和执著追求的最高形式的"颁奖典礼"，我甚至感觉我的生命就是为参加诗会这一天准备的。回想起我穿行在深圳的大街小巷的一幕幕；在公共汽车上呕吐的情景（我有晕车的毛病）；在人才市场的电子屏

 "粤派评论"视野中的"打工文学"

1994年11月底的一天,一辆客车将四川达县的许强抛在了华灯初上的深圳万丰村。带许强出来的表姐领着他穿过一些肮脏不堪的小巷后,好不容易找到以前熟识的老乡,让许强在那拥挤的出租屋借宿。在老乡极不情愿的脸色中许强熬了两日,直到表姐为他找了一间月租80元的房。临走时,许强与老乡结算了两天的住宿水电费4元钱——这区区4元钱,让许强体会到了什么是世态炎凉!虽说租了一间房,可那是一间怎样破败不堪的房啊:阴暗窄小且潮湿,地上铺张草席就叫床了——许强没想到,他长达两个半月的流浪生活从此拉开序幕。许强的生活来源靠刚进厂的表姐8元、10元地向别人借来维持。那些艰难的日子,他每天靠两餐稀粥来安抚肠胃的造反。1994年大年三十,许强今生也无法忘记那一天,他用煤油炉熬稀粥,刚煮到半熟就没有煤油了,摸摸口袋身无分文,看着别人杀鸡宰鱼一片欢声笑语,他悄然出户。透过小巷的空隙仰望苍穹,许强的心中涌出无比的凄凉!直到75天后,许强才结束了那次流浪生涯。之后的1997年6月,许强再次饱受失业的困扰,这一次,他在外面流浪达141天之久!当有一天他开始握笔写诗时,一种沉重的阴影让他无法轻松落笔。他的诗作《流浪是一块永不愈合的伤口》真实地记录了他第一次流浪在外的辛酸与无奈,是他真实内心的一次复述和释放:"我像游魂一样四处飘荡／走在深圳的土地上／我感到四肢无力／我看见对面一只无家可归的狗正嗅着／命运的骨头／我拖着疲惫的影子／测量流浪的旅途究竟有多远／在子夜里没有流过泪的人／不是真正的打工者。"作为真正的打工者,2001年许强与其他几名"打工诗人"发起创办属于打工者自己的诗报——《打工诗人》,他要为几千万打工者塑碑。

2003年,"打工诗人"曾文广的诗歌荣获了第一届北京文学奖诗歌类二等奖。曾文广的打工生涯是从1997年8月开始的,他进了东莞市大朗一家毛织厂洗涤部做徒弟,工资很低,没日没夜地加班,伙食极差,经常吃不饱,他好几次偷同宿舍工友的方便面吃。那几个月,他用一种近乎"行为艺术"的方式来发泄心中的苦闷:把头发揉成鸡窝状,在有限的几件T恤衫上涂抹随兴所想的诗句。1998年春节,曾文广辞职北上郑州,边打工边就读于郑州大学新闻自考大专班,并用有限的稿酬支撑着上完了两年大专。再度南下,曾文广应聘到广州一家医疗保健类杂志做编辑,由于试用期月工资仅800元,在消费极高的广州根本不够开销。为了节约开支,他甚至很少吃午餐,天气冷了也没有添加一件衣服。尽管曾文广工作卖力,但老板说好试用期后加工资的承诺却迟迟不兑现,有时还奚落他:"每天穿同一件破衣裳,像个穷要饭的!"几年来,曾文广先后换了好几个工作岗位,在东莞的一次失业达数月之久。他在自己的诗中这样记述那段日子的人生况味:"2000年7月21日上午,莞城／一张暂住证使我与这座城市／有了短暂和合法的同居关系／从一条街走向另一条街／身后,失业穷追不舍／恶毒的诅咒勿能令我／退避三舍／我的心态和多年前／那位落魄长安的书生何其相似／／星期天,阳光明媚／睡觉,逛街和便宜录像／光顾了那群电子厂的员工／我的身体继续支撑／某些信念和不堪一击的自尊／失望高过摩登大厦／直抵灵魂。傍晚／玻璃橱窗对路过的我／不屑一顾／／今夜,与我同居的城市／将一如既往地鄙视和嘲笑我"(曾文广《一个失业者的报告》)。在这样的诗句中,显然融入了曾文广自己沉痛的身世之感。门槛之外,命运痛哭。那些忍受着伤害而又怀着圣徒般的爱的诗人,甚至在他们出发之前,已被交给了一种命运。

重庆云阳籍"打工诗人"张守刚从1989年开始,去湖北砖厂打过零工,在风沙弥漫的内蒙古煤井下挖过煤,看见过"一个工友的一声惨叫／被淹没在塌方声里"。1993年5月,在一家汽修厂做冲压工的张守刚在冲床操作切边过程中,因冲床失控,切掉了他左手拇指以外的4个手指头。"我必须面对痛苦／和面对自己残损的左手一样／将自己的心揪紧"(张守刚《1993:江口汽修厂》)。张守刚一度对生活失去了信心,是文学梦让他重新又鼓起了人生的勇气。来南方后,他对文学的热爱更是到了疯狂的地步。他在所打工的中山坦洲镇南洲皮革厂组织成立了南海潮文学社,联合了不少志同道合者。他每隔两个月必有打印的诗歌自选集"出版",然后寄给珠三角的文朋诗友,其勤奋可见一斑。2001年6月,张守刚的第一部打工诗集《工卡上的日历》由远方出版社出版。2002年他荣获《诗林》"天问杯"诗歌创作年度奖,其"打工诗歌"作品入选了《2001年中国最佳诗歌》《2002年中国最佳诗歌》《2003年中国最佳诗歌》《中国诗选》《朦胧诗二十五年》《70年代后诗人诗选》等有影响的诗歌选本。

在社会底层摸爬滚打的"打工诗人",在颠沛流离的打工生活中,却把

 "粤派评论"视野中的"打工文学"

自己的全部力量交给了诗歌。在漫长与不倦的寻觅中,"打工诗人"漂泊天涯,流浪四方,以坦荡,以坚忍,以孤独,也以狂放,也以痴迷,也以踉跄,书写自己的悲欢人生。曾经有过的沧桑经历和阴暗岁月都是他们的资本。经历了长途跋涉的困顿和孤寂之后,他们可以负载任何一种沉重的生命。"打工的人/生活中越磨越亮的镰刀/再艰辛的路/再漫长的人生/也能被他/一点一点地割倒"(何真宗《打工的人》)。作为弱势文化群体的一员,"打工诗人"默默地承受着一切苦难,靠着自己的人性之光、智慧之光,照亮周围的世界。他们相信自己"还有别样的魅力/即使躺在出租屋的床上/也会令一只蚊子耳目一新"(罗德远《与蚊子同室而居》)。1994年"打工诗人"孙小淞创办《龙华报诗特刊》,1999年"打工诗人"安石榴、谢湘南、潘漠子等人创办《外遇》,2001年"打工诗人"许强、罗德远、徐非、任明友等人创办《打工诗人》,2002年"打工诗人"郁金、刘大程、王甲有等人创办《行吟诗人》……"打工诗人"发出一种微弱的然而又是清晰的"另类"声音,这声音属于打工者自己,从这声音所代表的情绪、心理、立场等等意味着某一特定人群的生存状态。他们为无家的灵魂指引方向,为残酷的生存指认美。像《打工诗人》办报五年,出刊九期,联系地址几经变迁,上十名《打工诗人》编委先后被老板炒了鱿鱼或炒了老板的鱿鱼,在异乡把自己搬来搬去。"寄发稿费的时候/流浪诗人走了/谁也不知道流浪诗人/去了哪里"(未君《流浪诗人》)。"打工的日子/常如游击队的故事/东奔西跑……/面试的滋味/犹如被拍卖的感觉/等待最后的定槌"(黄品功《面试》)。他们明白这是必须静心接受的宿命。这是"打工诗人"对命运的承担,是"打工诗人"希望更多的人与他们一块承担命运的暗示。看看身前身后,是什么在支配着社会和生命?他们更应该明白,笔的力量是有限的,微小的。这些人与事组成了一个大时代下面潜藏的小时代。"先宝在省城打工/他住在一座高楼深深的/地下室里,白天黑夜黑着/一只昏黄的灯泡/只有他回来时才拉亮"(红杏《在地下室里》)。这是一个黑暗的地下世界,这个没有阳光的空间正是当下底层生活空间的隐喻。"打工诗人"是不被人们看见的"地下室人",是没有身份的隐身人。由于种种原因,打工者始终处于隐在地位,始终在为大历史、大时代提供可以存在、可以牛皮哄哄的理由。他们是睡在生锈的铁架床上的人,"躺在

第二章 匿名者的身份追问

下层或上层／都在生活的底层"（徐非《回家的心情还得流浪》）。任何社会最深厚的底蕴、最深刻的矛盾，恰恰都蕴藏在底层生活之中。"打工诗人"滋生于底层与民间，他们一直都在壮大，但从未形成主流，当然更不可能有话语权，因此，也极有可能被大时代轻轻地一抹而不留痕迹。小时代由暂时被遗忘的人、被遗忘的事件、事物组成。明确地说，小时代纯由一个大时代的阴影构成，从这个表面的大时代隐去。"打工诗人"不过是些吞噬阴影的"萤火虫"罢了，是些叫做诗人的动物而已。他们一直都在收集阴影。他们接触到大量现代文明下光怪陆离杂乱无序的生活图景，各种人的生存方式和心态……这一切构成他们不可排解的阴影。他们在黑夜写作。他们在收集阴影的过程中，也把自己变成了阴影的一部分，"打工诗人"和"打工诗歌"本身就是一个大时代的阴影期，带有来自黑暗的种种斑点。不过，即便如此，我们仍然有理由相信，是诗歌而不是其他更可能组成一个小时代，大时代要想稳定存在，要想健康、全面发展，小时代就是不可或缺的。这就如同一个阳光下的人注定会有影子一样，你可以忘记它，可以不注意它，还可以声色俱厉地斥责它——但你无法不需要它。

马克思在《路易·波拿巴的雾月十八日》中论述复辟时代的法国农民，说："他们无法表述自己；他们必须被别人表述。"爱德华·萨义德把这句话放在《东方学》的扉页。我在这里也借用这句话，来讨论底层表达和民间叙述的问题。无论从压迫他们还是从解放他们的意义上，底层民众长期以来被视为没有能力表述自己，他们被称为"沉默的大多数"。表达的权力机制在漫长的历史中被建构起来，并且不断地被建构着、调整着、巩固着。底层始终无法摆脱在他们的利益表达中只能处于"被表述"的宿命。他们作为研究对象是消极沉默的，他们任人描述，无法"代表自己"。那些写他们的人要么美化他们，要么丑化他们，总是隔着一层。而在这个过程中他们的命运几乎从来就没有被真正地关心。一些所谓的"精英"口口声声关怀底层，他们可能并没有真正地深入过民间，但却总是自以为代表了民间，却总以为是在为弱者争权力。这样的错位在几乎所有的时间里发生在几乎所有的人身上。他们懂得怎样打擦边球，既显得"底层关怀"，又不真正触及什么，如此，"底层关怀"其实成了他们的一棵摇钱树。如果我们关心底层，就应该让来自底层的人自己说话。让

人欣喜的是,"打工诗人"终于微弱地获得了自我表述的话语能力与基本能力,被大时代有意遮蔽的"另一个部分"在他们的笔下得到了细腻的呈现,让更多的人得到了一种健全的主体性感受,让我们可以探测到来自底层的原生态的声音。他们真正地为底层民众代言。一个公平的社会,应该尊重被表述者的话语权。诗歌可以使"打工诗人"从微末的生活中起飞,获得存在的意义。他们是大地上的诗人,背负了整整一个转折时代的苦难、梦想和命运。正如诗人卢卫平在一首诗中所言,他们是"向下生长的枝条","比每一根向上生长的枝条都老",他们"青春期的树干向着天空疯长","梦想在成为现实的瞬间落空",他们是"大地走失的根",一直在"奔赴大地的途中"。他们沉积在生活的底层,内敛、聚啸、升腾,然后发出最真切的声音,但这声音往往被浮躁的市嚣所掩盖。没有人注意他们的存在,也没有人能阻止他们"地下室"一样的存在:"又一次搬家/还是搬到地下室/我理解了/什么是真正地生活在底层/地下室以上/有三十层的高楼/每一层都住着房屋的主人/客居地下室/我离大地更近"(张绍民《地下室》)。"打工诗人"隐没在社会的底层,隐没在晦暗的生活底层的人群,他们在自己的诗歌中找到了自己的生存。也可以说,他们的诗歌是对于被忽略的、晦暗无名的底层生活的命名。

(三)

从文本上讲,写作与个人的生活境遇无关。打不打工,受难与否,个人的沧桑经历,这些和写作并没有直接的联系。写作是一种内在的分泌。但"打工诗人"分泌出来的东西肯定会和个人的境遇有关,生活的道路赋予他们诗与歌。因此我一直部分反对"把诗人从诗歌里删去"的说法,诗人比诗更复杂,更有魅力,也更重要。"打工诗人"是一个小时代的记录者,是组成小时代的小角色。他们不像一个大时代中的其他人那样向上看,他们注意到了心灵和事物最微小的部分,而不是最宏大的部分。诗歌的历史证明了诗歌在这方面的觉悟:由注意宏大到注意细微、由抒写光明到抒写阴影和侧影,这无疑构成了我们考察真正的诗歌发展的最有效路径。"打工诗人"生活在社会底层,不再有庙堂与江湖的困扰,妄念既消,性情自现,所以无须迎合时代共名和"艺术"共名。他们至少敢凭自己的真实发言,不违逆自己的内心。在"打工诗歌"

里，更多的是一些小场景、小事件、小情绪，鲜有大而无当的"宏大叙事"或高调抒情。这就在某种程度上避免了诗歌的虚假与滥情，保持着新鲜生动的具体性质。一切都发乎他们的内心，发现于他们的眼睛，他们用自己的方式来观察、表达、书写，而无关乎既定的规则和秩序。如果从先锋诗歌的"艺术"角度去解读，"打工诗人"的诗歌在语言和结构上都有不少问题，但那种发乎心性的真情实感，那种源自本真状态的致命的忧伤感，以及那种不计成败的投入精神，真让人惊心动魄。这就是真实的力量，合乎心性的魅力。"打工诗人"的诗歌是自发的、来自民间的诉求。我们似乎没有什么理由指责形式主义、新批评、结构主义和后结构主义有关语言、文学语言的论辩。在他们那里，文学反驳了意义、感伤、情感的谬误，仅仅作为语言、结构而存在。诗歌不再忧心忡忡、殚精竭虑，它成了文本本身，成为语言的狂欢盛宴。然而，无论批评的智慧如何让我们叹服，总有那么一类诗歌，以其记录的情感、生活与我们经历的历史和现实而攫住我们的目光以至心灵，打动已经许久不曾震撼的灵魂。

哦，亲爱的孩子／我们回家去……／哦，我的宝贝／早就答应给你的礼物／——哦，今天终于兑现了／就在出租屋内的书桌／第二个抽屉的右角落／你常常翻找那里／今天你却忽略了／在街上你看见了什么／那是——别人的广场……／我一直想这样说／却又害怕伤害……／那些和你一样大小的本地孩子／他们，他们是幸福的／幸福……哦，你还难以理解／就像广场上漂亮的舞台／盛大的庆典，欢快的音乐……／分明就是为你而准备／而你只能张大双眼，远远地观望……／告诉我，你也想融入其中／告诉我，你也有最好的歌声／最美的舞蹈／哦，我的乖乖／你却不说点什么／你却早早地睡了／抱着我给你买的玩具车／你将开向何方／你又梦见了什么／泪痕落在你光滑的皮肤／告诉我，你幼小的心灵已学会……／告诉我，你其实什么也没有学会……／哦，晚安，我亲爱的孩子／我的宝贝，我的乖乖（孙海涛《儿童节——给随父母流浪在外的孩子》）

夜睁大了眼睛／在工业区搜寻什么／机器轰鸣声里／谁一声叹

息／让夜色更加浓郁／／白炽灯已分不清／自己是在白天还是在夜里／那个打工妹非常疲惫／她的一个又一个呵欠／比夜色更沉重／纤弱的手／已经无法掂量／夜的深度／但她必须睁圆眼睛／才能看清今夜走动的声音／长长的流水线啊／从这头到那头／只是这个夜晚的／开始（张守刚《加班加点的夜》）

"打工诗歌"的真实与力量并非来自于"打工诗人"的写作水平与技巧有多高，而是源自于他们对生活的感同身受与熟悉。他们写的是自己的生活，是自己的体验与发现，是自己的苦痛与忧伤，也正是因此，他们出示了一种全新的生活与体验，一种人物与细节的真实。这也就是真正意义上的现实，是具体而具象的现实，而不是抽象、想象与写意的现实。沉入社会生活底层的"打工诗人"，摆脱了一种被抽象化的时代情绪，看到了现实生活中的真实一面，始终与此保存了直接的感性认识，并让诗歌对现实发出了它的指控与挑战。民工问题不是只关乎一些特定地域和特定人群，作为一个中国最广大的弱势群体，他们长期受到的不公平、不公正的待遇，关涉到整个社会的价值体系的公正、公平性问题。对于他们合法权利的捍卫，也是对人类基本生存权利的捍卫。"打工诗人"把头伸向阳光辉煌的后面，在大时代留下的阴影中，在漂亮的舞台后面，他们的手已经无法掂量夜的深度，他们的脚步由轻及重。在阳光巨大的辉煌后面，往往隐藏着更巨大的黑暗。"刘晃祺，我同在天涯的打工兄弟／在工厂流水线／为命运加班的你／超负荷劳作日复一日／在那个／让你23岁亮丽生命／走完人生最后一个驿站的／那个黑色的7月13日／……你，摇摇晃晃／离开了无限眷恋的土地／／消化道出血　呼吸系统衰竭／生命已快走到终极／昏迷后醒来的你却说：'别拦我，我要打卡／迟到了要罚款……'／哦兄弟为什么　为什么／为什么这样畏惧胆怯／我们不是现代包身工　我们不是奴隶／为什么不说一声'不'！／为什么不把抗争的拳头高高举起？！／……3万元就换取了一个鲜活的生命啊／青春逝去里饱含多少悲怆与叹息／多少个打工姐妹兄弟／还在流水线上工作超时／栖居皆危房　面容呈菜色／薪水难到手　劳保无人识／……让我用微弱却不屈的笔／向刘晃祺一样的姐妹兄弟／发出心底茁壮的呼吁"（罗德远《刘晃祺，我苦难的打工兄弟》）。这首诗写的

第二章 匿名者的身份追问

是广东美而进毛织厂打工仔刘晃祺因厂内日复一日的加班，身体极度虚弱，最后吐血昏迷，命殒异乡，再也分不清"自己是在白天还是在夜里"。没有什么比刀剑更直接，没有什么比语言更锋利。"打工诗歌"再次使我体察到这一点，作者饱满的情绪使诗句怒涨、克制、欲发还收，但又比发出的弓箭更有力，更击中要害。这种纪实风格的诗，它的直接，使人震撼。真正的悲剧，其实在悲剧发生之前就已经发生。"打工诗人"刘大程在万行长诗《南方行吟》中写道："许多手都可以轻而易举地扼住打工者的咽喉，撕碎打工者的梦想／而天地很大，打工者却都是瞎子和哑巴／数千万之众，在异乡和老板面前便成为弱势的群体。"2005年8月9日的《新京报》重点推出了这首反映农民工艰难打工生涯的万行长诗，这也是《新京报》开辟诗歌栏目以来首次用全版推荐一位诗人。"打工诗歌"的出现，显然不是诗人为了诗歌而进行的实验之作、先锋之作，而是诗人在坎坷的打工生活中呕心沥血的切身体会，它们语言上叙述上的"不够艺术"和思想上的"不够成熟"可能会遭到否定或耻笑，但谁也挡不住它们里面迸发出来的血性的光芒，那是一个个有血有肉的人的诗歌，那是劣质的生活场景和悲苦的命运所生发的情感细节与心灵的呐喊，而不是为了语言、艺术、荷尔蒙、下半身、后现代、与国际接轨等等口号下贫血的矫情之作。在田园的远逝与城市的冷漠中，在历史的缠绕与环境的错谬中，在积郁满腹的烦恼苦痛与无法表达的失语状态中，那被忽视的人群，那被抛弃的人群，那被践踏的人群，那被剥夺的人群，那被侮辱的人群，那被伤害的人群，那无望无告的人群，对于他们来说，生活就意味着忍受生活的侮蔑，生活就意味着痛苦，生活就是挣扎。他们是生活在自己祖国的难民，他们的命运是现代化进程中最不义之事。造成他们伤害的往往不只是某些个人的行为或无行动，而更是社会的无行动。马丁·路德·金说过："造成我们时代最大的罪恶是大多数人的袖手旁观，而不是少数人的残暴。"不能保护弱者不受伤害的社会，不是好社会。"机器轰鸣声穿过白天／和黑夜／他们已经麻木／常常将黑夜当成白天／把白天当成黑夜／被机器操纵的手／已离开了他们的身体"（张守刚《在工厂》）。"血　工伤事故／有人断了手指／有人不见了脚／呻吟是没有用的／你们要抬起头来／用法律作为武器／保护自己／将老板被狗吃掉的良心／揪出来／还大家公理"（张守刚《工伤》）。"他多次被炒／只因太懂《劳动

法》/老板需要的是/能干活但不知道维护自己合法权益的人/小草有小草的尊严/而有了尊严/就只能像小草一样睡露天了"(张绍民《被炒》)。这些诗歌是对残酷处境中本真命运的体验和书写，我们从中能深刻地感受到作为社会最底层的"打工诗人"在叙述背后的强烈愤怒。每一次报端披露的民工伤害事件，都能激起社会一阵隐隐的震动和不安。面对如肉般在刀俎间挣扎翻滚的打工仔、打工妹们的不公待遇，面对打工妹疲惫的身影，面对民工子女不知开向何处的玩具车，善良的人们都会毫无吝啬地表露出恻隐之心，而诗人更会确认并坚持自己的"正义冲动"，他们的"稿纸是块海绵　轻轻擦去/一个时代眼角　饱满的泪水"（许强《乡愁》）。"打工诗人"的内心焦灼、凄凉与痛楚，让人想起里尔克以近乎哀叹的歌咏说，"这世上，有谁正无缘无故地哭"，"这世上，有谁正无缘无故地死"，"这世上，有谁正无缘无故地走，走向我"。这就是当下中国都市民间生活中的真实一面，尽管真实得让人有点不知所措，有些羞愧不安。"许多躺在南中国这块砧板上的虚弱的词语/被一个时代的笔捉住……/几千万悄然流逝的青春冲击成了　珠江三角洲/灯火辉煌的现代文明/……我的兄弟姐妹　一个时代的苦和痛/有谁能够言喻……/许多的文字像血一样从一个时代的伤口/破闸而出/我的笔尖舔着浓重的腥气"（许强《为几千万打工者立碑》）。"拥塞在工业区标准厂房的秘密车间/多年的打工生活熬成大龄青年"（庞清明《日子：打工》）。"南方是舞台，南方是陷阱，南方是战场，南方是熔炉/南方是砧板，南方是迷阵/……谁又能轻易把自己的来路和去向说清"（刘大程《南方行吟》）。"此夜凌晨三点/是连续通宵的第五个夜晚/窗外工厂大门外/偷睡的两条狼狗/格外让我布满血丝的/昏昏欲睡的眼睛/涨起无奈的羡慕/我身边的一冲床岗位上/自从他半个月前倒了下去/直至如今空缺着无人顶替"（刘付云《通宵》）。再卑微也要有尊严，再贫贱也要自由地表达意志，再羸弱也要拒绝那些强加于己的东西。"打工诗人"的写作是完成内心道义的自我反省与确证。民工面临着经济吸纳和社会拒绝的悖论性生存处境，而对这种先天的社会不公，从他们进入城市的那一刻起，就必须无条件地表示默认，并同样默默地遵守着。他们和城市的距离感如同黑暗与光明之间的反差那么遥远。遁入自我的阴影心态使得打工者的边缘地位愈来愈明显地突兀出来。在警醒世人的同时，也使得打工

第二章 匿名者的身份追问

者更加无奈和消沉起来。于是诗人们在跨越阴影意识或者在宣泄阴影意识的同时，还更多地表现在对社会的抗争和寻求世界的认同和理解上。阴影是任何一件事物都无法掩藏的根本属性，有如孙大圣那根仓皇之中竖在庙宇后边的尾巴，阴影也为诗人们提供了认识时代生活的另一个特殊角度。"自从那天／踏上了南行的列车／单调而沉重的生活便／常常让我嫉恨阳光的辉煌后面／是否还隐有张悲哀难堪的面庞／于是每天下班之后／总不忘去审视那株年轻的枫叶树／是否已罩上了忧郁的额纹／而疲惫不堪／拥有阳光的日子／并不多见……"（卢杨林《南行的忧郁》）。在阳光的辉煌后面，在阴影中，诗人"必须睁圆眼睛"，在自己的位置上思考和书写。他们深入挖掘和揭示日常生活与真实生命中到处藏匿的黑暗，从而重构我们的时代、我们的经验和我们的公共空间。这是诗歌天然应该具备的、仅仅属于诗歌的角度，让我们听到了来自心灵黑暗在场者的声音：

每天都有一批打工妹／经过化验确诊后／进行痛苦的人流术／／刚刚发育的子宫胚胎／被器械粗暴地捣毁……／我早已离开化验师的岗位／但我仍可化验出／这个时代所怀有的怪胎（薛广明《化验师日记》）

打工仔杨平曹连成／下了班／为台湾老板做金饰活／十八岁的人，很瘦／他俩自信在这时的薪水／有钱才更小心地花／／回到宿舍时间还早／他俩相互踩一踩酸痛的背／晚上就可少花点钱／洗个头，和湘妹聊会天／回到床上再听听"夜空不寂寞"／有时在身体里奔驰一番自己／这样过一天　他们知足／有时还感到生活奢侈了点／／这时杨平想起同女孩的一次失败／就说背上的力气不够／曹连成也想起有一次时间太快／没有好好把握（那次有点怪杨平）／曹就用手反推着上铺使劲／只听到杨的身体里脆响一声／杨一声惨叫，昏死过去／医院证明由于受到外力冲击／中枢神经受损／致使杨平腰部以下瘫痪／受到诉讼及经济赔偿的影响／曹带着单薄的身体／五天后失踪在／一个无人接听的电话号码里（王顺健《打工仔

杨平、曹连成》）

　　对于任何一个时代来说，人们其实都倾向于诉说"好的方面"（比如美好、愉悦、光明等等）；和"好的方面"比起来，毋庸置疑，"痛"是低矮的事物，是阴影，是细微的、隐藏在一个显在时代底部的"怪胎"。"打工诗人"的自身处境，决定了他们向"痛"鞠躬、问好以及对它的抚摸是有道理的。《打工仔杨平、曹连成》写的是打工生活的"变形记"和变形后的具体形态，王顺健凭借语言的张力传达了最普通卑微的"打工一族"生命内存的痛感。"因为痛／所以痛／为了痛／所以写"（张守刚《疼痛的诗写》）。诗歌是一小部分人对时代之"痛"的理解和同情。痛是活着的证明。不仅如此，在某种意义上来说，在这个社会被残酷地撕裂成为贫富两极的时代，在这个麻木不仁的时代，痛就是良知的证明，痛就是人性的证明。"打工诗人"罗德远的那首《蚯蚓兄弟》，让人感受深刻："从泥土到泥土　季节的深处／人们采集着泪水和血液……／家乡好比一个瘦女人／让人失去想象／惟有你　蚯蚓兄弟／腰酸背痛地跋涉　在我的梦中打洞／我写诗的手指忽然疼痛。"在打工生活中，众多的打工兄弟姐妹们采集到的是泪水和血液，是远离故土孤苦无依的痛楚，是无缘无故让人挤压的不幸，是几声咒骂的委屈，更多的是许多不平在心中却无法诉说的愤怒。"一片咳嗽跌落的声音／比噪音轻　比尘埃重／叫嚣的烟尘／顺着一脉呼吸遁入肺叶／沉淀成我们多年后的病痛／能喊亮秋风的打磨工／能掏出火焰的打磨工／在人生的转弯处／却没法镀亮内心的黑暗／泪水留给生活的湿度／让一地冬麦生锈／而难产的幸福／迟迟不来"（黄吉文《打磨工》）。黑暗比光明更重，出于这个原因，黑暗只能沉落于光明的底部。中国许多要命的事情恰恰就发生在暗处。在这里，"打工诗人"不惜以缩小自己，来试图进入他眼中的显在时代和建立他需要与渴求的隐在时代，他们要"化验出这个时代的所有怪胎"："我在这座城市生活了五年，虽然有过一些机会／却始终没有沾染（我现场目睹过两次交易／一次推却了朋友的无比盛情，另一次／妓女做完工作后过来摸我，说你怎么还没硬？／我说你们让我恶心），我为爱情守身如玉／我无法明白妓女的阴道是否就是这座城市的／第二条下水道？我熟悉这座城市的下水道／（爬过一小段），我知道它黑暗而且肮

第二章　匿名者的身份追问

脏"（辛西《我熟悉这座城市》）。"你看这钢铁的森林里／多么肮脏　每个角落都堆着文明的垃圾"（卢卫平《降落在城里的雪》）。"让我临走前对这座城市／只剩下呕吐　我会舒服些"（卢卫平《挂念一座城市》）。一个诗人不会带给我们任何真理，如果他没有在他的诗歌中为我们引见那些有问题的、痛苦的、无序的、丑陋的东西。至此，我们可以问一问了，为什么波德莱尔要把自己的全部诗才，毫无保留地奉献给正在腐烂的"美人"、丑陋的"妓女"、无聊的"小丑"等等诸如此类的"外部的黑暗"呢？据说，初学美术的人最难画好的不是静物，而是和静物如影随形的阴影，它的形状、它的比例、它的颜色深浅等等。情况很可能倒是，波德莱尔终于理解了，时代的阴影才是一个时代中人最容易忘记和最难捉摸的东西——光明的大时代（显在时代）肯定会有阴影，除非它没有光明；而记录它、陈述它、把它摆在一贯具有健忘癖的人们面前，无疑是诗人的天职。

作为"小时代"的记录者，"打工诗人"写下的"打工诗歌"是最真实的诗歌，表现出他们那种原生态的本能的记叙习惯和思维方式。"打工诗人"写作对当代诗歌的一个重要贡献就在于它重新确定了诗歌与自己生存境遇的关系，广阔地反映了一个"小时代"的生存现实，揭示了一个特殊社会群体的精神特征和内在焦虑。"打工诗歌"作品竟然有着惊人的令人耳目一新的共同的倾向，即对现实与当下的关切，注重写作与自身当下生存境遇的互相阐释。这里的现实，不是那种高调的伟大的所谓历史性事件的"现实"，而是一种"小历史"，一种切近自身与个人的经验的或切近生活的客观的现实，我想称之为"现时性"特征。在这里，需要说明的是，我之所以用"现时性"而不用"现实性"这个词，是因为"现实"主要是空间概念的，多与梦境或虚构相对，而"现时"是时间概念，具有痛切的当下个人体验。

　　谁试用谁／证明你有用／在三月之内／从一个七天到下一个七天／你被试用／你正在被试用／生活没有窍门／／你的一生都在被试用／从一个试用期到另一个试用期／生活没有窍门／你乐意被试用，决意／你试用别人／这不现实，世界不现实／那一个梦现实／／必须证明你有用／为谁所用？／钱是小过门／休止符出现，别问／

别问。痛苦爱上你／这是幸福？什么都别问／你被试用／／你是我／打工者，流浪者／吹笛子的人，在夜的／深处，你仍在试用／被风，欲望之塔／所有的人都在试用你／连同自己，妓女／／谎言重复千遍成为真理／一个被试用连续的人／一个被连续试用的人／一个永远试用的人／一个人永远试用／一个与试用期等号的人／一个等号于试用期的人／／OK！你被试用／照我的意思做，必须／这样。听话，虚伪叫忠诚／表现好才能加工资／在我眼里你还是个孩子／写诗与唱卡拉OK有区别吗？／傻帽，说话呀（噢！命运）／／一个异乡人／一个没文凭的人／一个诗歌爱好者／一个说梦话的人／一个忧郁的影子／一个行走不定的人／一个试用期中的人（谢湘南《试用期与七重奏》）

"打工诗人"是"一个异乡人／一个没文凭的人／一个诗歌爱好者／一个说梦话的人／一个忧郁的影子／一个行走不定的人／一个试用期中的人"。诗歌要求"打工诗人"在生活面前做一个"世故"者，而非纯情少年。在"打工诗人"的诗中，我们看到活生生的、生长在小时代的语言在他们的诗中成为叙述的基本成分，我们看到了诗歌和打工生活之间的血肉关系。一个与他所生活的小时代一致的诗人，同时也就是一个更本质更真实的诗人。"打工诗人"让写作来到现时，让他们的现时性进入写作。不管什么理由，写作都不必避开他们自身带有来历性质的经验的复杂性与尖锐性。他们的语言需要被带有他们来历性质的经验、思想和表达来拯救。如"叙事性"被一些优秀的"打工诗人"普遍地接受和运用，追问挖掘了关于打工一族命运的种种真相。他们诗中所涉及的题材是他们本身的环境。我们不妨通过江非、谢湘南和张守刚的三个写作个案，来对此做进一步的分析与阐述。打工生活本身的"叙事性"和具体性，促使江非、谢湘南与张守刚去尝试用一种更能贴近生活真实、更能展现具体经验的方式来切入写作，而"叙事性"正好与此愿望暗合。"叙事性"有效地丰富了诗歌写作的可能性。叙述就是让存在现身。江非、谢湘南与张守刚以一种从个人视角出发的相对客观态度对现实进行描写、叙述和勾勒，从而凸现现实生活的"真"的一面，他们诗中所涉及的一些打工场景、事件以及人和物与现实生活是对等的。

　　他十九岁死于一场疾病／十八岁外出打工／十七岁骑着自行车进过一趟城／十六岁打谷场上看过一次，发生在深圳的电影／十五岁面包吃到了是在一场梦中／十四岁到十岁／十岁至两岁，他倒退着忧伤地走着／由少年变成了儿童／到一岁那年，当他在我们镇的上河埠村出生／他父亲就活了过来／活在人民公社的食堂里／走路的样子就像一个烧开水的临时工（江非《时间简史》）

　　和我一起上车的／是两个扛蛇皮口袋的民工／他们叼着劣质的香烟／把蛇皮口袋重重一放／中巴车就大大咧咧开动起来／／两个民工说着稔熟的四川话／"搞个锤子，又要找厂／比换鞋还要勤"／"狗日的老板，两百块钱押金／也不还给我"／许多奔波的无奈／在粗俗的谈吐中／化着唾沫星子飞出窗外／此刻　中巴车正颠簸在一个／叫做雍陌的小村／隐约听到工业厂房里／机器轰鸣的声音／几家厂房门口／蹲着或站着一些垂头丧气的人／他们油腻的行李卷儿／像一只只疲惫不堪的狗／躺在一旁／两个四川民工不知什么时候睡着了／他们黝黑的脸掩饰不住疲劳／鬈毛司机一阵破嗓大喊之后／他们才惊慌地下去／这是板芙／从坦洲到中山／要经过好几个村镇／我改掉了从前上车睡觉的习惯（张守刚《从坦洲到中山》）

　　那些女孩子总爱站在那里／用一块钱买一根一尺长的甘蔗／她们看着卖甘蔗的人将甘蔗皮削掉／（那动作麻利得很）／她们将一枚镍币或两张皱巴巴的五毛／递过去／她们接过甘蔗嚼起来／她们就站在那里／说起闲话／将嚼过的甘蔗沫吐在身边／她们说燕子昨天辞工了／"她爸给她找了个对象，叫她回呢"／"才不是，燕子说她在一家发廊找到一份轻松活"／"不会的，燕子才不会呢"／在南方／可爱的打工妹像甘蔗一样／遍地生长／她们咀嚼自己／品

"粤派评论"视野中的"打工文学"

尝一点甜味／然后将自己随意／吐在路边（谢湘南《吃甘蔗》）

一种接近生活原态的写作，把底层生命的真实存在不加修饰地传达出来。在这种没有奇迹、没有感人的故事之中，生活如水一样流淌，无声无息，优秀的"打工诗人"们却使它们肆意进入诗篇，并且被当做更高的真实来表现。江非、谢湘南与张守刚诗歌的一个重要特点，在于其叙事性和口语成分的增加。叙事性在江非、谢湘南与张守刚诗中的作用十分重要，但它不是"叙事诗"。这些诗往往以人物的某种现实生存活动作为动因，并叙述这一活动的变化。活动场景的描述与人物的内心独白交织在一起，构成了人物的精神活动与现实生存处境之间的对话。从对一个打工者卑微生命的倒叙上，从两个扛蛇皮口袋的民工身上，从咀嚼甘蔗的打工妹身上，诗人让我们瞥见了多少谋生的意涵与现世的背景。语调徐缓平静，没有激情起伏，也缺乏咄咄逼人的意识条理，但诗人练就了对生活场景和人性内质的敏锐直觉，以朴实的日常语言，从寻常光景的巡礼中洞彻生活沧桑，从人性探索的视角进行了艰难的诗意建构。江非、谢湘南与张守刚在追求一种口语化叙述。口语给汉语的叙述带来了可能，但是口语本身是一个平面。要使这个平面有厚度、有坡度，必须依靠写作者个体血肉的植入。地道的口语是有阶层性的。不同的社会阶层，其使用的口语形态存在着较大的差异。"打工诗人"的口语是"在打工群落中生长的词"，粗粝但鲜活、灵动、变化大、能动性强，且直接来自生活。这种具体的生活文本，一旦得到了诗性的观照，就会涨出许多不寻常的意义，就会透过表象作被遮蔽的本质的呈现，获得一种泛文本的真实性。

监控器睁着一只眼睛／在车间上空　制造悬念／摆头晃脑的侧影／总被一个阴冷的词操纵／这是南方的夜　疲惫的白炽灯／照不亮一个人的思绪／流浪异乡的人　怀抱清音的人／必须减掉自己的锋芒与歌喉／／监控器　在子夜以后／千万别出现在一个人的梦中／梦里梦外　他都很累／不要再给他突然的惊恐（黄吉文《监控器》）

第二章 匿名者的身份追问

> 一个诗人在广州的孤独和贫穷／这样的夜晚：农历二〇〇二年六月十九日凌晨／窗外纷纷扬扬的月光／散乱一地的书籍，碎面包屑／以及两只老鼠隐蔽而奢侈的婚礼／被无辜的双眼突然遇见……／／我知道还有很多和我一样／抑或不太一样的人／在这座城市寻找自己渴望已久的东西／此刻，谁若坐在黑暗的客厅里自斟自饮／谁就是怀抱梦想不放／但仍旧两手空空的人（曾文广《住在自己怀里》）

"打工诗人"以他们富于原创性的文本向我们展示了写作的另一种空间。在一个文字可以淹没人的时代里，我们反而很难遇到真正纯粹的文字。我不知道，"打工诗歌"，那些在打工群落里生长的词，那些带有内伤斑痕的文字，算不算纯粹，但至少与潮涌般的另一种文字构成了明显的分野。面对它，你显然感受着一种震颤性的体验。"打工诗人"，像在底层布下嗡嗡作响的"精神地震仪"，深入个体中交叉、纠缠、反对、怨恨、郁结的部分，想为我们所处的看似底层的生活留下一份真实的声音与文字的见证。在时代的暗夜里，"打工诗人"的双眼让你体验到生活中还有那么多从未被你关注的事物。一种隐秘的、非常的现实存在，宛若壁垒后面的领地，真正敞现在我们面前。我们要谴责他们的诗歌所揭示的黑暗成分，去争取人道主义的胜利，而不是本末倒置去谴责他们。他们用诗歌的方式稀释一下内心的恐惧，让自己无论如何要努力去感受光明的存在。他们写诗，仅仅是不想被精神的黑暗吞没得太快太彻底。他们在禁锢下默默地抗争，泪水后凄凉地微笑，在异乡的长夜抖瑟着眺望天际——坚信晨曦将会从那里升起。他们"习惯用阳光消毒／用幸福敷着生活的伤口／有一道疤在暗处闪亮／照着未来的路"（郁金《思念，是有毒的》）。他们"灵魂的燃烧／能照亮城市　心灵的暗夜"（卢卫平《降落到城里的雪》）。"有多少盏是被夜点燃的／有多少盏是被黑暗中的道路点燃的／有多少盏是被流浪者的脚步点燃的……"（卢卫平《万盏华灯》）。我们从"打工诗人"的诗歌中发现一点透光的所在则成了我们寻找光芒的起点和全部，"星星将引领我们走向光明的坦途"（卢卫平《在命运的暮色中》）。这也预示着时代的黎明正在我们的呼唤中缓慢到来，但黎明是带伤的，对我们如此，对整个人类也是如此。如果谁真以为自己是幸运儿，那他肯定还继续待在

黑暗中，因为只有在黑暗中，人才看不到自己身上的伤口和阴影。

三、盲流：反抗背后的呐喊与疼痛

任何诗歌现象的产生，都不是偶然的，而是一定的社会历史条件下，特定的政治制度、经济生活和文化活动的必然产物。"打工诗歌"就是改革开放的大环境下特有的诗歌现象。"打工诗歌"所呈现出来的形态，的确是由非常复杂的因素构成的，很难对之做出简单的判断。文化的需要首先是一种内在的需要，是这种内在需要构成了它产生的动因。诗歌的产生，哪怕从功能意义上讲，它也是为了解决自身的问题。与它有关的，应该是来自于自身内部的问题意识。"打工诗歌"的出现无论从文化上，还是社会状况的意义上，都反映了一种需要。谈论它的价值存在，一定要把它放在一定的社会文化场域内。正如希尼借用史蒂文斯的话所说："诗歌的可贵之处在于它是以一种内在的暴力，为我们防御外在的暴力。这是想象力在抵制现实的压力。"由此，诗歌就是为了有效缓解人在这个过于沉重的世界肩负起过于重大的生存压力却又不至于被压垮。艺术无法直接干预历史进程，诗歌不会使什么事情发生，但诗歌也是一种特殊的行动，有它自己的意识方法和认识现实的模式。在民工潮中沉浮的"打工诗人"用自己的文字确信了诗歌的这种功能。诗歌，在那些不起眼的场合和角落里显示着它经久不息的力量。这种力量还处于模模糊糊的萌芽状态，或者说它在无意中伴随着"打工诗人"的情感和天性进入了文字。

被命运所推／我们的走动／改变了路的形状／铁栏与我们构不成秩序／胀裂的背包泄露出／无数有声有色的遭遇／陌生的面孔一闪而过／幻想如一些红红绿绿的气球／那么容易嘭地一声／破碎／我们的脸都很憔悴／踮起的脚跟起起伏伏／转过身去并不意味着撤退／……在异乡／我们注定是一群睁眼瞎子／反复推敲人生占卜命运／所有的去向都是试探／移动的脚不得不小心翼翼／生命的岔路上总生出某种开始某种结局（柳冬妩《盲流》）

第二章 匿名者的身份追问

这首诗揭示了打工一族在真实的历史境遇中的生存症状和无家可归的彷徨。那些命定要体验打工生活的人一直都在用各种各样的自我安慰去减弱那令人沮丧的感受。这个时代的真正体验只有来自在途中,来自一个在行进中的,感官向四面八方开放,生命与水火风沙有切肤之痛痒的"盲流"的心灵深处。故乡与他们真实的生存状态之间出现了不可弥合的距离,他们不会"转过身去"。那是一种形而上与形而下之间的距离。那种距离是无法用道路来填补的。因为那是时代的断裂带,是不可弥合的存在之伤,是灵与肉之间可望而不可即的人性的距离。诗人荷尔德林曾有一句名言:人,诗意地栖居在大地。不过,现实生活中"诗意的栖居"往往需要以"自由的迁徙"为前提。为了追求富有的令人尊敬的美好生活,从一个地方迁移到另一个地方,这是人类天赋的权利,但是,正是这种天赋的似乎人人都拥有的权利,在实行的时候却不那么容易,人类同时又制造了各种各样的障碍,要逾越这些障碍就必须付出代价,有的代价是必然要支付的,有些代价则是无谓的,不公的。1953年国务院发布《关于制止农民盲目流入城市的紧急通知》,后来先后发了六道类似的通知,这是"盲流"一词的由来。长期奉行的城乡分割区域封闭的社会管理制度将农民无情地挡在了现代文明的大门之外,使农民成为后天的落难者。最近二十多年来,史无前例的民工潮掀起了一场波澜壮阔的民众主动争取迁徙自由的运动。这场运动意味着几千年的传统社会开始真正解体,也意味着人性在中国大地上的艰难复苏。生活在谎言的掩饰下开始了真正的变革。比起中国大地多年前的过去,现在已经让人有换了人间之感。但以户籍制度作为核心的城乡分割区域封闭的社会管理制度留在中国人尤其是中国农民身上带有明显歧视性色彩的烙印,在进城农民工身上仍没有完全抹去,他们仍然是漫无依泊的"盲流",反复推敲人生占卜命运,移动的脚不得不小心翼翼。他们中的很多人都难逃葬身在"捕蝇纸"上的命运:"捕蝇纸上落满苍蝇/这些黑苍蝇/这些没有户口的苍蝇/它们怎么也不会想到/梦想中的山珍海味/因为一张纸就咫尺天涯/我数不清多少苍蝇葬身纸上/我更数不清还有多少苍蝇在前赴后继/这些乡下的苍蝇/它们至死也难以明白/这纸上的液汁看上去像蜜糖/怎么一粘着就是毒药"(卢卫平《捕蝇纸》)。谢湘南在《忧郁》中写道:"我从农村流落到城市,多像一只丧家之犬。""盲流"不仅是一种生存状态,也是一种

 "粤派评论"视野中的"打工文学"

心灵的处境。二战后,很多人分析德国人的残忍从何而来,有人说,因为自己从小受的教育里,犹太人不算"人"。与此类似,"打工诗人"所能体验到的也是屈从、沉默,以及被迫在制度化的谎言中生存的历史命运。

　　蹲得发麻后,就顺势坐下。还好/硬木地板让双腿得以盘起/让屁股得以坐下/屁股承受了一生中/最沉重的力量/蹲着,或者坐着/这两种麻木的姿势不断交替着/回家的简单欲望/当坐姿再次换成蹲姿/屁股和大腿的距离重新/使屈辱与麻木向更多处游历(《蹲着,或者坐着》)

　　当蹲着或者坐着,眼神/从空洞的天花板逡巡到墙角,当/小便的声音和气味开始弥漫/当回家的欲望和屁股一起/逐渐麻木/我渴望抽烟/"打火机呢?"——但他们/已经把我的打火机/像垃圾一样扔进了/那只积满廉价杂物的塑料桶/看守正从对面的铁架床上站起/这个可以进进出出的唯一的人/正在抽烟。一柄利剑/从左臂一直文到手指/另一只手正把玩着他的/自由的打火机(冰马《打火机》)

诗人一直是自身历史境遇的沉默的见证人和预言人,是大睁的眼睛,是警示和揭示的声音。这是在上海谋生的湖北青年诗人冰马的组诗《5月9日—10日,蒙自路收容遣送站》中的两首,发表于2002年10月的民刊《打工诗人》上。几个月后,另一位湖北青年孙志刚因为没办暂住证在广州的收容所里被活活打死,变成了一只黑苍蝇,成为"非典"之外人们最为关注的事件。多少人被震动,无言以对。孙志刚到天堂里去了,天堂里不需要暂住证。我们这个时代不是天堂,在许多貌似天堂的地方每天都上演着可耻与丑恶,吞噬一切,又吐出一切。冰马的诗让人感到战栗,这战栗不仅来自油然而生的悲悯,更多的是来自对一种暴力的恐惧。诗歌受到了良心的起诉。一种看似漫不经心的随意性陈述,谁敢说不是一次充满人性的目击?这也是一种对生存环境提出的控告:在不公平的世界里护卫人的尊严和价值。诗人就其本义而言,他们

116

第二章 匿名者的身份追问

总是迅速揭开被捂住的伤口，用玫瑰和火焰谴责人间的非正义和污秽。"打工诗人"试图通过他们的作品建立一个自己的世界，这是一个真诚而独特的世界，正直的世界，正义和人性的世界。诗在人类精神的城堡面前攻坚，诗面对麻木的个体心灵，坚忍、冷艳，像一团凝固的火。但诗人对现实世界终究是无能为力去纠正什么，他们只能从自身的历史境遇中、从创伤性的经验中发出虚弱的声音。他们的诗歌是带着体温和切肤之痛的诗篇，与日常现实亲密结盟，并把每一个语词都逼向存在的深处。"揣暂住证的人／把城市的春秋／匆匆对白一遍／就能找到有关月亮／最优秀的缺口　成为／词人"（方舟《揣暂住证的人》）。

怀揣暂住证的人／荒凉地走在斑马线上／犹如盲者在白天看见黑夜／梦显得若有所知／他从自己的眼里发现世界／像乞丐的碗一样敞开（柳冬妩《怀揣暂住证的人》）

我们暂住在地球上／我的暂住证丢了或者说／我根本就没有／连身份证都是假的／／我会被赶走／地球不再是我的家了／我要去寻找我的家了／我撅着嘴，充满幻想／驱赶者一次一次的演说／把我通缉／我的照片贴满了大街小巷／小孩子也仇视我／我想到哭与自杀／想到了还没有毕业的姐姐／我撅着嘴，充满幻想／／我去找以前的好伙伴／差一点被出卖／逃跑与悔恨冲向黄昏／筋疲力尽的眼神分割着泪水／黑夜呀！我还是个无知的孩子／我撅着嘴，充满幻想／／地球不再是我的家了／我要去寻找我的家了（天乐《我们暂住在地球上》）

"打工诗歌"与现实之间的关系显得非常直接，差不多就是一种短兵相接的状态。这些诗句连根拔起的精神锋芒时时刺痛在城市的奔波中渐趋硬化的体验和悲悯，让我们看到具体的历史带给人的心灵伤痛。长期以来，有一种习焉不察的观念的倒置：我们的生命和我们的存在，不是以身份证、暂住证为前提的，恰恰相反，由于我们的存在，才有了整个权力制度存在的理由。在外漂泊的打工者,一提到暂住证,许多人心里就会隐隐作痛,感受着暂住证带给他们的歧视、恐惧、无奈。一张张被"赋予"了这样涵义的暂住证带出许多的噩梦,如幽灵一般挥之不去,小则夜不安宁、惶惶不可终日,大则遭受非人的磨难甚至死于非命、客死他乡。"查暂住证的夜晚/闷罐车呼啸着/在工业区的大街小巷/玩老鹰抓小鸡的游戏/谁被抓进'笼子'了/谁就会被罚款"(张守刚《暂住证》)。这样的经历对于当时的打工者有谁没有感受过?炼狱对每一个"打工诗人"都是当下的,感到被威胁、被追击、被驱逐仍然是他们基本的和最深刻的遭遇。"打工诗人"任明友一次在途中遇上警察的盘查,警察认定他是不久前偷了别人影碟机的盗贼,将他团团围住。可打开背包一看,里面全是书籍,让他们很是失望,恼羞成怒之下,他们以买的书没有发票为由将任明友收容了。几天后,得到消息的大哥赶来,花了180元才把任明友赎了出来——后来的好长一段时间,偶尔在报刊亭买份报纸,任明友都会神经兮兮地要对方给他一张收据什么的。不少"打工诗人"都有过被收容的经历,甚至有过"过去我赎朋友/现在朋友赎我"(徐非《收容所是座炼狱》)的荒唐遭遇。我本人1992年初来广东打工时,因为没钱办暂住证,像一个犯罪的人,被治安队戴上手铐拳打脚踢,差一点成了孙志刚。当压抑、不公、屈辱、迷惘以及不安全感等内伤进入打工者的内心世界,他们没有理由沉默——掩盖不了真诚逼人的光芒和血肉生动的激情,打工者开始用他们粗糙的情和真实的泪抒写他们的生存状态和内心世界,"打工诗歌"由此开始初露端倪。诗人是世间未经公认的立法者。暂住证曾经作为剥夺人性的象征之物频繁出现在许多"打工诗人"的笔下。他们从心理上抵触"暂住"身份,他们梦寐以求的也就是要改变这种身份,事实上他们中的很多人已经成了城市的"常住户口",而城市依然按照强制的定义来界定他们的身份——暂住人口。暂住证的治安与人口统计功能完全可以用其他更好的制度设计来取代。打工者"用来测量生活体温的/是一张没有身份的身份证"(张作梗《打工生涯》)。只要不是指鹿为马,谁都不能否认,我们社会的上下层之间是有距离的。范仲淹对之概括是"居庙堂之高"和"处江湖之远"。为数不足中国农民千百分之一的法国、西班牙农民在自己国家的繁华街头、日本农民在议会中频频地向政府表达他们的利益诉求。而我们的农民、我们的"农民工"却总是选择沉默,我们为什么听不到他

第二章　匿名者的身份追问

们叫苦的声音？他们合理的要求为什么转化不成合法的要求？在强大的意识形态面前，诗人也许永远处于一个弱者境地，但他们却天然地具有对这个社会言说的权利和责任。"打工诗人"写弱势群体的生存苦难，非常有力量，使我们如临其境地看到了悲剧是怎样产生的，也让我们看到词语能够在什么样的意义上达到它与人类正义的契合。"我们暂住在地球上／我的暂住证丢了或者说／我根本就没有／连身份证都是假的／／我会被赶走／地球不再是我的家了／我要去寻找我的家了……""打工诗人"让我们体会到了自由丧失的锥心之痛。一般而言，痛苦可以使人有三种不同的反应，一种是喋喋不休的倾诉，一种是沉默不语，而另一种就是反抗。"打工诗人"属于第三种，不过他们没有选择那种悲剧英雄怒目金刚式的反抗，他们清楚他们没有那种反抗的力量，他们在疼痛中龇着白牙向那异己的力量发出了恶毒的、揭示真相的嚎叫，痛切地诅咒着世界。真实地活在这个世界很难，用诗歌说出这个世界的真相更难。诗歌不应该因此而受各种意识形态的奴役，相反，它要纠正外部的压力，并且它自身也具备这种纠正的功能。揭示人性的真实，戳穿皇帝的新衣，揭露此在的真相，"打工诗人"以此作为自己的诗写目标，无疑彰显了一种勇气。他们敏锐的目光真正发现了这个时代的秘密，刺中了这个世界的要害。他们在修复自身伤痕的同时，也为我们找回了被伤害的诗意。

在今天中国发生的历史大变革中，欧美文明尤其是以资本运作为核心的商业文明所产生的强大物质力量，打破了中国旧有的和谐，迫使中国进行制度变革。这场变革发端于一个多世纪以前，但由于中国的政治力量之间一直致力于政权的保持和获得，使国家一直未能静下心来实实在在地进行制度变革。这种制度转型对民众生活的影响太大了，生产的迅速社会化使民众的生活圈子迅速扩大，整个社会已变得面目全非，社会生活也失去了过去的和谐，又没有（在某种程度上说又是"无法"）及时建立起新的和谐。在体制建设和精神储备尚不完备很不成熟的这种背景下，道德危险便产生了。作为社会弱势群体，民工更是深受其害。一些诗人对此进行了现实抗击与人性守护，便也顺理成章。不可设想，一个对自己深陷其内，并且被其无可逃避地改变着生存状态与灵魂状态的现实世界漠不关心的诗人，如何能有真诚的态度与切肤的感受进入诗歌！有时诗歌在社会变革最关键的时刻也能暂时性地放弃部分文本直接诉诸理性充当社会力量的号角,同政治文本一道投入人生人权基本保障的斗争,并立下汗马功劳,这一直是得到实绩证明的。比如诗人桑克获悉民工徐天龙索讨欠薪未遂,气愤之下引火自焚,导致严重伤残,他随即在互联网上发起倡议,为自焚民工征集网络签名,呼吁:"世道如此,人心悲愤,诗有小力,大家一起!我们的诗歌是可以有社会责任感的,虽然它不是诗歌的全部。这时,就要牺牲艺术,去拯救正义!"桑克、耿占春、唐不遇、程小蓓、廖伟棠、薛舟、清平等优秀诗人立刻为徐天龙撰写了诗歌,声讨克扣拖欠民工工资的行为。他们的身上还有良知,有血性,有正义,他们不麻木,他们最理解"诗歌"这两个字和"诗人"这一个词代表着什么。内心中泪如雨下的诗人,面对极端的非人道行为写下了激烈的言辞,那无声的诗是火焰的一种哭泣:"汉子!你的火烧醒我!/我怎能睡得如此热!我呼吁,我抗议/仿佛一列咆哮的机车!/正义在哪里?乌有乡?/迷雾笼罩尘世的生活!那么大野的声音起来!/重修流失的道德人格!"(桑克《悲愤诗——为民工徐天龙而作》)。诗人手中的笔是剖析时代、社会、生活和暴力及不平等现象的一把手术刀,是探测心灵深度、道德深度的尺子。青年学者余世存模拟奥登风格,直面普通人的生存状态,写下了有感于民工底层命运的诗歌,在对时代与社会现实的焦灼的思考中,显示出有良知、有责任感的诗人所特有的强大的精神力量。"据说这个城市有一千万人口/有的住花园别墅,有的住胡同平屋,有的住海里头/可是我们没有一席之地,弟兄们,我们没有一席之地/……我们没有身份,派出所的人抓住我们说活该/'如果不交钱你就没有三证,对我们来说你就不存在'/可是我们存在,我们还活着,兄弟们,我们还存在/……我们流浪,从80年代到又一个世纪/我看见这个城市日新月异万家灯火/没有一盏属于我,弟兄们,没有一盏是我们的……"(余世存《十月诗草之五:歌拟奥登》)。这类诗歌首先是对社会的发言,其次才是诗歌本身。不平等的社会结构影响着人们对社会的态度,他们的生活期待和他们所期望达到的状态及成就。余世存们对于时代特征的把握,还是很准确,很情感化的,虽然一点也不缺少理性的思考。民工事件是中国现实中许多事件的一个缩影,当这个社会在这个层面上需要诗人呐喊的时候,已经是一种悲哀。在一个非正常的时代,诗歌的真正精神无法照亮人们内心的黑暗。牺牲艺术,甚至艺术家,也拯救不了正义和道德。道德不过

第二章 匿名者的身份追问

是人们在生活中的态度或选择，它需要自己的制度基础。没有坚实的制度基础，道德和正义就变得太轻了，轻得让人无法承受。诗人艰难地支撑着人性的大厦，抗拒着现实中的种种丑恶，他们的存在几乎成了时代生活的一个训诫。对于一个特殊的语境来说，他们的作品意义仍然不可低估。

辫子应约来到工棚／他说："小保你有烟抽了？"／／那盒烟也是偷来的／和棚顶上一把六四式手枪／小保在床上坐着／他的腿在干这件活儿逃跑时摔断了／／小保想卖了那枪／然后去医院把自己的腿接上／辫子坚决不让／"小保，这可是要掉脑袋的！"／／小保哭了／越哭越凶："看我可怜的！"／／他说："我都两天没吃饭了／你忍心让我腿一直断着？"／／辫子也哭了／他一抹眼泪："看咱可怜的！"／／辫子决定帮助小保卖枪／经他介绍把枪卖给一个姓董的／／以上所述的是震惊全国的／西安12·1枪杀大案的开始／／这样的夜晚别人都关心大案／我只关心辫子和小保／／这些来自中国底层无望的孩子／让我这人民的诗人受不了（伊沙《中国底层》）

王根田真的不知道／村长睡了他的女人／王根田靠力气吃饭／眼看着家里的日子／一天比一天好／王根田觉得自己是个男子汉／王根田不知道村长和他女人好／更不知道村长常把公家的东西／趁着夜色往他家里搬／王根田靠卖苦力挣钱／喝百家酒吃百家饭／他不知道在他外出打工的时候／村长盯上了他的女人／王根田的女人开始有些不情愿／但村长软硬兼施又常拿东西／王根田的女人半推半就／成了村长第十九位情妇／老实巴交的王根田／因为超生被乡上罚款三千／他不知这娃是村长的种／全村人都说你冤／最近听说王根田杀人被判死缓／等他干活的人说／现如今没有村长行／但不能没有干粗活脏活的王根田（管上《王根田》）

胡贯六站在工棚门口／看着大楼被一节一节地拔起／看着一车

"粤派评论"视野中的"打工文学"

> 一车的水泥和钢筋／被挤压成一块一块坚牢的骨肉／胡贯六晃荡着一只空空的衣袖／在工地上走来走去／谨慎地守着工料和工友们替洗的毛巾／好像他才是这幢大楼的主人／胡贯六已经不能再干活了／身体少了关键的部件／一年前胡贯六喂进了自己的一条胳膊／在往搅拌机里喂砂子的时候（江非《胡贯六》）

这些诗歌是最朴实的汉语与诗人良心的完美结合。作为真实历史境遇中坚决站在受难者一边的参与者和见证者，诗人直面现实，深入到一些最噬心的悲剧主题，自觉拿起批判的武器，让我们看到现实世界带给打工者肉体与精神的双重摧残，这体现的是诗歌良知的省悟，传达着诗人人性的悲悯和关怀。诗人只有在他听到并服从内在良知的召唤时才能成为一个真正的诗人。不然，诗歌会无视他写下的一切。诗歌有时就像噩梦，似乎执意要说出我们这个时代最想藏起的那些东西。那些东西让"人民的诗人受不了"，更让"打工诗人"受不了。"打工诗人"谢湘南《站在铜管切割机前》，他敏感的内心就感受到来自机器、机械劳动的某种压迫："在梦中机器还在鸣响／切割刀打磨得雪亮／从手腕到膝盖／我发觉自己被镀上镍／在一台彩电的后座里长眠"。诗人郁金在《为一块煤哭泣》中写道："2005年5月20日，《新京报》头条消息／河北承德暖水河矿难，51人被困井下／一幅巨大的照片：悲痛不已的女人们／在恸哭祈祷，她们的亲人至今生死不明／她们的担忧是一块煤的担忧／她们的悲伤是一块煤的悲伤／她们的哭声是一块煤的哭声／／在这个世界上，谁也离不开煤／但有多少人会为一块煤哭泣？／有多少人会看重这些黑不溜秋的煤？／又有多少人去关注这些煤的命运？／一块煤是火焰，是生命／是我们的父亲和兄弟／一种生命为另一种生命燃烧／又有多少人为此心怀感恩／／让我们祈祷，祈祷这51块煤／不要这么快就燃完自己／祈祷这51盏矿灯，像天上的星星／没有风能将他们吹熄"。这种诗歌品质中的特质，于今天的现代汉诗实践，是有裨益和启悟的——诗人对存在的质疑，对生命的悲悯，对生存危机的叩问；他们叩问中特殊的方式，质疑中独到的观点，悲悯中本真的情怀和那种独特的声音，以及在对叙述性语言的再造中仍保留意象的和谐共生等等。这一切迫使诗人一次又一次地面对自己的心灵，并在内心巨大的回声中瞪大惊恐的眼睛。在

第二章 匿名者的身份追问

许强的《今天下午，一名受伤的女工》、谢湘南的《一起工伤事故的调查报告》等诗中，不仅隐含着诗人对受伤与遇难民工的同情，更充满了对毫无人性制度的愤怒和质问。"还有多少手指／正在背井离乡／还有多少血迹／将会被我们若无其事地淡忘"（彭易亮《第九位兄弟断指之后》）。存在的不可知的悲剧意识笼罩在诗人的诗作中，他们以对抗的姿态展开和现实的关系，表达对这个纷乱、矛盾、黑暗世界的反抗，在不可能中寻找可能，在无意义中寻找意义，在混杂无序中寻找秩序，在失望中寻找得救，在缺乏诗意中寻找诗意。

在诗歌与生活之间，始终存在着某种相互对抗的关系。对于诗人，尤其是"打工诗人"，由于其本分和天职而在他们与现实世界之间形成了对立局面。这是一场看不见然而十分明确的对抗，也许是一场最终没有胜负结果的对抗。在"打工诗人"的诗里，呈现着人格力量对精神扼室与压迫的抵御和抗争。就个体的意义上说，人被现实所困扰和包围，因而注定了他悲剧的生命形式，然而这悲剧所显示的崇高性恰恰体现在他的抵御和抗争上。"把灵魂抛给刀子／把刀子抛给光芒／把谢湘南抛给路"（谢湘南《对抗》）。诗歌被赋予力量自由地去做这个时代它所能做的唯一事情——恢复人类精神中那些被忽视的部分，直到处境改变，像在不可预见的方式中它会要做的那样。在社会转型的过程中，他们要求平等。这种对平等的诉求本身可以视为对自由权利的追求。

> 诗意地栖居。在异乡／我像主人一样活着／我要做城市的推土机／朝脚底播下心脏的轰鸣／我得提防生活把我弄脏／除下额头上吹皱的诗篇／／我满意这里的生活／一群没有身份和户口的人／一间用灵魂打扫过的屋子／两房两厅。除了每月要交房租之外／我像主人一样活着（安石榴《边缘客栈》）

富有意味的是诗的标题：边缘客栈。安石榴把自己租住过的地方一律命名为"边缘客栈"，并写过一首古体诗："边缘唯一栈，去留两相难，此身终是客，浪迹不知还。"这使我想到这些年来人们常谈到的打工者是边缘人的问题。"我们／是一群暂时放下锄头的农民／在城市的边缘地带／并不奢望有人

来改变我们的处境"(王军《进城》)。其实在现代社会,谁也不会"边缘"到哪里去。边缘恰恰是世界暴露自身、阐明自身的地方。边缘不是世界结束之地,而是世界开始之地。打工群体迟早要正常地步入社会舞台,我们已看到很多边缘人融入了主流人群,他们在某种程度上可以进行自我选择,自我设计,使自己在社会中的不平等遭遇得以终止。"打工诗人"也梦想找回属于自己的尊严,成为历史话语的掌握者。坦荡的灵魂立足民间、边缘立场,穿越语词之海,诉说"边缘生活"和关于人性的真实感受。他们也想"在别人的城市里/种植漂泊的根"(徐道勇《出门在外》)。"我朴实的名字里/裹着新鲜的乡土/无论它掉在哪里/都会像一棵野草一样/生长"(张守刚《我的身份证掉了》)。"这样的鸟儿/比一粒沙子轻,比一粒种子重/落在哪里,都能长出一棵树来"(郁金《命运的天空》)。漂泊的意义不在于回归,更不在于逃避,而在于扎根,像主人一样在异乡活着。身在他乡,人们不能装在套子里生存,必须进行必要的自我调整。经过多重转换,其后有可能得到的和解,需要心灵更多的付出和灵魂更猛烈的投入。反抗本身并不是目的,拯救和提供希望才是目标。我们要记住里尔克的教诲:"一个人只有在第二故乡才能检阅灵魂的强度和载力。"没有永远的异乡客与局外人,今天的融入是为了明天更好的生存。人除了努力去寻求自己的解放之外,实在别无他途。在中国的历史上,客家("客人"和"家人")是一个必须特别指出的民系。战乱与屠杀驱赶了他们,越过北方的广阔平原,客家人携带细软,向长江南岸大规模逃亡。他们在"失乡"与"获乡"方面建立了令人惊讶的功绩。在我们这个时代,打工一族可以说是新客家人,拯救世界也许无能为力,拯救个人却始终存在机会。"静静地、轻轻地落下来的雪啊/真诚地抚慰着每一个人的心灵/你不会因为我是一个外乡人/而不落向我的头顶//漂在北京/我幸福地发现/每一片雪花都是我的亲人"(郁金《北京,一月的雪》)。但严格说来,作为"一群没有身份和户口的人",他们并不是自己命运的主宰,要靠他们本身的力量来完成自身命运的嬗变明显不够。他们在言说着这个城市,但他们并未真正进入这个城市,他们只是在遭遇这个城市。作为没有身份的诗人,他们一直想逃脱丧失身份的结局。写作成为他们自我拯救的方式,幻想成为他们抵御现实伤害的止痛剂。一个崭新的现代社会各阶层合理结构的形成,是一个生生不息的过程，它所具有的复杂性在"打工诗歌"中体现得格外尖锐。对自由、公正、平等、正义的诉求，也许已成为一些"打工诗人"一厢情愿的美好泡影——虽然这一切可能是历史的必然。

四、来自底层的身份叙述

身份问题是"打工文学"的核心问题。身份意识作为进入"打工散文"文本的路径，对身份的寻觅、认同意识在文学叙述和描写以及艺术魅力形成中发挥了重要作用。人是文化造就的动物，而身份是人对自己与某一种文化的关系确认。如果说，我们可以把"打工"理解为某种生存特性或生命状态的话，那就必须同时意识到，不安于这种状态，追寻某种生命归属意义完整一致的解答，是它的另一面。"打工"不过是对一种固着状态的离弃。"打工者"陷于属性上的分裂、破碎和不确定，对于一致和统一的追求和追问便越是强烈。作为"打工"的具体书写，"打工散文"就是身份未定者的文学，也是持续追求归属和无穷追问身份的文学。"打工散文"揭示了这种追求和追问的精神特质和哲学处境，而不仅仅是一种具体生活的描述。打工生活只是激活了具体的人对这一点的具体感知，从而使打工人生具体地接通了世界性的现代状态。于此，"打工散文"成为对世界的格局差异、文化冲突、意义分裂的承担与再现。身份问题便成为"打工散文"书写的题中应有之义。正是在这个意义上，对于认同的关切支撑着"打工散文"的存在。

"打工散文"的近期发展使"打工文学"中长期潜在的一个总主题显明化和激化了：身份的焦虑，即对生活世界完整意义失落并不可再得的危机意识。身份认同的焦虑是"打工散文"中一个极其显眼的问题。一方面打工者要通过城市想象来建构一个都市人的身份，另一方面都市却以其巨大的压迫形成反向的塑造，将打工者边缘化。二者之间的紧张关系造成了复杂的身份认同上的危机，造成了身份的离心与隐匿。"打工女诗人"郑小琼在《从中兴路到邮局》中，通过自己的话语叙述对自我进行了书写，以冷峻尖刻的笔调传达了生存境遇的身份焦虑：

　　一棵很年轻的树，它被前几天的台风连根拔起，横卧在绿化带上，压着几株绿水仙。这是一棵从外地移过来的树种，像我们一样，都是外来者。根很浅，很小，黑黑的一团，根须多，很拥挤盘成一团，现在让风生生地从地里拖了出来，向路人展示着，这是一棵外来的植物。我突然有一种悲凉，是的，人活着，就像一棵树，要把根扎稳一些，扎深一些，这样才会不怕风吹，不怕雨打，活着，要有一个强大的根。根深，枝叶才繁茂，这是母亲常常对我说的一句话，说这话时，母亲总会指着院子里的那棵百年老槐树，你看吧，它的根扎得很深，所以才会长得这么高大，伸出那么长的手向高处抓着清新的空气，抓着最先到达的阳光，天空比大地爱干净一些，那些混浊的空气与阳光都沉在底下了，离天空远远的。在这个城市里，我何尝不是一棵外来的树，我像一棵浮萍一样在这个城市飘来飘去，伸出细小的手想抓住点什么，但是我细小的手还没挨着泥土，一阵浪打了过来，我又被吹走了。这些年，我从一个小镇到另一个小镇，从一个工业区到另一个工业区，从一个工厂到另一个工厂，从一个工种到另一个工种，玩具厂的装配工，家具厂的统计员，注塑厂的啤工，五金厂的机器操作工，电子厂的车间管理员，五金厂的文员……我不知道以后，我还会在这个城市的哪个镇，哪个工厂，以什么样的身份出现。更不知道，哪场命运的台风，会把我像这棵树一样，连根拔起！

　　……我又碰到了那个人，一个我无法估算起年龄的人，他像从泥土里钻出来的一样，头发，脸庞，劣质西装，裤子，鞋子全都沾满了灰尘，估计有几个月没有洗过了，他目光有些呆滞，盯着路上的人，在他的旁边，是一个同样像从泥里拖出来的牛仔袋，拉链开了，里面是一些衣服，脏，还是脏。他瘦得像一阵风似的。他坐在建设银行的门口，散淡的目光盯着路上的行人，只有一会儿，目光又枯涩了。我停下来，看着他，他来自哪里？为什么会这个样子？他要去哪里？

第二章 匿名者的身份追问

作为一个从个体心理学引入文化研究的重要概念，身份的原意就是一个个体所有的关于他这种人是其所是的意识。在"打工散文"里，打工者希望重新建构新的移民身份，以解决在异地他乡的生存意义，最终解决"我是谁""来自哪里？要去哪里""以什么样的身份出现"这些根本性问题。移民是人类社会的普遍现象，在一定意义上说，人类社会的历史就是一部移民史。特别是现代社会，随着全球化进程的加速、各种工程的大规模进行以及生态环境恶化，全球范围及一国内的人员流动和移民规模越来越大。乡城迁移人员的大量出现更是各国工业化城市化历史上的普遍情形，法国早在十九世纪中期就出现了大量农村人口进城务工的现象，德国等工业化城市则出现得更早。"农民工"作为具有中国特色的移民群体，作为中国有史以来最大规模的移民群体，户籍制度的存在是"农民工"身份被建构和维持的宏观背景，其建构经历了一个长期的历史过程。如今，"农民工""流动人口"等等称呼早已不是社会学、人口学上的专有名词了，它们不知不觉地进入我们的日常话语系统，甚至频繁地出现在各大媒体上。"农民工"的称呼在今天似乎成了一种侮辱或歧视的代名词，它已经不单单指一个特定的个体，而是指代了整个群体。因此，"打工散文"中的身份书写不仅反映了特定时代中自我的觉醒，注入了全新的启蒙思想，它还代表着一个民族的身份、一个国家的身份、一个时代的身份。在这个无限提速的工业时代，作为生存个体其身份越来越复杂、暧昧，实际上，这种暧昧的写作身份从波德莱尔、艾略特时代就已经开始了。这个时段大约就是法国革命和工业革命不久后的十九世纪，也是波德莱尔绘声绘色描绘现代生活的时代，是马克思发表宣言的时代，是恩格斯记载的英国工人阶级状况的时代，是本雅明笔下的拥挤的巴黎都城时代，是福楼拜的《包法利夫人》的时代，也是雨果《悲惨世界》的时代，甚至再往后一点，是尼采说出上帝之死的时代。在中国工业化城市化的这个特殊历史时段，"打工散文"是对中国人"何处是归程"的持续追问。王十月的《声音》也以独特的视角及笔调透出了打工者身份未定的隐忍和焦虑：

女儿两岁多就来到深圳，在31区的亲嘴楼里长大，今年八岁了。在女儿的眼里，深圳就等于31区，就等于家。在女儿的眼里，她就是深圳人。

女儿在31区读幼儿园,读学前班,读小学。……可是我妻子却希望将女儿转到31区之外的公办学校读书。妻子的理由是,外来工子弟学校的老师流动性很大,而且教师水平也的确有限。……妻子说,你在宝安认识那么多的人,你去求求别人吧,帮女儿转个学校。我说那我试试看吧。女儿听说了,高兴得不行,她早就羡慕着公办学校那宽阔的操场了。然而我的面子真的是很有限的,结果是学校拒绝了我的请求。女儿听说之后很失望,问我:

"爸爸,为什么我不能上好学校?"

"因为我们不是深圳人。"

"我一直都住在深圳,我为什么不是深圳人?"

"因为我们没有深圳户口。"

"户口是个什么东西?"

我无法对一个八岁的孩子解释清楚她为什么在深圳长大却不是深圳人这个复杂的问题,就像我无法想通,我是中国人,为何还要在中国的土地上暂住一样。那一次,我对女儿发了火。女儿很懂事,再也不提要转学的事了。

"身份"是和"差异"相对的概念。身份由差异造成。在王十月的《声音》里,这种差异被表现得非常尖锐。在与"深圳人"的对比中,作家揭示了打工者的身份和处境。"打工者"的身份在自我与他者的矛盾冲突中获得了一定的彰显,在个体与社会的交互作用中、在说话人与听众的潜在交流中得到了充分的展示。所有的身份认同同时也是差异化的表现,对"他们"群体的社会建构同时也创造出了一个体现群体分异和社会利益冲突的"我们"群体。周崇贤在《打工:挣扎与希望》中,也对此进行了揭示和诘问:"而且现实很奇妙,可能是因为文学的神力吧,那些非人道的'待遇'都没找到我头上来。直到我做了'打工记者',才感到自己这种聘用的'编外',与国家养的那帮'编内'天差地别,活多干钱少拿不说,还随时担心被炒鱿鱼。很多时候我都觉得奇怪,那些充分利用上班时间上网打牌玩游戏的国家公务员,为什么还会

第二章 匿名者的身份追问

那么高工资呢?四五千块一个月,足够流水线上的外来工干一年了。更让我奇怪的是,国家花高价养这么些'游戏高手'来干什么?为了有朝一日拿奥运金牌?"这种群体间的分异也强化了群体之间潜在的,甚至是公开的边界。这样的身份建构在当代城乡生活的日常话语中得到了极大的体现,表现出了群体之间的社会距离。

> 山间的贫穷与城市富裕的巨大反差,像一个黑洞不断吞噬着他们的自尊与自信,让他们对一切都变得小心翼翼。这种怯弱后面,是一颗颗敏感而柔软的来自底层的心。这种怯弱一直从内心深处透迤到人的脸部、眼神和每一个动作之中。它们彼此交错,成为从乡间初来城市的人的最为明显的特征。这种特征像从水中浮起的木头,呈现在表面:声音那样的小,像在喉间卡住了一种什么样的东西;动作是那样的迟了半个节拍,像做错了什么事情;眼神是那样的游离不定,生怕别人看出自己是一个来自乡下的人。(郑小琼《印刷厂》)

"乡下人"不再于现有的身份体系之中努力,转而试图进入城市身份体系之中寻求。毋庸置疑,人的身份不能脱离既有坐标体系而被定义。对身份的追求从某种意义上来说体现价值观念和文化认同,在这个过程中人们常常忽略甚或无视逻辑和秩序中根深蒂固的利益、阶层、文化歧视与偏见,以及贯穿始终的经济、政治和话语上的不平等。不断地对自己现有的身份怀着焦虑,指向未来坐标体系,而这种潜藏的焦虑,就是乡下人进城的一个动力。在中国的现代性叙事内部,"现代"的城市已经成了"传统"的乡村的镜子。换一句话说,现代化就意味着城市化。而渴望追赶现代生活方式的乡下人,只好在城市的镜像中热切地寻找自己和确认自己。郑小琼的散文深入地呈现了乡下人普遍的苦涩与卑微,进而看清自身所处的时代裂变的真切性。"山间的贫穷与城市富裕的巨大反差",集合成为某种带有意识形态特征的精神氛围,笼罩着进城的乡下人的生活,构成了乡下人在城市境遇中的被凝视的他者地位。身份认同问题正凸现于打工者的日常生活,凸现于他们的"脸部、眼神和每一个动作之中"。从乡下人到城里人,这个身份的确认和转换是一个艰难的过程。"打工作家"对这种过程的书写,是因为他们"渴望获得的其实只是一个平等竞争的权利":

> 看电视节目《狂野周末》,说的是非洲大草原上那些动物们的故事。我突然找到了我们为什么内心如此敏感而又脆弱的答案。那些生活在非洲大草原上的狮子、大象们,它们是草原上的强者,他们从来不用去警惕突如其来的攻击。哪怕一头病入膏肓的狮子,在面对猎狗包围时,依旧是那么从容。而那些弱小的食草动物,总是会练就特别灵敏的触觉,比如瞪羚,它们就能及早发现危险的存在,哪怕是一点风吹草动。
>
> 我突然发现,我们这些打工者,其实就是草原上的那些食草动物。
>
> 我们行走在外,对周围的事物总是保持着高度的警惕。这种警惕对于动物来说是必要的,可是对于我们人类来说,却是危险的。我们会因为这种高度的警惕而失去对人的信任。我们会过度将自己包裹、封闭起来,从而失去融入社会的机会和能力。于是我们走入了一个恶性循环的怪圈,我们选择了在这个社会的边缘行走。我曾在很多的小说中思考过这个问题,可是,在这里,谁也无权去指责我的打工兄弟姐妹们,我们从乡村来到城市之初,对这个世界其实是充满了渴望、好奇、幻想和信任的。我们来自乡野,踏入城市之初,都有着自然的清新和淳朴。然而当我们经历了一次次的打击之后,当我们的真诚一次次被现实玩弄之后,我们走向了另一个极端。我们这个群体开始对城市、对陌生人产生了信任危机。这是一种保护自己的本能,是一种自然法则下生成的条件反射,是严酷的现实使得我们这个群体失去了敞开自己内心的勇气。也有幸运者,像一株移植的植物,在城市里顽强地扎根、生长、开花、结果,然而这株植物为了适应另外的环境,必然地改变了自己,成为了另一株植物。在外打工,重要的不是如何成功楔入城市,而是以

何种面目楔入城市,可是我们大多数人都忽略了前者。我们的体内流动着农民的血液,可是,"农民工"这个词,在我们听来,却是那么的刺耳。我们渴望获得的其实只是一个平等竞争的权利,这就要求我们的内心首先强大起来。事实上,内心的强大谈何容易。我们在城市里总是活得小心翼翼,廉价挥霍着自己的青春。(王十月《声音》)

当代中国的现代化崛起,历史的发展和时代的嬗变,使得中国大地上到处闪动着由乡村奔向城市的身影。"从乡村来到城市",这首先意味着越过边界。不管这种越界行为出于什么样的原因,它都表示对以往生活的彻底否弃,对人类寻求幸福、自由权利的确认,以及对某种理想境界的追寻。越界也打乱了传统的地域、阶层、语言和文化的分界线。双重性是移民经验的本质。陷于两个世界之间,作为移民的打工者,要转换一个新的社会空间;陷于两种文化之间,作家要转换一个新的文学空间,重要的是要"以何种面目楔入城市"。王十月将从乡村来到城市的打工兄弟姐妹们比喻成草原上的那些食草动物,其身份情结是离散的,有一种无根感。"农民工"生活在城乡的夹缝中,造成他们在认知和感受上产生巨大的错位。于是他们感到了无根的失重,产生了自我身份认同危机。他们"行走在外,对周围的事物总是保持着高度的警惕","对城市、对陌生人产生了信任危机"。其实这不仅是"打工作家"所关注的问题,也是几亿背井离乡的人们所面临着的共同问题。在资本主义文化强行进入多年以后,突然的断裂使得一切都不再自然,传统已不复存在。一种潜在而深刻的认同危机在不同层面、不同程度上侵扰着"打工作家":生存或欲望、个人或阶层、社群或地域。由于独特的社会结构和移民文化,使得城市生活的每个个体都无法回避这种多元化的镜像,因此,对身份的追问与认同,成了"打工文学"的母题。"打工散文"所建立的身份表述,成为获取身份认同的诸多路径之一。

我们正处在一个新旧生产方式交替、城乡杂糅的时代。时空跨越产生了复杂的身份:它既是差异,也是趋同;既是过去,也是现在;既是包容,也是排斥。也就是说,由于跨越,传统的思维模式面临瓦解;过去与现在、内部与

 "粤派评论"视野中的"打工文学"

外部不再是二元对立,而是相互间既冲突又融合。重新思考自我身份的建构,对于新移民来说是缓解身份焦虑的必然途径。"打工作家"试图通过自己的移民体验,对自我身份的追寻和思考,从而建立起新的身份认同。"打工作家"向中国文学画廊奉献出一幅城乡冲突与杂糅的文学"细密画",他们的写作呈现了一个个尴尬的"乡下人"的形象,在无限的漂泊和动荡中,"乡下人"的面影斑驳灰暗,脚步迟缓、内心苍茫。尽管他们生活在城市里,但在他们的"身体上、心灵上、灵魂间烙上了一个乡下人的烙印":

多少年来,我一直是这样地在城市间生活,我一直不想让人看出我来自于贫寒的乡村。但实际上,我们的动作、表情已经泄露了我们不属于这个城市的秘密。这种胆怯连同我们的神态、动作、表情等交织在一起,凝结成了一个烙印,在我们的身体上、心灵上、灵魂间烙上了一个乡下人的印记。它是那样的敏感而沉重,我时时能感受到它的存在,感受到它像一台不停运转的印刷机一样,在我们的脸上不断地印着:乡下人,乡下人。这些年,我无数次目睹他们在火车站里的公用电话亭里被讹诈;他们举起伤残的手指躲在暗处哭泣;他们拖着职业病的躯体回家;他们睡意惺忪地走过城市的街头;他们讨不到工资而绝望的眼神……我的血液里、声音里已经饱含着他们的声音,他们是我,我的呼吸就是他们的呼吸。多少次,我站在印刷厂的窗口朝着外面工业区的街道上看,他们背着沉重的行李,他们弯着腰,走过。我仿佛从他们的背后看到一根透明的细丝线将他们牵引,从远方到这里,晃晃荡荡的命运,像一台衰老的老式卷筒印刷机一样摇动……

我的身边是一个有着三万多人的工业区的街道,拥挤着一张张疲惫的面孔,他们像许多片叶子,被风刮动着,不知吹向哪里,也无人在意。有一段时间里,我喜欢站在街口,看着来来往往的人群,我开始学着辨认他们的身份:在工厂上班,还是商铺里上班,或者是酒店的。虽然街道人头攒动,我还是能从一张张多如树叶一样的面孔去辨认他们的身份。我发现在工厂生活的工人一下子就会

132

被认出来，他们的脸上浮着一层机器式的麻木、惺忪。他们现在走在街头，但是依旧掩饰不了脸上那种因为加班而呈现的倦意，这种疲倦感像印刷厂的油墨印在白纸上印在他们的脸上，使他们在人群间清晰地浮现出来。（郑小琼《印刷厂》）

从"打工散文"的创作追溯到其叙述主体，可以发现：迁移生活给"打工作家"郑小琼带来了一种特殊的双重观察视角，使她能够站在两种文化的边际地带审视并思考"后乡土中国"的体制、文化方面的多种问题。这样的目光因为多了一层参照系而显得更加清晰和冷静。她的散文以其身份焦虑的表达，提供了观察乡土中国变化的一个例证。从二十世纪八十年代开始，乡村向城市迁徙和漂移的现象决定了中国当代文学创作视点的转移。在农耕文明与工业文明、后工业文明的文化冲突中，中国"乡土文学"的内涵在扩大，反映走出土地、进入城市的农民生活，已经成为作家关注社会生活不可忽视的创作资源。同时，反映这些农民肉体和灵魂游走状态的生活，也扩展了"乡土文学"的边界。一些"打工散文"，在这个意义上也可以称之为"后乡土散文"。

"打工散文"所潜隐的"城乡意识形态"，使这种写作具有复杂的文化政治意味。阶层意识、城乡意识等语词的意义组合，构成了"打工散文"的文化语境，成为其生命体验和文化心理的矛盾。"打工者"成为城市与乡村、传统与现代共同塑造的"中间物"，既与他者社会疏离又与自我社会疏离，具有主体暧昧的特点。"打工散文"的书写不仅仅是单纯的审美创作活动，而且是一种文化政治行为：从记忆政治的层面看，"打工散文"作为打工一族的话语，一种边缘的声音，其意义在于对抗沉默、遗忘、遮蔽和隐藏，争取打工一族的话语权力，使一种底层经验进入历史的记忆。"打工散文"书写具有了认同政治和身份政治的意义，抵达了幽暗的政治无意识。随着"身份政治"的兴起，作为一个概念，"身份"已被置于一系列急迫的理论论争和政治问题的核心地位。对"打工散文"的充分诠释，不是单纯的审美分析所能完成的，而必须打通文本内外，将文本分析放诸具体历史语境的权力话语结构之中。任何社会话语的生产，都会按照一定的程序而被控制、选择、组织和再传播，其中隐藏着复杂的权力关系。因而任何话语都是权力运作的产物。

当我们从文本细读的角度和综合的社会学、文化学、伦理学的角度来考量一个"打工作家"的时候,其身份问题就不能不是重要的。同时我们也要看到,任何写作都有它的生存状况、社会背景、历史根基,每一个写作者都有他所处的话语背景和生存背景,因此"打工作家"之间在写作上也存在着较大差异。换个角度说,就是身份认同可以分为许多种。在同一个大概念的身份认同的属类下,由于认同主体所处的自己与对象的结构内容不同,认同的内容也会是不同的,会出现不同的归宿要求。因此,身份并非一种界定或者归宿,而是对自身拥有的文化资源的不断开掘。如果我们能更关注这一过程包含的悖论、矛盾,更关注文化情感、生存策略对身份书写的影响,"打工文学"中的身份认同会呈现出更丰富的意义。这种文学反映的自我身份疑难,涉及对多种不同对象的自我—他者建构,从而形成了"打工文学"文化意义的复杂性。这种复杂性同时也揭示了对"打工文学"的研究从整体化、同质性的理解方式向对象细分的、动态的和文化的理解方式转变的必要性。在"打工散文"这顶帽子下,我们要看到不同的面孔和表情。比如塞壬散文所体现的身份意识,就是对"城乡意识形态"的一种补充:

> 1998年,我离开了那个露天的钢铁料场,放下了跟随我三年的激光分选仪——它被磨得掉了漆,锃亮锃亮的,有着浑然天成的立体质感,它像步枪一样优雅。怀念或者追忆,是一个人开始衰老的表征,喋喋不休、固执、多梦、易怒,就像我现在这样。我从来没有像现在这样深深地怀念那段生活。我时常去试图触摸我的1998,但总是忍不住要发抖,一种既明亮又隐秘、既悲凉又忧伤的情绪一下子攫住我,原本就要抓住的感觉一下子就滑脱了去,而后的内心就空荡荡的。那国有企业固有的意识形态、那庞大的生产链及有形和无形的机器,全部的声音是一个声音,全部的形态是一个形态,它们变成了一种回响,在我头顶隆隆而过,——不,它们是从我身上碾过。一些词只与时代有关,下岗、分流、算断,当那个时代过去,它们也就死了。我在一个下午脱下了蓝色的工装及红色的安全帽,空着手,一个人走出钢铁厂的铁门,它"砰"地关上了,它把一个

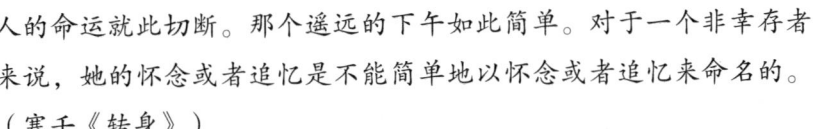

人的命运就此切断。那个遥远的下午如此简单。对于一个非幸存者来说,她的怀念或者追忆是不能简单地以怀念或者追忆来命名的。(塞壬《转身》)

身份认同是一个语境式的问题。塞壬的散文引入一些与时代有关的词,描述了特定时代里的特殊生活情景,使得文本具备了很强的厚度和张力。《转身》描写了国企改制工人"转身"所遭遇的心灵挣扎,他们要面对意识形态的转身,生活方向的转身,命运的转身,一系列的"转身"。"转身"属于曾经的那个20岁的国企女工,而经年之后的回味则属于如今的塞壬,这个依旧敏感的南下女子觉得究竟是什么变得愈来愈强大,像团黑压压的影子无声地压过来,"她的怀念或者追忆是不能简单地以怀念或者追忆来命名的"。塞壬的《转身》,是一种经历后的回头打量,特殊时代里的特殊生活,而这些"特殊"里凸显着人物特殊的命运,卑怯的、坚韧的,不可理喻的、也是令人吁吁的。语言节制,而叙述有力,在呈现里不断掘进人性本质和时代的荒谬。《转身》具有很强的历史穿透性和现实表达力度,叙述的是大历史背景下的小民的命运,爱恨情仇,处处闪烁着一种迷离、悲切而又悲壮的气息,读起来有一种震撼人心的力量。这篇作品是扎实的,激情内嵌,优雅从容,但却有着感人至深乃至引人思索、回味和联想的力量。关于生命的记忆常常需要这样的梳理。那个激光分选仪或许早已消失,但它留在了塞壬的文字之中,依旧是那些闪现着浓郁的时光味道。它不是卑微的,无足轻重的,而是充满生命质感的。这也表明,塞壬的身份叙事更具包容性。它不强求时空的连续性,但是它打造了过去、现在与未来的新型关系,将记忆的片断作为文化资源带入自己的文学创作中,展现一个时代的心灵和精神轨迹。"我离开了那个露天的钢铁料场。多年来,有多少次是因为这沉默和坚硬让我一次次离开,离开一个地方,一个事件,一个人和一段时光。广州、上海、深圳、北京、昆明、东莞、珠海,我还得漂往哪里呢?哪里才是尽头?这又是另一个主题,它同样令我沉默,坚硬,而且悲伤"(塞壬《沉默,坚硬,还有悲伤》)。在塞壬的散文里,钢铁料场只是一个模糊的背景,是塞壬的追问和怀疑。生活的变动以及相应的经验的复杂化,对塞壬的写作产生了很大的影响。其身份既是一个女性、打工者,又曾经是一个国有企业工人和诗人。而当这些复杂的身份以各种方式最终进入写作的时候,其散文所呈现的就不单是一种美学效应,而是更为复杂地呈现一个复杂时代生存个体的多重境遇。塞壬的散文罩染上了一层厚厚的关怀,并从这种关怀进入了生存的奥秘。塞壬的散文很好地将自己的生存背景融入了自己的写作,并找到了一种开阔而不乏明亮,平实而不乏想象之美的语言。当然,我的意思并不是说塞壬的散文就是如何如何完美、无懈可击,她的散文同样存在着需要进一步提升的空间可能,但是,她的散文具有了一种重要性,这种重要性体现在散文中就是能够呈现出个体生命与现实生存之间多重交响与反复叩击。在更多的散文里,塞壬试图跨越城乡、阶层、身份、文化、性别等边界,找到一种能使不同境遇中的人心都能得到真正沟通的爱。她的散文很大程度上是一种对世界、对生存进行自由而孤独的旁观或还原,更为注重个人生命体验对现实的独特介入和个人本体对所感悟到的世界的重构与消解。可能在她看来,相对于人类这一广泛的范畴而言,一切的差别和隔阂终究会在对更高更普泛人性的探求中悄然隐退。作为南下"打工一族"中的一分子,塞壬与很多"打工作家"明显不同,她的散文无法避免地写到打工生活,但她的文字力图呈现的是整个世界。

总体来看,"打工散文""打工小说""打工诗歌"的创作已经出现了某种类型化趋势,但创作类型化,不等于创作"模式化"。类型化甚至可能是丰富化的代名词。比如,"文革"的时候,我们只有一种文学——革命现实主义文学。改革开放三十年来,我们拥有了多种类型的文学:"伤痕文学""知青文学""朦胧诗歌""先锋文学""寻根文学""反思文学""改革文学""都市文学""乡土文学""大散文""文化散文""新散文""小女人散文""先锋诗歌""青春文学""新乡土诗歌""军旅诗歌""口语诗歌""西部诗歌""先锋诗歌""后现代诗歌""商战小说""官场小说""言情小说"一直到"私人写作""民间写作""知识分子写作""底层写作""身体写作""70后""80后"等,这些概念都是临时性的,它们都还不是科学的概念,但这些概念是可以通约的,文学界都知道这些概念具体指的是什么。这是丰富和新生。这样看,类型化就是好事,意味着文学创作格局的丰富,而不是单一。类型化与个人化并不是矛盾的,与个人性的美学要求并不相悖。对于"打工文学"创作,它有共同的要素,但是具体到不同的作家,对这些要素的运用和发挥是完全不一样的。一些"打工作家"之间在个性色彩、精神特质、美学趣味上的差异不一而足。就是对每一位作家而言,他创作风格的形成往往是一个不断发展的过程,其阶段性的特点也往往非常明显。如果把"打工文学"仅仅看作"集体命名",可能导致对个人审美存在的简化和取消。作为研究者,对"打工作家"进行分类也只是无可奈何的权宜之计,一些优秀的"打工作家"都是本质上的作家,一些优秀的"打工文学"文本都是本质上的文学。作为一种文化需求,"打工作家"试图提供的不仅是在酷烈的现实面前对自身身份的幻象,而且更重要的是通过自我建构,可以超越固定身份的刻板局限。正像布罗茨基在讨论"流亡作家"的窘境时说:"如果说我们有共同之处,那么我们还缺乏一个共同的称呼。"

第三章

发现和重塑被遮蔽的身体

"粤派评论"视野中的"打工文学"

　　"身体"在"打工文学"中的位置与意义比"身份"更为重要。"打工文学"的形式史、经验史、意象史,广东"打工文学"关于身体的大量书写,为当代中国文学的经验体系增加了新的内涵。尼采说:"决定民族和人类命运的事情是,文化要从正确的位置开始——不是从'灵魂'开始(这是教士和半教士的迷信);正确的位置是躯体、姿势、饮食、生理学,由之产生的其余的东西……所以希腊人始终懂得,他们在做必须做的事;蔑视肉体的基督教则是人类迄今为止最大的不幸。"身体的现实在"打工文学"的语言中建立起来,"文化要从正确的位置开始"才会真正实现。"打工文学"最初的创生就与身体性建立了直接的关系。人的身体首先即被编织进社会网络。人们其实都是以身体的存在直接与社会打交道的,人的身体与社会机制互相重构,身体其实是多种社会和历史因素合力规约的结果。一些优秀的"打工文学"关注的正是生命的肉体层面与文学的隐秘联系,特别是一些"打工诗歌"作品,几乎达到了身体与诗的同构,是生命诗学在思想内核上对自我本体的回归。在第十三章《身体的真相》中,我对"打工诗歌"中的身体书写进行了系统探讨。"打工诗歌"中所体验的身体、所显现的血色、所跳动的脉搏、所痉挛的灵魂、所扭结的肉感、所颤抖的神经,以及从生命的深渊处传来的沉重回声,既是生命诗学的思想起点,也是生命诗学的意义终结。无论是"打工诗歌",还是"打工小说""打工散文",都起源于个人化的感知世界而非公共事件和公共话语,极力描写人的身体感受和身体反应,身体与人的异化、价值理想、终极关怀等问题交织在一起。优秀的"打工文学"文本,在表达生命的体验和生存的感受时,从来都没有脱离身体。"打工文学"潜入每个具体的、肉体的生命个体的"内部",撕开了外在的工具理性、权力、物质化的话语遮蔽,敞开了人的存在的真实境遇。正如马克思主义批评家伊格尔顿所言:"正是肉体而不是精神在诠释着这个世界。""打工文学"密切地关注并紧紧地抓住了"肉体",也即在审美上抓住了"本体"。审美处理的对象是人类感性领域,美学的原初意义是关于感性的学科,"美学是作为有关肉体的话语而诞生的","打工

第三章 发现和重塑被遮蔽的身体

文学"也是作为"肉体的话语"而诞生的。有身体的写作是一种有感觉的写作,有活力的写作,有第一性的写作。一些"打工作家"在写作的第一现场,用"我"这个活生生的、有感觉的身体来面对事物和经验,写出自己的真实感受。身体感觉是较少异化的领域,身体的感觉才是真实的感觉,身体的经验才是真实的经验。正如伊格尔顿所说:"马克思是最深刻的'美学家',他相信人类的感觉力量和能力的运用,本身就是一种绝对的目的,不需要功利性的论证。""打工文学"的最大贡献,是它发现和重塑了那些被遮蔽的身体,开拓了底层世界的感觉领域。

"打工文学"最宝贵的是一种固有视野外的身体经验呈现和一种生命意识、感性的觉醒。生命体验是决定作家、艺术家能否构建一个独特的精神世界的关键所在。强调写作的存在感和精神性,强调艺术与生命经验的关系,对于丰富中国当代作家的文学维度,有着不可忽视的价值。在《文化与社会》一书里,在关于新批评派代表人物瑞恰兹的论述中,雷蒙德·威廉斯指出:"从根本上讲,艺术家的重要性在于,他比普通人能够体会到更为广阔的经验领域。""审美主义者独处在一个充满敌意的环境中,接受和组织着自己的经验。"经验与真理相对,与理论相对,最终是与文化相对,经验性的写作是一种非文化性的写作。在"打工文学"写作中,"打工诗人"写的"打工诗歌"所取得的艺术成就最大,"打工作家"写的"打工散文"也明显优于其他作家写的打工题材散文,但在"打工小说"写作上,"打工作家"似乎略逊一筹。在"打工作家"王十月的中篇小说《国家订单》荣获第五届鲁迅文学奖之前,鬼子、邵丽等作家的"农民工"题材小说早已荣获该奖。这种写作格局的形成,可能是因为小说是虚构艺术,诗歌是体验艺术,散文也强调对亲历性经验的重视,"打工诗歌"的艺术形式与"打工诗人"自身内在的生命体验是一致的,体现了诗人对形而下现实生存和形而上生命存在的观察和思考。"打工文学"得以成立的根本不仅是题材,还有经验以及经验形式。经验与人有关、与身体有关、与所有的感官有关,与一种未知的秘密有关。"身体"虽然是"文化研究"中的一个重要领域,但在经验和体验的层面上身体却呈现出了"反文化性"。最高层次的艺术体验是排除了"文化"左右的终极生命体验的边缘之地。艺术的理想就是与生命意识的切近。在我看来,文学便是生命经验的结晶体，是作家对自己生命经验的艺术呈现。而这样的生命体验往往与"文化"无关。艺术在文化中没有意义。艺术体现人类精神的本质性，而文化体现人类精神的工具性。许多人误以为艺术就是文化的载体，结果把艺术变成文化、政治的解释或定义，把艺术的本质完全扭曲了。一个作家如果受到固有"文化"的规训，就会扭曲生命内在的体验。美国新历史主义批评家格林布拉特认为，文化"是一种物质产品、观念和处于束缚、接纳、联合状态的人们进行协商的特定的交易网络"。"作家正是破译这些密码的专家，是文化交易的行家里手"，但作家也容易被这些密码所控制，"在商谈和交易的隐秘处"，甚至会压抑、脱离、篡改自身的生命经验，让有血有肉的身体变成"文化的身体"和戴上面具的身体。

蔡翔曾经提出这样的质询："同样是'女性'，为什么'下岗女工'很少甚至从来没有进入过经典的'女性文学'的书写范畴，为什么呢？所谓的身体写作也将面临同样尖锐的质询：同样是'身体'，为什么被大火烧死的深圳原致丽玩具厂的女工们的'身体'却得不到文学的书写？我们看到的只能是，在对'性别'或者'身体'的抽象的阐述中，'阶级差别'实际上被深深地遮蔽，被遮蔽的，还有更加真实或者更加残酷的生活的一面，现实中差异性被意识形态有意无意地悄悄'缝合'。" 被此前的"身体写作"所遮蔽了的更加真实的身体，正在从"打工文学"中非常有力地凸显出来。"打工文学"是一种身体在场的写作。"打工文学"对身体的书写，揭示了铭刻于身体经验中的社会现实以至于历史的烙印。与当前流行的"身体写作"相比，这样的写作，在生命的颤栗中，把它的不安、颓废、兴奋、热情转译出来，给历史留下了刻骨铭心的感觉表达，发现和指认了一个时代的身体真相。

一、他们拥有身体而且他们就是身体

"有一个和人类有关的明显而突出的事实"，特纳在《身体与社会》的开头这样说道，"他们拥有身体而且他们就是身体"。换言之，身体构成了自我的环境，它和自我不可分割。身体作为一种实存就是个体身份及其思想、观念、立场的显在化，也就是说，它并非仅仅只是普适层面上的身体本身。身体和主体可以互相取代,"我"即我的身体,身体并非只是一个外在的认知对象,它具有经历知觉的能力,可使万物在身体感知中彰显出潜藏的奥秘,进而在主客体的感知中确立身体所属的人的主体性。身体的一些基本活动的方式,如睡觉、吃饭、坐立、走路、做爱、生育等等,不应该仅仅理解为是自然的,而是一系列的"身体的技巧",这些技巧是在特定的社会语境中学习出来的。大部分身体技巧服务于一种更实用的功能,关系到一种社会秩序的需要,或者说它是一种禁止无序活动的机制。正如"打工诗人"张守刚在《排队》一诗中所写的那样:"从进厂的那天开始,她就开始排队。排队上洗手间,排队打卡,排队去上班,排队去打饭,排队领工资,然后排着队让一年过去"。身体意味着此在、真实、具体,它是物质的灵魂。当都市的中产阶级的身体被话语权力肯定而形成一种强势、主流话语之时,不少边缘的同时也是大部分的身体却淹没在沉默中。被规训在底层的身体,以及这些身体所具有的极为丰富的表征,必须被诗人所揭示、细究和穷尽。身体就是诗歌的自然界,人类的诗歌一定是通过人的身体,成为身体的一部分,成为身体的外接或者延续。

诗人林雪在《蹲着》一诗中发现"一个蓄意的,紧张的平民姿势":

在乡村古老的槐树下,巨大的树荫像一个梦∥在公路或自家的宅屋外,在田埂,场院／窝棚的出口处。在采矿者聚集的坑地里／在庄稼坡地旁∥在悬挂锄头和镰刀的壁前,在天井的白光里∥在建筑工地巨大塔吊的钩子下面／在脚手架的基础边。在深夜因寒冷／而无法入睡的工棚里∥在向老板讨要工资而无结果后／在空旷的院落里,黑压压的兄弟们／企鹅一样蹲着／还未到来的生之空隙中∥在自己的怀疑里。在他们无法／控制的力量后面∥雨季。大风。地球公转。太阳离开／北回归线。在由一只手／摆布的命运之中∥在事物的逻辑顺序中∥在一切尚未开始之前。在一切已经／结束之后∥蹲着。一个蓄意的,紧张的平民姿势／被舞厅酒吧摒弃的姿势∥在磁性的大地中央站起来／蹲着的部落。带给我一半光线／和一半阴影的我的诗歌

 "粤派评论"视野中的"打工文学"

身体是被社会性地建构和生产的;身体被碎片化了而且有多种多样的身份。对于"蹲着的部落",生命的高度在他们身上还原成了最务实的两个字——生存。诗人把目光投向磁性的大地,投向那些真正创建历史的卑微的民众,投向那些蹲着的身体,目光中多了一份哲学的审视和宗教的悲悯。诗人从农民工日常生活细节里提炼出"蹲着"这一最能概括他们生存状态的动作意象,展开富有张力的言说。这样的诗建立在直觉描述和自由想象基础上,极富质感,剔除或悬搁了主观的抒情和对形而上的阐述。在林雪跳跃的文字和深邃的意象中,我们分明感到一种在生命隧道中蹲着的感觉,诗歌仿佛就是一个个视角画面的拼贴,揭示了"事物的逻辑顺序"。诗人以平视的角度,通过"在……"的介词短语,把卑微和破碎的生活细节组合起来,让我们看见被忽略的身体姿势,被舞厅酒吧和中产阶级摒弃的身体姿势,向我们敞开了一个未曾解释的边缘域。与诗人林雪相比,王夫刚对"蹲着"有一个特写镜头:"火车就要开了,他还蹲在从候车室/到站台的甬道中抱头而哭,他们同伴/还在冲着电话不知所措地喊着/没了,没了,全没了/……很快火车开了,广州远了/哭声远了。暮色中,有灯光的车厢//像一片温暖移动在祖国/从南往北的星空、乡村和城镇"(《蹲在广州东站痛哭的返乡民工》)。面对一个蹲着痛哭的被窃民工,一个诗人应该具备最起码的悲悯与冲动。这也是我们的世界需要诗人的理由之一。

在工厂打工,起先/不管睡得多沉/梦中徜徉于何处/只要上班铃一响/我都会一跃而起/胡乱抹一把脸/赶往车间打卡上班/后来,因为一次差错/导致迟到和罚款/短暂的睡梦里/就总是听到铃声和打卡声/就总是不断地醒来//总想睡个踏实觉/上班时想,吃饭时想/上厕所时想,时时都想/好不容易盼到放假的一天/躺在床上,却满脑子兴奋/怎么也睡不着(刘大程《总想睡个踏实觉》)

这是一个经典的叙述,"打工诗人"刘大程抓住了一个有价值的叙述"点"——想睡而不得,得睡而睡不着。打工生活在这一个不断深入的矛盾中呈现出了残酷的一面。全诗没有一个大词,也没有一个激愤的句子,口语化叙述,朴实而稍带戏谑的平静。但其中所包含的苦难和对苦难的超越精神,却让人瞥见了诗人撼人的人格力量。在另一首关于睡觉的诗歌中,刘大程发现:"一个打工妹趴在台面打盹/这是中午,流水线停止流动的间隙/她为什么不去宿舍/那里有她的一铺铁架床/我想,她一定是怕睡沉了/尖叫的电铃也无法把她吵醒//一个打工妹趴在台面打盹/在她身旁,是永远也移不平的货山/从这里经过我已留意她很久了/我与她有同一个毛病/才让闹钟提前把我叫起//一个打工妹趴在台面打盹/她打盹的姿势很疲惫/此刻她可以流水线般完成一个梦/在梦里,她回到家乡和童年/或者挣到满意的钞票,或者/遭遇美好的爱情//上帝,请让钟摆转得慢些/请把周围的噪声降到最低"(《打盹的打工妹》)。这是一种真实的、直接的、现场回放式的书写,诗人通过对身体睡觉场景的目击与触及,完成了对打工者生存环境的敏感体验与勘探。难怪叶芝则更加干脆地把写作视作"身体在思想"。理由很简单,诗歌创作不依赖我们自以为完备的明辨是非的判断能力。"诗歌叫我们触、尝,并且视、听世界,它避免抽象的东西,避免一切仅仅属于头脑的思索,凡不是从整个希望、记忆和感觉的喷泉喷射出来的,都要避免。"用诗歌守护人类,就是守护身体的触、尝、视、听,就是守护身体思与在的权力。现在,"打工诗人"成了生活的叙事者,身体的守护者与见证者,为他眼睛里所看到的一切写下身体的证词。

  厂里发给我们的洗手票/我们像存折或现金一样保管着/上洗手间,它是通行证/这是上午十点钟/上班后第一次上洗手间/她感觉有些腰酸背痛/捏在手中的洗手票/给她带路/在洗手间门口/已排满了等着方便的人/手里的洗手票已汗津津的了/面目全非(张守刚《洗手票》)

  "道在屎溺",这是《庄子·知北游》里说的话。便溺是身体的一个基本机能。现代化的进程伴随着对人类身体的控制,其一就是"便溺自由"的逐步丧失,厕所不仅是对"高贵"的祛魅,同时也可以是"低贱"的隐喻。诗人所写的洗手票,缺少对打工者身体的人本关怀,这些,都体现着资本社会对劳动者身体的支配与抑压。这样的身体,构成一个高度组织化的身体,一个中心性的身体,一个层级化的身体。它被严格的语法秩序所编码。洗手票就是打工者身体命运的编码,就是身体的悲喜剧。"手里的洗手票已汗津津的了/面目全非",传达出打工者深切的身体焦虑。

身体的饥寒交迫是历史的基础性动力。"1999年的黎明/我站在自己的身体上/我喊人类/人类不理睬我/我喊我自己/我自己还在做梦"(谢湘南《1999年的黎明》)。诗歌,就是身体,身体里面有我们所能看到与看不到的一切。我们的身体就是社会的肉身——这种肉身状态,正是写作需要用力的地方。今天,很多人的写作之所以显得苍白无力,就在于他的写作几乎不跟这个社会的肉身状态发生关系,他的写作,总是在社会意识形态或某个超验的思想结论里进行,凌空高蹈,停留于纯粹的幻想,看不到任何来自身体的消息。真正的写作必须面对身体,面对存在的每一个细节,面对这个社会的肉身状态,留下个人活动的痕迹。"打工诗歌"是对身体性感知的经验命名,是对生存现场原声的应答和照看,是对生存个体的身体性感受与经验性的真实表述。"打工诗人"用自己的眼睛看,用自己的耳朵听,用自己的大脑思考,用自己跳动的心脏说话,他们主动地将自己的身体和身体所感知的细节呈现出来。像谢湘南的诗歌中就出现了大量的"胃", 将个人的生活状态附着在身体细节上,把打工者卑微的生存状态表现得淋漓尽致。

> 炒米粉和白菜汤在胃里蠕动《深圳早晨》

> 离父亲的胃病最近《星期天 在邮电所集合》

> 五块钱的盒饭只能占住胃的一个角落《1996年3月的广州火车站》

> 我的胃在颠簸一部历史《中巴车上的粤语歌曲》

> 胃酸在蠕动/在胃里《客居田心村》

第三章　发现和重塑被遮蔽的身体

胃部的胀痛吵醒我……／胃饿　下楼《五一节在深圳生病》

在时间的胃部　我注定被排出《海岸线》

从快餐盒跑到一台机器的胃
……
我呆着　意志在颠覆胃《呆着》

关于价值　老板会跟我的胃　解释《对抗》
（以上诗歌均来自谢湘南）

　　身体及其症候在诗人的内心地盘反复地撒下阴影。身体，它的某一个部位前所未有地在诗人沉睡着的内心深处苏醒过来。对生存的敏感来自于对自我肉身的敏感。谢湘南是忠实于自己身体的诗人，在他的语言里能发现他身体的气息。胃是身体能量的发祥地，是我们的图腾。谢湘南诗里的"胃"，让我们隐约感到饥饿和病痛对诗人的折磨、感到了故乡对诗人梦幻般的折磨。好像一只多日找不到吃的候鸟的神情——无助而无以言表。任何一个在底层打过工的人，都会理解谢湘南诗中对"方便面""炒米粉""热汤""面条""矿泉水"等低热量物质的热爱和仇恨。"长客上一颠簸／家乡便开始在胃里顽固不化……／一次次抚摸哽在胃里的家乡"（赵大海《隐痛》）。"一截油条／就是一顿早餐的分量／油条在清晨惺忪的睡意里／是一只伤心的胃"（张守刚《油条》）。"开饭的铃声响了／饥饿使劲敲击着胃壁……／排队打饭／其实很像我们的打工生活／在长长的忍耐中／等待／那么一点欣喜与慰藉"（罗占勇《排队打饭》）。"说出来你们不要笑话我／我总是将饭堂里用过的／饭勺随身带着／在车间　在宿舍　甚至在工业区的某条马路上／这吃饭用的工具／五寸多长　帮助我／将碗里的饭菜送进胃里／……我不能屡次失去一块钱一把的／饭勺　将它装进裤袋里／跟随我饱一餐　饿一餐"（张守刚《饭勺》）。这样的诗歌，像显微镜一样显现出生活的真实与身体的本真。最感人的创作是关于一些渺小的事物、被遗忘的小地方和一个个卑微的被时间所折磨着的身体细节。这个世界有太多卑微的事物被人类的眼神所忽视，只有诗人发现了他们并长久的注视着他们小小的胃。

> 在一条公路边上／我遇上了一窝蚂蚁／我蹲下来，同她们／一起搬运这个春天／她们的胃是那么／的小／她们的愿望是那么小／／这些蚂蚁，多么像我乡下的兄弟／她们执着地把忙碌搬到城里／把简单的生活搬到城里／把未来搬到城里／／瞧，这些蚂蚁／以她们的小，以她们的轻／以她们的坚韧，爬在／命运的脉络上／／世界很小，与一窝蚂蚁相遇／是有福的。我突然发现／自己也是一只蚂蚁／卑微地活着，并深深地／爱着（郁金《公路边上的蚂蚁》）

> 在城市的腹地，蚂蚁登上一颗透明的沙粒／打量着人类脚掌的高度／只有蚂蚁才能确切数清，我们究竟丢失了多少东西／蚂蚁奋力举起一粒饭，像一匹小小的马（石城《蚂蚁》）

"她们的胃是那么／的小／她们的愿望是那么小"。人类的脚步要踩死一只蚂蚁多么容易！可是，要仔细打量那些"在城市腹地上"的蚂蚁们，人们是不是要停下脚步，弯下腰来？诗人借助蚂蚁这个意象，从深层的角度有效地展示、剖析民众底层生活真相。这些日常的微型物象表明诗人体验与把握的深刻性和精确性，从而逃避了那种无边空洞的类型化语境。诗人试图说出这个纷繁复杂的世界背后的秘密，未被揭示的身体的秘密、时间的秘密、现实的秘密、甚至是诗本身的秘密。"蚂蚁奋力举起一粒饭，像一匹小小的马"。蚂蚁所拥有的轻和坚韧，正是底层民众的隐喻和象征。那些进城的民工兄弟，他们像蚂蚁一样卑微地活着：

> 民工的衣服很少／除了身上的／晒着的那一套就成了唯一／／脱下脏得要命的衣服／泡在水里／让衣服在水里也流一次汗／／衣服在身上时／汗水已经将衣洗了好几遍／也把劳动洗了好几遍（张

绍民《民工洗衣》)

  他们缝啊缝／加班加点地／为他人打造包装／自己却赤裸裸地／被生活围困（张守刚《制衣厂》）

  我们的衣服对于我们大多数人来说，也都是我们身体的一部分，我们不可能对环境完全漠不关心：穿在我们身上的那些纺织品就像是我们的身体乃至灵魂的自然延伸。"那么多不认识的老乡／长着故乡红苔洋芋的模样／即使身穿慵懒的厂服／也能嗅出家乡气味"（张守刚《老乡》）。每件厂服都裹着一个青春，裹着一个渴望，裹着一个打工者的命运。衣着或饰物是将身体社会化并赋予其意义与身份的一种手段。个体和非常个人化的着衣行为，是在为社会世界准备身体，它使身体合乎时宜，可以被接受，值得尊敬，乃至可能也值得欲求。穿合适的衣服，展现我们最好的一面，我们就对自己的身体感到安闲自在，反之，若在某个情境中着衣不当，我们就会感到尴尬、不对劲和脆弱。有鉴于此，着衣既是身体的私密性经验，又是身体的公开表达。日常生活中的衣装总要比动物的外壳意味着更多的东西，它是自我经验和自我显现的一个密切的方面，它与自我的身份联系是如此的紧密。

  他们来自乡下／他们要去的地方很远／那里叫生活，或者叫漂泊／／这是一个冬天的夜晚，在火车北站／我看到他们裹紧厚厚的衣服／像粽子，还像粗糙的红薯／横七竖八地躺在角落里／有的已经睡去／口角的涎水湿润了梦里的乡情／搭在身上的被子／就像命运中一件单薄的风衣／／我轻轻地穿过去，把脚步一再压低／这群来自乡下的民工，我和他们似曾谋面／年长的，有我的父老乡亲的面孔／年轻的，有我的兄弟姐妹的眼睛（熊焱《民工》）

  民工是生活在城市里的乡下人，是"无数卑微地说话的身体"。城市因现代的优越在需要他们的同时，却又以鄙视的方式拒绝着他们。在城市的人流中，我们通常一眼就能把他们辨认出来。"他们裹紧厚厚的衣服／像粽子，还像粗糙的红薯"。这些身体都有自己的坎坷,自己的历程,自己的传记,以及自己的欢喜和愤恨。这样,我们就会看到,身体作为一个区分标记、作为一种身份、作为阶级差异的象征出现在诗歌里。"年长的,有我的父老乡亲的面孔/年轻的,有我的兄弟姐妹的眼睛"。他们漂泊在城市中,为城市透支着自己的体力,他们的身体却在遭受城市的屏蔽。他们数量巨大,然而,沉默。也许只有诗人才能听见他们卑微的声音。"从长安街到广州大道/这个冬天我从未遇到过'人民'/只看见无数卑微地说话的身体/每天坐在公共汽车上/互相取暖。/就像肮脏的零钱/使用的人,皱着眉头,把他们递给了,社会"(杨克《人民》)。身体是一个巨大的现实主义,也是一个带有无望(希望和绝望)性质的梦想主义。"工业区——它们蜿蜒成/一条黑暗中的路/啊,这些阴郁的日子/从奔波中渗出,被我铺开,浪掷,虚度/这些荔枝林在消失,蹿动着黑色火焰/我扑倒在地,身体成为一条/走向你的道路,沿着我长满节疤的躯体/缓缓靠近你"(郑小琼《身体》)。身体是一条被"铺开在黑暗中的道路",我们身体的表面和内部都被市场化的南方打开,经济的飞轮踏它而过,骄人的资本由它堆砌,在那条通往物美价廉和花天酒地的过道上,还有谁会留意践踏在脚下的那"长满节疤"的身躯?诗人用文字发现一条道路,写下一条道路,那条道路就是寄养着光阴的身体,就是我们自身。

诗人关注身体,是要通过身体表达人类的情感、本能、性别、权力等的关系。而对于"打工诗人"而言,他们从沉默的身体到说话的身体,他们不断地鼓励身体去发声、讲述和诉说,像奥古斯丁的忏悔一样招供,讲出身体的欲望和快感、暗流和明媚、体验和伤害。这些说出的身体,既包容万千又挂一漏万,既藏垢纳污也精心豢养,既伤痕累累也感性张扬,既是道德义务的断裂点也是工业文明的接合点。因此,"打工诗歌"关于打工者身体的书写,与中产阶级的身体美学形成了巨大的对比。中产阶级的身体美学制造着时代的时尚,并推动着身体的修辞学。但这种时尚的背后一直潜隐着控制、支配、认同的文化政治,或者说,身体的消费水平和塑造程度已经成为这个时代未被言说的"身份"的表征。从全球范围来说,这个时尚不是落后国家和地区制造的,而是发达国家和强势文化制造的;就某个国家和地区来说,不是边缘群体和底层民众制造的,而是中产阶级引领、制造的结果。因此,形体的意识形态为社会规定了隐形的测量尺度和评价标准,它是上流社会和底层社会、聪明和愚蠢、健康和病态、勤俭和懒惰、性爱和性冷漠的尺度和标准。在中产阶级文化中,打造身体、容貌等是他们推出的核心内容。于是,身体修辞的主要场所是美容院、健身房、桑拿浴、按摩室、网球场、高尔夫球场等,然后是瘦身、瘦腿、文身、文眉、文眼线、人造乳房、美容和美体。在日常生活中,在资本掌控下的各种媒体,都在营造富裕时尚的都市图景,都在营造中产阶级的身体,很多人也以为这就是中国当下的全部。但在歌舞升平景象之后,在城市的繁华之后,又有太多另外的生活,有太多不能发出声音的、被遮蔽的身体。就身体叙事而言,中产阶级女性的"优雅""体面""匀称""靓丽"等,加剧了底层的焦虑和羞愧。这就是人们所遭遇到的文明,正如波德莱尔说的:"我几乎不能想象任何一种美会没有'不幸'在其中。"这样的年代,诗歌就不单单是一己的抒情和吟唱,它应该对世界有所指出、发问,让话语去触及现实的境遇,这也是诗歌存在的根本所在。诗人试图在繁华的表面生活下面,去呈现被遗忘被规避的身体,将被遮蔽的现实揭开,将真实的底层身体复原到我们的记忆。

二、疾病的隐喻

"疾病是生命的阴面,是一种更麻烦的公民身份。每个降临世间的人都拥有双重公民身份,其中一个属于健康王国,另一个则属于疾病王国。"这段话出自《疾病的隐喻》一书的引子,作为思想者,作者苏珊·桑塔格关注的并不是身体疾病本身,而是如影随形附着在疾病身上的隐喻。所谓疾病的隐喻,就是疾病之外的具有某种象征意义的社会重压。疾病属于生理,而隐喻归属于社会意义。现实世界对自由的压禁,对身体无所不在的侵扰占领,诗人尤其是"打工诗人"在"疾病的隐喻"上做出了或悲沉、或愤怒、或怀疑的反应。

一种不明气体 / 在制鞋车间里弥漫 / / 这是春天 / 春天不会倒下也不会撤离 / 春天里的叶子只会在 / 一种风里轻轻地颤抖 / 就像大多数人的幸福和爱情 / 只含蓄地传递给亲密的肢体 / 在语言触摸

不到的地方／轻快地发出它的声音／／这种声音多么内在／但它和制鞋少女无关／制鞋的少女／她们的身体／是一箱箱统一编码的工衣或鞋坯／登记，归类，封闭，重复使用／／就像人事部经理说不出她们的名字／她们说不出工业区鞋厂太多的隐秘／一种不明的气体／正穿过少女的身体／／电视广告插播——一双放大的鞋／在没有极限的大地上奔跑／时代广场／一字排开的精品鞋店／人们讨论时尚、诗意、美以及信念／手掌上的鞋／手掌上留下青春腐蚀的细节／一种被证明有毒的气体／继续在青春的车间里漫延／／新闻转播：一位离厂的少女倒在贫穷的乡间／她的工业生涯是一张可疑的病历／另一群制鞋少女／在禁止说话的车间里想象春天／／一双鞋，一千双鞋，无数双鞋／在我们身边的时代里奔跑／它深度击打的声音／叫着前进／／——它绕过了春天的叶子／和少女的身体（方舟《制鞋少女》）

从方舟对制鞋少女感人的抒写里，我们看到诗人对底层生存的关怀、对劳动者境遇的悲悯和对身体尊严的捍卫。《制鞋少女》中电视新闻画片、想象的制作车间、名牌鞋的广告解读、乡间无钱治病的病中少女、时尚店等场景的转换和穿插都是意在增加作品的层次，让制鞋少女的身体包涵更多的具有某些悖论意味的时代信息，让我们看到身体所处的真实现场、处境和命运。"她们的身体／是一箱箱统一编码的工衣或鞋坯／登记，归类，封闭，重复使用"。身体具有一种强大的生产力，它生产了社会现实，生产了历史，身体的生产就是社会生产。打工者的身体"不分昼夜的拉动着／老板的订单，利润，GDP，青春，眺望，美梦／拉动着工业时代的繁荣"（郑小琼《流水线》）。曾经当过打磨工的"打工诗人"黄吉文在《打磨工》一诗中力图转化身体的苦难，力图把"旋转的车间 轰鸣的机器／合演一场工业的颤音"而在幻觉中把自己当成"民间乐队"。可是，一面是火花、火焰，一面是脸孔和内心的黑暗。"能掏出火焰的打磨工——却不能镀亮内心的黑暗"。不论是书写制鞋少女的身体，还是书写打磨工的身体，在这些诗篇中，我们都能发现每首诗都有被压抑下来的心事，被延误的幸福，落空的期待。生活留给他们的是

第三章　发现和重塑被遮蔽的身体

"一片咳嗽跌落的声音／比噪音重　比尘埃轻／叫嚣的烟尘／顺着一脉呼吸遁入肺叶／沉淀成我们多年后的病痛"，是迷失在蛮横的生产方式中的冰凉身体。仔细看看的话，这一切与资本的流动品格有关，与资本更多地把市场风险留给劳动者的诡计有关，尤其权力很多时候都站在资本一边。它们的结合把风险与难题全部留给了无力承受也只能承受的打工者的身体。他们的身体如尘埃一样被任意肢解、移植和占有，人的主体性完全分裂、丧失。

在五金厂／老板狠狠地掏着／我们身体里的时间和力气／掏着智慧　光和财富／他尖刻的眼光／酸薄的言语／像切割机切割下来的边角料／填充到我们的身体／我们体内的空洞／越来越深　越来越难以承受／他贪婪的挖掘／／最终　他臃肿的形象／在我们心里／塌方（李斌平《掏》）

一台报废的旧冲床／被精明的老板／用低廉的价格／买下　拖进工厂／可是　旧冲床的脾气／却变得倔强暴躁／只要一接通电流／就发出恐怖的声响／背井离乡的打工者／为了生计／提心吊胆地面对／钢牙铁齿的旧冲床／小心翼翼地与它合作／然而　换回一身的疲惫／和无法抵挡的瞌睡／终于让旧冲床有机可乘／一声惨叫／四根手指被它斩落／打工者从此残疾一生（王涛《旧冲床》）

"我们体内的空洞／越来越深　越来越难以承受"。但承受一切该承受的，是当下"打工诗歌"写作命定的位置，又是其态度。"打工诗歌"承受的是一个时代的疾病，是灵魂被移动、身体被肢解时所发出的凄厉的叫声，是一部工业史的空旷和寒冷。根据统计，在珠三角地区的工厂里，每年被机器切断的农民工手指超过四万根。"四万根手指／也许就像寒风撕下的枯叶／再也不能回到树干／／四万根手指／也许正像掉在地上的枯叶／慢慢地变质腐烂／成为蚂蚁和蚯蚓的食物／最终成为了泥土／／四万根手指／如果他们有回忆／也许他们会想起少年时期／掏过的鸟巢。青春时放飞的梦想／牵过的情人温暖的目光／抚摸过的孩子的头／／四万根手指／用殷红的鲜血和撕心的疼痛／

告别筷子。钢笔。电话/也告别人民币。生活。主人/可没有了脚走路的手指/他们又如何能回到故乡/回到当初挥手作别的村口"（宋显仁《四万根手指》）。"身体"在诗歌中的被围困、被肢解和相互寻找，这是"打工诗歌"中常见的情境：

　　一阵骚动之后/车间陷入了暂时的寂静/有人惊诧 有人在熟悉地比划/——流血的过程//笑声 又轻轻扬起/我第九位断指兄弟/再次成为茶余饭后的谈资//冷冷地转身 我不想看见/兄弟的伤痛/喧哗的车间 遗弃了我/在黯然神伤中 我出离愤怒//还有多少手指/正在背井离乡/还有多少血迹/将会被我们若无其事地淡忘/没有人知道/我心中的阵痛/我紧握的双拳/和他们的笑声一样 没有方向（彭易亮《第九位兄弟断指之后》）

　　梅洛·庞蒂的"世界的问题，可以从身体的问题开始"，似乎成为当下时代境遇最为恰切的象喻。毫无疑问，这是一个充满伤病的时代。这些充满伤病的身体并非不可避免。它们需要得到矫正和干预。任何一种疾病都同其他的疾病相关联：物质疾病和身体疾病相关联；身体疾病和社会疾病相关联；社会疾病和文化疾病相关联，等等。这些疾病相互转化，相互生成。它们的内在性和外在性一并置于表面，并毫不掩饰它们的冲突焦虑。事实上，早在二十世纪初，当西方社会同样为物欲横流的时代欢呼雀跃时，弗洛伊德已经把世界推到了病房，尖锐地指出这是一个充满疾病的社会。而真正意义上的诗人，不应该成为病毒的携带者和演绎社会疾病的小丑，而应该把诗歌融入生命真切的存在之中，用痛楚或者狂喜的手指触摸本真生命的纹理和细节，像触摸胎儿的脐带和灵魂的叶片，凝视身体颤动万物的瞬间和力量。

　　多少树在落叶，多少人在衰老/灯火照耀的星辰，在十月的轰鸣间/听见体内的骨头与脸庞上的年轮/一天，一天，老去/像松散的废旧的机台/在秋天中沉默//多少螺丝在松动，多少铁器在生锈/身体积蓄的劳累与疼痛，化学剂品/有毒的残余物在纠缠着

第三章　发现和重塑被遮蔽的身体

肌肉与骨头／生活的血管与神经，剩下麻木中的／疾病，像深秋的寒夜……上升着／上升，你听见年龄在风的舌尖打颤／身体在秋天外呼吸，颤栗／／招工栏外，年龄：18—35岁／三十七岁的女工，站在厂门外／抬头见树木，秋天正吹落叶／落叶已让时间锈了，让职业的疾病／麻木的四肢，起伏不定的呼吸……锈了／十几年的时光锈了，剩下……老／落叶一样的老……在秋风中／抖动着（郑小琼《三十七岁的女工》）

"身体"是个人在场的标志之一。当一切外在的梦想、意义和价值都破灭之后，或许，肉体、身体成了唯一的真实。三十七岁的女工，她一生中最宝贵的青春年华就这样被工厂、机器吞噬着，身体积蓄着劳累与疼痛。历史在某种意义上只能是身体的历史，历史将它的痕迹纷纷地铭写在身体上。身体是事件被铭写的表面（语言对事件进行追记，思想对事件进行解散），是自我被拆解的处所（自我具备一种物质整体性幻觉），是一个永远在风化瓦解的器具。18-35岁，是身体不断生锈的历史，是身体沉默无语的历史。"奔波的生活像细雨一样淋着肉体"。对女工的诗性关怀，不再仅仅是形而上的、认识论意义上的抽象概念，而是与生命有关的，极度感性的，由身体而不是观念构成的。"生活的血管与神经，剩下麻木中的／疾病，像深秋的寒夜"。这样的诗句不可能只是理性意义上的绝望，因为绝望，甚或希望，都是源于感性上的那种刺骨感受。郑小琼的诗并没有让位给纯粹的肉体，因为这个肉身的主体只有在社会的意义上才可能具有身体性。今天的社会问题，最终涉及的总是身体，即身体及其力量、它们的可利用性和可驯服性、对它们的安排和征服。三十七岁女工的身体因此是备受蹂躏的身体，被宰制、改造、矫正和规范化的身体，是被一遍遍反复训练的身体。我们看到，这样的身体不再是洋溢着动物精神的身体，洋溢着权力意志的身体，洋溢着超人或者精神分裂症理想的身体。"麻木的四肢，起伏不定的呼吸"，这不是喜气洋洋的身体，而是悲观、被动、呆滞的身体，"像松散的废旧的机台"。身体是一个整体社会的隐喻，因此，身体中的有毒残余物也仅仅是社会失范的一个象征反应，身体是社会组织和社会关系的隐喻。对于郑小琼来说，身体一旦离开了它的历史语境便徒具空壳。郑小琼对女工身体的书写，对摧残、吞噬进行揭示、指认、命名和呈现，她打破了"闺怨"的历史文化规范，使自我与整个时代和历史产生深刻的感应，使通往身体的道路真正敞开。在这个过程中，郑小琼真正地成了一个自觉的诗歌写作者，形成了更为坚定的美学观，形成了自己独特的放松不羁但自有内在灵魂的风格，形成了属于她自己的诗歌身体。

> 他缓慢而迟钝的沉闷呼吸间，被塞住的肺／在躯体里移动的电焊尘、铝尘、水泥尘……坚硬而顽固揪着／他们生活柔嫩而脆弱的肺叶，像一颗铁钉插进了贫穷而低微的肉体／他带病的肺在工业时代中猛烈喘息。沉痛的激荡的／声音沿着他们的肉体上升，绞碎的细若烟头般明灭的希望／他们来自乡村的肺，清贫的庄稼地里的肺，或者一双两双／眺望着命运的肺，犯病的肺，腐烂的肺／职业的疾病的沉重更加压矮了乡村低矮的烟囱（郑小琼《肺》）

通过书写打工者的身体，"眺望着命运的肺"，诗人从时代的暗处、深处去体验这些令人心碎的疼痛。在工业时代喘息的肺，不仅是肉体性的表达，更是一个政治器官，是宇宙的和社会的实在之镜像，反映着人的病相、毒害和救治过程。这里，身体的书写是向发达工业社会的运行体制发出根本的质问。正像十八世纪的拉·梅特里在《人是机器》中说的，人的躯体已成机器，机器使人的躯体摆脱了自然的奴役，然后机器又开始奴役人，人已陷入机器的重重包围中，理性化和机械化压制着躯体本能的冲动、生命的燃烧。铁的制度顽固地压制人性的舒张，使人的躯体渐渐枯萎。工业文明、机械、商品社会并没有为身体制造真正的快乐；数额巨大的物质财富和发达的社会体系仿佛与身体日益脱节。身体必须为一些遥不可及的渺茫远景从事种种苦役，社会生产似乎在某种神秘的逻辑支配之下自行运转。诗人已经清醒地察觉到，工业时代是"非身体"的。"打工诗人"正面进入打工和生活现场，真实地再现了一个敏感的打工者身置现代工业操作车间中，其细腻幽微的生命体验和感悟，比较成功地揭示了身体的现实与隐喻，在南方的城市低头写下工业时代的绝句或者乐府，为我们对现代工业制度的某些不健全和反人性进行反思与质疑提供了个人的

第三章 发现和重塑被遮蔽的身体

例证。

在"打工诗歌"中,我们看到文明的压抑与身体的伸展成为矛盾,并留下了永远难以平衡的内在失衡。身体的切实存在和身体对自身和外物的感知,被强大而虚无的规范遮盖、藏匿、消隐。人的身体被机器化、异化、他者化,人成为工业大机器上一颗扭曲的钉子:"在我活着的大部分时间里/我是金钱喂养的一条益虫/情感游戏中的某种道具/电脑网络的一页程序/上司推过河的一粒卒子/同事眼里的一道手续/合同上的一枚印章/竞争对手脚下的一道沟坎/订餐公司的一份鱼香茄子/公共汽车上的一个等待争抢的座位/沿地铁奔跑的一只疲惫的老鼠/手机呼机座机里的一串号码/警察完成罚款任务的一个名额/三陪小姐盼望中的一单生意/乞丐眼里会走动的一尊石像/壮阳药的第一千零一个实验品/某新兴产业的第一万个潜在消费者/车祸沉船空难中的第N具尸体/广告轰炸下的难民/商品包围圈里的俘虏/红绿灯指挥的弱智/工业大机器上一颗扭曲的钉子"(卢卫平《被看成人的时候越来越少》)。身体的建构遵循符号化的逻辑:只有可以被编码为数字符号的东西才能够进入社会关系网络之中,找到其存在的价值。诗人呈现了一个最明显的事实是:身体被置换掉了,"被看成人的时候越来越少"。"你们不知道,我的姓名隐进了一张工卡里/我的双手成为流水线的一部分,身体签给了/合同,头发正由黑变白,剩下喧哗,奔波/加班,薪水……我透过寂静的白炽灯光/看见疲倦的影子投影在机台上,它慢慢的移动/转身,弓下来,沉默如一块铸铁"(郑小琼《生活》)。"那些不能言语的月光,灯光以及我/多么渺小,小如草芥,零件片,灯丝/用微弱的身体温暖着工业区的繁华与喧哗"(郑小琼《工业区》)。"从四川到广东,我只是一个奔波的人/身边的流水线,机台,它们围拢着/噬咬着,在我的手上,身体上,骨头里/在黄昏的光线里,在夜色的虚无间/ 我逐渐地丧失着"(郑小琼《散步》)。 诗人深深地沉浸在身体和历史复杂的连接地带。在这个连接地带中,身体刻写了历史的印记,而历史则在摧毁和塑造身体。"疼压着她的干渴的喉间,疼压着她白色的纱布,疼压着/她的断指,疼压着她的眼神,疼压着/她的眺望,疼压着她低声的哭泣/疼压着她……/没有谁会帮她卸下肉体的,内心的,现实的,未来的/疼/机器不会,老板不会,报纸不会,/连那本脆弱的《劳动法》也不

"粤派评论"视野中的"打工文学"

会"（郑小琼《疼》）。现实在感官化、肉身化的过程中施展的严酷力量无法规避。恢复诗歌的贴近肉身的入骨入髓的体验，是诗歌必得寻求的身体之维。"身体"是个人存在的本体论，是生命安居的栖息地，是灵魂的出发点和归宿，一切反肉体的"思想""理性""体制"都是反人性的。身体和社会政治之间充满着一股不易察觉的张力。正是这个张力的存在，既将身体突出出来，也将政治突出出来，或者说，"打工诗歌"表达的是某种去政治的政治，表达的是身体和历史、身体和权力、身体和社会的复杂纠葛。

　　本名　民工/小名　打工仔/妹/学名　进城务工者/别名　三无人员/曾用名　盲流//尊称　城市建设者/昵称　农民兄弟/俗称　乡巴佬/绰号　游民//爷名　无产阶级同盟军/父名　人民民主专政基石之一/临时户口名　社会不稳定因素/永久宪法名　公民/家族封号　主人/时髦称呼　弱势群体//打工的从名字中接生自己，从泥土深处/摇曳而出。一棵草，举着风中的处境/与一坡拔出泥的兄弟，赶往被命名的路上/传说中的兴奋和远方，把他们提前充满//他以抓阄躲避命运，小小心愿一藏再藏/不知道将为怎样的手所倾注/他用俯身来仰望，从忍不住的汗滴里/看到一天的蓝，不是为自己摇晃//进入城市的赌局，赌注就是自身/名字是唯一的本钱。扣留，抵押，没收/所有防范和惩罚都离不开交出身份证/打工的惶惶如丧名之犬，作为名字的人质/他时常感到，名字对自己的敲诈//他是被拖欠工资，又被拖欠名字的人……//打工的名字像成年期拐不回来的儿歌/在语词上响亮，在语法里暧昧/它作复数，被称作人民/君临于许多报告，属于客串性质/它作单数，就自称老乡/穿过城市的冷与硬，以便互相认领/它发高烧打摆子都在媒体/高兴时，被摆在"维权"的前面作状语/生气时，又成了"严管整治"的宾语/过年最露脸，在标题上与市长联合作了一天主语……（刘虹《打工的名字》）

第三章　发现和重塑被遮蔽的身体

　　这是一首反命名的诗歌。诗歌罗列了人们给"打工者"的十五种命名："民工""打工仔/妹""进城务工者""三无人员""盲流""城市建设者""农民兄弟""乡巴佬""游民""无产阶级同盟军""人民民主专政基石之一""社会不稳定因素""公民""主人""弱势群体"。这其中包括法律意义上的宪法的命名"公民";各个历史的不同时期出于政治的需要而给出的政治上的命名,从"无产阶级同盟军"到"主人"再到最新的"进城务工者"等;还有各个不同社会阶层、不同身份和地位的人的五花八门的社会性命名(大都含贬义),但都没有给身体留下多余的地盘。"她们丢失了姓名,籍贯,年龄,她们在这里/只是一个数字或者流水线上某个工序的名称"(郑小琼《她们》)。社会对无数个活生生的身体进行了严格的管制和编码。这时,身体已经不是身体本身,它成了政治的符号。一个时代的苦难正源于此:政治化的社会要求每一个人都拥有一个与之相配的政治化的身体。身体的政治化,实际上也就是日常生活的政治化,它扼杀的是个体的自由,私人的空间,真实的人性。社会,它的各种各样的实践内容和组织形式,它的各种各样的权力技术,它的各种各样的历史悲喜剧,都围绕着身体而展开角逐,都将身体作为一个焦点,都对身体进行精心的规划、设计和表现。身体成为各种权力的追逐目标,权力在试探它,挑逗它,控制它,生产它。正是在对身体做的各种各样的规划过程中,权力的秘密、社会的秘密和历史的秘密昭然若揭。打工的历史,正是打工者身体遭受惩罚的历史,是身体被纳入到生产计划和生产目的中的历史,是权力将身体作为一个驯服的生产工具进行改造的历史;打工者的身体是"人质",而它们的"身份证"和"名字"都是抵押。打工者的身份是暧昧的,他们的存在本身也进入了晦暗的混沌状态。诗歌成功地消解了一切命名的合法性,使人(包括一切事物)重新回到它的原始本真状态。从诗歌的意义上看,这是最彻底的现实主义,打工者像幽灵一样遍布大地,没有名字,没有身份,是随时可能消失的最低等生灵;从哲学的意义上看,这是事物的存在本质,任何命名都是人类虚妄的自大。从"打工诗歌"这里开始,历史终于露出了它的被压抑一面,使得作为反话语和反身份的身体,一切的身体烦恼,现在,都可以在诗歌中,高声地尖叫。

159

"粤派评论"视野中的"打工文学"

三、性的真实镜像

尼采曾经声称"要以身体为准绳",尼采之后的人类最大限度地回应了这个呼吁,"自由的人类社会拥有的是欢乐的身体、欲望的身体"。诗歌的任务就是解放人的身体。

> 让我们解放/我们的裸体吧/在深夜/我的民工兄弟/没什么的/即使在城市最深的夜晚/让我们解放/这装满汗水的皮囊/即使是你认为/应该隐藏起来的地方//已经没什么羞耻/已经没什么秘密的/念头/能够灼伤我们/让我们解放/我们的裸体吧/我的民工兄弟//我们/在城市呆得太久/压抑得太久/即使在城市空洞的夜晚/即使在潮水来临的时刻/让我们欢呼/解放我们的裸体吧(花间一壶酒《解放我们的裸体》)

这样的诗句挟着无可置疑的力量直接打击着我们的身体,像一道闪电,直接击中我们的脊髓。身体是欲望的载体。"打工诗歌"也直接写"性",写身体的觉醒,执著地开启身体的秘密之门——解除奴役,贴近肉体,呈现带有原始、野蛮的本质力量的生命状态,但同时保持了对现实命运、生活本真的勘探。所有身体上的问题,也就是生活的问题。从这个意义上说,身体写作首先是发现身体、回到身体,在存在本体论意义上找到身体。身体中包含了所有存在的意义和奥秘,一切身体的言说——感性的言说、欲望的言说等等都是合理的。一个真正自由开放的社会,首先是身体自由的社会,欲望不会被当做压抑的手段,自由也不会将欲望当成反抗的工具,人们对待欲望的态度应该是放松的,它应当允许欲望借用身体文本自由地书写自身。

> 长久的干旱使工地陷入苦闷。/民工们像是从水里捞上来的/衬衫贴着凸现的一根根肋骨。/其中一个,朝过路的白色遮阳帽女孩/远远叫嚷——/在她漠然的背影里/怅然若失。/他们是外地人。/有外地的口音、相貌、眼神。/有外地的嗓门、耐力,和贫

第三章　发现和重塑被遮蔽的身体

困。（沈娟蕾《工地》）

"朝过路的白色遮阳帽女孩／远远叫嚷——／在她漠然的背影里／怅然若失"。这句诗传达了民工兄弟内心的萌动和焦虑，它直面肉体，甚至不无挑逗和暗示，但所有这些又完好地显现了生命的强悍和渴望，以及那些被遮蔽的被役使的活力。民工的身体"只有在夜晚的扑克声中／才能得到缓解的体力劳动／如今像车胎一样被早早地放了气／旗袍 超短裙 吊带背心／裹着欲望的形状／在十米以外繁华的商业街／像针一样穿过他们体内／塑料泡沫一样的空虚"（简单《工地一角》）。诗人通过欲望的转喻来达到对时代真相的揭示和呈现，这是源于真正身体书写的魅力，它让个体的体验物质化，使身体获得了耐力和被激活的权利。没有身体的社会，肯定是不会尊重人性、尊重生命的。或许民工们的日常生活已经无意识地具有一种表演本能，一种被贫困所困扰的本能，在此，身体是一个身份在其中徘徊的场所，权力和资本在降伏身体和规训身体。社会现实如此地具有威力，以至于它构成了身体的无意识。但是，我们在"打工诗歌"中看到，打工者的身体中也有一种人性的光辉，有一种压抑不住的自然微笑，有一种让我们着迷的气息和光晕……所有这些，恰恰是社会现实无法完全遮盖的，打工者的身体仍旧在它的隐秘深处还散发着某些自然活力。

停电了／我眼前一亮／那些制衣厂的女工走出来／靠在巷子里的墙上／并且从巷子里走出来／三三两两地坐在草坪上／她们都穿着五颜六色的衣裳／露出一部分应该露出的肌肤／头发也都发出诱人的亮泽／她们含苞欲放／对不起，我仍然想起花儿／并且认为这个比喻／仍然不俗，仍然／保持着天才的新鲜／哦，如果不是停电／我怎能眼前一亮／怎能看见她们美丽的／少女之花／如果不是突然停电／或错峰用电／我怎能看见她们／并写下这诗篇（船海《停电了，她们》）

停电了，诗人看到打工妹带电的肉体。这直接来自于身体的感触，让人想起惠特曼的诗歌《我歌唱带电的肉体》:"如果神圣存在／那么人的肉体就是神圣的／人的光荣与甜美就是人性未受污染的标志／无论男人女人／干净、健壮、坚韧的肉体比最美的思想还要美。"在"打工诗歌"里,我们也能发现,对爱与温情的珍视与呼唤,对人的身体做近乎伦理化的理解,这是当代"打工诗人"们共同的心理趋向,尽管这种理解还带着浓重的乡土气息,含着相当大的反现代化情绪,但在整个世界还未能为自己的现代文明作有效诊治的情况下,它不失为一种可行的身体安抚,它让那失常的身体得到暂时的休眠。"在打工的这座城市／和女友租一间房子 坐北朝南／每天,早出晚归／左邻右舍都是外省人／照面也打个招呼,关心一下天气什么的／对面的商店却十分友好,每天向我们张着嘴／维持适度的热情／／在外面租房,图个清静／也把爱情暂时安置在一个地方／我和女友双宿双飞／下班回来,脱去一身疲惫／把喧闹的世界关在外面／就是两个人的天下／／如果吃腻了大食堂就吃／小锅小炒。市场就在附近／买点简单的回来／双双下厨。不咸不淡／端上桌面,就是一道自制的幸福"(丁秋平《租房》)。"六楼603号 我们从地板开始／里里外外打扫干干净净／让漂泊无处可藏／──实现家的感觉／我们只租一个月／珍惜每一秒活生生的时光／在一张旧的单人床上／以相思的温度／不断地孵出新鲜爱情"(王甲有《租房》)。这些诗歌从"打工诗人"的生活经验中,从他们的身体里生长出来,人伦的温情在诗性身体中散发出来。但对更多的打工者而言,他们的身体都受到了不同程度的性压抑。

　　这种性压抑可以追溯到很远的历史。精神的异化和意识的编造,一直压抑着肉体之美。在中世纪主要表现为:宗教神学打着上帝的旗号,变本加厉地对身体进行疯狂的镇压和迫害:认为人世就是一切罪恶和丑陋的渊薮。尤其是性,是人类面对圣洁的上帝必须克服的放肆本能和肮脏行为。一切世俗人只有禁欲、弃绝肉身、脱胎换骨、获得再生,才可能看到天国。为此,它虚构了一个原罪说来否定人的价值,用十诫来限制人的身体,用上帝之爱来剥夺人世之爱,以此达到辖制人性和用"软刀子"杀人的目的。此时,克己、苦行、冥想、祈祷、独身、斋戒、安于贫困,既是控制身体的基本手段,也是扑灭身体的沸腾能量,使其陷入沉寂的精神鸦片。与之相应,上帝、天使、信仰、启示、至善等精神形态也一起铺天盖地而来,将身体尘封于人间地狱,使得漫长

第三章　发现和重塑被遮蔽的身体

的宗教史变成身体灾难深重和沉默无语的历史。这种精神的异化，导致几千年来，哲学、神学、科学、理性和由此形成的各种人生观、价值观、伦理观、意识形态，除了把身体作为一个无限索取和投资的对象之外，都是对其施以压制、奴役、摧残和迫害。它不仅制造了身体和精神的分离与对立，否定了人的意志、欲望等非理性因素在认识世界和驾驭人类行为中的重要价值，而且日益加强了精神对身体的统治，把身体排斥在真理、道德和审美之外，使身体完全充当一种从属角色。在工业时代，科学、理性和资本共同激起人类各种欲望的无限膨胀，由此推动了生产力的极大发展，创造了丰厚的物质财富，但是这既没有解放身体，也没有完善人性。相反，由于私有制和剥削制度导致的劳动异化，特别是随着大众文化和意识形态的日益商品化、技术化、标准化、均一化、齐一化、模式化和强迫化，不仅使劳动者沦为机器的奴隶，也使人类在全面而疯狂的物化世界中，日益远离人的自然本性，变成文明世界的奴隶和理性精神的牺牲品；使得现代进入"人之死"的时代。人的肉体因受到"高尚"主体的钳制和幽禁而丧尽生机。在这里，资本与权力的合谋，以图窒息奔涌于肉体内部的各种活力，用概念、总体性、秩序、纪律来宰杀生命，摧残肉体，熄灭活生生的欲望，压抑蓬勃的本能，高扬一种概念的木乃伊和观念的人性，一种超越肉体的虚幻形象，而非生气勃勃的肉身和日常生活。

月光照着他们的肉体，骨骼，内心的欲望，月光照着／他们有关新婚夜的回忆，月光太亮／像盐，撒在他们结婚十八天后分居的伤口／月光照着肉体的井，月光照着欲望的井／月光照亮他们十五天婚假，月光照亮他的记忆／　她的身体一寸一寸长满了绿荫、女贞子／她的身体在月光下荒芜，一寸，一寸的／沿着五幢到六幢四十五米的距离／如果月光再近一点，它运来辽远的空旷会大一些／她的欲望会加深一些如果月光再暗一些／她的皮肤的伤口会扩大一些他内心的折磨会／　深一点／月光照亮了未竣工的夫妻楼，月光照耀着报纸上的新闻／"关注外来工的性生活……"／如果月光再暗一些，那么爱情则会更坚强一点／如果月光更亮一些，未来的夫妻房会更高大一些（郑小琼《月光：分居的打工夫妻》）

从某种意义上看，人类的现代文明只不过是人类血肉之躯的物化史与异化史而已。这首诗歌真切地写出了人本性的欲望与现实生活的冷峻。"月光"这一象征着团圆的传统意象在这里却揭开了人性中隐秘的伤口。从诗中，我们可以看到灼热的欲念、凝重的情绪、深沉的悲悯、生活的无赖、身体的疼痛。分居的打工夫妻，他们的身体完全处在一种"不在家的异化状态"，一种精神奴役肉体、主体支配身体的对立状态。"除了风中的荔枝林，没有别的能安慰我／除了凤凰大道的灯火，照亮我失眠的乡愁／除了五金厂的炉火，没有别的倾听我的吟唱／除了银湖公园的鸟鸣，沿着制衣厂下滑的落泪／除了这时升起来的宽阔的寂寞与忧伤，啊！／——炉火与青春一同软了下去，熄了／我说着的图纸、铁片、流浪的青春／那些有过的幸福在火中燃烧／它低弱的光照亮了我内心的呓语与失恋的疼痛／在异乡，我，一个五金厂的女工／还剩下什么啊！／除了带着自己日益消瘦的影子奔波／我仅仅目睹岁月的鞭子、枕上的憧憬"（郑小琼《除了》）。读到"炉火与青春一同软了下去，熄了"这样的句子，我们的心应该有所颤动和震撼，青春和炉火有关联么？青春也会像炉火一样软下去么？这样的句子足够叫我们的眼睛一亮，甚至把我们的心灼痛。图纸、铁片、低弱的光，"在异乡，我，一个五金厂的女工"，这样具体地写到自己，诗人所要表达的东西就一目了然：在异乡的孤苦与寂寞。郑小琼忠实于自己身体的体验，她远离了海子乌托邦式的青春抒情，使诗歌没有放弃与粗糙地底的摩擦而生发的力量。她"在身体安置／一台大功率的机器，它在时光中钻孔／蛀蚀着她的青春与激情"（郑小琼《刷》）。她"躲在瘦小的身体里，用尽一切／来热爱自己，这些山川，河流与时代／这些战争，资本，风物，对于她／还不如一场爱情"。这样的诗歌指向片刻和空间、指向当下、指向自己的身体。真正的诗歌写作是深入血质和基因层面的深度观照，应该是对染色体层面的一种抵达。郑小琼的诗歌展现了生存的艰难，让人感悟到了苍凉的意味，真实地记录了中国最贫困人们为了讨生活所遭遇到的种种不如意，包括性生活的不如意。这种苍凉更多的是从肉体上散发出来，而不是来自精神层面，这也鲜明地体现了打工女诗人创作的直觉和她更明显、更具个人化的特征。诗歌回到身体，回到心灵，诉求个人本真情感，诗人关注生命，像关注

第三章　发现和重塑被遮蔽的身体

自己的心跳和体温一样，以前倾的姿势，俯下身子，甚至用舌尖卷舔发绿的伤口。对身体及其意义的重新确认，就是对信仰、价值、尊严、人格和心灵的崇尚、尊重、挽救和无限的敬畏。

> 两年里她没有回家了／两年里故乡的雨水一直落在梦中／／两年里她做过保姆、清洁员、工厂女工／两年里她经历过欠薪、民工跳楼、工伤事故／／两年里她流产两次、大病三回／两年里男朋友对她又打又骂，最后弃之不顾／／这就是我的堂妹：她，熊菊荣／二十岁，一株来自乡下的植物／在这个城市找不到扎根的水土／她三年前辍学，两年前离家打工／被城市这浮躁之火、欲望之风／一次次地将她单薄的身子掏空（熊焱《低处的乡愁》）

城市的浮躁之火、欲望之风，一次次将打工妹单薄的身子掏空。打工妹的身体经历着打工岁月的反复洗刷，而诗人则在他的诗歌中流露出对时间灰烬的感伤。人类身体工业、身体文明的外化、物化与异化，大有遮蔽我们自然而赤裸的身体的可能，使人类不仅心为物役，也身为物役。在这样的现实面前，没有必要也没法做到传统意义上的"守身如玉"。芸芸众生懒得操这门子心思，只有不与时俱进的人士才甘冒卫道士的恶名，怀有反思与批评的意愿、冲动与激情。但是身体事实上是关涉社会秩序的隐喻，它不是简单地归属个人支配的有机体，而是要受到且必须接受社会、道德和文化的控制、约束和规训。"每天都有一批打工妹／经过化验确诊后／进行痛苦的人流术／／刚刚发育的子宫胚胎／被器械粗暴地捣毁……／我早已离开化验师的岗位／但我仍可化验出／这个时代所怀有的怪胎"（薛广明《化验师日记》）。具体到打胎，作为身体一部分的子宫，也竟然具有了道德和政治的内涵。作为打工女性，她们受着精神、文化乃至"性"的重压。在欲壑难填的都市，青春的身体正一步步丧失它固有的温良，逐渐被异化解构。这些打工女性，知识层次普遍较低，生存适应能力差，又不甘心一辈子固守农村，来到城市后才发现年轻的躯体才是最好的资本。于是，或经不住诱惑，或迫于生计，许多女性流为暗娼、二奶，直至青春资本消耗殆尽。红灯区也不过是人肉市场而已，是女性身体与女性特征

的展览与贸易,是以异性身体为主导理念和核心技术的肉体功能及价值的开发。文明是人类身影的膨胀。"不清楚城市规则的妹妹／就要在城里迷失自己／那些腰包胀鼓起的富翁／那些扭动着城市转盘的男人／那个孔方兄张开着大口／就要把纯洁的妹妹吞噬／那些狰狞的面孔和手掌／就要撕掉妹妹最后的衣裳","救救妹妹／救救妹妹","我听见母亲心脏的疼痛／让妹妹回到纯洁的乡下吧"(祁人《乡下来的妹妹》)。诗歌要进入城市,就必然"遭遇"这种城市文明,其结果引来的是怀疑和反抗,于是很多人在诗中开始了反讽。在简单那里,首先是在反省中追问:"人的堕落,真的只是因为一条蛇的引诱?"(《反省》),这反省使他对城市生活有了新的发现,那就是文明的背后,生活在城市最底层的当代女性"胡美丽"——在物质和金钱的诱惑下,从欲望中堕落的生存境遇和人生悲剧。

> 别墅　小轿车　手机　工薪阶层以上的消费／为了梦想　在付出贞洁之前／她并没有想得到　这些权力的衍生物／她也更没有想到　她二十二岁的青春／就这样成为了一群官僚的殖民地／现在她被麻木的捆绑着／在T型台上的抚首弄姿／并没有使她的血管扩张到／心肌梗塞的程度　无所不能的权力　已使她的生活变得苍白／失去了应有的新鲜内容／与她曲线丰呈的肢体恰好相反／她胸前的两座教堂　曾经举行过多少次／不属于她的婚礼　而哪一个新郎／在市场经济的输精管里　射过来的／不是印着伟人头像的人民币／乐此不疲的社交　小有计谋的撒娇／以及权力臂腕里的性交／使她像泡沫一样膨胀着／像厕所一样时常被人记起——／仅仅是因为每天都要去(简单《交际花胡美丽》)

二十二岁的青春肉体,成为了一群官僚的殖民地。这一发现其实是诗人对人性和人生形态的洞察,在他的洞察中介入了诗人精神并辅助于叙述中的分析,这给他的诗增加了某种透明的色彩,也给阅读带来强烈的思想震撼。简单呈现的"胡美丽"一出场就是"走下破旧的楼梯,她掸了掸／身上的尘土。她忽然感到／腋下有一丝凉意,她抬起了雪白的手臂／噢,一点失误。匆忙中

第三章　发现和重塑被遮蔽的身体

拉链竟未拉上／这使臻于完美的她，有一丝不安"，有着足够的敏感和完美。接下来的"发现"是这个美丽的女人的情欲、忧虑、夜生活、交际、私生活，进而是内心世界、畸形的情史、艳遇、明星般的生活，以至于变态、死亡这样一种故事演绎过程。《胡美丽的故事》其实就是对城市一个层面上的最世俗人生形态的发现，一个人似乎是一群这样的人，一个撕裂的形象，一种悲怜的生活。这可以说是"一小块"现实生活的一个切片，诗人用灵感的镊子，给我们拨亮了灯，虽然只照亮了现实一个角落，但它透视出的暗影，已经让我们看到了时代的某种世相。

　　与中国诗坛近年出现的大面积趣味低级的"性"写手明显不同的是，到了"打工诗歌"这里，身体符号或者性本身是被作为一种书写的工具或者方法来使用，已被转换成身体的乌托邦，投射出存在的无奈、荒诞、虚无或者欢乐与永恒。在这个杂糅着权力、性、创造和破坏的身体乌托邦中，国家、政治、阶层和个体全都被整合为一体，成为一座名至实归的"想象共同体"。对待和处理身体的态度与方法是启蒙主义以降人类日渐自明的解放与禁锢的分水岭，因为"人类首先以身体将世界和社会构想为一个巨大的身体"，所以，通过语言与身体的游戏来敞开存在、激活感性、解放自我的诗歌才成为现代人解放的最后的乌托邦。"我以半个女权主义者倡议在本年度举行一次美男节／把男人们的阳具放在展览馆T型台像测量着女人们的乳房一样测量着它们"（郑小琼《人行天桥》）。郑小琼的这种女权意识来自"同乡姐妹"进城后的悲惨境遇。作为一个具有尖锐批判意识，而且生活在社会底层的诗人本身就是在金字塔式的社会等级权力的重压下生存，其在内心深处可以说已经对权力阶层产生了一种固执的对立感。"市场经济没有同情心，弱肉强食，我乡下的姐妹只能／成为他们床上的大餐，他们丧失人性的著作成为市场经济的／罗盘，刻进了国家的尸骨，刻进了一个乡下贫困者的肋骨"（郑小琼《旧日的蜘蛛》）。处于明显的两极对抗位置的"她"和"他"，"乡下姐妹"无疑是一个充满象征意味的意象，在灯红酒绿歌舞升平的现代城市里，是一个在精神上和物质上都处于必然的弱势地位，而"他们"则代表着对立面上"市场经济"中迅速控制社会财富的强势群体，剔除无限宽泛的象征意义的外延部分，我们可以清楚地甄别出诗人女权意识的根源所在。虽然在叙述的手法上诗人自然地援用了"欲望书写",但我们在这样的书写中探询到的诗人思想的源头比欲望书写本身显得更重要:对底层人民血泪声援。由这种侠义的社会责任的担当到女权意识的觉醒是一个过程,在这两者之间我们自然地看到塞满了一个时代的女性在主体意识中对男权世界进行的坚决反抗和令人心碎的控诉。可以毫不犹豫地指出,在《进化论》组诗中,郑小琼再次毫无保留地暴露出了一个女权主义者的立场。《进化论》组诗第一首《蝙蝠》中"她渴望经血在蝙蝠身体里长出阳具",赫然凸出一种强烈的女权意识,在这里"阳具"只是一种男性象征物,它几乎可以是男性世界里的任何东西,但最重要的是男权的象征物。虽然诗人自己也最终明白了"最后成为货架商品的部分。我的经血之间无法／勃起权欲的阳具",但并不妨碍诗歌中指证出一种隐藏在诗人内心深处某种对性别意识和权力意识的向往。在另一首《微观:草履虫》的短诗中,"缺少舌头的草履虫在街头经济的转弯处／在驱逐、罚款、收容、没收的词语中挣扎／她们只能用高潮来注解两性与经济的总和",吐露了这个世界人所共知的辉煌文明阴影下的秘密,折射出其对现行社会形态的极端不满,彻底颠覆了传统诗歌意象性话语系统。从社会身份来说,诗人是一个处于弱势地位的五金厂工人;从诗歌意义上来说,诗人是一位极具潜力和意义的杰出诗人,从性别徵征来说,诗人又是一位"侠骨悲情"并且对社会保持时刻在场冷视的女人,就是这样的三重合一的身份,塑造了诗人独具特色的"底层社会伦理"的守望者角色。换言之,郑小琼从早期的"打工写作"已经上升到一个"大打工时代":对整个中国当下底层社会的全面关注,写作语言的硬性已突破性别感觉,是一种"大人"对"人"的审视。她的才情、想象力让她的身体超越时空,四处飞扬,充满了政治波普和解构性的政治思想因素,它们消解传统思想,嘲弄意识话语,挑战保守的秩序。

四、身体叙事:事件的烙印

当代诗歌的叙事和情感是相融在一起的。中国当代诗歌尤其是新世纪以来的现代诗脱离了虚幻的抽象的表述,加强了可触可感的叙事因素,使诗拥有了它自身的肌质和呼吸。我们的语言和经验是从身体里生长出来的,诗歌中的叙事和人的身体、情感发生着联系，诗歌中有了事，有了情，就有了身体；有了感觉，才有活的充满了生殖能力的诗歌。"打工诗歌"写作中出现的叙事性、戏剧化、身体描写成分等恰恰对应当代诗歌中出现的某种整体特征。人类身体工业、身体文明的外化、物化与异化，大有遮蔽我们自然而赤裸的身体的可能，使人类不仅心为物役，也身为物役。然而麻木的人类似乎对以牺牲肉体为代价所换取的表面文明已经习以为常，对污染人类灵魂、挫伤人类心志、迄今依然甚嚣尘上的物质至上主义已经如醉如痴。现实世界对身体的长期压制，唤起已经千疮百孔、备受凌辱的身体的觉醒和反抗。在尼采看来，欲拯救人类，遏止人性颓败，找回真人，信仰实在的身体比信仰虚幻的精神更具根本意义，因为身体才真正代表生命和整个人类。然而由于过去几千年，"身体一直都是被包括语言在内的文化和政治所俘虏的躁动不安的囚徒"，因此今天解构主体、解放身体，一切从身体出发，以身体为准绳，进到生命之心，是身体本能所发出的、比陈旧灵魂的主观性编造更令人惊异的思想。回归身体，从身体的角度重新审视和评价一切，以人之生命和身体作为人类心中的太阳和行为实践的轴心，将历史、艺术和理性都作为身体弃取的动态产物，而不是僵死的概念的建构或理性的重建，将有着颠覆乾坤的价值。当我们在诗歌的艺术世界中找寻对身体的叙事时，发现同样面对"身体"，不同的诗人给予了不同的诠释。

> 这一位，请允许我略去他的姓名／他和他新婚的妻子去广州打工／妻子却永远地留在了那里／谢天谢地，他们遇上了一个好老板／他捧着妻子的骨灰和十多万的赔偿金／回到家乡，生活从此开始恍惚／／好了，还需要这样罗列下去吗／生活每一天都在继续，我提他们又有何用／一种主张，诗歌要更多地面向内心／我也想写写我的内心，我相信它值得一写／但现在我的内心被这样一些人，一些事／狠狠地占住着，如果我依然无耻地／在那里我，我，我，我真的应该远离诗歌（李以亮《一些人，一些事》）

如果我们的诗歌里没有一些人，一些事，那么我们真的应该远离诗歌。

在"打工诗歌"中,历史事件纷纷展示在身体上,它们的冲突和对抗都铭写在身体上,可以在身体上面发现过去事件的烙印。在"民工"失去主体性的时代,被压抑的身体只能以流离失所和隐名埋姓的方式存在。失去土地和家园的人们在他者的空间里流浪和被放逐,他们成为没有主体身份的客体存在,主体身份的虚无意味着其背后政治和经济力量的空缺,失去身份的人也失去了语言,失去了身体,沉默的存在或是借助于别人的语言——孙志刚,一个误死大学生的身份符号背后是他们身体的巨大的创伤性体验:

现在你安静了。/一枚只剩下脉络的树叶/孤零零地躺在大理石面/白色的长橡皮/擦掉一个一。//一直都在起风。/海面上,巨浪摇晃/每个人都屏住了呼吸/战战兢兢或者不出声/——泰坦尼克就要下沉。//他们打捞起你。/抚平你湿漉漉的头发/放开攥成拳头的手指/套好鞋子,包扎好身体/你的样子/是多么温顺//陪着你,进入安静。/一幅油画:/肌肤泛白,指甲变黑/凝结的血痂,圆形的黑印/皮肤下面的风暴/都已清洗或者平息。/就像结束掉一场音乐会/拥挤的人们忙着退场/妻子跟随着丈夫,孩子跟随着父母/回家或者去酒吧,做爱或者争吵/背景音乐的后面/你的影子,渐渐淡去//现在这些都不重要了:/盖图章的小纸片。丢失纽扣的外衣。/窗口的月亮和不被知晓的小秘密。/月光漂白了墙壁/黑夜淹没住声音/满意!感谢!感谢!/三次。心脏沉了三次/就到了谷底。//现在你安静了。/不抗议。不下跪。不哀求。/不哭泣。不游行。不喊叫。/就像,一个最好的良民(艾先《良民》)

一个人就是一个身体,身体是我们在世上的唯一证据。身体安置于出发点和归宿之处。历史常常缘自身体的冲动,"皮肤下面的风暴",事件的起源植根于身体,历史的变迁可以在身体上找到痕迹,它在身体上刻下烙印,身体既是对"我思""意识"的消解,又是对历史事件的铭写。身体问题正凸现于变革时期的日常生活,孙志刚悲剧性的命运也倒映着其他人的现实处境。在

第三章　发现和重塑被遮蔽的身体

《良民》中，诗人用文字复活了孙志刚被践踏和毁灭的身体，重构和反思灾难发生的细节和机制，对社会生活令人恐怖的本质进行了批判的、悲剧性的揭示。对于真正的诗人而言，每个人的死都是他的死。有多少人死去，他就要死去多少次。无奈的处于一种被剥夺身体和声音的境遇中，诗人不是耶稣，不能以自己的死为民族、祖国、人类赎罪。作为有限的、卑微的、时刻体验到无力感的个体，他所能做的，就是将死亡和苦难射入文字，将身体史上最惨痛的灾难收留在语言中。诗人没有办法阻止黑暗力量生长为祖国的"第二领土"，挽救不了被伤害的身体。那些身体常常以"物"的形式而存在，城市的大众传媒中的社会新闻充满了矿难、爆炸、死亡、犯罪、血淋淋、伤残、尸体……这些是他们进入大众传媒视野的理由，即只有当他们被当做尸体——血、肉、欲望还有眼泪，一种生物性的存在的时候，他们才获得进入大众传媒视野的可能。人，这么彻底地退回到自身、退回到自己的身体、退回到自己的孤独性中，退回到自己的无助感中。"2005年5月20日，《新京报》头条消息/河北承德暖水河矿难，51人被困井下/一幅巨大的照片：悲痛不已的女人们/在哭恸祈祷，她们的亲人至今生死不明/她们的担忧是一块煤的担忧/她们的悲伤是一块煤的悲伤/她们的哭声是一块煤的哭声//在这个世界上，谁也离不开煤/但有多少人会为一块煤哭泣？/有多少人会看重这些黑不溜秋的煤？/又有多少人去关注这些煤的命运？/一块煤是火焰，是生命/是我们的父亲和兄弟/一种生命为另一种生命燃烧/又有多少人为此心怀感恩//让我们祈祷，祈祷这51块煤/不要这么快就燃完自己/祈祷这51盏矿灯，像天上的星星/没有风能将他们吹熄"（郁金《为一块煤哭泣》）。我们看到的只是被抽离了真实的痛楚感的灾难，以及眼泪、尸体与遗骸这些物的存在之时，被压抑的身体就永远只能是匿名的存在。当弯曲的天空中满是牺牲者漂浮的身影，一个建立在他者无言的牺牲和痛楚之上的现代文明无法和平。身体的匿名，并不意味着存在的虚无，而是相反，它是我们所知世界的内部构成，那些匿名的存在是我们的原罪，它意味着被压抑者的权利总有被追讨的那一天。中国近现代史以来，被压抑者获得身份和追求解放的过程曾经以不同的"革命"名义被指认，它在中国辽阔的城市与乡村之间展开，绵延不断。如果说革命是一种罪孽，这样的罪孽其实内在于中国的现代化过程之中，我们每一个人都是它的孽子孽孙，它是

171

烙在我们额上的红字。中国现代化的过程是一部血与火的孽债史,每一座城市都背负着原罪,所谓现代化,也只能在这样的沉重宿命中追寻救赎之路。

  辫子应约来到工棚 / 他说:"小保你有烟抽了?" // 那盒烟也是偷来的 / 和棚顶上一把六四式手枪 / 小保在床上坐着 / 他的腿在干这件活儿逃跑时摔断了 // 小保想卖了那枪 / 然后去医院把自己的腿接上 / 辫子坚决不让 / "小保,这可是要掉脑袋的!" // 小保哭了 / 越哭越凶:"看我可怜的!" // 他说:"我都两天没吃饭了 / 你忍心让我腿一直断着?" / 辫子也哭了 / 他一抹眼泪:"看咱可怜的!" // 辫子决定帮助小保卖枪 / 经他介绍把枪卖给一个姓董的 // 以上所述是震惊全国的 / 西安12.1枪杀大案的开始 // 这样的夜晚别人都关心大案 / 我只关心辫子和小保 // 这些来自中国底层无望的孩子 / 让我这人民的诗人受不了(伊沙《中国底层》)

  这种以原始事件为素材的叙述,对当下生存环境的直接呈现,可谓触目惊心,可谓果敢决绝。伊沙的这首诗选取的是"西安12.1枪杀大案",他将戏剧独白、沉思追问扭结为一体。诗人成熟的心智使一个事件转化成了经典性的、对人具体生存情境的研究和分析,向既有的存在处境发出质疑,勘探到了悲剧之根。在生存的世界,危险和恐惧的根源来自身体,任何一个身体既可能成为另一个身体的杀手,也可能成为另一个身体的牺牲品。身体之间彼此都潜藏着阴郁的威胁,身体的关系变成了危险的关系,我们每个人的身体里都有可见或隐秘的黑暗地带。就此而言,每一个身体都应该昭示它的秘密,都应该被详尽地观察、检测、探究。通常人们习惯的是妖魔化地理解那些犯罪者,对他们切身的生存处境却不会予以考虑。但这里伊沙偏偏要设身处地,去关心断了腿的小保,去关心"这些来自中国底层无望的孩子", 发现生存状态恶化背景下的底层沦陷,挖掘呈现被意识形态遮蔽的那部分中国现实,在诙谐中让我们看到被概念覆盖和捆绑中的身体的绝望与哭泣,为被剥夺了言说权力的沉默的身体发声。作为知识分子,伊沙的"爱和悲悯"已是难能可贵。我更为感

第三章　发现和重塑被遮蔽的身体

动的是他直面"中国底层"时显出的愤怒与真诚。"让我这人民的诗人受不了"。"我都两天没吃饭了／你忍心让我腿一直断着？"伊沙在细节的选取上带有他的匠心，这首诗歌的力量更多地依赖于身体细节对人的打击力。对公民身体的照看和呵护应该成为生命政治的核心，否则就是对生命和身体的杀戮、残害，最终导致身体沦落和人性颓败。以前，人们只是在某个不经意的时刻留意到身体，现在，诗人却无时无刻不在洞察身体的真理。

> 听说等买火车票的女孩被踩死了一只／她只不过想回家过个年／听说排队的人还不想给救护车让路／担心丢失了自己的位置／女孩就是麻雀啊／垂着无辜的脑袋羽毛凌乱／周围依然是人头攒动乱腿纷飞／阳光从肢体茂密的缝隙里渗在她失血的脸上／麻雀的手掌摊开了几张纸币／回家的希望和生计的烦恼终于不再揪心／／此时我怀了孕的老婆正在赶回东北过年／她坐在飞机上／眺望着无限壮阔的河山／憧憬着未来／我悲哀地想着我将出世的孩子，／未来会不会也要体会这个世界的孤独与拥挤？／会不会也要在排队的人流里无助地哭泣？／在荒芜干涸的心灵里还会不会透进一缕阳光？／／子宫里温暖／他感不到生活的冰凉／我想象他此刻鱼一样在羊水里游荡／我想象那个躺在广场上的麻雀一样的女孩／在最后一刻，她／有没有怀念起在母亲子宫里的快乐时光／那时候她也是一条洁白的鱼／吮着脚趾，满怀着希望（嗦罗蜜《等买火车票的女孩被踩死了一只》）

我们现在需要追求从冷漠的政治社会回到人性的身体社会，因为只有身体社会才是适合于人生活的。身体不在，人的一切都将丧失。在《等买火车票的女孩被踩死了一只》中，诗人渲染出一个身体停滞凝固的状态，强烈的真实感给人以巨大的震撼。诗人作为一个旁观者，但他的叙述却显示了他心灵细微处的波折与痛感，以及强烈的无力感与愧疚感。这样的诗离生命更近，离死亡更近，离大地更近，离中国的"春运"更近。中国的"春运"可以说是人类历史上最重大的事件之一，小小的火车票，见证了人类历史上最大的人口迁

徒,承载着无数个身体的渴望、悸动与思虑。火车票已经为我们写下了谶语:它是一个时代的孽,一个时代的耻,一个时代的痛,一个时代的梦。"长长铁道线上/缀着无数/蓬头垢面的小站/小站后面/藏着无数/灯影晃动的故乡"(西风野渡《春运》)。"背靠在/火车前进的/方向上/手心里攥着/一张无座车票/身体是一个/装满液体的瓶子/左摇,右晃"(叶想《春运》)。春运民工列车上的那种特异的气味,那种人与人之间肉体与语言的挤压,那种涌动如地火一样的人性的呼吸与血液……"打工诗人"的诗歌更加真切地让我们感受到春运的一个个侧影,感受到人的一种生存状态和情感状态。"车票的时间/不要太早 太早我请不到假/也不要太迟 太迟假期不够长/最好是工厂放假的次日/如果太匆忙/我怕我会把自己遗忘//起点站是广州/终点站是故乡/在工厂日日上班夜夜加班/没有到过工厂以外的地方/不要随意更改地址,不然我找不到方向/有没有座位,没关系/在工厂,我已习惯站立/站着,只要能抵达故乡//这样一张窄窄的火车票/装载三年来,母亲的盼望/预订我三年来回家的打算/这样一张窄窄的火车票/每年一盼,年复一年/那一头,母亲白了鬓发/这一头,我长长的耐心,磨损了青春"(家禾《渴望订到这样一张火车票》)。诗中简单明了地阐述了一些被我们所忽视的问题,诗人的声音是人们遭受的苦难和失败的回响。我们似乎听见一个(一群)年轻的农民工在火车站售票窗口排着长队时的心声。与广州遥遥相望的是故乡、母亲。故乡、母亲,也许还有节日依然属于它们。应该能够注意到诗歌所显示的这样一个结构:火车票的两边,一边是经济社会,是谋生之地;另一端是故乡、母亲所暗示的家园、生活传统。它们被现代社会分离、隔离了。对人们来说,车票是重新把二者脆弱地暂时联结起来的纽带,然而车票却不能解决这个"结构性的矛盾"。现代交通工具所暗含的技术力量,更多地充当了分离者。一个打工人的境遇已成为今天普遍的状况:不再生活在自己的故乡,没有时间和母亲(亲人)生活在一起。节日组织起来的不是生活,而是分离,甚至是生死离别,"买火车票的女孩被踩死了一只"。"火车开了一年,在大地蜿蜒的腹部/养成一只消化不良的胃/我们强忍一年的劳碌与思念/还得同火车一起带病奔跑/世界只剩下一面倾倒的栅栏/越过这道无法删除的程序/方能完成上一载的光阴//我们还要被岁末的寒风拖动多久/铁路像一条松弛的

第三章　发现和重塑被遮蔽的身体

表带／总是难以将抵达的时间／紧密地扣在腕上／这一年最后的日程／终究还是不能寄托于自身／／春节从不晚点，火车却发了脾气／无视票价不再上涨的告慰／土地狭长坚韧的脊梁／负不起一张单薄的车票／我们要怎样才能走到来年／时光在奔跑，而我们年复一日"（安石榴《春运，火车……》）。正是在这个过程中，诗人慢慢把词语的锋芒逼回到骨头里。节日几乎是与疼痛、与关怀联系在一起的，像时代的急性病，耗尽了多少人的青春和悲悯，开启了中国近代史以来的种种大命运与大悲悯大欢喜。

在"打工诗歌"里，更多是关于生活琐碎事件的描写和叙述，即关注日常生活中的平常事件。叙述是一种事件，它使事物的本来面目一次次得到展现。优秀诗人可以通过自身亲历或大众熟悉的"小事件"写出有"大意识"的博杂的诗篇，写出准确、真实地与社会面貌及时代进程相关联，具有某种"见证"意义的诗篇。

　　打工仔杨平曹连成／下了班为台湾老板做金饰活／十八岁的人，很瘦／他俩自信在这时的薪水／有钱才更小心地花／／回到宿舍时间还早／他俩相互踩一踩酸痛的背／晚上就可少花点钱／洗个头，和湘妹聊会天／回到床上再听听"夜空不寂寞"／有时在身体里奔驰一番自己／这样过一天　他们知足／有时还感到生活奢侈了点／／这时杨平想起同女孩的一次失败／就说背上的力气不够／曹连成也想起有一次时间太快／没有好好把握（那次有点怪杨平）／曹就用手反推着上铺使劲／只听到杨的身体里脆响一声／杨一声惨叫，昏死过去／医院证明由于受到外力冲击／中枢神经受损／致使杨平腰部以下瘫痪／受到诉讼及经济赔偿的影响／曹带着单薄的身体／五天后失踪在／一个无人接听的电话号码里（王顺健《打工仔杨平、曹连成》）

《打工仔杨平、曹连成》写的是打工生活的"变形记"和变形后的具体形态，王顺健凭借语言的张力传达了最普通卑微的"打工一族"生命内存的痛感。王顺健写的是一个关于身体的意外事件，但不是重大的社会事件。致力于

在诗歌中反映社会问题,这一特点使"打工诗歌"在同时代的诗歌中显得尤为突出,但是优秀的打工诗人很少在诗歌中采用直接的方式描写社会问题,也很少直接面对社会事件,从而把自己的话语方式和多数区别开来。每一个身体始终有一个统一的意志:疼痛和愉悦,但每一个身体都是与众不同的,每一个具体的环境和细节所产生的效果都是有差别的。"不同"构成了写作的必要性。

  风一吹来 就打痛我蓬乱的发/风中的沙子/在眼睛里哭泣/却不肯出来/我在赶路 从乌达新区/到我上班的那个黑洞洞的煤矿/之间的路程 是一个下午中脚跟/与腿尖的距离//我在煤矿中看见的只有黑暗/和恐惧/头顶上的安全帽/充当着什么角色/在瓦斯与排气扇之间/我的呼吸多么胆怯//一个工友的一声惨叫/被淹没在塌方声里/在矿灯微弱的光亮里/我看见他痛苦扭曲的脸上/那一层煤灰/在脱落(张守刚《1992:蒙古乌达》)

  冲压,拉伸,切割/金属的碰撞声/充满1993年的那些日子/我必须牢记那个夜晚/手指如此脆弱/在冲床的一念之差中/血肉模糊/呻吟是没有用的/我必须面对痛苦/和面对自己残损的左手一样/将自己的心揪紧(张守刚《1993:江口汽修厂》)

张守刚是打工诗人中的"身体口语"诗人,他直面身体,诗歌现场感很强,肉体逼向真实的体验。读这些诗我仿佛听到诗人的心跳,感受到一种揪心的痛感,这种痛感来自诗人自身的窘境以及面对生活挤压下的无奈。打工诗人张守刚的痛感是从我们的生活经验出发的,跟我们的身体、身边的事物有摩擦。他的疼痛感是可以传达到我们的血肉里的。他所揭示的活生生的命运的现场感和尖锐性,不是来自观念、甚至也不是来自体验,而是来自他和他的工友们劳作着的身体,来自那切身的在场的见证和经验,带有自传的性质。"打工诗人"即使写"他者",他们的诗歌仍是自己与自己的对话,这些对话与诗人生存的社会环境有紧密的联系。

第三章　发现和重塑被遮蔽的身体

> 龚忠会／女／20岁／江西吉安人／工卡号：z0264／部门：注塑／工种：啤机／入厂时间：970824／／啤塑时，产品未落，安全门／未开／从侧面伸手入模内脱／产品。手／触动／安全门／合模时／压烂／中指及无名指／中指2节，无名指1节，属"违反工厂　安全操作规程"／／据说／她的手经常被机器烫出泡／据说／她已连续工作了十二小时／据说事发后　她／没哭　也没／喊叫　她握着手指／走／／事发当时　无人／目睹现场（谢湘南《一起工伤事故的调查报告》）

谢湘南通过叙述的细节化把生活现实引入诗歌，删去抽象的词汇符号，以立体的观感透明地展现人物、事件、场景，以独立的个性向自己、向一个复杂的生存的时代说话，保持了诗歌写作的现场感。尖锐的人物叙事和经验的事件的细节转述，使他的诗歌具象又抽象，从极富质感的可视的指向诗的不可见的东西，或者说他的诗歌中的观看是幻觉的直观。"打工诗人"对"他者"的叙事也有一种切肤之痛，因为他们是现场的承受者、目击者和见证者。"事发当时，无人目睹现场"，但诗人记录了身体受难的真相。他们的诗歌书写了疼痛感。但这种痛感不是纸上的，也不是一般诗人那样的遥远的痛，他们的痛是及物的，是到达我们血肉的痛，这种痛一直能够刺激我们，也能够唤起人的情怀。

> 如果从海洋吹来的风更大一些，生活的咸味更浓一些／那个在风中追赶的铝罐的老妇人，她奔跑的脚步／像风，从四川内陆到广东的海洋，蹒跚、忧郁、坚定／生活的咸味在风中越来越浓／／这个叫田建英的拾荒者，她咳嗽、胸闷，她花白的头发／与低沉着的咳嗽声一同在风中纠缠，一口痰／吐在生活的面包上，带血的肺无法承受生活的风／吹打。尖锐的鸣叫，她吐出的生活／晾在路上，让一辆开往四川的车载着／／1991年她来这里，背着五个孩子和一个病重的丈夫／那天她34岁，跟村子里的小姑娘，她在出村的风中张望／泪水，打湿露珠和麦子上的光芒。1996年，她回乡／带来了辍学

的老大与老二。1999年再回去／将全家搬到了这个叫黄麻岭的村庄。她说，那时她见到了／新世纪团圆的月亮。2001年老大在深圳吸毒贩毒进了监狱／老二去了苏州，老三、老四各自有了家，在云南湖北／丈夫嫖娼，染上性病。老五在酒店出卖肉体／这些年，她一直没有变，早上六点起床，晚上十一点睡觉／四天去一次废品站，在风中追赶铝罐／有时低下头，想念一下还留在川东的亲人（郑小琼《风中》）

"2001年老大在深圳吸毒贩毒进了监狱"，"丈夫嫖娼，染上性病。老五在酒店出卖肉体"……郑小琼特别敏感于生活现场中的一些人一些事，为此丝毫不厌其烦于生活的琐碎，通过机智的口语展开细节描述，从而实现戏剧化的出人意料的阅读感受。这个叫田建英的拾荒者是一个打工者，她的亲人还是打工者，在她们的身上集中体现了打工者最凄惨的遭遇与最坎坷的命运。田建英不能承受社会生活中那些错综复杂的"轻与重"，但却在承受着。诗人让事件和场景在鲜活的口语中自觉地呈现出来，让经验贴近现实时更加准确、有力地接近于感知。写作，就是在生活中一次又一次的发现，是个人经验的不断提起和上升。郑小琼把口语融入叙事中，在语境上营造饱满的鲜活度，他一方面注重当下日常生活经验的渗透，对人性与生命本质给予关注和逼视，另一方面不停留在词语的狂欢上，而是让"日常用语"和"事件"说话，而自己却像一个旁观者躲在背后。郑小琼"不止一次写到她们，北妹、打工者／她们在五金厂的机台、电子厂的拉线，以及／神色暧昧不清的酒店、发廊——／她们的恋爱因为奔波迅速的撤退，剩下／渺小，陈旧的孤独，在倾听，询问"（《她们》）。郑小琼的诗歌由己及人，转向更多的具有同样命运的人身上，但把自己始终作为打工群体里卑微的一员，在表达自我的同时传递出更深刻、更广泛的现场意义。现场是我们获取诗歌经验和精神要求的源产地和出发点，每一次触碰都是有意义的，意义在于我们之于人群和世间的梦想和要求，它们融会贯通，左右逢源，并且贯穿到了每一个具体生命经验和思想当中，成为一种共同的经验和要求。

五、打工现场的身体修辞

身体是主体性的标志,它使人类从外在的对象客观世界分离出来——躯体是个人的物质构成。躯体的存在保证了自我拥有一个确定无疑的实体。任何人都存活于独一无二的躯体之中,不可替代。如果说,"自我"概念的形成包括了一系列语言次序内部的复杂定位,那么,躯体将成为"自我"涵义之中最为明确的部分。关于在场,我们常常强调精神而忽视身体。这样做的危险是写作者将自己扮演成一个没有身体的人,只留下虚化的灵魂。在场,首要的是身体在场。对自身身体的肯定和尊重,也即是对生命本身的肯定和尊重。身体在场,散文才能最大限度地进入日常生活经验,因此,有人说"散文是身体的语言史"。"在场"就是直接呈现在身体面前的事物,就是面向身体本身,就是经验的直接性、无遮蔽性和敞开性。因为那些混乱、琐屑、黏滞、减速、延宕、粗糙、限量的日常经验,对活生生的个体生命而言,具有不可或缺的重要性,它们在被束缚被压抑之后总要寻找一个通道。优秀的散文写作者,从身体出发,专注于发现日常生活细节的微妙与神奇,准确呈现个体心灵的细密纹理,恢复一切细微、卑贱、被遮蔽的事物在作品中存在的权利,并赋之以光,显现生命和生活的本质。

最能感受生活的真切与温度的,一定是我们的身体,而身体对于个体情感或精神的意义都是不言而喻的。在"打工散文"中,我喜欢"打工作家"对身体的那种敏感、执著甚至于痴迷。"打工作家"召唤身体意识复苏,是为了使如草芥般的个体生命得到肯定、尊重和承载,使个体精神凸显出区别于集体精神的支撑和独立自由。生命虽如瓷器般脆弱,却拥有至高无上的价值和意义,正如我们的肉体必须要历尽无数的疾病、疼痛和伤痕,最终给我们心灵或精神以慰藉的,不是空洞的说教,而是真实的身体,鲜活的生命。总之,身体的在场,使个体精神获得扎实的根基和土壤,而无处不在的生活在场,使个体精神避免孤芳自赏式的自我沉醉,使向上延展的个性理念获得向下的重量和质量,推己及人地抵达底层情怀的无限领域。身体性是散文的骨骼,如果散文没有身体,它是软的,是空的,是浮在尘埃中的,即使有再高深的思想内涵,它也无法被支撑起来。身体性不光是肉欲,是吃喝拉撒这些具体的事,它更重要的是日常的,向下,让人感受到力量的,是个人的体温,是活生生的现场和过程。

郑小琼的《铁》是"身体写作"的优秀文本,书写了肉体与铁的坚硬碰撞,她"不断地试图用文字把对打工生活的真实感受写出来,它的尖锐总是那样的明亮,像烧灼着的铁一样,烧烤着肉体与灵魂"。在书写当中,她能够很好地把握现场的主要矛盾和主要景象,以身体为中心,也以铁为重心,不放过任何细节,并使得恰如其分的细节发挥了提高和证实现场的作用。这是身体来自生活现场的第一手感觉,也是第一手的文本。郑小琼的散文充满尖锐的疼痛,因时代的压迫、宰制、疼痛不堪而于"五金厂"——这现代工业之相集中呈现之地:"当一块原本嚎叫的铁在这个周身喧嚣的南方工业都市里,它的嚎叫不再具有乡村嚎叫那样的触目惊心,它的叫声让世间的繁华吞没,剩下的是叹息与钢铁一样平等的沉思,它们不断地淤血肿胀,无声息的病痛不断折磨着我的轻若白纸的思想。""拇指盖的伤痕像一块铁样重量的黑点扎根在我内心深处,它像有着强大穿透力的乡村修理铺或者乡间医院一样,正从那个黑点出发、扩散,充满了我的血液与内心,它在嚎叫着……""他们的疼痛对于他们的家庭来说,如此的尖锐而辛酸,像那些在电焊氧切割机下面的铁一样,那些疼痛在剧烈的、嘈杂的、直入骨头与灵魂的尖叫,不断在深入他们的生活,他们将在这种尖叫的笼罩中生活"(郑小琼《铁》)。郑小琼散文中的"嚎叫""尖叫",是一种自我审视的心灵态势。金斯伯格的"嚎叫"缘于当时美国年轻一代的"疼痛"——垮掉的一代的疼痛,因"疼痛"是因为遭受了现代社会体制和价值观的沉重击打,因而原本感性十足的人痛不欲生,需要以极端的感性来对抗这资本主义世界的理性秩序,在保守主义批评家看来,这种赤裸裸的"暴露"和"嚎叫"是邪恶、耻辱,但以金斯伯格为代表的美国青年一代却认为这正是对邪恶以及耻辱的否定。郑小琼的散文传达出来的信息大体相仿佛——因"疼痛"而"嚎叫",因"嚎叫"而激烈地抗议和颠覆既成主流意识形态以及主流意识形态与市场的话语合谋和权力策划,郑小琼散文中有关现代人情感与身体疼痛的一个关键词——尖锐,频频出没,构成其散文中与"嚎叫""尖叫"彼此呼应的现代人的战栗感。"铁常常以它的坚硬与冰冷切割着乡村,乡村便会疼痛,疾病像尖锐的铁插进了乡村脆弱的身体中……""我一

第三章　发现和重塑被遮蔽的身体

直想让自己的诗歌充满一种铁的味道,它是尖锐的,坚硬的。""在这样一座巨大的炉火间,虽然不断会有一种尖锐的疼痛从内心里涌起,蠕动在日子里,它不断在肉体与灵魂间痉挛着,像兽一样奔跑……"(《铁》)。

散文之于郑小琼,是有着切肤的疼痛,是有着诗的灵魂在其中挣扎的一种文体。《铁》是郑小琼蕴涵切肤之痛的散文标本。郑小琼这些来自底层带着生活血块,眼泪和欢笑,屈辱与挣扎的文字,像针尖一样扎着我的内心。回到我们的散文写作,我们也会写到痛,可是我们的痛总是难以引起阅读者的切身的感觉。问题究竟出在哪里呢,是否我们所谓在场的身体本来就是一个"伪身体"。身体在场的问题,反观我们的作品,身体真的在场了吗?身体在场,仅仅只是写作者作为写作者在文本中的出现吗?读《铁》的时候,一直在想这个问题,因为很少有这样的感觉:疼痛弥漫在字与字之间,句与句之间,行与行之间,仿佛书页间所有的空白处写的都是疼痛。这种疼痛不仅仅是精神的,虚无的疼痛相对来说要轻得多,在这里,疼痛是强加在阅读者肉体上的真实的疼痛,肌肉和骨头都随着阅读的进行而逐渐紧缩,然后突然地战栗,突然地嚎叫。

身体充分在场的写作者,具有一个优势,他们常常能调动其所有丰富而敏锐的感官,对一切存在之物,产生及时、直接、丰沛的身体感应,这使他们的作品总是有色彩,有气味,并富有音乐性。这一点,也是好散文必须具备的品质。难怪叶芝则更加干脆地把写作视作"身体在思想"。理由很简单,创作不依赖我们自以为完备的明辨是非的判断能力。"诗叫我们触、尝,并且视、听世界,它避免抽象的东西,避免一切仅仅属于头脑的思索,凡不是从整个希望、记忆和感觉的喷泉喷射出来的,都要避免"(叶芝语)。诗歌写作如此,散文写作也是如此。真正的散文写作,起码要做到身体在场,要有个人精微的感觉和独特的心灵敏感,有自我的血泪参与、心的跳动和精神的痛苦,以及人性的冲突与升华。感官和感性才是你真实灵魂的应有之义。感官把身体里以及周围的一切密切地联系起来。一个新生婴儿总是通过其感觉雷达网来理解充满神秘的周遭世界,这就是本性的最好证明。因为孩子在本质上是感性的,所以总是通过好奇和本能来加入这个世界。是本我用视觉、听觉、嗅觉、味觉、知觉和惊奇,推动作家沿着感官世界的方向前进。特别是那种始终能够抓住并传达出底层生存意味的散文作品,是可以令人一目了然的,那简直就是一种标志——是从文字之间弥漫出来的特有气味。王十月在《关卡》里写道:"印刷车间里弥漫着刺鼻的天那水气味。苯已深入到了我的身体里,融入了血液中,成为了我们身体的一部分。无论走到哪里,别人都能从我身体里弥漫出来的刺鼻气味判断出我的职业。甚至在离开工厂一年后,我的身体里还散发着天那水的味道。"

郑小琼的散文更是将颜色、气味、声音都写得绘声绘色,充分体现了她的感觉。写作一定要忠于直觉。直觉即发现,直觉即是生命,直觉即真理的可能。我的一个偏见是写作应诉诸人的直觉和感应力。如果写作有技术,这种技术应该是不露痕迹的。看、听、嗅、触摸,这是我们拥有和亲历事物的方式,也是人相互欢爱、享乐和受苦的方式。视与触,是人与事物的基本的接触,是人的及物的活动。作为接触与感觉,它包含着对物的认识。看、听与摸:一种在行动的思考。视与触,尽管总是接触到许多我们知名的事物,但对于眼睛、耳和手来说,事物总有其暧昧性,其不等于语义的领域。视与触接触着事物中陌生而无名的成分,在事物广阔的匿名性中,眼光才一点一点地醒来。思考正是由这样一些令人惊异的"见"所构成的:洞见、发现、觉察、醒目,使眼睛醒来。打工作家以亲历者的身份,仔细描绘眼睛、耳朵、手所能体会到的一切细微感受。

> 我一直想让自己的诗歌充满着一种铁的味道,它是尖锐的,坚硬的。两年后,我从五金厂的机台调到五金厂的仓库,每天守着这些铁块,细圆钢,铁片,铁屑,各种形状的铁的加工品,周身四方都摆着堆着铁。在我的意识中,铁的气味是散漫的,坚硬的,有着重坠感。我感觉仓库的空气因为铁而增加了不少重量。两年的车间生活,我开过车床、牙床,做过钻孔工,我对铁渐渐有了另一种意识,铁也是柔软的,脆弱的,可以在上面打孔,画槽,刻字,弯曲,卷折——它像泥土一样柔软,它是孤独的,沉默的。我常常长时间注视着一块铁在炉火中的变化,把一大堆待处理的铁块放进热处理器里,那些原本光亮苍白的铁渐渐变红,原本冷彻的亮度变

第三章 发现和重塑被遮蔽的身体

得透明而灼热。我这样注视着，那些灼热变成了红色，透明的红，像眼泪一样透明，看得人直流泪，那些泪滴落在灼热的铁上，很快消失了。直到现在我还顽固地认为，我的那滴眼泪不是高温的炉火蒸化的，而是滴入了灼热的铁中，成为铁的一部分。眼泪是世界上最为坚硬的物质，它有着一种柔软而无坚不摧的力量。炉火越来越红，那股烧灼的铁味越来越浓，铁像一根燃烧的柴，只剩下一道红色的发光体，它们像一朵朵花在炉火中盛开着。在我视野里，它渐渐消失了固体的形体，变成了液体的火，气态的光，有着空阔与虚无，这空阔与虚无吞噬了呈现在我面前的铁，它们不断地闪耀，又不断地穿越征服着另外一些尚未发光的铁。（郑小琼《铁》）

通过身体的现场书写，打工散文的一个特征就是感性优先，作家首先认定自己是独立个体，然后再把自己个人的经验世界呈现出来，这是一种身体的哲学，它确认人的身体的经历的正当性、合理性。在炽烈的炉火照耀下，《铁》便是奇丽的感官效应，给你强刺激的艺术灼烫感，让我们感受到铁也是有身体的。郑小琼如此，塞壬也如此：

我应该永远属于这料场，我感受到料场需要我，当浓浓的铁腥味将我挟裹，我随之而来的兴奋就是对它的深深呼应。这铁腥味像油漆般簇新，新锐、有活力，向上，有一股蓬勃之气。我不止一次听到班组有师兄弟说起喜欢这铁腥味，它大片大片地开放，像一种毒，刺激着我们这些年轻的神经。（塞壬《转身》）

"打工散文"中一些有关身体与疾病的书写，也体现了"打工作家"文字极其深沉的一面。对于身体的解析就是对个人成长史的编著，对于疾病的拿捏就是对于生命的体悟，这是最能体现个性的领域。对于身体与疾病的认知，我想更真切的还得来自于己身，这类题材时下也在一些散文作者中流行，以我粗浅之见，多数走到了对于身体的近乎失去廉耻的呈现上，这固然是散文写什么的一大突破，但作为公共的文本见诸世俗并非多多益善。郑小琼对这类题材的把握是独特而成功的,她冷静,直接,锋利,本质,纯粹,深入,她就像外科医生,从容不迫地面对自己的身体,这就使得她的这类散文特立独行,读她的《铁》这样的散文,我甚至感受得到身体的痛:

> 我躺在充满消毒水味道的病床上。六人的病室里,我的左边是一个头部受伤的,在塑胶厂上班;右边一个是在模具厂上班,断了三根手指。他们的家人正围在病床前,一脸焦急。右边的那个呻吟着,看来,很疼,他的左手三个指头全断了。医生走了过来,吊水,挂针,然后吩咐吃药,面无表情地做完这一切,又出去了。我看着被血浸红又变成淡黄色的纱布,突然想起我天天接触的铁,纱布上正是一片铁锈似的褐黄色。他的疼痛对于他的家庭来说,如此地尖锐而辛酸,像那些在电焊氧切割机下面的铁一样。那些疼痛剧烈、嘈杂,直入骨头与灵魂,他们将在这种疼痛的笼罩中生活。这个人来自河南信阳的农村,我不知道断了三根手指,回到河南乡下,他这一辈子将怎么生活?他还躺在床上呻吟着,他的呻吟让我想起了我四川老家乡村的修理铺里电焊氧切割的声音,那些粗糙的声音弥漫在宁静而开阔的乡村上空,像瓦气一样浮荡在人们的头上。在这座镇医院,在这个工业时代的南方小镇,这样的伤又是何其的微不足道。我把头伸出窗外,窗外是宽阔的道路,拥挤的车辆行人,琳琅满目的广告牌,铁门紧闭的工厂,一片歌舞升平,没有人也不会有人会在意有一个甚至一群人的手指让机器吞噬掉。他们疼痛的呻吟没有谁听,也不会有谁去听,他们像我控制的那台自动车床夹住的铁一样,被强大的外力切割,分块,打磨,一切都在无声中。

在打工散文里,"疾病"等于"现实"的同义词。工厂的伤病、职业病成为写作的重要素材。对疾病的思考和体验带来了痛苦、绝望和作为人的大自卑——因为看见了"在这个工业时代的南方小镇,这样的伤又是何其的微不足道"。疾病不仅侵入了人的身体也侵入了人的心里:"伤口在我的手指上结痂，指甲盖再也没有原来那样光滑与明亮，与其他九个相比，虬起而斑驳，过程就像一次生硬的焊接。平静的时候，我看着这个在伤痛之上长出来的指甲盖，犹如深渊生长出来的一个异物，如此突兀地耸立在内心深处。我知道，它是那些尖锐的疼痛积聚起来的，在斑驳凹凸的纹路上，还停留着疼痛消失之后的余悸。疼痛在我的感觉上彻底消失了，但是那感觉潜伏在我内心的深处，不会消失，也不会逝去。"就这样，"打工作家"写疾病一方面缓解了个人内心的压力，一方面印证了自己和全体打工者的命运，于不自觉中深化了当代散文中关于疾病的主题。"打工作家"要通过他们的感官，来体验、阐述并且揭示底层生活的秘密。王十月关于身体与疾病的文字也是别具性格的。

丝印技术伴随了我十年的打工生涯，十年中所有的选择，几乎都没有离开这个行当，总是和天那水、油墨打着交道：调色工、丝印工、晒版工，甚至当生产主管，也还是丝印车间的生产主管……直到有一天，我得知长期和这些含苯极高的化学品接触容易中毒时，才意识到这个职业的危险。强烈的逃离工厂的愿望，迫使我做出学习的努力。我希望能在丝印之外，寻找到另外能养家糊口的技能。这一愿望后来终于实现了，我的生活已不再和天那水有关。

2002年，我在一家打工刊物当记者，做过一期名为"倾听生命凋谢的声音——走近广东职业病患者"的专题。直到那时，我才知道重度苯中毒会直接引起严重再生障碍性贫血。现在写作这篇散文时，我找出了那一期的刊物，读着自己写下的那些文字，心情依然不能平静。那远离了的制卡厂的生活也渐渐清晰了起来。我在那篇专题中写道：

据悉，广东省接触职业类危害因素人数约1000万。1989年至2001年，全省共报告职业病4848例，其中新发尘肺病2486例，尘肺病死亡1160例；急慢性职业中毒1656例，死亡107例。职业病，这一吞噬劳动者生命的无形杀手，正一步步紧逼劳动者……

《人民日报》上有一篇时评——《比苯更可怕的是……》，时评说："苯"是一种化工原料，对人体有害，但毕竟可以采取措施

 "粤派评论"视野中的"打工文学"

避免或减少它对人体的伤害。然而,比"苯"更可怕的是那些要钱不顾人命的个体不良老板和少数官僚的冷漠之心……

我庆幸我离开了苯的威胁。然而,现在我们的生活越来越离不开卡了,这就意味着,有越来越多的打工者,他们的身体处于这种威胁之中。(王十月《关卡》)

这时我们不禁要问我们的身体和对身体的想象与叙事,在摆脱了国家的征用之后,是否就已经真正属于我们？当作家把身体暴露于众,是否就表明他已真正获得了身体的所有权？ 在工业化的进程里,以集体主义的身体与情感遮蔽个体的身体与情感,个体生命无法成为我们最感亲切的存在形式,于是,个体身体的书写与历史的书写在中国本土出现了悖论,或者说,个体身体被大时代、大动荡、大历史遮蔽的可能性被无限放大。身体在我们这个社会的话语中被压抑着,一切有助于我们了解这个时代的真实生存状况的话语都处于危险之中,文学中关于身体的语言必须很好地隐藏自己成为对身体的遮蔽才行,身体的言说成了不言说,不言说身体成了言说身体的前提。精神的异化导致了对身体的轻蔑、无视和奴役。在"打工散文"里,备受凌辱的身体才逐渐回复自身的意识。"打工作家"以自己的身体为支点,在肉体和灵魂的分离中,既感到了一份痛苦,又感到了一份实在。其实,这是现代主义对所生存的世界产生的焦虑和碎片式感受,也是后现代主义对世界、人生和生命本真的一种消解。"当人的情感与身体被剥离,当工厂里需要的是一个个没有思想的人肉机器,当这些机器被一组工卡上的数字代表着,当我是谁要用一张卡来证明时,我们依然选择了习惯、麻木、沉默,我们也渐渐认可了这种生活,习惯了这种情感与身体的剥离。仿佛这一切都是正常的,我们很少有人去想过这种生活背后的不合理。然而依然是有痛的,只是这种痛被隐忍,被压抑。这样想来,我们真的是那沉默的大多数"(王十月《关卡》)。

尼采说:"决定民族和人类命运的事情是,文化要从正确的位置开始——不是从'灵魂'开始(这是教士和半教士的迷信);正确的位置是躯体、姿势、饮食、生理学,由之产生的其余的东西……所以希腊人始终懂得,他们在做必须做的事;蔑视肉体的基督教则是人类迄今为止最大的不幸。"外

第三章　发现和重塑被遮蔽的身体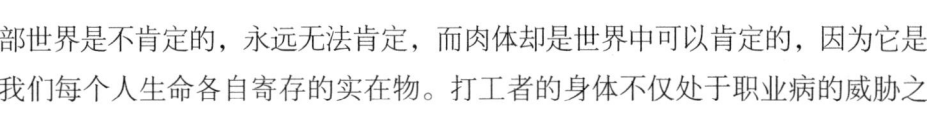

部世界是不肯定的，永远无法肯定，而肉体却是世界中可以肯定的，因为它是我们每个人生命各自寄存的实在物。打工者的身体不仅处于职业病的威胁之中，而且还要时刻抵御一些暴力：

> 这触目的一幕像影像一样常在我面前晃动，这内心的暗疾，这顽癣般的噩梦让我致幻。抢劫，一个充满暴力和血腥的词，它五次出现在我南方的漂泊生涯中。我当然不能把它看成一个偶然的独立事件，我总是将它与我的命运连在一起。摩托车的呜呜声，我的喊叫，在我内心形成一种尖利的声嚣，它们时常照见我一览无余的命运，薄薄的身子骨，倒在地上就一小堆。当事件过去后，这样的声嚣频频向我施暴，我只能选择悲伤和沉默。办公室里，所有的女孩子都有被抢劫的经历，有的经历更加可怖。她们有时展示身体受到伤害的部位，她们的表情是娱乐的，是消遣的，她们在比谁比谁的被抢经历更加可怕。这样血淋淋的场景，作为一种谈资，用这样快活的语气描述出来——我相信，遭遇的普遍性让很多人没有了痛感，是的，生活让我们都没有了痛感。（塞壬《声嚣》）

随着语言的加快、紧张，对身体的关注，不断发展成一种特殊的负面"想象力"，暴力的和分裂的景象遍布塞壬的散文。我们领略了一下塞壬的形式创造性，她的散文在具有质朴的抒情力量的同时，又充满了丰富的杂多性，或奇异、滑稽，或暴烈、凌厉，有一种混响式的轰鸣效果。这种对散文语言、想象的挥霍性、创造性使用，在散文写作上是十分罕见的。

"打工作家"的创作实践，使我们相信，通往身体的道路已经敞开，散文将会越来越体现存在意识，并通过对身体细节的语言转换，创造出一个具体、及物、在场的新的散文境界，以彻底反抗长期以来压抑身体、虚化灵魂的散文传统，使散文走向真正的自由。一百年前，尼采就曾在《权力意志》一书中声称："要以身体为准绳。……因为身体乃是比陈旧的'灵魂'更令人惊异的思想。"随着生活的改变，个人空间的建立，以及西方社会思潮的影响，中国人也开始意识到自己有一个可以自由支配的身体。以前那种绕开身体、直达

理想的乌托邦生活并非天经地义，从身体出发的个体生存方式也未必就是反动和自私。因此，"打工散文"与过去的"工农兵文学"完全不同。过去的"工农兵文学"是漠视个体身体存在的，甚至是反身体的。尤其是在政治化时代，权力和社会只承认心所代表的思想和理性，而将身体等同于罪恶和污秽。每个作家都要将自己扮演成一个没有身体的人，只留下火热的思想，昂扬的斗志。身体成了非道德的区域，它随时要为自己的不安于现状而站到道德的审判席上。在这个背景下来考察"打工散文"文本，我们发现，打工作家们对于当代散文创作的重要贡献在于：散文"言体"而非"言志"。即散文写作的本质是身体写作，是张扬生命个性与内心冲突的写作，是一种具有及物、在场品格的存在性写作。

任何一个时代，它在争取思想和身体的自由的时候，肯定都包含着尊重日常生活的吁求。日常生活是一个社会的肉身，没有它，人的身体也就没有展开的空间。只有日常生活得到有效的恢复，身体才能找到自身的完整性：伦理性和生理性的完美结合。法国哲学家梅洛庞蒂说，身体"本质上是一个表达空间"，并断言"身体是我们能拥有世界的总的媒介"。在"现代化"的叙述框架中，底层身体经验是被漠视的存在。面对时代话语，"打工散文"写作的出发点是"返回自身"，即从个人的身体经验出发，"打工作家"才能获得言说真实自我的可能。因此，对底层身体经验书写的研究和考察，对于还原历史语境中底层真实的生存处境具有重要的意义。尽管其他作家早已大量书写身体，但这种身体是符号性的而不是经验性的。底层身体经验的书写由于是在具体的历史处境中产生的，因而它并不是完全独立于历史和时代的，但同时，由于身体的主体性，这种书写又是超越历史设计的。

从表面看来，不管是在现实的层面上，还是在想象的层面上，我们的身体都获得了比原来大得多的自由。在这个意义上我们无疑有了惊人的进步。在中国一直存在着一个压抑身体、蔑视身体的文学传统，及至现当代，执政者又以"革命"为借口对身体实行全面专政，改造身体、甚至消灭身体，高度政治化的中国现当代社会使中国文学再次陷入反性的窠臼。身体的政治化，实际上也就是日常生活的政治化，它扼杀的是个体的自由，私人的空间，真实的人性。在这一背景下谈论"身体写作"是有解放功能的。对生理或者身体的关注

第三章 发现和重塑被遮蔽的身体

是现代审美的特征,它表明了人类对自己全部存在的全面关怀。在古代性社会,灵与肉是分割的,并且扬灵抑肉,而现代性社会通过肯定感性从而在价值论上与传统提出了相反的结论,经验、感性、暂时、物质等成了确立价值判断的基础,在古代性社会被超自然意义约束的身体被凸现出来。对身体的这种有别于古代性社会伦理压抑下对官能感受变态的描绘的书写,成为自然释放的现代性社会中个人化写作的重要构成。也只有今天,对性的真正的描绘才成为可能。而且传统性身体修辞学的代码表现出明显的男权中心立场。在男性执掌女性形象创造权的时候,女性无法自己表现自己。换言之,在男权话语霸权里,女性没有自己的身体修辞学。在今天,打工女作家已经可以将自己的性经验、性幻象通过文学表达。塞壬一直着力于真挚、痛切地书写女性的底层生活经验,大胆地书写底层女性的身体和性:

> 那对年轻的夫妇跟我一墙之隔,我的床头大概也抵着他们的床,我时常被床头笃笃笃的声音惊醒。他们在做爱,剧烈地动作,木架子床摇动起来,有节奏地敲击着墙壁。我醒了。我清晰地听见疯狂的喘息和娇柔的呻吟,他们更猛了,那笃笃笃的声音急促地、一下一下地撞击到我心里,我感到墙壁晃动起来,地板也跟着晃动起来,我的背脊冰凉冰凉的,口干舌燥,我想喝水,但躺在那里一动也不敢动。我甚至听到他们弄垮了木架子床,男人大吼一声,女的发出细弱的喊叫,一声一声,我尽量不让自己去想象这些声音出于什么样的心理,我控制着不去想象,却饱受想象的折磨。但这些声音在向我施暴,这两个人旁若无人的狂欢在向我施暴。它打扰了我这个安静的人,不,它伤害了我,让我感到自己孤独伶仃,硕大无朋,被遗忘,被丢弃,在角落里,阴暗,并自生自灭。那样的夜晚被忧伤浸透。我知道,对于贫困的夫妻来说,性爱是最丰盛的晚餐……(塞壬《声嚣》)

同样是写性,这样的写作显然才是真正意义上的"身体写作"而非简单的"肉体写作"。塞壬的散文总试图将生活的本真从生命躯体中剥离出来,

用以表现自己对描写对象乃至整个人类社会和宇宙的认识,她着重表现的不是人类所经历的外部世界,而是在外部世界所影响下的人本身的存在状态。比如《声嚣》里自己那莫名的恐惧,以及同虚无的鬼魂的无奈的纠缠,惊悸和慌乱,都让我们感到了一种致命的桎梏,也让我们在怀疑中具有了一种天然的摆脱的欲望。而塞壬在面对这种艰难时,是持肯定和接纳姿态的,从中我们可以认定,既然生命给予了人疼痛,就要去感知、接受,要学会坚忍,要以悲悯的胸怀抚摸我们生活和生存的现场。心灵之痛就是梦想的失落,是一种想象力的折损。我们看到了散文与女性生存的唇齿相依,它成为她们心里最真实的声音,是一种清醒时的梦想的诉说,开始承担起某种疯狂般的喊叫和痛到极处的沉默。这是散文精神与文体发展的一种"新状态"。塞壬进入到女性生理与女性精神的深度空间中。没有人像塞壬这样如此颠覆性的将女性的生理快感与痛感表现得那么大胆而深刻。而在对女性精神传统的寻找中,塞壬则进入到了人类自由精神的境界中。这种公开言明的对于已有的话语秩序的反叛姿态,也是以往散文所没有涉及的。

写性,这本身并不新鲜,许多作家都会写这种刻骨铭心的身体细节。然而,塞壬跟别人写得不一样,在她躺下以后,四周不仅仅弥漫着情欲的味道,还回荡着南方生活的味道,那些像万千触须般伸入她身体的那些背景,那些纵横的枝蔓,那些言之不尽的忧伤,仿佛随同黝暗、无望的身体中的细节在朝前推波逐浪。她使用了塞壬式的语言魔法。她用其语词的那种诗性,更接近我们的肉体,仿佛荡漾着肉色似的波浪。在里面,在塞壬着迷的男女关系问题之中,我们的迷惘、焦虑的内心、浮沉不定的前景似乎得到了某种抚慰。在塞壬的散文里面,随处可以触抚到的忧伤仿佛就在我们身体中,不弃也不离地陪伴着我们终身。出自我们终身监禁的那些语词,被她一一地剥离开去,犹如早晨最清新的空气扑面而来。

如果说,身体和欲望是散文和文学的合理性依据,那么身体和欲望的表现就是合理的。但是女性的身体体验只有在具有了更多融合的多重视阈的能力,才有可能在另一种向度上抵达自身和灵魂。女性写作不能离开女性意识又不能将之极端化、偏执化,应一定程度上在更宽更深的超越性别意识的视域进行写作、探询,辩难和挖掘。也许一个作家的话宣告了一个恰切和合理的姿

第三章　发现和重塑被遮蔽的身体

势。在我的阅读体验中，塞壬将视域投放得更为宽远和辽阔，写作场域的舒展展现出写作的新的空间。在时间和生存的短暂沙漏中，塞壬更多是作为生存个体在与语言、生命、生存的临界点上对自然万有之物和内心进行充分而中的的表达，对事物和细节的纹理进行擦亮和梳理。这种更恰切和合宜的姿态使我在阅读中分享和承担了语言和想象以及经验的多重快乐。不管这种关注自身是否有局限，但总比一味沉溺于窄仄、逼促的卧室的疾病气味要好得多。因为在当下的语境下，清规戒律伪道学的挤压已经远去，虽然压抑欲望仍不会消失，但是其中的话语政治早已消失殆尽。"打工散文"中的性话语所能够做的不会比精神分析学更多，那就是唤醒压抑的欲望和个人创伤，去分享欲望。在某种程度上，它们都剥夺了欲望幻想中的主体因素。它们甚至剥夺了人们的幻想能力。就像色情文学使我们失去了对欲望的隐喻表达，把经验限制在极为有限的层面上。不可否认，任何时代的散文写作都不能离开它自己的时代，不管这种写作是在何种程度上展开。塞壬的散文使我看到了她处理体验和身边世界的优异能力。

> 一辆摩托车突然从身边疾驰而过，坐在后面的那个人拽走了我的皮包，我被拽倒在地上，被车拖了几米远，手肘铲得都是血。钱没了，手机没了，身份证没了，一种强烈的悲伤笼罩着我，就像笼罩着我的命运。我的爱人在灯光下细致地给我擦洗，他忍不住悲伤把我紧紧地抱在怀里。是的，那一刻我们的命运要连在一起，要变成一个人。他紧紧地贴着我，凶狠地、痛苦地进入我的身体，在黑夜里，我们狠狠地连在一起，沉下去，沉到更深的夜里。（塞壬《下落不明的生活》）

在现代人的眼里，外在的一切事物充满着悖谬和荒诞，永远不可知、不可信，也难以得到。而已经得到的是我们的身体，是黑暗中的宝贵的休憩之地。它是可靠的岩石，通过它，我们才能与世界相互沟通和接纳。我们对自己的身体，了解得太少。肉体的秘密还远在我们所有的语言之外。也就是说，用语言远远无法说清肉体的奥秘。塞壬的散文，它真正引人注目的是由特定情境引发的灵魂与肉体的辩难，这使我渴望通过解读它去探寻隐蔽在人的本能之下的生命玄机。自有女性散文以来，还从来没有人对女性的种种生命活动和细微感受做如此狂野恣肆、率真自然的展示与宣泄。因为女人认为这很羞耻，最好秘不示人，而且男人在公开场合则认为它很肮脏。但是这并不是塞壬散文的全部意义，塞壬决不是一个乖戾的色情作家，她的散文也决不是色情文学，甚至不能简单地认为是自然主义文学。塞壬的可贵之处在于，她从对女性生命现象的展示，迅速上升到对女性傲岸灵魂的揭示和独立不羁的人格精神的弘扬。这一点使她脱离了低级趣味，成为一个在精神上完全与男性平等对话的女性代言人。她一直着力于真挚、痛切而富于诗意地书写女性的成长经验。重视对日常生活经验的处理和转化，使审美向度得到多方位的拓展，甚至许多"私密性"的生存与存在经验得以进入文本。塞壬具有一种神秘的预感和莫名的巫性直觉。像大多数的女性写作者，塞壬也关注到了自身，性别或者性别本身，都是具有哲学和文学意义的，更为难得的是，她在个人回溯性的认知过程中，诉求生活地域，掘开人性的隐秘的创伤，使她的作品还具有了心理学意义。

六、一种有声音的写作

作为小说家的王十月，他的散文可以当成小说来读。作为诗人的郑小琼，他的散文可以作为诗来读。而塞壬是作为散文家而被文学界所关注的。三位作家的散文写作具有不同的个性色彩，却呈现出一个共同的写作倾向，他们经常以自身的感官印象作为写作题材，注意采集某些令我们司空见惯却毫不在意的声音符号，为散文语言之下的叙事与抒情增添了新的写作向度。在这一点上，他们都像波德莱尔的传人。波德莱尔于1840年发表的十四行诗《应和》被瑞士学者罗贝尔—博努瓦·舍里克斯称为"象征派的宪章"。这首诗主要表现波德莱尔的应和理论，即世界中的万物之间、自然与人之间、人的各种感官之间、各种艺术形式之间，都相互有一种隐秘的、内存的、应和的关系，而这种关系又发生在一个复合的统一体中。在他看来，声音可以暗示颜色，颜色可以让人闻到芳香，芳香可以使人听到声音，声音、颜色、芳香互相沟通，主观的内心世界与客观的物质世界之间相互感应，而实现相互沟通和感应的共同语言

第三章 发现和重塑被遮蔽的身体

就是隐喻和象征。王十月、塞壬、郑小琼都像得到过波德莱尔的真传,他们的文本以视觉、听觉、嗅觉、触觉感官的体验为基础,充满声音、色彩、味道和世相的生动描述。这种写作,按照谢有顺的说法,就是一种向下的写作:"所谓向下的写作,其实就是一种重新解放感官的写作,或者说,是一种将感官残存的知觉放大的写作。感官、身体、记忆、在场感,作为写作的母体和源泉,在任何时候都是语言的质感、真实感和存在感的重要依据。文学的日渐贫乏和苍白,最为致命的原因,就是文学完全成了'纸上文学',它和生活的现场、作家的记忆、逼真的细节丧失了血肉的、基本的联系。这个时候,重新解放作家的感官,使作家再次学会看,学会听,学会闻,学会嗅,学会感受,就有着异乎寻常的价值和意义——这些基本的写作才能,如今很可能将扮演着复活文学精神的重要使命。"王十月、塞壬、郑小琼都在进行着"重新解放感官的写作",在他们的散文里,听觉似乎优先于视觉,并且显得更为重要。他们似乎与生俱来拥有两只属于底层民间的耳朵,融入被他们听见的事物之中。这使他们所听到的世界,与其他写作者截然不同,而他们所呈现的精神品质,也就与众不同。

王十月就是善于使用自己眼睛和耳朵写作的作家,他描述31区生活的散文《声音》,在写景、叙事上能够把握感官经验而令读者如临其境,如历其事,称得上感性十足,富于在场感。31区是深圳宝安的一个城中村,一个出租屋云集的地方。这里,楼房大多很拥挤,两幢楼之间也就两三米的距离,王十月在散文里称之为"亲嘴楼":"所谓亲嘴楼,是形容两幢楼之间距离之近,两幢楼里的人可以亲嘴。"在对31区的巡视中,王十月不仅用眼睛,更多的是借助倾听,发现他用眼睛所看不见的东西。最大的自由空间始终是留给倾听的。在王十月的散文里,我们能听到声音的在场,这声音来自31区,来自身边,来自他们自己的身体,即使不把耳朵竖起。余光中曾说:"一位散文家的视觉经验如果还限于田园风光,未免太狭窄也太保守了。同时,广义的景也不应限于视觉:街上的市声,陌上的万籁,也是一种景。景存在于空间,同时也依附于时间,所以春秋代序、朝夕轮回,也都是景。"事物在固守自己的本性时,发出或隐秘或洪大的声音,昭示其内在的秘密,所以街上的市声也是一种景。"在31区,最先醒来的,是那些小贩的叫卖声。这些从五湖四海来到深圳的异乡人，用各种各样稀奇古怪的叫卖声，叫醒了31区的黎明，就像在我的故乡，每天清晨那些在树林子里跳跃的鸟声。"（王十月《声音》）散文家就是要捕捉这些声音里的秘密。然而倾听隐秘的声音，还需要有一双善于倾听的耳朵，让那一种细微的声响，在耳廓中不断萦回。听觉想象是散文家联合了最古老和最文明的智性，因此散文家也需要一颗善于想象的心灵，将那声音还原为现实中纤毫毕现的细节。王十月就是这样一位作家，他总是在以生命为根基的具体生存的场景中，在细节的呈现中，倾听到那背后最真实的声音。他的写作就是一种声音诗学的实践与生存细节的生动展开。

> 当楼下飘来了"靓分——都发靓分——"的叫卖声时，女儿说，爸爸，我想吃凉粉。我这才明白，"靓分"原来是凉粉。不过我觉得"靓分"叫起来更加好听，两个平声，叫起来飘飘的、绵绵的、妩媚诱人，有着一种说不清道不明的风情。这风情与怀旧无关，与思乡无关。也是在这一天，我还弄清楚了，"都发"原来是豆腐花。一直没有弄明白的是，这个卖"靓分都发"的女人，老家是哪里的，不过肯定是南方。只有南方的方言才会这样的轻柔好听。南方的人，性格更加像水，而北方的人则更像是山。南方人说话，曲里拐弯，轻声慢语，听起来很温情，不像那个收废品的，你走得好好的，冷不丁会听到他扯开嗓子叫一声：收废品！声音仿佛突然从嗓子眼儿里迸出来，又突然消逝了。短，急，干净有力，像极了他们的性格。（王十月《声音》）

听是亲近性的、参与性的、交流性的；我们总是被我们倾听到的所感染。相比之下，视觉却是间距性的，疏离性的，在空间上同呈现于眼前的东西相隔离。在日常生活许多无人关注的地方，王十月听到了自我和生命的倾诉之音。《声音》就是这样一篇力作，照亮了我们晦暗的身边场景，恢复了我们对自己生存状况的警觉，这种警觉必然会更深地切入生命。王十月是一个极敏感又细腻的人，对事物有着敏锐甚至是尖利的感受能力，他的身体仿佛装着一部高精确高灵敏的雷达，善于搜寻捕捉细微之处的生命信息，当我们部分感官

第三章　发现和重塑被遮蔽的身体

处于封闭状态时，他的神经末梢已全部打开了，当我们的感官全部张开时，他却能够发现事物间毫厘之间的差别，让个体的生命在他的倾听下，缓慢地呈现出生活真实的质地，让现实的场景回到人的本身。因此他的散文是感性的，活在人的生活中，活在敏锐精确的感觉之中。在《声音》这篇散文里，王十月通过自己的倾听，不仅在辨别和搜索声音里的秘密，而且生动地呈现出发出声音的那些人，让我们的眼前凸现出一个个人的身影。听觉在此招致的亲近感与开放感体现的是一种真正的关怀，一种针对他人及自我的双重关怀：

在31区流动着很多收废品的，他们差不多都来自河南、安徽。从我的租屋出来，走二十米，有一个十字路口，原来在路口不远处，有一个垃圾站，里面就住着一家河南人。这家的男子，每天骑着一辆破三轮车走街串巷去收破烂。冷不丁地叫一声"收废品"，他的女人，每天都要把每个垃圾桶扒拉一遍，把里面有用的东西拣出来，整理好。他们还有一个小女儿，和我女儿年龄差不多，却还没有上学。我们每天走过垃圾站的时候，都能看见小女孩趴在地上，玩着从垃圾堆里捡来的玩具。孩子的眼里，一样地闪烁着天真与欢乐。她们在这里也住了好几年了，她的女儿刚来到这里时，也才两三岁。她大约也和我的女儿一样，认为自己是深圳人的。垃圾站的一间顶多五六平方米的空间，就是他们的家。里面放了一张床，还有一个煤气罐和灶，再就无处插脚了，这就是他们全部的家当。冬天还好一些，到了夏天，垃圾站散发着浓烈的臭味，离很远就熏得人捂住鼻子，如果遇上梅雨天气，他们几乎就生活在污水之中。他们一家三口，生活得很快乐，我几乎从没有在他们的脸上看到抱怨与不满。想一想，这些来自五湖四海的外乡人，对生活的要求，原来是如此之低。他们这样的生活，是远远谈不上"生活"二字的，只是最基本的生存罢了。有一天，我有一个搞摄影的朋友来31区，和我一起去拍他们的生活，女人很高兴，用手在水里沾湿了，使劲儿地抹着头发，又拿梳子给她的女儿梳头，女儿的头发结成了

一团,被梳得尖叫了起来。女人不好意思地笑了笑,大着嗓门说:
"你叫啥,给你照相哩!"

  一种被忽视的、被漠视的深层的人性声音,穿透我们倾听的耳朵,我们在震惊中又感到沉痛不已。在许多卑微的事物上灌注自己的灵魂,这也让王十月的散文世界充满了丰富的声音与感人的画面。王十月遵从了自己的感受力,他没有将复杂的声音进行简单化处理;他的文字是被情感浸透的。"这些来自五湖四海的外乡人,对生活的要求,原来是如此之低"。王十月的散文是一种低处的声音,他善于将沉痛的生存经验落到意象和细节的实处。我想这也是散文写作的一种有效方式,这种方式能使情感、经验展现在细节当中,使阅读者也一样感同身受。王十月的散文充满了对日常生活的发现,他有一颗敏感的心,专注于自我与生命的隐秘面,关注和打量生存的细部与纹理,体验着更为广大的弱势群体的艰辛。一个缺乏对事物和自我怜惜的人是很难有此发现的。动人的细节往往与想象的独特有关,而想象的独特则来自心灵对世界的爱。一个对世界缺乏爱的灵魂很难看到这个世界的许多秘密。王十月给我的感觉是一个内心细腻、敏感多思以至有些自怜的作家,这种自怜在我看来是一个很好的品质,我们也只能通过自怜来怜惜这个世界。

  王十月的散文写作来自于他对日常生活的体验和观察,都有眼睛、鼻子、耳朵、舌头、手和脚、头脑和心肠的参与,从不同侧面不同方式逼近人性的真实和心灵的底处。王十月在散文《小民安家》中,讲述了二十八年间,他们父子两代人怀揣希望,坚韧不拔治宅安家的艰辛历程。当年,父亲和母亲拉着沉重的石磙,在稻田里艰难前行,一圈又一圈,一年又一年,在家乡建起新居,"但更多的时候,是沉默,只有石磙发出的声音:吱吱呀呀,吱吱呀呀……"因此,我们不难理解,王十月为什么会在这篇散文里,选择从石磙的声音写起:"关于安家的记忆,从'吱吱呀呀'的声音开始。在人力的拉动下,石磙与胳膊粗的麻绳纠缠在一起,发出的吱呀声,从二十八年前,一直延绵到今天,每次想起,我的眼里就会蓄满泪水,仿佛那声音,是父辈的梦想与艰难的现实摩擦发出的痛苦呻吟。"《小民安家》通过对声音的描述,带出父亲盖房"我"安家的曲折经历,一种艺术的"复调"足以让读者五味杂陈。我想这样的写作，它的难度在于让散文重新弯腰下去，亲近泥土、自然和人间烟火。王十月的《冷暖间》《烂尾楼》《寻亲记》也都是原生态散文，感官活跃，形而下，低姿态，是实实在在的日常书写。这些散文都以打工生活为主题，呈现出作家对环境、生活、内心、精神的反省和质疑能力，且看得出他在写作的过程中，内心涌动了太多的东西，力图去掉某些遮蔽，努力去挖掘、呈现真实的不虚饰的自己。王十月的《寻亲记》通过他寻亲的遭遇，真实地描述了农民工的生存状况，是比较典型的原生态散文，写出了打工者探望亲人，在门外苦等几个小时，却无法相见的痛苦和无助。1996年，王十月在深圳松岗某厂打工，二姐在东莞长安。亲人也许要等四五年才有可能相见，是什么剥夺了人伦的基本需求？《寻亲记》引用郑小琼的诗句"我剩下的苍老，回家"，可是，他们或者她们，能回家吗？王十月陈述了一种现实，并以难得的写作清醒克制了可能失控的情感。那些质朴简洁的文字，如令人绝望的现实，强有力地冲撞读者的心灵。王十月的笔触关注的是千千万万个像二姐一样的打工者的命运，写得怨而不怒，哀而不伤。他将内心的隐痛、生存的残酷与无奈融入到几次平常的寻亲过程中，达到删繁就简、以一当十的效果。我反复读了好几遍，每读一次，都有一丝忧伤像乌云一样压在心头。它令我想起家中的兄弟姐妹。他们也像文中的二姐一样活得艰难困苦，惭愧的是我一点儿也不能给予他们任何实质性的帮助。王十月的散文，是一个在场的人对生活尘烟的直接目击，是对内心灵魂和精神的自我发现、警醒和说出。文学写作是一种长期的精神发现和灵魂诉求。每一个写作者都怀有"雄心壮志"，但常常忽略了具体的、局部的，甚至是瞬间的细节和响动，跳跃和沉寂，不自觉的孤独和喧嚣……或许正是这些，构成了我们散文写作最动人的因素。优秀的"打工作家"似乎已经意识到这一点，以散文的方式，在文字中不断出发、回撤、抵达、收拢、隐喻和注解……所有这些，王十月的散文，或许是最好的证实和说明。

塞壬也是善于用耳朵观察的作家，她的散文也是一种有声音的写作，她凭着女性的敏感在散文中调动了所有的感官。在散文界泛滥着太多轻浮和浅白文字的年代，让散文写作接通活跃的感官，恢复一种重的向度，显然已经非常必要。塞壬在《声嚣》中写了打工生活，写了老板，写了南方的城市，但没有开场就写打工者是怎么样的，城市是怎么样的，没有肖像描写，也没有劳动场面描写，而是写与之相关联的声音，自己内心撕裂倒塌的声音，"我至今记不得那家公司老板的样子，他的五官是抽象的，或者说，我从未看清过他的脸。他的声音仿佛从他的胸腔发出，低沉、短促、残酷，像咯着一口痰，不太清晰明朗，但语气不容置疑，充满了骄横、粗鄙的味道。公司所有的人都惧怕这声音，这声音像阴影笼罩着空间，仿佛无处不在，让人惶惶。我相信，即使离开了那家公司，那声音依然折磨着很多人"。声音就是一个人最真实的面影。塞壬的倾听在自我与他人、主体与客体的交织当中，作为一种更为原初的生命能力，听觉注定了她的生存牵挂。从写一个人的声音到写一座城市的声音，塞壬的散文有自己的磁场，声音的磁场：

> 我看见自己被那些声音照亮，一张疲惫的脸，惊慌失措的表情，仓皇的身影，还有瞳孔深处的哀伤。是的，我在退避和躲闪，广州、深圳或者东莞，我不断地游走，游走在这巨大的声嚣之中，它致密，像寂寞那样深厚，我无从逃离，它将我长久地覆盖。我曾用尽力气尖叫、踢腾，以图撕裂这可怕的、致密的声嚣，但它无法穿越，以绝对的、强硬的气势将那些尖叫一声一声地逼落到我身上，而后来的一段时光，我被淹没，没有人能听见我喊了些什么。再后来，我慢慢变成一个哑者，紧闭双唇，垂下眼睑，惯于黯淡。某种声音是有形的，像有体积的实物，它们都长着锋利的锥子。某种声音是无形的，但它有一个场（塞壬《声嚣》）。

散文的在场，就是感觉和意识的在场，一个优秀的写作者会把对生活原生状态的尊重当成生命。散文在塞壬这里成了听觉艺术、视觉艺术、感觉艺术，她能从寂静的物体上感受到喧嚣的人气，她把视觉、听觉、嗅觉、味觉和触觉加以沟通调和，力图同时调动读者所有的感官，以造成一种"通感"的效果。散文成了声音的一种测绘。耳朵（听觉、声音）之于散文，用语言来表述如同迷宫，比如艾略特所说的"听觉想象"，比如叶芝谈到的"为耳朵而写作"。简而言之，塞壬通过"耳朵"汇集自己所捕捉到的声音：

我后来租住的地方附近在搞拆建，在夜间、在黎明，那推土机发出的隆隆声仿佛就在头顶响彻，还有打桩的声音，一下一下，一声比一声逼近，但我还是能把它当成环境的一个伴随物，融入其间，让它成为夜晚的背景，仿佛它们一直都存在于那里，我睡得很安稳很香甜；即使是隔壁在装修，那冲击钻迸发出的噪音直锥脑壳，让人烦躁，但我也能忍受。它们只是一种纯物理性的声音，却不具备伤害性。有一类声音是低分贝的，但它形成一种场，压迫、紧张，让人窒息，它跟那些充满暴力的声嚣一样，照见命运的表情，让我再一次看见自己，瘦弱、慌张、战战兢兢，在生存场中搏命，妥协，沉默，垂下的眼睑，不让自己发出任何声音，慢慢地，我变成一个聋子和一个哑巴，像一个巨大的容器，吞咽生活所有的幸与不幸（塞壬《声嚣》）。

塞壬来到了生命直觉的现场，是一种有声音的写作，这些声音，可能发自作者的内心，也可能发自周边环境，每个字都可以说话，每种物体都可以歌唱，关键的是，你是否有那个心和耳朵来倾听它。听觉时刻提示的归属感属于一种本真身份的不断确认，视觉则是力图通过攫取身外对象遗弃本真的自我。自我身份的确认使人们得以清楚自己的所属，从而令一种和谐的秩序在人与人彼此会心的基础上顺利形成：当我倾听他人时我也能听到自己。塞壬的散文充满了来自大地上的声音，来自生活现场的声音。《哭孩子》写一对非法同居的男女和他们的孩子，一开头就是"这回是瓷盘碎了，那碎片带着弧光飞溅出门外"，"凶狠地咒骂"，"被吓坏的孩子退缩在墙角，暴出尖厉的哭喊"，"女人赤脚干嚎着"，"这些刺心的声音和场景再一次侵害了我。在南方漂泊，我害怕一切锐利的东西。声音、光、色彩还有面目狰狞的人和现场，我甚至害怕有着尖角的物件，它们一定会想方设法扎到我"。《哭孩子》中的孩子不会笑，只会哭，那锐利的哭声在作者内心"伤了一个很深的口子，很久都无法结痂"，这些在恶劣的环境中完全扭曲的幼小心灵让人沉重，"在广州、深圳、东莞，我眼前就会涌现那些黑乎乎的脏孩子，一串一串的，土豆般结实，在地上滚来滚去。没有人担心他们的命运，没有人关心他们的成长。

不可遏止的,他们一样会慢慢长大,在匪气十足的市井,在混乱肮脏的街头,在暴力、恶劣的家庭,他们会慢慢长大。""痛,我颤了一下,整个身体开始下雨。""这样的哭声和那现场太具有毁灭性了,就像一场灾难,倒刺一般,卡在我们神经和肉体的某个部位,让人长久地不安、受罪"。塞壬让我们跟着孩子的哭声进入散文的现场,能让人闻到暴力、危险、凄厉、悲伤和让人心酸的气味。我们所看到的保持在一定距离之外,而我们所听到的却渗入了我们的全身。事实上,在散文中作家对自己说话的声音是微妙的,而如若一篇散文中没有自己的声音,这篇散文就没有任何意义,甚至不叫散文。但是,塞壬散文中的声音,除了她对自己说话的独语,还大量存在着创造的剧情一般的场景、地点、人物的变化中,似乎证明了某个舞台式的场景的存在。《哭孩子》就是以非法同居男女的打斗开始,以一次疯狂的交媾结束,以暴力开始,以狂欢结束。塞壬散文里的声音到了让人心醉的程度,所产生的不仅仅是幻象,而更多的是实体的影像。在塞壬的散文中,我们看到了从容与紧张,焦虑与沉醉,欲望与忏悔……迥异的相互冲突的影子。她的最终目的,是让我们看清声音里人的影像。这一个个影像真实地活在现实的舞台上,构成一个场景,一个生命,甚至是一个梦的世界。这是声音的力量带来的效果。这力量来源于对生命的阅读——对自己的生命,对人的生命的阅读和追问,是高于时代、高于一切的事情。在对塞壬的阅读中,我不无疑虑地发现,多数时候,在清醒与迷茫之间沉浮,会对世界产生更多的疑问和渴望,或者说失望。这样的声音,无疑是在一定的精神高度上对生活的介入。

  声音,其实也就是好散文所需要的隐秘维度。它的存在,将使散文的内在空间变得宽广和深刻。而现在的散文,普遍的困境就是只有单一的维度,它的轻,就在于单一,除了现实(事实和经验)这一面,作家不能给读者提供任何想象的空间;而一种没有想象的散文,必定是贫乏的散文。因此,好的散文,有重量的散文,它除了现实和人伦的维度外,至少还必须具有追问存在的维度(人之为人的存在意义何在)、超验的维度(和无限对话的维度,神秘感和死亡体验等)和自然的维度(包括大自然和生命自然)。也就是说,只有多维度的声响在散文内部交织在一起的时候,散文的价值空间才是丰富的,沉重的。塞壬的散文,在某种程度上说,就是一种多维度交织的散文,一种有声音

第三章 发现和重塑被遮蔽的身体

的散文,也是一种重的散文。它的重,就在于她那干净的文字后面,从来就没有停止过对世界、人生和存在的追问。塞壬在《声器》里感叹道:"多年来,我在南方经历了很多家私人企业,这些企业一个最重要的特质就是,整个公司只有一个人说了算,那个人的声音是最大的,也只有那一个人能够发出声音,他的声音决定着别人的命运,他的声音制造出压力,形成一种场,它在我们内心形成一种声器,伤害着我们的肉身和魂灵。而太多的人已慢慢不知道痛了,没有悲伤,没有愤恨,惯于暗淡,有的只是长久的沉默,他们把悲伤深藏在内心,像我,多么希望做一个真正的聋子和哑巴。对于可以相爱的人们,我愿意用眼睛交流,绽放人世间最干净的笑容。"这是现代性历史境遇的生动寓言。在自己和他人之间,存在着回声与共鸣,当它们变得能够听见时,那些携带着足够能量的极其深沉的反响将会解构由我们的自我逻辑主体性所铸成的界限和盔甲,这些反响将混合、掺杂,甚至颠倒我们的角色身份。塞壬以其女性特有的心灵体验和叙述意志,坚定地展现着生活背面的进行式;在凭借坚韧强大的柔力对抗声器倾泻的同时,倾听不仅仅就是一种认知能力,同时也总是一种情感能力和激发能力。在塞壬的散文里,第一人称和动词的规模使用,又为实现这样的倾听,营造了不失锐利凝重的氛围。

当然,声器不仅属于塞壬的南方,也属于她记忆中的钢铁料场,它们时常混着马达声、钢铁撞击声、车床声、电机声和落锤声清晰在她南方的睡眠里。正如克尔凯郭尔所说"回忆就是想象力"。回忆是一个精神事件。回忆,这源自内心深处的回声是对沉寂的应和,它属于一种真正的聆听。海德格尔说:"人听,因为人归属于静寂之音。"只有在沉寂中,人才能同自己的心灵相遇,找到自身的所在。然而,回忆又是凭借诉说的方式显现出来的。塞壬的散文叙事总是由一些她认识或听说过的声音和面孔所构成:

> 先前,或许更早,我在南方零星地听到关于冶钢(即原大冶特钢股份有限公司)的消息。而我则趁势打听着露天的那个钢铁料场。它的下落,一个地点,一个人,一段琐事。然后我又费力地去绕开它,绕开这刚刚获知的一切。这些消息时常会化作一些明灭的影像,时远时近,清晰但散乱在记忆里。我已找不全我曾为它写过

的那些诗歌,它们跟许多东西一样下落不明,就像那些簇新的蓝色工装,绝缘靴,红色的安全帽,还有白色的棉线手套,当然,还有我时常对着天空仰着的那张鲜艳的脸。它们属于我的上个世纪的90年代中期,它们时常泛着浓浓的机油味、钢铁味、汗味,混着马达声、钢铁撞击声、车床声、电机声和落锤声清晰在我南方的睡眠里。大块大块的影像在我面前晃动,我开始了一种类似于梳理的凝视,这样的凝视最终留给笔和纸的只是几个关键词,沉默,坚硬,但却有一种显而易见的傲物态度。(塞壬《沉默,坚硬,还有悲伤》)

在散文写作中,记忆通常就是带有经验性的描述和叙说,让生活事件呈现出过去的有价值的某个侧面,从而还原出"一个地点,一个人,一段琐事"的本来面目。但一个有意思的问题是,在艺术上,这不是暧昧地重复生活事件本身,也不是有意地折磨人的回忆,而是对遗忘的抗拒,在记忆中和世界发生隐喻性的关系。所以,记忆,一直以来就诗性地存在着,在人和世界之间建立起微妙的隐秘的关联。在对塞壬的阅读中,我发现,她的文学词典里,储存着大量原生态的生活记忆片段,它们,在她的笔下变形、提升,成为一个个有生命的散文个体,也印证了历史与现实的共时显影。塞壬的散文有一大部分是对往昔记忆的反复呈现,而在一个日益物质化的时代抒写记忆并非是一种矫情,相反它需要一种更高的表述能力,因为它不只关涉题材,更关涉一种趣味与良知,一种不断回溯和返观的记忆能力,抵达人类整体性的共鸣与感怀。在塞壬的散文中,我听到更多的是一种发自骨髓的低郁的呼喊,这种呼喊是对过去的记忆,往事的挽留,唯有散文能够对抗这种时间所带来的巨大虚无与疼痛,唯有散文能够记忆这些渐渐发黄、发脆的历史。塞壬散文中的那个钢铁料场既可以看做是一个实体存在的料场,又可以视为具有强烈的生命和文化象征意味的场域。在时而清晰,时而苍茫的钢铁料场,往事、现实、历史、生命都氤氲成难以排遣的低郁的氛围,留下的是咸涩的记忆,摄像机不可能复活一片料场和一段历史,但是散文能够做到。这时候若发而为声,冲天则成大音。于是原本沉默、喑哑的一族,原本埋伏在地表以下的群体的腹中之音,终于找到了期待已久的渠道、喉舌，沉默，坚硬，还有悲伤。于是"声音场"里所有不为人知的悲苦，绝望，挣扎，坚忍，都开始言说，仿佛久蓄之水待得闸门大开，不择道途，奔涌而出。他们慌乱着，冲撞着，却不知说与谁听。在塞壬的散文里，在她生命的呼吸中，记忆中的声音飘荡在叙述和隐喻之间，像"大块大块的影像"在我们面前晃动。正是对记忆与散文关系的格外强调，使得塞壬的散文具有了非常明确的现场感。散文是对遗忘的反抗。对遗忘的关注也使得塞壬的散文具有编年史一样的性质。这是人的心灵的编年史，它们相当准确地记录了面对着动荡、变化的世界，面对着过去、历史，一个人的全部理解。

与塞壬相比，郑小琼也有意识地运用各种感官了解事物，她的散文里钢铁的声音更加尖利、冷酷、生硬，她在这种声音里完成了对生活现场的命名和探询。通过不动声色的场景描述、声音描述，郑小琼的散文像她的诗歌一样呈现了生存滞重、低缓的一面，揭示了铁一样冰冷的现代性生存经验。这种冷色调的呈现，恰恰使悲痛难名的体验带有了瞬间穿透灵魂的持久力，包含了客观世界的具象、同时又包含了主体精神感受的生动象喻：

> 一直以来，我对钢铁的切割声十分敏感，那种"嘶、嘶"的声音让我充满恐惧，它来源我自小对钢铁的坚硬的信任。在氧电弧切割声里，看着闪着的火花和被切割的铁，我才知道强大的铁原来也这样脆弱。面对氧电弧的切割，我感觉那些钢铁的声音像从我的骨头里发出来，笨重的切割机似乎是在一点点一块块地切割着我的肉体、灵魂，那声音有着尖锐的疼痛，像四散的火花般刺人眼目。相当长的一段时间里，我顽固地认为那些嘈杂而零乱的声音是铁在断裂时的反抗与呐喊。但是在五金厂，在那些凝重的冷却油的湿润下，铁是那样悄无声息地断裂了，分割了，被磨成了尖锥形，没有一点声音。十二米长的圆钢被截成了四五厘米长的丝攻坯，整齐地摆在盒子中。整个过程中，我再也听不到铁被切割、磨损时发出的尖锐的叫喊，看不到四处纷飞的火花。有一次，我的手指不小心

让车刀碰了一下,半个指甲便在悄无声息中失去了。疼,只有尖锐的疼,沿着手指头上升,直刺入肉体、骨头。血,顺着冷却油流下来。我被工友们送到了医院。在那个镇医院,我才发现,在这个小镇的医院里原来停着这么多伤病的人,大部分都像我一样,是来自外地的打工者,他们有的伤了半截手指,有的是整个的手,有的是腿和头部。他们绷着白色的纱布,纱布上浸着血迹。(郑小琼《铁》)

郑小琼是打工生活的在场者,她的散文以一颗柔软敏感的心融入钢铁的声音。那声音呈现于她笔下,像笔触细密的铅笔画,尖锐、精确而又有着一种非常的引诱性和启发性的暴力,这种暴力不同于故意制造和强行灌输,而是自觉的引领。在我看来,郑小琼的《铁》是"打工散文"中最具杀伤力的优异文本之一。从她的散文中,可以看到她对生活中细微事物与情感世界的敏锐感受,尤其是那种刻骨铭心的肉体感受,让人震撼。不可言喻的感受便是由肉体的知觉和智性的洞察混合而成。这样的文字呈现的是郑小琼的工业时代,它完全是独立的、私密的、个性的。郑小琼是日常生活的发现者,她关注当下,关注这个时代中我们身体的痛楚和欢愉,为这个时代的真实作证。工业噪音从根本上令回声丧失了震颤的空间,促成回声本身的永恒沉寂。回声的沉寂是死亡的沉寂,生命在这种沉寂中只能濒于麻木。郑小琼从自己的身体和内心出发,找到了与自己场域共振的东西。《铁》是来自生活现场的上好文字。它不是在纸上造屋,它直接面对生活,与生活短兵相接,进行肉搏和巷战。郑小琼的散文是自我的,向下的,以最低的姿态贴近大地和生活,"我"的始终在场、真实触摸和对事物的本质开进,已然接近原质的另类创造。一词一物都来自生活现场,看到的,感触到的,不管印象还是具体的,都能够呈现出一种自我的声音。《铁》是一种锥在内心的疼痛,是个人对打工生活细节的另类发现,也是对个体乃至灵魂的一些有效的探触和询问,她的生活场在于工厂,又出乎工厂,在于个人而又超越个人。郑小琼的散文与她的诗其实是一致的,就文本个案而言,郑小琼的散文实现和拥有了像诗一样的丰富、斑斓的深度和广度,语词丰厚,意象反复,有着深厚的情感隐藏和精神指向。郑小琼的艺术感

第三章 发现和重塑被遮蔽的身体

觉来自于她自身的体验而非书本或前人现成的经验。俄国形式主义批评家施克洛夫斯基说过:"艺术之所以存在,就是为使人恢复对生活的感觉,就是为使人感受事物,使石头显出石头的质感。艺术的目的是要人感觉到事物,而不是仅仅知道事物。"(《作为技巧的艺术》)从这种意义上说,郑小琼的写作是对散文艺术本真的一种呼应和践行。

王十月、塞壬、郑小琼的散文写作,让人想起当下的"底层写作"问题。在当代中国极为复杂、暧昧、荒诞的底层现实里,有着艺术赖以驰骋的广阔空间,但如何去表现,怎样表现才真正有效,是"底层写作"的一个重大难题。面对不断变化、日益复杂的当下现实,我们的写作是否具备了一种更深的探索和更扎实的追求?是否在破坏和颠覆的同时确立了价值尺度,建构了自身的美学内涵?是否获得了接纳现实经验的能力,同时提升了回应现实和历史的境界与视野? 综观塞壬、郑小琼、王十月的散文写作,他们的声音都是在场的,他们的感官都是在场的,他们的写作都是一种有声音的写作,从而让散文成为可以匹配于复杂现实的文学样式,一种高度综合的、深入到生活的微细结构中去、并且勇于承担的文学样式。在工业化的时代语境下,他们的散文最大限度地表现出了对工业化时代情感秩序和语言秩序的友善与敌意、追随与叛离、修补与破坏、建构与颠覆、浇铸与摧毁。他们的散文是撕裂的,同时又是整合的;是矛盾的,同时又是和谐的;是病态的,同时又是健康的;是暴烈的,同时又是驯良的;是极端的,同时又是谨慎的;是迷惘的,同时又是清醒的;是危险的,同时又是充满诱惑的;是疯狂的,同时又是冷静的;是逼仄的,同时又是充满张力的;是退却的,同时又是掘进的;是守候的,同时又是追问的;是似曾相识的,同时又是令人耳目一新的;是忧伤的,同时又是激昂的;是个体的,同时又是普遍的;是哀悼农耕文明的挽歌,同时又是讨伐工业文明的号角。这样的散文写作证明,那些历史的精神资源与我们现实中的生命体验之间,原本就无须相互印证,它们的存在恰恰使我们随时惊醒。这种被思想惊醒的写作散发着一种孤绝的气息,它怀疑一切,它选择自由,它反对粗俗,它抗议暴政,它散发着一种绝不投降的可能。那么,它必然在惊醒之后悄然书写。当现实的残酷和历史的荒诞惊醒了作家,作家就有责任在自己惊醒之后为那些还在蒙蔽中的人们写作。这样写出来的散文,已经成为"打工作家"

"粤派评论"视野中的"打工文学"

表述自己对文学和世界认知的另一种声音,借用斯坦因的话就是"诗歌的特殊天赋是命名,散文则显示过程、运动和时间",也就是说,诗歌直接展示事物的本质,散文则叙述事物之所以成为事物的历史。这也是王十月、郑小琼、塞壬在最近几年引起关注的重要原因。他们的散文打开了一个通向原生态和现场写作的缺口。他们对生活现场和事物的平等姿态,在很大程度上纠正了当前"精英作家"对"底层"的书斋式书写。王十月在散文《关卡》表达了他对"底层"的思考:

> 这些年来,关于打工,关于底层,渐渐成为了一个热门话题。有人说,底层民众是沉默的大多数,他们无法发出自己的声音,于是,形形色色的自告奋勇的底层代言人出现了,他们站在时代的风口浪尖为底层呼喊、代言。可是他们却没有去问过被代言的那沉默的大多数,我们是否需要这样的代言,这样的代言,是代言了我们的心声,还是代言者自己的声音。不妨仔细思量一下"代言"这个词,代言人是一个商业味很浓的词,没有无缘无故的爱,没有无缘无故的恨,也没有无缘无故的代言,某某品牌的代言人,是要从被代言者那里获得利益的。那么,底层的代言人以什么方式获取他们的利益?这个问题,还是留给那些代言人来回答吧。另外有个词也让我心生疑惑,那就是底层。什么是底层?与底层相对应的是什么,上层?高层?还是?那么,在底层与上层或高层之间,是否也有着一道关?假设有这么一道关,将这两个层或是更多的层分成了不同的世界,就像我当初身处关外,对关内的想象一样,那种想象是不真实的,是一厢情愿的。底层对于上层或高层的生活也只能想象,上层或高层者对于底层的生活,更多也是出于想象。没有身处底层,如何真切体会到这种切肤之痛,这种痛后带给人的麻木?有"层"的存在,就有隔膜存在。每个层与层之间,隔着的正是一道道的南头关。有形的南头关并不难拆除,然而无形的南头关,在可以想见的将来,还将横亘在人们的心中。

206

第三章 发现和重塑被遮蔽的身体

"底层"确实是一种现实,当然应该呈现在文学中,但这必须是一种经验化、具体化的现实。事实上,只有理解了"底层"、熟悉了"底层",并以自己过人的眼力思考了"底层",然后才能写好"底层"。如果一个作家要么高高在上,脱离物象,要么蜻蜓点水,若即若离,要么心猿意马,貌合神离,是很难写出具有深刻社会现实意义作品的。近年流行的"农民工题材"小说、"乡下人进城"小说、"底层写作"等等,大多都热衷于成为纸上的虚构者,作家的感官对世界的接触和感知好像被全面窒息,尤其是听觉情境最为匮乏。在一个匮缺倾听与诉说的创作空间里,情境永远不会显示出历史的真实。即使像贾平凹这样经验丰富的作家,其描写"农民工进城"的长篇小说《高兴》也露出苍白、贫血的面容,实在让人无法高兴起来。我们从小说中看到的是背尸回乡、卖血、卖肾、卖身、公安腐败、义救美人、仇视城市等烂俗的情节,而关于呈现这个阶层特质的细节却是最缺乏的,作家的感官似乎一直处于衰微和遮蔽之中。无可讳言,像王十月这样的"打工作家"大都有底层的生活经历,这种经历使他们与底层人建立起了挥之不去的情感联系,他们的眼睛是睁开的,鼻子是灵敏的,耳朵也是竖起来的。可以说,正是底层生活的历练和参与,帮助他们荡涤去些许知识分子高高在上的精英意识,而能够以一种平视、平静、平和的目光与心态"插入生活",关注芸芸众生。他们那深切的生命体验和内心的真切需要是不能替换的,他们直接逼近的是自己的肉体、内心和灵魂。他们所有的要求,归结为一句话,就是说出真实的体会,并且重新回到常识,从而实现心灵的重建。不管是作为散文家的塞壬,还是作为小说家的王十月和作为诗人的郑小琼,他们吸引我的,首先在于他们展现出了一种具有个人经验性的整合写作能力。每个写作者都有自己的生活现场,这个生活场域在某种程度上是不可僭越和替代的,每个人都会发出自己的声音。我从他们的散文中看见了一张张迥异的面孔,个性其实就是一些细节以及一个个生动的"我"的存在。经历是不可被复制、修正和重塑的,无论它曾经带给你切肤之痛、伤怀或幸福。一个人与另一个人的经历也许相同,但生活本身千差万别。王十月、郑小琼、塞壬的散文,在关照个人的同时,语言的指向已经抵达了时代的底层和内里,真实的感受,独特的吟味,幽深的寓意,靠的不是编造故事的天才,而是实实在在的生活化的细节和经验。有了这些细节和经验,散

 "粤派评论"视野中的"打工文学"

文就有了丰满的血肉。不管是叙事,还是抒情,如缺少了细节的有力支撑,散文最终会瘫软在地。散文历来被认为是作家"心灵的袒露",个体性的自我确立与张扬,相较之于小说或诗歌,似乎更有利于作者表性抒情,自然也更容易为读者所亲近。散文最大的敌人就是虚伪和作态,真正的好散文必定来自心灵的真实,来自心灵的纯正。没有了自然和真心,散文的神髓便不存在。守住了"真",就凝住了散文之神,就拥有了人格和精神的亮度。散文创作必须有身体和心灵在场的姿态,而不是疏离。"因为在我们这个敌视具体事物的时代,有时惟有借助看、听、闻、嗅,才能反抗遮蔽,澄明真实"(谢有顺语)。散文的语言不应该仅仅是书写在纸上的符号,而是应该听的,作为一种肉体能够理解的声音听的——而且是可以看的。散文一旦失去对话和感受的价值,我们便永远被放逐在历史之外。

对于当前的所谓"底层写作"来说,塞壬、郑小琼、王十月的写作应当说是一种弥补和缝合,让一度疏离生活的散文具备在场的巨大张力和真实性。他们的散文从不文饰凡尘,它呈现、遥指、去蔽,引领人返回到存在的现场。当然,在场写作之"场",决不指的是表浅的生活现场,它还应是一个物理学概念,词典说:"场是物质存在的一种基本形式,具有能量、动量和质量,能传递实物间的相互作用,如电场、磁场、引力场等。"在特定的场中,人的沉睡的记忆会被唤醒,人的潜能会被激活,人的惯常状态会消失。在特定的环境中,人其实也是一个实物,写作者只有与其他实物相互作用,才会产生心灵的电场、磁场、引力场等,所写的东西才会具有能量、动量和质量。因此,深入生活固然重要,但更重要的是在深入生活的现场后,更要用心沉入历史之"场"、现实之"场"。从塞壬、王十月、郑小琼的散文中,确实可以感受到,他们都是在场写作者。在他们所置身的生活现场里,人类个体的生活开始出现主题意义的扭曲和空缺。珠三角为什么会成为"打工文学"的诞生地?因为珠三角是中国最大的"打工现场"。王十月在《总有微光照亮》中所描述的南庄,就是这个"打工现场"的生动缩影:

我要说说南庄,这座珠三角的小镇。说说这小镇的灰尘。噪音。人。事。

第三章　发现和重塑被遮蔽的身体

南庄给我的第一印象是压抑的。这珠三角的工业陶瓷重镇，差不多百分之九十的工厂都生产建筑用陶瓷。踏上南庄的土地，耳朵里塞满了巨大的机器轰鸣声，一根根高大的烟囱林立着，让这座小镇的表情显得怪异莫名，噪音太大，反而失去了声音，只有那些烟囱无声地往外喷吐着青灰的烟。烟太多了，无法飘散，在天空堆积成厚厚的阴霾。整个南庄的天空和大地、工厂和河流都被涂抹成了灰褐色，连树上也浮着一层厚的灰，连打工者的衣服和脸色也是灰色的。让人想起一个叫尚扬的油画家和他笔下的风景。

王十月的这段描述为我们唱响了视觉时代的听觉挽歌。工业化与城市化进程带来的生存经验的巨大转换，在激励和折磨着置身其中的生存者们，给他们的感官经验尤其是听觉经验带来了巨大的变化。人类的听觉感知功能在工业社会发生了显著的蜕变，从而对人类的行为动作、感知认知、感官亲情、底层自我产生了广泛深远的影响。当然，工业化与城市化不只是提供了苦难人生的样本，同时给"打工作家"的写作预留了发出"另一种声音"的空间，提供了多种形式的感官触点。在职业作家的笔墨无法到达的地方，他们葆有着源于生活自身的艺术再现力量，向昏暗的生存现场和个人之根的底下进行寻找与掘进。因此丝毫也不奇怪，是珠江三角洲这块充满生存的尖锐与利益追逐的地方，最先生发出强烈的伦理呼喊，冒出了关注草根生存处境与精神世界的吁请。波德莱尔式的书写为什么成为一种震撼和惊悚性的写作经验，成为现代性写作的开端，其原因就在这里。它彻底打碎了浪漫派诗人对古典诗歌美感与经验的登峰造极的发挥，从视觉、听觉、触觉、味觉、嗅觉等诸多感知角度，开辟了一个幽暗而诡秘、恐怖和破碎的世界，这个世界是建立在现代城市的文化分裂的基础上的，其标志——按照瓦尔特·本雅明的说法——是大量游走在城市缝隙和边缘处的"浪荡游民"的存在。波德莱尔的散文集《巴黎的忧郁》所呈现的，就是一幅与唯美想象中的巴黎所截然不同的画卷，它是由肮脏的街道、绝望的老妪、悲惨的寡妇、穷困潦倒的人群和虚伪庸俗的贵族、歇斯底里的艺术家所构成的现实图景。这些底层的游走者与边缘人、流浪汉，文化体系中危险的叛逆者与出走者们，最有可能成为最有前卫性与生命力的写作主体。

他们的忧郁在"心灵和感官的激昂"中只能得到片刻的缓解，他们从自己渺小的个人经验里，透视出某种深入骨髓的世界病变。他们的听觉、视觉、触觉、记忆、想象、情欲，都将成为世界和历史的一部分。

第四章

珠三角新型城镇化的文学想象

亮汪汪的阳光里／我看见禾叶／耸起的背脊／／一株株稻穗在拔节／谷粒灌浆　在夏风中微微笑着／跟我交谈／／顿时我从喧嚣浮躁的汪洋大海里／拧干自己／像一件白衬衣／／昨天我怎么也没想到／在东莞／我竟然遇见一小块稻田／青黄的稻穗／一直晃在／欣喜和悲痛的瞬间

东莞作为工业时代让人自豪又让人沮丧的新兴城市，展开的全数是城市的奢华与繁复：夸张的广告，林立的店铺，长而又长的商业街，艳得像女人嘴唇的霓虹灯光，人群，车流，人声，车声，你好像掉入了一个变数多多的城市魔方里，身不由己跟着旋转、游走、迷失。从东南西北任何一个方向进入这座城市，扑面而来的都是如水的车流，耸立的楼群，连绵不绝的工业厂房。这个二十多年前还是一个素有"鱼米之乡"之称的农业县，如今已脱胎换骨成国际制造业名城，近千万名来自全国各地的"农民工"躬身其间，为数众多的"打工诗人"在村镇之间流徙和歌吟。在这座日新月异的城市里，每天都有大片的田野被摧毁，每天都有新的工程破土动工。城市快速地伸展它的触角，水泥发挥着巨大的凝固作用。城市就像一只巨大的癌肿瘤，它所到之处，片草不留，从未被硬物伤害过的处女地被大片地吞噬、凝固。"厂房的脚趾缝／矮脚稻／拼命抱住最后一些土"。工业社会，钢铁的客人踏碎了田间的小路，人类失去了最后的田园牧歌情调和与大地的联系。诗人写出了对田园和大地的怀思，对精神性和灵魂的关注，对异化的敏感和拒绝。诗人在感受着土地的疼痛，"愤怒的手　想从泥水里／抠出鸟声和虫叫"。诗人对"一小块稻田"热忱而明显的问候是自然而不可抑制的，对城市迫切而焦急的观照也充满善意的爱护。稻田是乡村的象征，它代表着土地，代表土地一种澎湃的生命和强旺的生机。乡村基建于人们的内心深处。乡村是人类的童年和暮色，是回忆中有星星和月亮的夜空。城市中新建的高档住宅楼，仍愿意以"村""庄""园"为名。对于一个漂泊在外的人来说，乡村寄托着心中最深厚的情感，也可以认为，乡村是一处隐秘的花园，保存着一切美好的东西。但工业化飓风催生的城市化浪潮，使东莞六百多个行政村几乎都看不出乡村的影子，已变成"速成"性质的现代都市的一部分，黄麻岭便是其中最普通的一个村庄。城市对农村的步步侵吞，动态的城市文化不断向乡村文化渗透，而静态的乡村文化或趋从，或退缩，或负隅顽抗，农村的退让或臣服是势在必行。对置身其中的"打工妹诗人"郑小琼而言，黄麻岭村便是一个无穷无尽的暗示，为她提供一种巨大的想象力。在"打工诗人"的写作中，我们深入地看到了现代工业文明与传统农业文化的冲突，以及打工一族的心路历程。"打工诗人"以诗的折光，再现和观照了变革时期的乡村生活场景和生命景观。工业生命力在"打工诗歌"中闪烁的火花映现了我们身后漫长的村庄阴影。

> 我愧于提及／它暮色中温暖的楼群／晚风吹过荔枝林／送来的喧哗／夜间的漫游者／街灯下一串一串外乡人的暗影／我在它的街道上行走／喝着它忧郁的月光／饮着它薄薄气息的乡愁和繁华／黄麻岭，一个广东的小小村庄／它经年的繁华和外乡人的美梦／／我记住的是它的躯体上的一个小小的五金厂／它盛装我的青春、激情和／来不及倾诉的乡愁（郑小琼《黄麻岭》）

> 黄麻岭的月亮充满了欲望／走在深夜的小巷／经过欲望灯火　闪亮的发廊／那些命如黄叶的女孩张开血色的嘴唇／吞食这暗夜的清纯／她们年轻的女血换来微薄的纸币／黄麻岭的月亮　向广漠的楼群挥洒着淡淡的色情光线／晚风吹过它皎洁的身子，像在睡眠／五金厂、玻璃厂、制衣厂和一所孤独的学校／在月光中闭门不出……／再走几步便是我的居所／但我始终不知道／我的家在哪一个地方／嘉陵江边的那个小小的村庄　那里的流水／一只漂泊的鞋子或者一个相恋的人的领带／黄麻岭市场的腥味像月光一样袭来／只有那扇窄窄的门还开着／让一溜子属于记忆的月光／走进村口　明白吗／这是黄麻岭　一个开放的小村／它半夜的月光灰蒙蒙／像是还在病中（郑小琼《月夜黄麻岭》）

今天，中国的城中村，"像是还在病中"，"让田园味的内心生长着可乐拉罐／塑料泡沫一样的欲望"（郑小琼《打工，一个沧桑的词》）。城中村,是欲望的百宝箱、欲望的燃烧炉、欲望的驱动器。这里的生活是鱼龙杂陈和泥沙俱下,它是芜杂的因而又是浑厚的和多声部的,它是变化着的因而也充满种种欲望。郑小琼对黄麻岭的独特书写,触摸到了"城中村"的具象与情景,透露出时代文化精神变化的某些信息。在郑小琼对现实的勾勒描述中,我们所看到的"黄麻岭",只是我们这个时代的一隅图景,但她所表现的灵魂的具象画面或演绎过程,也许为我们提供了更为详尽细致的把握。她试图通过对黄麻岭的书写,展示被这个时代的现象与事件处理过的人的心灵——一种普遍的精神状态。在一个烦嚣和灰尘太多的世界里,生命的能量无法得到恰如其分的释放,种种有关人的命运的悲剧便接踵而至。关注心灵的诗人无法拒绝世界的烦嚣,但她又不愿为缤纷的色彩所迷醉。"这么多年小酒馆的主人换了三个/但是卖苹果的河南人没有走/只是老了一些,理发店的女人换了无数次/还有同我一起来这里的六个人/一个去了深圳出卖身体/一个在南海开自己的服装店/一个在韶关搞传销/还有一个在流水线上劳作/一个回家嫁了人,最后一个人是我/还在黄麻岭黯淡的路灯下/念着这首诗"(郑小琼《给予》)。我们在这位身处生活底层与深处的"打工妹诗人"的心灵倾诉中,体察到一种与纸醉金迷莺歌燕舞截然不同的生活内容,她揭露了我们时代生活中被忽略的部分。只有那些坚定地护卫自己心灵的纯正的诗人,才会最终获得缪斯的确认。

在东莞,这座对"打工诗人"而言有许多欢乐也有许多不快的城市里,在中国一切发达地区,工业中心吸引着那些离开了宁静而贫困的乡下地区的人们;新兴城市崛起于数十年前还只有牛在吃草的荒野;贫民居住的窝棚围建在大都市的周围。感情上的疏远成了太多太多人的苦恼。也许,因为缺乏与周边环境的亲近和谐,以及在这个世界上找不到家的感觉,因而之于一名打工者或一位流浪者或一名移民,不管我们怎样称呼他,要迫使他与现时社会融为一体看似合理却又非常矛盾。"打工诗人"置身其中的"城中村"越来越开放,但对一个外乡人来说,"城中村"却越来越坚固得像无法进入的堡垒。郑小琼的《给予》对于这种情境有真切的表现:

黄麻岭,一个南方的村庄/在这里,在你的怀里,我只是一个

第四章　珠三角新型城镇化的文学想象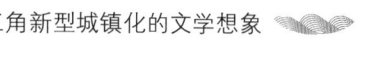

过路的异乡人／哪怕我给予你以我的青春，梦想和少女光泽的美好的年华／我给自己的只有夜的寂静、守望、等待／点着却又将熄灭的灯盏／我给你肉体的雪和灵魂的雨滴／深夜的睡眠和两点钟月光投影着的眺望／我站在你冬天的风中诵读你的喧哗、暮色的楼群／那个绿色邮筒的欢乐与寂寞／没有谁会在这里记起有一个外乡女子的信件／她的激情　她宿命的低吟／黄麻岭，你一个沿海小小的村庄我给你生命中重要的信件／你却给我一个无法完成的结局／给我疼痛、回忆、一个流浪者的忧伤

全诗充满感伤忧郁的情调，从头至尾贯穿着一个孤身的外乡人的形象，它体现了打工一族的根本处境，不仅说明了"打工诗人"作为主体的"人"对"存在"的本真状态的追问，而且也凝聚着打工一族拆除文化壁障以及重新面对世界的心理过程。时代的惊涛骇浪把年轻的女子抛在异地他乡，年轻的心灵遭受着打工生活的胁迫。在五金厂的钢铁声中，郑小琼天天"沉默在淬火的铁片中，默守着时钟走动的声音"，忍受着机器对人的冰冷磨砺。我们在她的诗歌中，看到了她打工这么多年留下的脚印。"我写到路灯，它孤独，是啊，它多像一个乡愁病患者／我写到街道，它宽广，灯火辉煌，但是哪里又有我站立的地方／我写到五金厂的炉火，它暗淡的光啊，它照亮我苍白的青春／我写到的爱情，它甜蜜的味儿，它不知明天会怎样的辛酸／我写到黄麻岭，这个收藏我三年青春的沿海村庄／啊，我又将写到自己，一个四处奔波的四川女孩／啊，这打工生活——我将要忍受怎样的孤独与命运"（《我写到》）。"月光里的楼群、霓虹、犬吠、车辆、荔枝林。以及／相伴了三年的五金厂的炉火，一个哑语的拾荒人／孤独而单薄的背影，圆脸细眼的老板／油腻腻的工友手掌（微笑而苦涩的生活）／扳手、线切割机、啤机、电线、铁剪／伫立门口开花的植物，断残的手指／在冰冷的模具上逝去的三年青春与爱情／偶尔望见大街上一群背着行李的外乡人／她们来来往往，她们年轻的微笑／多像三年前的自己啊，一双眺望未来的眼睛／活在异乡的村庄里，只是在深夜／在捆死在开发这棵树上的耕地的荒凉里／传来两三声古典的蛙语与虫鸣中，你才发现它们／和你一样，一年一年的活在不由自主的流浪中"（《活在异乡的村庄》）。活

在异乡的村庄,活在不自由不自主的流浪中,郑小琼仿佛是被动的,是一个"物"。她无奈于其中,无言于其间。她的诗夜凉如水,舒缓婉约,是回旋的伤感的,是激情消退后的茫然。这是郑小琼的个人情绪,但也触动了时代的敏感神经。在郑小琼的诗歌中,她多次写到了荔枝林,荔枝林是属于乡村的,但异乡的乡村已不属于乡村。"黄昏的雨水浇灭了一天的单调和劳累/外面是秋天的荔枝林/是雨水轻轻洗涤过的绿色鸟鸣"(《暮色》)。荔枝林、雨水、绿色鸟鸣,这是生存重荷下的一线抖动,是一个村庄的历史原型,是没有被工业化浪潮碾碎的诗情,是诗人乡村之梦的追忆与延伸,品来别有一番滋味。"打工诗人"的忧伤面容被镶嵌在这个风景的深处,像一道令人难以察觉的光线。但她在这优美的情境里得不到精神的理疗,秋天的荔枝林也听懂了她的心语:"它们的清澈让我只想流泪/雨水轻诉着外乡人内心的疼痛和乡愁/像残缺的命运,依然在一棵叫奔波的枝上闪烁/一群背着行李的年轻人唱着歌谣在大街上走着"。她,一个五金厂的女工,一个来自内陆的女子,在不属于她的黄麻岭,她的内心充满渴望,却又常常陷入雨水一样的迷茫。"风中的树木、纸片,随风摇晃起伏/它们不由自主的姿势多像我,/一个流浪在异乡的人/在生活的风中踉跄/一盏明亮的路灯照着比纸还白的面孔/月光消瘦得如一行单薄的汉字/它今夜会不会温暖我的梦境"(《流浪》)。异乡的月亮温暖不了"打工诗人"的梦境,郑小琼不得不在诗中回到那个遥远的父母之乡,在真正的乡间形象与词语中回忆人类美好的生活,以苏醒一种在现代工业文明中日渐消亡的人类朴素、善良、透明、纯净的自然情感。在《夜》《清晨》《唢呐》《秋草》等诗中,诗人把目光从她置身其中的黄麻岭抽出来,在不知不觉中引入了一个新鲜而亲切的内陆乡村景色,带进"嘉陵江边的那个小小的村庄"。诗人把心灵贴近了诞生和逝去的美好故土,寻找着自己的根系与命脉。她逃离那个村庄,是因为那儿的生活令人难受。她在远方的土地上寻找看不见的幸福。贫穷的故乡,在诗人的描写中比实际情况要美好得多,因为现在我们永远失去了它。

怎样才能描述一个乡村的夜/二千吨的黑与静覆盖着屋舍田野树木/一滴沾满露水的星辰和三钱重的蛙鸣说破夜的秘密//六月

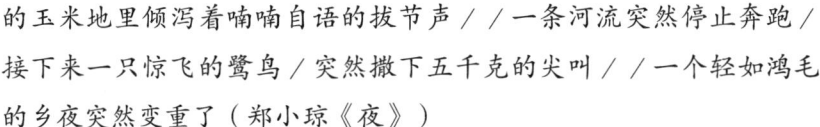

的玉米地里倾泻着喃喃自语的拔节声//一条河流突然停止奔跑/接下来一只惊飞的鹭鸟/突然撒下五千克的尖叫//一个轻如鸿毛的乡夜突然变重了（郑小琼《夜》）

怎样纯正清澈的一种声音，怎样鲜活明快的一些意象！这些带有乡村胎记的意象沉淀着诗人的情感和梦幻。这与诗人现在所置身的乡村——城中村形成了鲜明的对比。被放逐后的记忆，记忆中的家园被那蛙鸣鹭叫拔节声唤醒，如暗夜中的烛光，如漂泊途中的灯光，一点慰藉，一种依托。只要回顾一下农业时代的家园格局，我们就会被引向一幅光线柔和的风景。除了带有炊烟的农舍，连绵不断的绿色田野和纵横交错的河流，是家园最核心的事物。土与水的混合气味，加上鸟语花香和牧童的悠远笛声，它们构成了家园之爱的芬芳标记。因着断肠人在天涯的特殊情境和距离感受，故乡，千百年来被情绪化地大大美化，以致像伊甸园般尽善尽美，神圣而永恒。对田园恬淡的向往，即意味着对尘世浮华的厌弃。对田园文化的孺慕，在古典中国，诗人反抗的是官位，而在当代，"打工诗人"所规避的却是现代工业文明所分泌的孤独、异化与喧嚣。诗中的乡村不单是乡情的抒写，乡村对她来说可能更多地意味着灵魂的故园和归宿感。正如郑小琼在《居住》一诗中所写："别人的屋檐你必须低着头进去/我常常想起古代那群寄人篱下的诗人的呐喊……/我的血液里注定排斥着这个城市/我的血液还盛装着北方那个村庄/尽管它贫穷而荒凉　尽管它卑微而潦倒/但在我的心中，它是一座山的重量"。诗人带着伤害去爱，在流离失所中不断通过语言去回望那唯一的故乡。但诗人终究不能回到田园牧歌式的中世纪梦境中，那不仅是一个虚幻的世界，更是一个贫乏的世界。"多少年了　我还在怀念那场经年的大雪/飞翔的弥漫在二千里以外的村庄、山岗、河流、树林/以及一个叫永红的小地方/简陋的鸡鸣中/我躺在床上，倾听咳了三十年的父亲/……那一个在雪地里佝偻地担着蔬菜的老人/他必须穿越六里路长的积雪/去一个幸福的镇子　他必须在冻雪中/卖完最后一棵还冻雪的蔬菜……/我看见雪花压着父亲，痛/在心中弥漫，像那年的雪一样扩散"（郑小琼《雪》）。在那个叫永红的小地方，"打工诗人"看到了村庄的灵魂，父亲的灵魂，农民的灵魂，沉闷、清贫、失意、纯朴、缺乏活力，它已经进入暮

年,被沉思、回忆和绵长的等待所缠绕,家园已经荒芜,那里的人像梦的影子,消失、重逢、再消失,若即若离。"老家的谷子是发了芽的,老家的老人／总是唉声叹气,在自己养活自己"(马道子《去年九月,回了趟老家》)。"还是那几间土坯房,这是我二十年的记忆／紫云英满坡遍野,我的乡村在飘摇中美丽／我的二叔、三伯依旧贫穷,我也无法分解他们口腔里的异味／……送葬的队伍远去了,我泪水里闪烁的不仅仅是一丝惊恐／还有羞惭,还有无边细雨中蚂蚁般的疼痛"(杨晓民《乡关》)。与发达地区的城中村相对应的,中国数以十万计的内陆村庄正在蜕变成"空心的村庄",被现代化所遗弃的性质使之忍受着孤寂和无言。中国二十世纪八十年代以来的现代化进程是一个主动纳入全球化的过程。全球化的一个重要工作就是在确定中心的同时确立边缘,同时划定全球化的边界,以最终确立现代化的等级秩序。中国发达地区的"城中村"在幸运地纳入全球化并"率先实现社会主义现代化"的同时,广大内陆农村地区,却又不幸落在了全球化的边缘。在全球化内在的"新自由主义"的发展逻辑下,它们堕入了更加底层的底层,不仅要承受不平等格局带来的剥削,而且还要承受日渐加剧的内部不平等带来的恶果,它们面对的不仅是"城乡二元"结构的变异,同时还要面对不平等的分工和分配结构,以及国家内部的地区差异结构。在这种情况下,广大内陆乡村就实实在在地落入"九地之下"了。对那些养育了自己的村庄,"打工诗人"与他们的现实关系也越来越弱,甚至可以忽略不提。"门前的路被杂草掩盖／我只能在记忆中分辨出来／一些亲切的门已不存在／剩下的门一直关着／锈迹斑斑的锁／等待偶尔的打开和最终的离去／钥匙锈在千里之外的背包里／藤蔓蜷起衰老的身子／从灰黄的土墙上泛出新绿／稻草在房坡上一天天烂下去／几只麻雀啄食着稀薄的阳光／和自己的词语／跳跃的技艺与众不同／与众不同而显得怪异孤立／／背着无处不在的绿色屏障／故乡的村庄像我的血液摇晃不定／我自己早已是瞬间的一瞥／就像这些沉默的树叶／在沉默的小路上,眨眼之间长出／更多沉默的树叶／风轻轻托起枝头的寂静／熟悉的人越来越少／陌生的狗越来越多／我望它们一眼／它们也望我一眼／我真想像狗一样对着村庄狂吠几声／让沉睡的鸟儿一只只苏醒"(柳冬妩《空心的村庄》)。这是我2001年秋天回到故乡那个叫会馆村的村子所看到的真实场景。面对一种被工业社会和城市化进程所遗弃的乡间景色，我像一个旅游者一样回到故乡，但注定又像一个旅游者一样匆匆离开。对很多人来说，"故乡"这个词语已经死亡。"我只是担心在衰弱的暮年／找不到返回故乡的路程"（宋晓贤《诗》）。诗人的担心并不显得多余。在过去的时代里，故乡具有诗意的、浪漫的以及现实的特征。但现在，不管是发达地区的"城中村"，还是内陆的"空心村"，它们都失去了乡村的灵魂和财宝，内容和形式。一无所有，赤裸在大地上。

法国诗人佩斯在诺贝尔文学奖颁奖仪式上致辞说："诗人不约而同地同历史上的种种变迁联系着。在他时代的悲剧中，对任何事物他都不会感到无动于衷。祝愿他在这个狂暴的时代里为大家鲜明地表达出对生活的兴趣吧。"在打工妹诗人郑小琼构建她黄麻岭诗歌群的时候，另一位重庆籍"打工诗人"张守刚的"坦洲"已浮出了诗坛：

坦洲整夜没有睡眠／它身上布满／精力充沛的灯火／无数坦白的呓语／支撑着这样的夜／我首次抵达／耳闻目睹／夜幕下的辉煌／谁在背后操纵／没有谁比我更清楚／／坦洲，南方的一个工业小镇／地图上无从找到／尤其在这个夜晚／为了这一刻／我徒步了几千里行程／／身为打工仔的我／猫着身子／跌进坦洲工业区的夜晚／我没有告诉任何一个人（张守刚《我在夜里抵达坦洲》）

这首诗写的是张守刚从故乡抵达异乡坦洲第一个夜晚的真实感受，确定了他与这个地点的诗歌宿命。那年腊月，在老家经历了种种失意之后，一个雪花飘飘的日子，诗人硬着头皮离开了故乡，坐轮船，乘火车，经历了无数的周折，三天后的一个夜里，他被一辆风尘仆仆的公共汽车扔到了中山市坦洲河边的黄桷树下，疲惫地躺在黄桷树下，他陌生的眼睛找不到老乡的那家工厂，周围的厂房射出通宵达旦的灯光，是那么辉煌，对于他却又是那么迷茫。"他茫然的目光／被城市美丽妖艳的灯光刺痛"。两年之后，张守刚开始写诗了，回想起那个夜晚，他一挥而就。也许就是那个夜晚，引发了张守刚诗歌写作的真正契机。许多年来，张守刚一直呆在坦洲工业区的一个角落，用诗歌的眼睛捕捉周围的生活，把诗歌的触角伸进坦洲的每一个部位。这种创作方式使人想

起福克纳,终其一生都在挖掘一块邮票大小的土地。在广东中山一个名叫坦洲的小镇打工十年,这构成了张守刚生活中私人性领地,使他对打工生活有着独特的感受和认识。在这块领地中生成的诗歌,虽然不是仅有的,却是不可替代的。尽管它也可以成为别人的诗歌。在坦洲,张守刚诚实地面对与己相关的存在,以及存在的细节——它的疼痛与不安、寒冷与梦想、希望与慰藉。在坦洲的生活经历和具体事物,成为张守刚非常重要的诗歌资源,成为他大力拓展的经验领域。时光倒流到二十年前,坦洲呈现给我们的还是南方典型的乡村景色,坦洲河"清澈的水 荡着迷人的涟漪/夏天用它洗身子/冬天用它刺激骨头"。现在,坦洲的乡村沦陷了。在城市随着高楼浮进天空的时候,乡村陷入了自卑与沉沦的深渊。乡村也丧失了迷人的风景。飞鸟和野兽已经远走,蛙声与鸟鸣日渐稀少,河流变得浑浊而干涸。

不大不小的坦洲镇/盛装着忧郁 缠绵和/轰鸣的工业/穿过坦洲污秽的街道/穿过陌生的目光/穿过金钱和色相的诱惑//每天 臭水的河边/俯着许多失意的人/他们迫于生计/做违心的事/他们对着河水顾影自怜/试图找回自己/圆滑的风从水面拂过/揉碎他们模糊的脸//走在坦洲/常常看见/一张张贫血的脸/冷漠忧郁的眼睛/在寻找乡音 爱情和饭碗/他们迟疑的脚步啊/唤不回坦洲曾经的纯朴//孤身一人走在坦洲/你必须和自己/言归于好(张守刚《走在坦洲》)

坦洲稍微有点平坦/生长着几个土包似的山丘/一条臭水河把坦洲/撕成两片/水上架着两座桥/供人们互相往来……/那些脸上浮着乡愁的人/都不认识我/我只好站在架着铁丝网的窗口/寻找我将要认识的人//站在坦洲的土包上看坦洲/坦洲在我的裆下/痛苦地扭动……(张守刚《坦洲镇》)

在张守刚的诗里,坦洲,这个昔日的偏僻乡村,像神话里的巫婆一样,眨眼之间变得让我们目瞪口呆。在坦洲,张守刚"住在八平方低矮的小屋里/

第四章 珠三角新型城镇化的文学想象

被贫困包围／写着那种叫做诗的文字"(《海富大厦》)。坦洲,这个南方普通的乡镇,无论它给予了张守刚什么样的生活,都因为他而获得了诗意的点缀和提升。走在坦洲,张守刚喜欢让诗歌的想象力在日常经验和冥想沉思之间充满张力的空间内驰骋,以他满怀深情、怜悯的笔调展示他存在和置身于其中的生活场景。这个场景是忧伤、艰辛、无奈、孤苦的,面对的不仅有生存的压力,更多的是在这个阳光世界中非法的东西。张守刚写坦洲的工厂、街道、楼房、市场、小河、矮山、小巷、通宵录像,写失恋的工友、失眠的女工、失贞的少女、失业的民工,等等。他熟悉坦洲屋檐下惊魂未定的瞌睡,他熟悉出租房夜半查暂住证时粗暴的敲门声,他熟悉流水线上组长例行公事恶声恶气的嘴脸,他熟悉每个打工妹阴晦的心事,他熟悉两块钱的炒粉,他熟悉七角钱一包的快餐面,他熟悉饭堂里长凳上十分钟短短的梦,他熟悉宿舍里铁架床板着脸孔的轮廓,他熟悉机器的轰鸣穿过肋骨的声音。他诗中的场景常常就是实际生活自身,粗糙、笨拙甚至丑陋。张守刚对坦洲的琐碎和日常事物的诗意描述,更多的是对生存意义的追问。这种琐碎对于一个不熟悉这种生活场景的人觉得有些拙劣,但是对于一个熟悉的人来说,它紧紧揪住现实生活的根源,是一种内心的疼痛的呈现,一种生活的坦白。张守刚的许多诗句给了我们省察生活的机会,他笔下的那条臭水河让人想起梭罗的话:就是人类无穷无尽的欲望推动着文明,同时也经由这种文明对作为一切之根本的自然进行着愈演愈烈的破坏。我们越是觉得自己聪明,也就隐藏着越多的祸根。张守刚的诗歌与梭罗对现代工业文明的反省不谋而合。"一条被工业挤得／越来越瘦的河／我就住在河边／每天 污黑的水／晃动在眼前／偶尔飘过一具两具动物的身体／还夹杂一些古怪的气味／在我捂住口鼻的时候／挤进出租房的每一个角落／但是我就住在这里 吃饭睡觉／还有很多和我一样／住在河边的人／我看见他们快乐地生活／从没有一句怨言／也就慢慢地习惯了"(《我就住在河边》)。坦洲河与在河边的人,被摄入工业文明巨大的胃囊里。在现代社会中,日益发展的文明程度不断加剧着与自然的对立,日益完备的理性秩序不断加剧着与感性的冲突,"打工诗人"更清醒地意识到自己所处的两难处境。诗人对故乡的那条小河投入了无限的眷恋:"那条小河身子一摆／富家坝就清爽地站起来／谁家的娘在喊谁的乳名／山抢着答应／蝉鸣四起的午后／小河里泡着好多／光屁股

223

少年／在娘的叫唤声里的那个／惊慌地提起裤衩／躲到河边树丛去了／而富家坝离我越来越远／在八年乘以一千公里的／远方／我满身是汗／想起那个光屁股少年／心里就有一股清泉"（《富家坝》）。富家坝抽象为色彩鲜艳的中国画，放在灵魂最干净的位置。还乡、童年、梦境，诗人在诗行中伸展儿时的腰肢，走向时间清凌凌的源头。但诗人早已不是那个光屁股的少年，诗人现在置身的坦洲河边在天天上演着文明的假面舞会。"在河边　每天／总有人坐着或靠着／在那里打发时光／他们是多么幸福的鱼儿／／一个少女痛失贞洁／在黄昏的河边失魂落魄／她试图通过风和河水／找回自己／浑浊的水映着她忧郁的脸／有些扭曲／而一双皱巴巴的老手／让她再次走进深渊"（《在河边》）。张守刚的诗呈现出对生活的投入、反省、嘲讽和热爱，就像是生活的供词，坦白、单一、波澜不惊，有着偶不提防就会闪出的尖锐。他对生活的提炼，就如同走在坦洲河边弯腰捡起碰痛脚板的石块。

一个外乡人，完全可能带着某种功利目的，去一个城市实现自己的梦想，但它并不意味着这个人会对这个"驿站"产生情感的皈依。然而，这种不可能性却在越来越多的"打工诗人"身上成了一种可能。尽管他们还怀念着自己那个遥远的父母之乡，但与此同时，他们也在内心深处热爱着自己正在生活着的这座座城市和星罗棋布的"城中村"。有了这种热爱，张守刚虽然不是户籍意义上的"坦洲人"，但他却是精神上依恋着这片土地的"自家人"。张守刚真正以情感皈依的立场来凝视并批判这片土地，不仅主要在于这片土地不断积累而成的经济与文化优势对人们呈现出的巨大诱惑力，更在于他为这片土地奉献了自己的青春、体力、情爱和智慧。"南洲路。金斗大街。大兴街。工业大道。／河边街。桥头巷。康泰街。又有巷。／申堂村。七村。十四村。龙塘村。／月环村。上涌村。十四围。十五围。／从第一工业区到第二工业区／要经过一座桥／从第二工业区到火炬开发区／要经过两个村……／这些地方／他比一个本地人还要熟悉"（张守刚《坦洲的最后抒情》）。"坦洲是一个边陲小镇／它隔祖国的心脏很远／尽管如此／我还是愿意它将我／吃掉"（《坦洲镇》）。写诗写白头发的张守刚对坦洲的"乡情"真实感人，是一种意味深长的东西。诗人渴望坦洲吃掉自己，渴望融入那片土地，但消耗掉诗人十年青春的坦洲却对诗人置之不理。"坦洲对我爱理不理／我抓不住坦洲的手／经常浪足机声隆隆的林立厂房"(《坦洲镇》)。在坦洲,张守刚终究是一个孤独的异乡人。"在又有巷行走/只有影子伴着我/从没有人与我打招呼/我知道这叫做/孤独或流浪"(《南洲路又有巷》);"走在金斗大街/常常遇见和我一样流浪的人/走向与我相反的方向/他们搜寻的目光/在寻找金钱和爱情/那么多同命运的人/一个也不是我的同行"(《走在金斗大街》)。2003年,张守刚抓不住坦洲的手,像候鸟一样回到了"中国西南一个偏僻的小山村",而坦洲的繁华仍在继续,但已不属于对它又爱又恨的"打工诗人"。"十年一觉啊/青春已被挥霍/遗落在南方的那些工厂里/能重新拾起来的/只有零碎的记忆"(张守刚《打工生活》)。在重庆云阳县的一个小乡村里,"打工诗人"的心仍然不停地回到他身上所拖带着的那个"坦洲",这个"坦洲"由他爱过、恨过的一切所组成:

> 让我再次想起你/亲爱的坦洲/在中国西南一个偏僻的小山村/你的形容浮现在我清贫的日子里/这里已经冻得发抖/我有些浑浊的目光/看见你依然裸露双臂/你的丰满是每个人都动心的那种//在我最落魄的时候/你的宽容收留了我/十年光阴 说短不短 说长不长/我面黄肌瘦的青春/从那里开始在那里结束/不会忘记 孤灯下的清影/不会忘记 机器轰鸣的夜晚/还有在夜晚里通宵不眠的异乡姐妹/她们失血的脸总在我的眼前挥之不去……/多少次 我用笨拙的文字/写你/写工业区密集的厂房/写厂房里异乡人的遭遇/他们被工业吞噬的日子/他们被老板占有的青春/还有那些失魂落魄的颠沛流离/更多是写我自己//今夜 在这个寂静的山村/再次想到你/你节节升高的繁华/轻易地将我的贫穷击痛……
> (张守刚《坦洲 坦洲》)

在"打工诗人"对城中村的远距离与近距离的书写中,表现了农村与城市、传统与现代两种文化差异的尖锐冲突,以及随之而来的人们价值观念和心理的深层次变化。像黄麻岭、坦洲这样的已经"现代化"的村镇,在不少诗人的笔下都曾大量涌现。"打工诗人"通过透视城中村的种种异象,质疑了建立在现代性基础上的生活状态和生活逻辑的合理性。"打工诗人"对城中村的深入像一张网使人挣脱不开,陷入迷乱。如罗诗斌的《西岭下的兄弟》:"西岭下,三个汉字搭建的民工村落/汗臭味、尿臊味、霉菌味/男的、女的、老的、少的/扫街的、捡破烂的、乞讨的、搬运的/卖菜的、砌砖头的、擦鞋的、修理下水道的……/集合所有的名词和形容词/用暂住证焊接起来/就是西岭下的全部含义/七月的深圳 阳光像风骚的舞女/令人头晕目眩/清晨西岭下的兄弟/像蚂蚁一样倾巢而出/在高高的脚手架上/他们像蜘蛛一样爬来爬去……"再如安石榴的《下梅林》:"'下是下流的下/梅是梅毒的梅/林应该是淋病的淋……'/当发廊的冷气点燃我/皮肤上的火焰/我对着一位按摩女郎/朗诵了比诗句更好的表白/性欲洗去我身体的寂寞/把我的内心掏空/下梅林围面村/发廊和大排档张开暧昧的胃/老板娘的微笑像临街的广告/在中午的快餐店和/傍晚的士多店里/穿睡衣的二奶/把她纽扣的孤独/像手机号码一样交给/下班路过的男人/身份不明的房客/在生活的目击中/消灭得比出现还快/我在下梅林居住了一年/像拉皮条一样介绍过/下梅林的景象/我出没于发廊 酒店的士高/阴暗的小巷……"深圳下梅林围面村是美丽和富裕的,同时又有着不可理喻的黑暗和丑陋性。美丽的深圳用它的美丽遮掩着城中村的灰暗景象。下梅林的生活迅疾、杂碎、混乱、无聊、荒诞、凄艳、冷酷……这几乎是所有城中村的特征。现代复制式生存方式给人们造成的疏离生活的寂寞感和疏离心灵的孤独感与日俱增,这本身就造成了人们心灵的扭曲与异化。一味的媚俗,一味的虚假,一味的浮华,生活与生存的关系始终如同硬币的正面和反面。当今我们的"浮世绘"里,正游移着许多只有肌体而无灵魂的躯壳,在这样的生存背景下,诗人还在关注灵魂,关注生命的悲剧和危机,不啻是一副清醒剂,一剂治病的良药。病态的人性与病态的社会息息相关。都市的疾病成为诗人咏叹的主题,体现了人类在精神堕落和下滑时的清醒。都市病症已经昭著,人类成为文明的俘虏,那些现代化生活中的异化病毒此刻正在噬咬着我们的心灵。

对于"打工诗人"来说,故乡的村庄是唯一的,而异乡的村庄却是变动的,不停地变动着他们生存的背景。像张守刚那样能在一个地方打工十年的"打工诗人"比较少见。如谢湘南的不少诗歌,涉及深圳的许多乡镇和"村庄",里面隐藏的是无限的可能性和无穷的诗性魅力。这从一个侧面反证了诗人在艺术上的自觉和自律,同时也折射出动荡漂泊的打工生活在诗人身上打磨出的印记。如果揭开诗人作品里隐含的意象,我们就可清晰地找到谢湘南年轻的生命旅程中,那些乡镇和"村庄"留在生活里的记忆。这些有的是直截了当的描写,有的是间接的暗示,更多的是他的经历同他的观察和思考融合成一个难分彼此的总背景。

  一片荔枝林对着一个窗口／一个窗口对着一片荔枝林／起先是从荔枝树下望那个窗口／后来就由那个窗口望那片荔枝林／这就是我全部的生活／我是说除了坐在流水线上／我是说除了与老板在办公室谈话／我是说除了吃饭／我是说除了上厕所／这就是我全部的生活／在西丽镇,唯一有意义的／生活(谢湘南《在西丽镇》)

  一片高楼围着的村庄,一条老街／穿村而过。出租屋内闪烁的身影,／店铺、排档、发廊、的厅,提供了营生。／台风刚刚过去,拉杂的街道漫着水渍。／巷子深处,外乡来的女孩,／有的在玩呼啦圈,有的在那张望。呆头呆脑的狗,像慢半拍的时钟,／在悠闲晃动,玩着自个儿的舌头。／霓虹显得低矮,映出墙上朱红的拆字,／街上的古树,有如白发染成了青丝／一丛一丛,凝聚了夜色。(谢湘南《北岭村》)

  那房子空空的框架／反过来看我,像看一个陌生人／行李在阳光中／发出细微的喊叫,然后钻进一辆中巴车／安静地告别／而送行的喧哗尾随我／到另一个村子,在街道和工厂里／走动。在我要睡觉时／仍不舍离去——我上班,在街头吃盒饭／日子显得有条不紊／偶尔的不开心是因为朴素的梦想／无处搁放。思念破碎／找不到一张像雪地的白纸／——将它承接。我辗转／而至不眠,像一条缺氧的鱼／张嘴而不能言说／所有的夜就往我眼里躺／裹着村子像抱着几个生长的婴儿／挤得两床网从我身体的海里冒出来、喊痛／我眨眨眼，水珠子就往下掉／声音却被外面的雨声吃了（谢湘南《1997年，在深圳的三个村子里》）

没湖的平湖。杂货店的荫凉里／母狗和它的跛子店主冒出笑的水泡／从小店向北直行百米是我上班的工厂。在这里／左右两旁打工妹的面庞和半导体的发音／（呵，沉默中的声音……）已不能清晰浮现。我仅记得／一天要上十个小时班，这之外／时间像是这样安排的：／中午半小时休息与店主和母狗聊天／晚上下班后冲好凉再与店主和母狗／聊上半小时，然后写诗、看书、／打牌……黄昏一小时到附近山坡转转——／山坡上的芒果散发乳房的香味／有一次我放开了胆量，差点摘到……（谢湘南《中途三月，在平湖》）

这首诗的关键词不是魏莹，一个女孩子／不是散步，一种状态／不是到，一种抵达／不是观澜，中国深圳一个开发的小镇／不是高尔夫球场，一种与我毫不相关的／当作它用的乡村／也不是边上，这样一个模棱两可的修饰词／不是和，一个将我隐藏的介词／这首诗不存在关键词／不存在——非分之想（谢湘南《和魏莹散步到观澜高尔夫球场的边上》）

脏乱中的上沙村／正在建设的立交桥／脚手架立在脚手架上／我从脚手架下走过／／市场的一端方便面藏匿饥饿／海风靠近黄昏／我想起一首《桥》的诗／／其实在福田与在别处没什么区别／除了方便面我还有其它的粮食／比如地摊上的一本旧杂志／再比如一个靓女从眼前／一闪而过／她吃过的甘蔗渣吐在我脚边／让我的鞋子也闻到一丝／甘甜（谢湘南《在福田》）

这些村镇都是谢湘南曾经生活的现场和写作的现场。谢湘南的经历很多，他做过建筑工、搬运工、电子厂装配工、小纸厂文员兼包装工，当过图书馆保安,做过公司人事助理,在文化站搞过文艺宣传,在企业内刊做过编辑,等等。从一个地点到另一个地点,从一个居所到另一个居所,在漂来漂去的过程中,谢湘南曾经遭遇过那么多的迷惘与忧伤,激情与欢乐。谢湘南目睹他所目睹的,感受他所感受的。他把他的目光投向他所在的生活现场,是本着诗歌的自觉和要求。诗人在时间里存在着,随着命运的车轮在村镇之间流徙,体会着它们的躁动与平静,体会着它们的富有和贫穷,体会着它们的文明和粗俗,体会着它们的洁净和肮脏。时代的变迁已使一切可见之物都面目全非,谢湘南洞悉了皇皇历史的变形记,有些东西已凝成了诗歌那秘密的核,显现出应有的坚硬质地。时代的加速器丝毫不给我们稍加反应的机会,它一意孤行,带动了世界疯狂旋转。命运之手突然彰显出它的力道,我们只能在红尘中顺应于各自的宿命。对我们这些渺小的芸芸众生而言,时间的魔术师只需轻舞它手中的小棍,作为道具的我们就只能听命于它。"停留在宏大背景下／微不足道的一节里,等待／命运的深入。进一步的／祖国降临"(谢湘南《1994年的抒情练习》)。

> 你把家安在信封般大小租来的房子里。／小房子的窗口真的只有一个邮票那么大。／在这个时代你把家撒网一样撒向四面八方——／一家几口分成几个省。／你租来的房子不像你的家,／充其量一个容身之所而已。／你家里其他人在其他城市打工租的房子也不算家,／充其量把家撕成几片,到处扔一点,／把你的家扔成几个省那么大。／只有过年时回到村庄在村庄自己的旧房子里,／把东西南北拼成自己的家。／可这个家只有过年才拼成几天,／过完年就得把家变成几张车票各奔东西。／每个人摇身一变成一张车票去远方。／平时你的家在村庄里空着。(张绍民《一个家到处丢一点》)

"打工诗人"对两类"乡村"具体和精细的描绘,表现出中国发展速度所带来的深刻冲击,昭示了新空间结构的变化提供的全部力量和可能。他们在记录将要消失、正在消失和已经消失的东西。他们要做到的是留下一份关于村庄晚年的生存记录,"描述乡野和庄稼的／葬礼／城市的呼吸／像风一样吹向我们"(陈仁凯《在城市生活》)。这一点,在现代化、城市化迅速发展的今天可能具有特别的意义。这些"乡村"原来都有十分稳定的结构和规范的人际关系,但在二十年的城市化工业化中已产生了巨大的变化。这些变化无疑显示了这个社会在全球化与市场化的大潮之中新的空间格局的形成,也显示了中国变革的全部力量与巨大的速度。它冲垮了乡土中国的结构基础,改变了"农民"生活的全部含义。一切都在逝去,一切又在重构。记忆变得模糊,存储的符号悄悄更迭。在"打工诗人"的这些文本中,我们不仅处于变化的开端,而且已经面临变化的结果,不是仅仅出现了新的社会格局,而且这种新格局已经在发挥着巨大的作用。在这里,问题的关键早已不是这个新的空间结构是否应该存在,是否可能存在,而是我们在这个结构之中如何学习生存的问题,如何面对"都市文明"和"农业文明"的问题,如何面对那些生活在城中村中的人们。都市文明是进步的东西,特别是比农业文明有很多进步。当然,它可能丢掉了农业文明中一些美好的东西。但这是我们要创造更好的都市文明的问题,而不是完全批判、拒绝都市文明。"我所认识的乡村／和诗人讴歌的乡村不同／我所认识的乡村／不愿再做贞洁坊／养活一群精神阳痿的人／我所认识的乡村／是正在丰满的身体／渴望城市的抚摸／哪怕那双手／有点肮脏"(朱剑《我所认识的乡村》)。照这么说,也许我们更应该换一种积极的思维和行动,来观照我们所在的乡村和城市。城市虽然冷冰冰的,但却是不可阻挡地往前走,而乡村不再满足于以往的宁静和诗情画意。城市文明、城市文化是大方向,将来肯定会有越来越多的乡村城市化,虽然"有点肮脏"。

二、新型城镇里的命运简图

丹纳的《艺术哲学》早就申明,决定一种文化艺术的精神性气候有三个要素:种族、环境和时代。丹纳指出:"精神文明的产物和动植物界的产物一样,只能用各自的环境来解释。"一个人生活在特定地域,必然为特定地域文化所熏染和改造。某种意义上说,地域文化是地域人群的集体无意识。地域不仅是创作主体生生不息的精神栖息之地,也构成了他们文学创作的特定话语

第四章 珠三角新型城镇化的文学想象

内涵。文学写作当中的地域性是一种必然的存在,地域在个人的写作当中,是不可或缺的。作家在写作中总是通过一种地域意识来界定自己,寻找属于他们个人的一片领地。新型城镇化的珠三角地区,在安石榴、王十月、郑小琼、塞壬等一些充满创造力和启示性的散文作品中运动着的是一种精神能力,它可以绘出一幅关涉自身的精神地图,一片自我活力的崭新疆域。在他们的散文中,"文学与地理"的关系得到了无限度的延伸,而渗透于其间的时代现实气息,或许比任何一种写作都更显浓烈和复杂。他们不约而同地对珠三角地区的某个"地理"进行深度考察,并围绕某个"地理"反复挖掘,像一张网一样打捞起那发生在生态地理上的过去与现在,从而真正使一块平常甚至残酷而丑陋的地理隆起为一块在文化学上再也无法抹去的"文化地理"。

塞壬在散文集《下落不明的生活》里,极力赞赏安石榴的散文集《我的深圳地理》,"本质、深刻,直逼灵魂深处——让人无法回避的现场感,散发出真相的气息"。2001年第10期的《人民文学》首次推出"新散文"栏目,发表了安石榴的《深圳地理》,包括《走在深南大道上》《我在暧昧的梅林》两个独立篇章,曾为安石榴在散文写作上带来了好评。2005年,安石榴出版了《我的深圳地理》。1993年,年仅21岁的安石榴只身来到深圳,先后经历了从一个流水线工人到主管,从一个杂志发行员到主编,再到一个独立策划人、撰稿人的历程,期间不停地搬迁和寻找、出走和返回,几乎所有的青春韶华都消磨在深圳这个年轻的城市,他的生命历程本身就是外来闯荡深圳的众多人中一个具代表性的缩影。他在深圳居住了七年,用大气磅礴的叙述和渗入骨髓的怀念,一一展开了对深圳区域和街道的追忆和展现,为我们勾勒出了深圳的轮廓和幽深。安石榴后来离开深圳了,但他所创造或者叙述的深圳依旧存在。在《我的深圳地理》一书的背后,安石榴充当着被动和节制的记录者,在美好与失落、相聚与离别、遐想与迷茫的回忆中,再现了蒙太奇式的片段和场景。在他的散文中,"深圳"是一个描写性的词汇也是一个抒情的词汇。安石榴在《我的深圳地理》前言中写道:

> 我到达深圳的时间是1993年,像当时的深圳一样年轻、混沌而热烈。据字典解释,深圳的"圳",意为田野边有水的深沟。从字面

看来，就喻示了这里可能是一个不可测量的沉陷之地，至少深圳使为数不少的奔赴的梦想遭受了破灭！无须讳言，深圳本身拼贴着过多物质化的期望，太容易使人沉迷于追逐的幻像，陷入现实和精神的两难。我对物质与理想造成的障碍有着相当深刻的感受，直至现在，我依然无法摆脱这种困境的缠绕！

深圳消磨了我人生最美好的年龄和激情，导致我今天已无从寻找一座可以共同呼吸成长的城市。事实的确如此，尽管我在深圳连续居留了七年以上，最终还是改变不了作为一名过客的宿命。更要命的是，在我充满沉浸的喋喋不休中，居然没有为自己多年的庸碌无为表达出应有的焦虑和悲哀！

深圳作为我生命地理中的一个地点，占据了极其重要的青春位置。在这一人生区域里面，闪动着地点和生活的碰撞，青春和梦想的进驻，经历和人生的片断，朋友和交往的记录……这是我利用七年的时光在这座城市写下的生命履痕，也是我青春阶段观念和思想诞生的磁场，这一片荒漠和绿洲并存的地带，培养了我对自身更深入的认识和对生活更真切的遐想。

在《我的深圳地理》里，安石榴"就像是在深圳地图上漫游一样，以深南大道为纬，出发、到达并确认着一个个地点"：石岩、龙华、梅林、八卦岭、下沙、巴登街、金坑山庄，等等。这些令每个深圳人熟悉的地名，有的是原来的一个镇，有的是一个城中村，有的则是一条不过千米长的街道。然而这些镇、村和街道在安石榴的文字里却充满了变幻莫测的情感表达：暧昧的梅林、激情的石岩、隐逸的金坑山庄，等等。"深南大道宛如一道经纬分明的瞭望线，它使我对城市层层叠入的纵深处由模糊陌生而渐趋明朗熟悉"。正如安石榴自己所说的那样："我所说的地点必定具有怀念或奔赴的意义，它不是简单的地名的替代，也不是毫无旁证的空泛的美誉。于我而言，就等于一个生命的驿站，人生旅途中一处绝美的景致，一场难忘的聚会或一段揪心的记忆……而事实上它确实是一个供人识别并含有取悦大众之意的地名，之所以成为地点，是因为它融入了我的想望、遭遇及理解，令我每每触及都暗觉亲切。

八卦岭是我在深圳所撞入或撞入到我内心的地点之一,尽管我屡次都与之擦肩而过,但每一回都令我情愫暗生,那种潜移默化的深刻强烈上来,渐渐令我欲罢不能,像甜蜜的伤口一样常常不经意地碰起"(《八卦岭》)。安石榴散文中的深圳地名,已经不再是那实实在在的地名了,而是"虚"化了,是一种象征,一种暗示。文学中的地域和真实的地域存有巨大的差距,在文学之中,地域是一种特征或者符号,是气质或者气息。在很多场合,文学中的地域性只是一个依托,绝对不是为地域而地域,也不是因地域而文学……所有这些,都是显而易见的,由此,我们来看安石榴的散文作品,是带有强烈的地域性的,从一点而至全面,由物及物,由人及人,是一种贯通了人性和生存,精神和灵魂的艺术创作。

安石榴的散文揭示了安石榴与深圳地理之间充满感染力和激情的关系。一个人和自己生活的地方是一种伦理和道德的关系。这不仅意味着他必须接受这个地方的秩序、传统和伦理约束,也意味着他对地方性的事物拥有许多个人传记色彩的记忆,一个人对生活之地的经验首先是一种与个人传记经验密不可分的、充满利害关系的道德生活体验。某些空间秩序及其事物见证了他的个人记忆,他亲历的事件,他的快乐和痛苦。随着岁月流逝或移居他处,伦理关系和道德体验也会变成审美经验。七年的光阴改变不了一名过客的宿命,安石榴在散文中没有抱怨他的城市,而是对"不被预知和随遇而安的生活充满感恩"。地域给予作家的教诲是复杂的,地域是自由和限制,是想象力的产物也是近乎命运的事物,《八卦岭》就是这样一幅图景的复杂性的显现:

> 我与八卦岭的结缘开始于1994年夏天,那时我刚好失业,在有限的几个朋友间辗转借住。当时在八卦岭上班的是我儿时的一个伙伴,他们公司的宿舍在泥岗村。宿舍不允许外人来住,朋友想方设法为我弄来了一个他们公司的厂牌,戴上厂牌,就可以堂而皇之地出入了。但上班时间门卫都会到宿舍巡视,如果呆在里面就有露馅的危险,因此我每天都是早上跟他们一起出去,晚上等他们下班后才回来。我常常由八卦岭的这边跨过北环大道的天桥,再由泥岗村口的牌坊下进去,泥岗村宿舍的后山上有一条腰带一样的水泥路直

通银湖，在这条水泥道上，看得见整个八卦岭工业区，也可以远眺深圳市区鳞次栉比的楼群。为了等他们下班，我常常一个人徘徊在这条道上，目光孤独而空荡地移过城市的上空。那时的八卦岭在我心目中，无异于一只诺亚方舟，我不断地在一栋一栋厂房的门前转悠，渴望着其中的一扇门能像磁场一样将我吸进去。

我无意在这里过多地忆及我与八卦岭的某些往事，我只是想说，作为一个地点，八卦岭在我的内心已是挥之不去。每个人的一生都会有一些重要的地点的，这些地点予人的意义，肯定具有转折性或跨越性，至少有过灵魂的触动，有过生命中难以承受的轻与重，有过成功、喜悦、友谊、幸福；有过失意、彷徨、迷失、悲伤！一个人的故事与一个地点联系在一起，这个地点就必定会沾染上这个人的气息，这个人就必定难以摆脱这个地点所投射的光与影。有时候，一个地点是一个人头上戴之不释的皇冠；有时候，是小说中套在舞女脚上的红舞鞋；有时候，是童话里的皇帝的新衣……不管情景如何改变，地点与人物都像是一本书（或者更像一场电影）与主人公。或许某些人会令自己从某个地点中脱身而出，会把自己不愿提起的经历像擦黑板一样篡改、重写或彻底抹去，但他逃脱不了这个地点对他造成的桎梏。我想说，一个地点对一个人的荣光，或者一个地点对一个人的唾弃，都是不可逃避的，也都不值得津津乐道，人生没有彻底的相附或相忘！

这些纠缠在生活空间里的自语似的心灵独白，是一个人在他生活地域和时空中的真诚询问，是对俗世的质疑和抵抗，是对灵魂的艰难皈依。安石榴的散文好像是建立在日常生活中的内心影像，翻动、结实、练达和不懈进入的语词正在或者已经构成了属于他自己的丰富的文字世界。他对深圳地理的深度透视，是出类拔萃的。作为更多沾染个人色彩的地理、地点、活动描述的文字集合，《我的深圳地理》虽然更多的是作者对他所生活过的地点、往事的感念与分解，但无处不跳跃着青春和生命的激荡，折射着现实与理想的碰撞与差距，那些众所周知的地点由此成为一种个性化的风景。《我的深圳地理》既是作者本人的"深圳地理",同样也是众多前来深圳寻梦与频繁往返者的"深圳地理",对照书中的《在一座城市之中搬迁自己》《走在深南大道上》《从二线关入城》《暗香浮动华强北》等篇章,几乎都是外来进驻者们对深圳这座城市所发生或所体验的过程。读着这些文字,或许不经意间就能看到自己的身影,看到触动的情绪、看到背景的重现、看到酸楚与欢笑……在这里,"地理"的解读无疑多了另外的一重含义——地点、生命的回望与梳理。而深圳作为一座城市,它的每一段街巷,每一片商区,都构成了他的肤色、血肉和怪癖!我从没见过一个人跟一座城市有着这样深刻的纠缠和联结。在安石榴的记录下,展现的是一座城市的光线、色彩和声音,更是一座城市的灵魂!然而,这不过是安石榴一个人的地理志,不过是他命运生长或转折的现场。这是属于他一个人的深圳,又是像他这样一群人乃至更广大群落的深圳。

《我的深圳地理》不仅是献给特区行走者的一曲青春挽歌,也是每一个打工者的精神圣经。在深圳这座传奇般崛起的梦幻之城,数目庞大而面目模糊的打工人群,现在总算有了一部自己的精神代言之书。正是在这一意义上,安石榴宣称:"我在深圳的所有朋友,都参与了这本书的写作,同时,他们又是这本书中不可缺少的人物。而我则是一个双重身份的记录者:一个'我'一直置身其中,另一个'我'隐在一旁见证和书写。……'我'是'他们'中的一个,也是'我们'中的一个,我们仅仅是在深圳屋檐下相遇的一群,我不知道'我们'会相聚多久,也无从得知'他们'的去向。"同样是在这个意义上,在安石榴以及他的朋友在游走、彷徨或驻足的过程中,那些灯火通明的街道,那些小巷幽晦的城中村,那些潮湿黑暗的出租屋,对于他们来说,才具有了生命般的刻骨体验。他记录着在深圳行走的黯然神伤和悲怆细节,他穿行的仿佛不是深圳,而是深圳的阴影,而他就像阴影中的黯淡火光在明灭。

"边缘",作为一个词语以及精神向度或命运意象,在安石榴的散文或记忆中有着异乎寻常的意义。不仅是作为安石榴的居住地——"边缘客栈"或与之相关的诗歌事件,它都带有强烈的自我指认。"边缘客栈"试图建立的是"诗意的栖居"——"边缘唯一栈,去留两相难。此身终是客,浪迹不知还。"——这是安石榴的一首古体诗,已足以说明问题。从《我的深圳地理》这部书所描画出的剖面图按图索骥,不光可以一目了然地看到安石榴这些年来

在深圳的踪迹,更重要的是可以由此扫描到一群人在这座城市由介入到存留的状态,还可窥斑见豹地探询到深圳二十余年来的变迁和发展。散文的叙述虽然是以作者自身的经历、遭遇为展开线索,但作者巧妙地将个人的生命体验与思想变化,通过观察透视的角度融入到一个类同的人群当中,使之成为一个人群在一个特定场景的声音与缩影。有多少人像《我的深圳地理》中述说的那样:满怀梦想、屡屡碰壁而又际遇重重,在现实与精神的交接间犹疑难决!而书中大量穿插的对公众地点、事件、背景的感受和记忆,则犹如把读者带入到现实的徜徉,不仅能轻易唤起亲历者的追忆怀想,同时能够撩拨起旁观者的探究热情。由于深圳本身的特殊性,这座城市与之俱来的色彩,使这张剖面图之下注定光怪陆离,安石榴率先用他的青春调色,让一群人斑驳流动的青春阅历在一个特定的地点有了凝固的底色。当然,在安石榴的文字里,不仅仅是一个普通"漂一代"的搬迁琐事和地名的罗列,他更注重的是将每一个地点与当今活跃的深圳民间诗人组织(如外遇诗社)、深圳打工文学发展线索(如深圳最早的由外来打工者自行编辑、出版的文学报刊《加班报》)联系在一起,让每个地点因为这些人物和事件有了更生动、更深刻的含义。说起深圳的打工文学,安石榴成了一个绕不开的符号或标记,尽管这并非他的本意。

安石榴的散文不仅揭示出一个地方的历史性和社会性,深刻地挖掘一个地方的自然历史所蕴涵的美学意味以及道德内涵,还展现了自我逐步地把外部空间改写为自我疆域的构成过程。对他所生活的区域的深入理解和对区域感受的挖掘,构成了安石榴散文中充满情感认知的"文学地理学":

> 除去居住地的搬迁,我还到过深圳不少隐秘的去处,被种种来路不明的情愫所触动。我甚至两度探访一个处于半山与世隔绝的村庄,村庄叫"半天云",隐蔽在南澳海边的悬崖深处,终日云雾缭绕,硕大的老藤和参天的古树神秘诡异;我曾从蛇口大新码头开始,沿深港之间的边防范围管理线一路东行至盐田港避风塘,其时这道线路仍属军事禁区;我曾在一个个静寂无人的深夜,独自在泛着各种松懈气息的街道上漫无目的地徒步……是的,我是深圳这座城市每一个明亮和阴暗之处的游走者,一个身体和灵魂都在不停搬

迁和奔突的人！我明白，不管我获得怎样的安顿和快乐，搬迁的念头总有一天又会在我心底泛起，我依然愿意做一个一边行走一边塑造自己，并且永远都不会终止思考的人。（安石榴《在一座城市之中搬迁自己》）

深圳绝对是一个暧昧的城市，这个地方有太多的东西令人揣测和迷糊不清。在现实泡沫般巨大而眩目的背景之下，经济、环境、观念、工作、生活、性这些易于迷惑及纠缠不清的事物若隐若现，把城市和人神秘地抛出与匿藏。我觉得，要形容一个在现代的背景中快速生长的地点，用"暧昧"这个词是再合适不过了，因为我们无法预知，而这个词却带着广泛而宽阔的预示性，随时意味着一个全新领域将在期待中呈现。（安石榴《我在暧昧的梅林》）

每一个沉陷深圳的人，对房子大抵都会有深刻的感受，这种感受的源头恰恰不是那些琳琅满目中尚且争相崛起的楼盘社区，而是与心情、境遇同样错落无着的城中村。作为最后的消失的村落，深圳的城中村安置和破碎了多少人踌躇满志的奔赴及怀想，无从说起！唯一能够揣测的是，当许多人终于在梦想的一隅拥有一扇属于自己的窗口，又在某个难得的闲暇时分感受瞬间的明媚时，眼底必定会悄然掠过城中村搅拌着凌乱、焦虑和热烈的阴影，内心不由隐隐怀念那一份蘸满向往的时光，追寻幸福在不可企及时所呈现的魅力和意义！

深圳最知名又最隐晦的城中村，除市中心的巴登街之外，无疑就轮到位于华侨城的白石洲和处在深圳湾畔的上沙和下沙了。上沙、下沙、沙嘴、沙尾几个紧邻的村落统称沙头，外围绵延着美丽的红树林，内围则有滨河路上下相隔，滨海大道未接通滨河路之前，这一地带确实称得上是深圳市区的一个神奇的边角，如同被无形割离的一块半岛绿洲。即使后来声息如何相通，也始终掩饰不了那种偏安一隅、繁华内敛的游离与迷离气氛。（安石榴《从上沙向

下沙漫步》)

地域在散文写作中的场景给出，给散文从里到外树起了一根根性血脉，即语言的张力与收缩皆在地域中互绕互结。这样的写作是与当下、大地接通式的写作。一个旅行者可以短暂地进入一个陌生的空间，他能够欣赏那些异己的事物与历史，但他仍然在内心携带着他自我的同一性，携带着他自身的自传式的历史与文化属性。然而长期的移居生活会使他同时属于两种历史，两种地域空间及其文化。移民或者移居他乡提供了生活在两种忠诚里的可能，提供了属于两种历史的机会。这可能是一种既愉快又不那么愉快的处境。因为对每一个社群、每一个历史，他都具有异己的因素。对于已往的历史文化，离乡的人是一个背叛，虽然记忆给了他更多表示热爱与忏悔的热情；对于已经置身其中的历史文化，移民似乎是一个不合法的继承者。这样的生活是现在世界上越来越多的人的生活方式。它既是被寻求的，又是被迫承受的。安石榴在《第二时刻》有过这样的阐述："对于诗歌写作而言，地域的指认素来是诗人疲于认可的一个问题，尤其是对于我们这些从不同的地域来到深圳的诗歌写作者。我们并不否认地域对写作的影响，例如我们都写过大量带着家乡烙印的诗行，到深圳或长或短的时间之后，又不约而同地写过含有这个地方踪迹的篇章。但因为背景的淡失和重塑，又使我们身上的地域特质变得重叠和模糊，已经不可能用某一地域来指认。" 在安石榴的作品中，我们可以感知一个人的根在哪里，一篇散文的灵魂就在哪里。从这些拾带深圳地理名词的散文里回想，我们读得到那些血液里的永恒的磁场。

深圳一早是以经济特区的定位出现在中国城市版图上的，首先在地域的划分和管理上就充分体现了"特区"的"特"点，有一线和二线之分，一线相隔邻市，一般就指惠州和东莞，而相隔香港的另一边则又另外称之为粤港边防范围管理线；二线相隔市区内外，东进葵涌，西出宝安，北面大体以梧桐山、羊台山山脉为屏，围绕着横岗、布吉、龙华、石岩各镇，二线又叫特区管理线，须通过各个要道上特设的检查站方可进入，俗称进关。深圳市区实际上就是

第四章 珠三角新型城镇化的文学想象

一个傍山而成的海湾布局,假如没有这些高楼大厦蘸满传奇的崛起和黄金一样迸射的光芒,说它是一个小渔村实在恰如其分!(安石榴《从石岩开始"加班"》)

到深圳的人,无论经历怎么样的逗留,大抵都免不了对"二线"生出切身的感受,而"一线"却往往止于道听途说。对更多的人而言,一线近在咫尺,却相隔天涯。这一条蘸着百年沧桑的历史之"线",如同一道亘跨在海市蜃楼之外的彩虹,让人通常在可望不可即之中又感同身受!

"一线"比"二线"蕴含着更深的内涵,并且延伸的历史更为久远和神秘。一般说来,有"一线"方有"二线",如果说二线代表了中国改革开放探索阶段一个特殊的界定,那么一线则代表了国家一段饱含屈辱的历史源由,也代表了一项变障碍为共通的决策进程。从1997年香港回归开始,一线在建设轰鸣中的拓变在某方面又衬托了国家的繁荣与富强。

"一线"原指深圳东起南澳葵涌、西至宝安固戍的长达260公里的陆路边境线。1988年以后,确定为东起盐田避风塘、西至南头大新码头绵延近70公里的边防线。"一线"的名称,也由最初的中英之间的边境线改称为粤港之间的边防范围管理线,今天则统称为"粤港管理线",实际上就是深港两个行政区之间的分界线,而最明显的分隔就是深圳河和梧桐山。一河之隔、一桥相接、一峰相连、一湾相望、一街相通……深圳河、红树林、罗湖桥、中英街……成为这条管理线上鲜明夺目的风景,随着深圳的传奇崛起,一直牵引着人们无休止的揣测和遐想!(安石榴《粤港管理线上的余烟》)

空间是政治性的。"一线"和"二线"是某种地域的"边境",也是某种区分的标记,它的存在至少证明某种族群区分的存在。关的区分和特性的认知,是个人身份的保护和屏障,但也可能是自我监禁的另外一种形式,是痛苦和悲剧的起源。生存的悲哀与痛苦具有它多变的面孔。人起源于一种疏远的环

> 对于当时我这样的打工者来说,关内无异于天堂。我的许多工友,都和我一样梦想着进关。有工友托关系办好了边境证,离开工厂时都会接受工友们衷心的祝福和羡慕。

对于南头关,作家之所以有话要说,有道理可讲,就是因为有一些人在那里留下了指纹。而这些留下指纹的人,往往是陌生的闯入者。他们与世界的突然相遇,仿佛是命运的短兵相接,不得不接,又不能不接。对其他群体的定义总是与空间关系和地区依附的思想相连。作家提供了与此有差别的看法,地方对人具有建构作用,但自我既不是封闭的主体也不是地域的从属体,自我意识到的经验过程参与了这种建构。人的地方性意识和属性的形成提供了一种庇护性的身份,但对作家所描述的自我来说,这种身份,如同其地方意义和特性一样是生成性的而非本质主义的。

群体特性与地理特性相结合,以及二者之间的相互定义,就像存在着地域之间的中心与边缘的区分行为一样,揭示了群体之间的不平等关系。在把地域特征与群体特性相互界定的行为中,存在着作为自我命名者还是被命名者、作为主体建构行为还是客体建构行为这种重要的差异。在地域特性与群体特性的建构过程中,人们一贯的做法是把自己所恐惧的事物都投射向他者。因此,对某一群体的归属条件之一,就是把恐惧和厌恶投射给他人。人们总是疑虑自我的防御体系不够坚固,隔离他者的手段不够可靠。在这样的过程中,微弱的个人声音是没有作用的,而失去异口同声的争辩力量的哭泣声更没有力量。但对散文家来说,个人的痛苦仍然具有这样的力量,它能够融化"边界"。在个人痛苦的历史中,作家吸取了"二线关"的另一种象征意义。

> 现在,进关的手续简单多了,凭身份证就可过关。拆除关口的呼声也越来越高。南头关已完成了他的历史使命。许多打工者悲伤的故事已成了如烟往事,是那么的无足轻重。除了当事人,没有谁会记起在这关口曾经发生过一些什么。每次要去市内办事,经过南头关时,我都会想一些关于南头关的问题。我们为什么要进关?

这个问题和鸡为什么要过马路一样难于回答。现在，我终于可以自由进关了，然而我却选择暂居关外，无事也不会进关。我对关内的生活不再抱有任何梦想，进关也不再是我的精神鸦片。这样说准确吗？无意之中，是否我又为自己设立了另一道关卡呢？我的身体跨过了这道关口，我的灵魂呢？我的灵魂依然徘徊在关外。就像我的身体进入了城市，而我的灵魂却无家可归，只有在城市和乡村之间游走、飘荡。

南头关的拆除是迟早的事。我倒有一个想法：南头关作为中国改革开放最有标志性的建筑，应该把它保留下来，将来在这里建一个"打工博物馆"，让它储存一代人的记忆，见证中国近三十年的历史。我把这个想法对一些打过工的朋友们说了，朋友们都很兴奋，很激动，也鼓励我为此而奔走。南头关对于我们这些打工者来说，承载了太多的屈辱与泪水，希望与失望。（王十月《关卡》）

王十月反映的"南头关"不仅仅是一个建筑物，而是一个"打工作家"对这个时代所特有的境遇感知。王十月的散文是一种"存在主义"式的地理学，他力图利用存在主义方法来重建社会群体和个人空间传记，力图以人是景观的创造者而不是从属者、是它的探索者而不是征服者的地位，来改变历史景观。社会价值和意识形态总是借助地理范畴来发挥其对人潜在性的影响。作为人的经验世界的地理环境，被人类的创造与感知活动赋予了各种形态和象征含义，大地的表面成为人类的塑造物，折射着政治文化和个人的想象，体现着某种聚合性和区分标记，并且被时代相传。在这样一个世界上，王十月的散文介入这一历史过程，并与之形成批评性关系。在王十月的散文中，地理特性和自我特性似乎是一个相互发现的过程。"关"是深圳地理上的一种存在主义式的特性。"关"也是王十月的一个个人词汇，是一个充满秘密的隐喻。一个城市不仅仅是一块地方，而且是一种心理状态，一种独特生活方式的象征。比起"一线"，"二线"是打工时代最有地标意义的象征，藏隐了更多真实可触的东西。最近几年，关于"改革开放"的纪念与反思文章汗牛充栋，深圳还花了两年多时间实施了"中国改革开放30周年文学创作工程"。与此形成鲜明对比

的是，一批真正书写深圳等"改革开放前沿地区"的"打工散文"却没有得到足够重视和真正解读。这些散文将视角从国家、民族的叙述主题上挪移至日常民间，从"大历史"转向"小历史"，即书写被正史排斥的人物、事件和重写正史已写的人物、事件，用复数小写的"小历史"改写了单一大写的"大历史"，显示出历史杂芜丰厚的立面。

王十月除了写关卡，写得最多的是宝安31区。31区是深圳宝安的一个城中村，一个出租屋云集的地方。这里，楼房大多很拥挤，两幢楼之间也就两三米的距离，王十月在散文里称之为"亲嘴楼"。"所谓亲嘴楼，是形容两幢楼之间距离之近，两幢楼里的人可以亲嘴。"一般来说，打工者聚集的地方往往会自发地形成一个独立于主流社会中心的边缘地带。有不同出身、操不同语言、来自不同文化背景的人们聚居在街巷或村落里，以自己独特的方式在异乡艰难生存着，经历着自己的喜怒哀乐。这些街巷或村落已经超越了物质性，而成为一种文化文本进入"打工作家"的创作视野。王十月笔下的31区即可归入这一范畴。31区在王十月笔下是个边缘存在，是个"他者"，是一个"移民空间"。即随着乡城迁移人员在城市的集聚，"农民工"聚居区这一独特的城市空间正在慢慢形成，并成为身份认同的一个空间符号。物理空间的迁移给移民带来了身份危机和身份焦虑感。这是租住在31区里的人的共同体验："在我对面的另一幢楼里，也不停地变换着租居者。有一段时间，里面住了一对小夫妻，他们看上去很亲密。从他们晾在窗台上的衣服可以看出，他们都是在厂里打工的。那些灰色的工衣，对于我来说是再熟悉不过了。我曾经就穿过这样的工衣，而且穿了很多年。灰色工衣是一种身份的象征，但这种身份是很多打工人梦想着抛弃的。很多的人，都在这样的梦想里，将自己的青春染成了工衣的颜色"（王十月《声音》）。通过王十月对31区的书写，我们看到了流浪情怀、生离死别和顽强斗志，也看到了克制和忍耐，屈辱和歧视。打工者是跟城中村这样的场所联系在一起的，至于地王大厦之类的繁华地方，只不过是对其处境的逆向映照。我一直觉得，一个优秀的写作者必然是从地域出发的，熟悉的地域，带给人以生命和精神，文化气质和精神要求的地域，是文学当中不可或缺的重要支撑。尽管有些写作者在回避地域，但他们内心是虚软的，地域是无形的，是缓慢的渗透，更是有力的催发和塑造。王十月意识到这一点，而把自己的写作方向回撤到具体而又虚指的现场，以个人的世俗经验和精神要求，寻觅和感悟31区，发现和书写了一方民众的世俗生活和精神境界。只有坚持在场写作，我们的潜能才会在"场"中被激活，被唤醒，我们的记忆才会在"场"中被恢复、被刷新。总体而言，王十月的散文既是打工者的精神地理，也是打工者的命运简图。

地域特征在"打工作家"塞壬的散文里也是无处不见。塞壬仿佛是摇着一个镜头容量巨大的摄像机，由远及近地向我们揭示着她的精神地理。

> 二〇〇一年的冬天，我昏睡在广州的石牌。不，整个石牌也昏睡着。在傍晚时分，我会下楼来吃饭，我的穿着是可笑的，我在罩式睡衣的外面加了件棉袄，下面穿了肥大的灯芯绒裤子，看上去三截，怪异极了。在这里，我一个熟人也没有，不必担心被认出。通常点一个鸡锅，一个人慢慢吃完。在长达两个小时的用餐时间里，我吃完一只鸡，一碟牛肉丸、平菇、海蜇皮和青菜。最后把汤喝净。这么多的东西进入我的身体，为的是紧跟而来的昏睡，让它得以持续和无休无止。然后去碟店租碟，色情的、科幻的、战争的、言情的，十几版，我用塑料袋提回石牌村深处，我租来的单间里。穿过一条条巷子，看着一模一样的景物，一家挨一家的士多店、美容美发厅、桂林米粉店、凉茶店、蛋糕房、干洗店、性用品店、手机维修点，它们都阴暗，散发着旧的、隔世的气味。黑夜来临的时候，这些巷子开始活过来，一条一条地苏醒，音乐响起，霓虹灯闪烁，涂着金粉的妓女们来回穿梭。石牌，昏睡在色情、颓废的旺盛之中。（塞壬《南方的睡眠》）

> 我惯于遭遇那些隐秘的生活，陌生的气息袭来，隔离的场景，如同一个清醒的人置身在一场模糊而不可靠的梦境，这个梦境后来逐渐清晰，我很快就有了跟它相同的气味，我从来服从这生存的场。当陌生和隔离慢慢被洗掉之后，一个人就这样消失了。没有人认识我，我在哪里，我将要去哪儿，无声无息，像沉入漆黑的

深水里,连同她的气味。2005年,我不停地游走在东莞的常平镇、寮步镇、厚街镇、虎门镇之间。……我卸掉了广州的手机卡,换上了东莞的新号码,我不打算把它告诉那些朋友,他们已无法进入我现在的生活,他们属于过去。一个人就这样失踪,我似乎有点迫不及待,竟这么迅速地切掉外界通向我的所有路径,我几乎是扑向了东莞的镇,我喜欢自己这样无蔽的敞开之状,飞翔或者飞奔,透明、轻快,看见自己,辨认自己,然后说出并领会。(塞壬《在镇里飞》)

一个工业时代的强大在于强迫你不断地焦虑,不断地游走,而没有归宿,没有安栖灵魂的故乡。塞壬显然意识到了这一点,所以记叙现象只是她文章的一种表象,或者说一种形式,她的主要目的是借助现象的描写,来传达一种气息,一种人类共有的气息。换句话说,塞壬注重的不是这些事物本身,而是物质所散发出来的气息、光影、喻意、镜像和玄机。塞壬的目的显然达到了,她用自己盘根错节、葳蕤茂盛的文字,形成了一个个韵味独具的气场。"如果不对命运妥协,我就得一次次地离开,我的下落不明的生活将永远继续。这样的下落不明散发着一种落魄的气味"(塞壬《下落不明的生活》)。这些气场,就像一个个磁场,让读者恍惚之间就深陷进去了,再借助塞壬文字中的南方人事,迅速复苏自己往事的种种记忆,精神愉悦和精神怀恋从而产生,由此还会带来人类彼此的情感升华和精神通感,赠给我们一种经验,它仿佛预见了我们似乎正在追念的确实之物。

一直在工厂打工的郑小琼,更是一个打工现场的固守和张扬者,她绵密的语词里面,氤氲着属于她个人的怜悯、生动、独特的工业气息和生存符号,她的工厂、村庄、马路都是个性的,别人没有涉及和没有想到的,她专注的写作构成了个体的生命和灵魂风景。她的散文真实、苦难、疼痛、忧郁、热烈,使我们在别处看到了一个作家内心和周遭的事物风貌,乃至自身的灵魂风景,从一开始就具备了自己的一种浓郁、深厚的地域个性和个体特色。散文写作者是日常生活的发现者。散文需要写作者从自己的内心出发,找到与自己场域共振的东西。哪怕这些场域平淡得厉害,譬如街道、陌生人、水龙头、阳光、

第四章 珠三角新型城镇化的文学想象

因为有了个人视角的介入,这些平常的生活片断,便有了值得关注的新鲜和价值。如她以东莞黄麻岭村为题材的几百首"打工诗歌"所记叙的工厂的生活,包括他们的情感及其人生选择,都是朴实的,真切的,是植根于南方土地上的生命书写。她的《从中兴路到邮局》一文也令人喜欢,它不是那种大开大合的历史人文,而是真切的生存感觉,乃至个人对于南方工业村落的具体事物和生活经验的平实而富有诗意的展露。在《从中兴路到邮局》里,出现了街道、小巷、邮局、银行、五金店、百货店、纯净水店、理发店、鞋店、化州快餐店、品评川菜馆、湘菜馆,卖甘蔗的,卖水果的,烤红薯的……,郑小琼以一种日趋向下的视角,切入了她曾经陌生现在熟悉的工业小镇的内部,我从她的作品中看到的是一种真实而芜杂的城镇生活镜像,甚至有新闻摄影作品画面冲击般的震撼,但这是作家内心世界里的城镇,是经过过滤的城镇场景,所以,它的意义不在于重现,而在于重构。她"似乎窥探到某种秘密,然后把这些物像在我的内心与诗歌中留下它们的投影,让这些杂乱的事物在我文字中找到秩序"。

"打工散文"里的"地域性"和"时代性"一样,是一个"打工作家"的宿命,他们其实想摆脱都摆脱不了。"地域性"不是一个外在概念,而是一种内在的品质。就"打工作家"而言,地域性是他们血液的一种成分,它是那么自然地随着汉字形之于他们的纸上。任何一个作家的任何实录、描绘、想象甚至荒诞的虚构,其实都在他所处地域的格局之内。在世界文学范围里,有许多流亡作家都说过类似的一句话——随身携带的祖国,基本也是这个意思。作家与他所处的地域,并不仅是两个有联系的概念,在写作的那刻,他们体现了同一性:地域即人,人即地域。我们现在所见更多的,只是一些特定地域元素在文字中的简单陈列,那种游记类民俗风情式的东西所展示的"地域性",都是可笑的皮相之属。在某一块大地生长的真正的作家,只要表达了他的内心,就表达了他的地域,两者之间并无隔阂。只有有限的写作才能通向无限,从一个特殊性的角度去探讨世界与人类的普遍性,这是我们应该做的;只有这样做,才能免于凌空蹈虚,身无根基。"最真切的、最令自我迷醉的文化气息是从自己身上散发出来的,每一个人、每一个地方都是一个磁场"(安石榴《在一座城市之中搬迁自己》)。通过对安石榴、王十月、塞壬、郑小琼的个案分

析，我觉得，他们的"打工散文"是具备了多种向度的写作。他们出发于地域，却不被限制，携带地域，而又能出脱地域，有着超群的想象力和感悟力。他们是细微的，也是宏阔的，是自由的，更是有内在的气质和气韵的。他们已经抵达和接近了写作者的原始使命，即：从我，发现更多的我，从一地开始，巡视并领悟更多的"一地"。更重要的是，他们的作品去掉了脂粉、矫揉和虚饰虚伪，是一种刚性的、优雅的、节制的写作姿态。他们为自己开辟一个广大的区域，这是对经验、情感、思想、生活的整理和重述，是一个人围绕自身对族群、环境与时代进行勘探和编纂。

三、深南大道的寓言化书写

"打工作家"戴斌喜欢在写作中展开对他者的死亡幻想，在中篇小说《深南大道》（原载《人民文学》2002年第11期）中，他为我们塑造了一个"孤独的死人"——打工妹小菊。无论从社会地位还是身份确认上看，小菊与卡夫卡笔下的K都不约而同地显现出一种不合时宜、与时代相冲撞的特征：社会力量的强大和不可逆转、自身力量的渺小使他们不得不隐藏在一个幽暗的角落窥视世界，这种窥视视角又强化了人物主体类似于"孤独的死人"的生存状态。《深南大道》与卡夫卡的《城堡》有着相似的小说结构和主题模式。表姐从深圳回来，说深南大道"像天堂一样美"。小菊对表姐的话深信不疑，她坚定不移地对表姐说："我一定要到深南大道看看！"十六岁的小菊带着对深南大道的美好想象，跟着表姐从家乡来到举目无亲的深圳，在关外的一个工厂打工。从这时开始，小菊一直想去看关内的深南大道，但想象中的深南大道却一步步吞噬了小菊的肉体、灵魂、生命以及想看看深南大道的梦想。小说书写了小菊想看深南大道的种种努力种种挣扎，最后客死他乡。"小菊终究没有看到深南大道。" 深南大道类似于卡夫卡笔下的城堡，打工妹小菊与外乡人K有着一样的宿命：K一直想进城堡，但只能围着它转，到死也无法走进去。在这个意义上，《深南大道》和《城堡》一样，都是对经典的追寻模式的一个戏仿。法国文学理论家加洛蒂在《论无边的现实主义》中，归纳出卡夫卡小说的三大主题：动物的主题、寻求的主题、"未完成"的主题。英国诗人奥登在《K的

第四章 珠三角新型城镇化的文学想象

寻求》中也指出:"卡夫卡的长篇小说属于一种最古老的文学类型:寻求。"可以说"寻求"是一个古老的原型母题,每一代人都在重写一个追寻的故事,追寻的故事既是生命个体的故事,同时在总体上又构成了人类的故事。《深南大道》中,小菊的追寻与K的追寻都是失败的追寻,"深南大道"与"城堡"的象征意义最终是不可企及的。作为追寻者,他们都是直面荒诞的生存者。在荒诞的世界,他们寻求到的是什么呢?一切都是西西弗斯徒劳无望的结局。

城堡是K追寻的客体,深南大道是小菊追寻的客体。理解《深南大道》的关键在于"深南大道"意象。作为一个主题级意象,戴斌赋予它双重含义,既是一个实体的存在,又是一个虚无的幻象。深南大道作为小菊拼命追求的理想,它显然有隐喻和象征色彩。小说借表姐之口对深南大道进行了描述。

> 表姐说:"你知道深圳哪里最漂亮么?"
> 小菊说:"不知道。"
> 表姐说:"是深南大道。深南大道是深圳最漂亮的地方,从南头关进关,一直到火车站,两边全是漂亮得不得了的风景,据说比香港还漂亮呢。"
> 小菊说:"那有多漂亮呀?"
> 表姐想了一会说:"哎呀,这我也说不清,你到深圳一定要到深南大道去看一看,看过了就说明你没有白去深圳,回来后你也不会感到遗憾,人一辈子总要见世面的,对不?"
> ……
> 小菊说:"那深南大道上都有些什么呀?怎么那么漂亮?"
> 表姐返头看了小菊一会,说:"深南路都有些什么呀?……什么都有,你去看过了就知道了,反正美得像天堂一样!"
> 表姐说完哈哈大笑,觉得自己这句话也未免太夸张了,但她还是边笑边说:"真的,像天堂一样美!"

深南大道是深圳这座城市美丽的骄傲和象征。深南大道不仅进入了小菊的意识领域,还进入了她的无意识领域。小菊对表姐的话深信不疑,她甚至产生一个错觉，一到深南大道她就会飞。这个错觉的描写，也是对人的潜意识心理的呈现。小说还写到了小菊的梦，梦总是表现着人的无意识内容，反映着主体的内部状况。小说中，小菊曾告诉工友阿珍："我做了个梦，梦见深南大道成精了，变成了个笑眯眯的小老头，他站在花里面，舌头好长好长，一卷出去，便铺成了深南大道，汽车就在他的舌头里开来开去，他一收舌头，整条路便缩到他嘴里去了。一个晚上，他就在我面前把舌头伸出来缩回去，又伸出来，又缩回去的，搞了一个晚上。"这是对小菊无意识领域内的内容的泄露。作者对于梦以及类似于梦的意识活动的描述，有着某种象征性的意味。当小菊置于生命的临界点时，小说对小菊的心理活动有着一段描写：

  小菊心里说："路精，路精，我不怕你，你不要找我……"
  小菊听过很多鬼神故事，但从没有梦见过什么，就那天莫名其妙地梦见深南路成精后，脑海中便总有梦中的那个影子……

  梦与现实生活之间有着相当密切的关系。梦是荒诞的，而现实生活本身甚至比梦更为荒诞。小菊与K有着一样荒诞的生存处境：K生活在巨大的城堡外围的村庄里，与城堡那坚不可摧、充满了理想光芒的所在相对照，村子里的日常生活显得是那样的犹疑不定、举步维艰。小菊打工的工厂在深圳的关外，而像天堂一样美的深南大道在关内。小菊要看深南大道就得进关。进关就得去办边防证，但是，对于小菊这样身份卑微的打工者来说，办一张边防证并不是一件容易的事情。小菊花了五十元钱买了一个边防证，但不小心把日期写成小写的，被边检站武警一眼识出是"假边防证"，被撕成两瓣。小菊不但未能进关，还被罚了五十块钱。有了这次教训，小菊只好专门请假去派出所办，小菊得到了一张真的边防证，却失去了一张处女膜，被不知名的办证警察在她年幼的体内播下了种子，换回一句连她自己也没有弄明白的取笑："纯天然的绿色食品。"结果，十六岁的小菊怀了孕，这种痛和耻，令她几乎无法承受，但她却没有一个亲人、朋友可以与之诉说和分担。最后，她只能偷偷躲到工厂的宿舍里，生下一个孩子。救护车载着小菊很快进了关，但却没有走深南大道。小菊因失血过多而死，而孩子七天后也死了。深南大道成了小菊羞辱之旅、死亡之旅的动因。根据小菊梦的解释，深南大道成了"路精"。小说因此而具有了人的"存在的寓言"的意味。关于小菊的叙事构成了其外在结构，而在这个结构的背面，则存在着一个深刻的内在结构，即相关的寓意和主题。小说的"寓言性"是显而易见的。它是关于中国打工妹的死亡寓言。《深南大道》当中对生存的严峻描写，是一个寓言写作的典范，它不但是"简化的寓言"，而且还是"复杂的寓言"。因为无论是用社会、政治、道德、历史、生存、哲学，任何一个单一的认识角度，都不足以概括它单纯背后的丰厚意蕴。它的确强调了对特定现实情境的凸显，但也因为对这现实的适度的删减，而使得现实本身的内涵具有了更抽象的长度和更概括的内涵。也就是说，小菊的死，都不只是触及了当代中国的荒诞现实，而是更抽象意义上的永恒的历史与生存。

　　深圳，是个寓言的世界。《深南大道》描述了小菊为代表的打工妹在深圳的遭遇、屈辱和不幸，是社会寓言、政治寓言、时代寓言，更是精神和人性的寓言。戴斌的写作触及到了个体的无意识世界，触及到了打工一族的无意识世界，因而具有了"意识流叙事"和隐秘的深渊般的精神寓言性质。小说虽然是用的第三人称，但不是传统小说中的全知全能、无限制的叙事视点。小说着力捕捉了小菊的各种思绪、印象、感觉、回忆和梦幻，使人物绵延的意识互相渗透，彼此呼应，交相涌现。小菊的内心状况，成为小说叙事的一个重要支撑点。小说从小菊的个人意识视点出发，扩散其隐秘的内心世界。小说完全打破了传统的时间顺序，不按钟表时间来交代故事的来龙去脉，而是跨越时空界限，使事件不断更迭交替，将各种生活片断串为一体，通过前后穿插的叙述方式，将零碎、分散和孤立的回忆、印象与意识活动交织成一个完整的故事。小说所描述的内容只是物理时间上的一个下午。小说第一节写小菊上班时肚子痛、晕眩，只好请假上厕所，然后走回宿舍去。第二节至第八节，采用了内心独白、自由联想、心理分析等意识流小说的写作手法，呈现了小菊在生孩子过程中的痛苦感受和对往事的追溯。在小说里，相邻的两节在时间或空间上往往并无直接联系，然而，这些琐碎的意识片断并不是完全孤立的，而是具有某种内在的联系，读者可以从小菊的内心独白中了解到她的生活经历和小说的情节。小说大量使用了"想""心里说""记忆""记得""想起了"等描写意识活动的领词。小说直接把我们带入小菊的意识之中，随着她的意识活动，在我们眼前逐渐浮现出了小说中的其他人物。小说写小菊伸手去掰大腿,"想到那撕成两瓣的边防证,这时在床上生小孩的小菊多么希望有一个像那武警一样大力的人,把自己撕成两瓣。"人物瞬间的感受与回想就成了小说中举足轻重的内容。叙事主体分散寄寓于人物身上,使视角能较为自由地在叙事人与人物之间穿行,其叙事对象也更丰富并富于变化,在内在感受与外部世界的生存状况之间变换,从而拓展了叙事的表现空间。小说第九节对小菊生孩子情景的描写,是对深南大道的意识解构:

> 小菊喊着一二三四的号子,喊着喊着,忽然想到边防证已经过期了,而自己还没有来得及去看深南大道,心里一急,号子便变词了,但这新号子更合节拍,无形中似乎有一股新的力量注入,一只大手在帮她。于是她便振作起来,用最后一丝力气喊了:
> "深南大道,美——呀!"
> "天堂一样,美——呀!"

小菊掩饰自己生产时的巨大疼痛所反复哼唱的"深南大道,美——呀!天堂一样,美——呀!"给人锥心般的疼痛,《深南大道》其实就是围绕着这句话所写的意识流小说。直到弥留之际,小菊还在努力体验和感知"深南大道"的存在。人在生命最后时刻的缥缈和知觉,被戴斌想象和描写得纤毫毕现。小说最后一节,写小菊在救护车上,忽然睁开双眼,眼珠转了两转,说:"这是深南大道吗?"当医生附和"是的,是的"的时候(救护车走的其实不是深南大道),"小菊瞄了眼医生,头往旁边一歪,嘴角露出一丝笑意,睡去了。"小说入情入理地展演了小菊在死亡过程中的精神状态和心理内容,不止达到终极关怀的人道层面,还进入思索生命存在的哲学层面。小菊在离开这个苦难世界时却出现了轻盈、灵动、幻美的境界。小说对小菊的死亡叙述,出现了愉悦化倾向,让她在生命的最后时刻"嘴角露出一丝笑意",这种描写深深掩藏着作者的悲悯情怀。在这个孤独的打工妹处于临终状态时,把她的死描写得美一些,也许是对这个打工妹苦难而又短暂的生命的最后补偿。如果追究到小菊所处的具体社会背景和人生际遇,戴斌对她死亡愉悦感的表现,主要目的

第四章　珠三角新型城镇化的文学想象

还是为了进行社会批判和人性批判，因为在描写死亡时，他没有过多地写出死的痛楚，却衬托出了生的苦难。死亡的愉悦感是死的感觉，是作为生的反衬出现的，这说明生存是痛苦的和令人生畏的，说明这个世界并不令人留恋，活着并不比死亡更好受些，反倒意味着留下来遭受折磨。在这种情况下，死亡就成了一种解脱，一种向死而生的归宿。戴斌对小菊的死亡做如此的想象，一定程度上表达了对存在的理解。小菊活着的时候，她周围的人对她的异常表现和症候视若无睹。可怜的小菊无助地死去，与周围的忽视和冷漠形成对比。在这种死亡的诗意比照下，人世间精神暴力的残酷性、个体与他人的隔膜感、人的生存的孤独感便突现出来。这不是正常意义的愉快，这是对生存的否定。

小说从真实的存在感受写起，即从肉体的感受写起，只有肉体在场才有感受。《深南大道》不是在符号的意义上关注个体命运，而是在血肉之躯的个人的意义上来关注历史，它真切地写出了个人在历史中的苦难处境与命运。小菊的死亡并不是突然降临的，而是像水一样慢慢涨上来的，死亡就在人的身体里，早就开始了。身体是生命的基本存在空间，也是小说中的突出对象。小说的特点就在于它的具体性，依靠这种具体性把血肉还给世界。小菊"发现自己的肚皮居然大了许多"时，听到几个工友议论，"便呆在厕所不敢出来了，直到听到她们嬉笑着出门去后，她才从厕所出来，出来后的第一个想法是找根绳子吊死算了。"这让人想起卡夫卡的小说《变形记》的开头："一天早晨，格里高尔·萨姆沙从不安的睡梦中醒来，发现自己躺在床上变成了一只巨大的甲虫。他仰卧着，那坚硬得像铁甲一般的背贴着床，他稍稍一抬头，便看见自己那穹顶似的棕色肚子分成了好多块弧形的硬片，被子在肚子尖上几乎待不住了，眼看就要完全滑落下来。"主任秘书不听他的辩解惊恐离去，家人没有替他开脱，只是把他看成一个"怪物"，母亲惊愕得不知所措，父亲为他的变形感到耻辱，迫不及待地用手杖和帽子将他赶回房间，亲爱的妹妹只是无助地哭泣。沉重的肉身，让小菊与格里高尔一样深陷无边的恐惧、羞辱和孤独里。在《深南大道》里，工友对小菊的羞辱和嘲讽，让她难以承受。小说通过身体的变形，对人的主体性和社会身份进行多重估衡，让变化的身体承担对人的主体性的探讨，乃至对文学主体的思考。在某种意义上说，《深南大道》是中国打工妹的"变形记"。

《深南大道》通过多种象征修辞来表达身体的复杂意义。小说写办边防证警察占有小菊的情景，"看着他那想咬她一口的眼光，心里异常舒坦，胸腔里竟像是有一壶满满的水在左右摇荡，水花打在心尖上，心尖便痒痒的一跳一跳。""小菊不知道该反抗还是不该反抗，还没有等她想透时，她感到一下痛，像是被黄蜂蜇到一样，那警察已经进去了，随后她便迷迷糊糊了，整个身子飘着，不知道自己在干什么。""小菊心理这时发生了一个转变，她觉得那个与自己毫不相干的警察好像与自己有了某种牵连。"坏警察对小菊竟然表现出一种生命力的吸引，一种自然力的性吸引，只有从性心理的角度，才能正确解读《深南大道》。性是人的自然属性，小菊被表现为欲望的主体，在这一欲望中，寄予着女人发自本性的对健全生命的憧憬。但在小说提供的场景里，我们可以看到打工妹的肉体的自然需要活生生地被剥夺、被抑制、被掩盖，这导致一种莫名的痛苦情绪的滋生。人的性意识是人的存在境况的一部分。小说中书写小菊的心理体验、意识、欲望，有很强的情绪化、感官化、零散化特征。深入到性心理的世界，从而在性别的角度上显示人性的复杂及其脉动。小说显然有避开行为描写而着重心理描写的特点，对小菊的性心理描写有着显微镜般的精细。单纯的小菊缺乏生活经验和自我保护意识。警察对待小菊的态度则明显暴露出欺骗性、占有性。"那警察当时没有给小菊边防证，叫她晚上去拿，而且要她晚上一个人去拿，那警察说人多了影响不好。"在小说设置的具体语境里，打工妹小菊的身体与生理、伦理、道德、政治、社会、历史、文化、权力等范畴之间都发生了联系。身体与写作的复杂关系，正是由于现实社会存在着压抑、禁锢、折磨、伤害身体的"前文本"。

　　《深南大道》是对世界的荒谬的隐喻和昭示，是对人的命运的寓言化表达。在小说里，身体的死亡主题与命运主题缠绕交织。如果缺乏死亡主题的呈现，命运主题所具有的文学层面的深度效果几乎难以呈现出来。这是戴斌倾心和专注于死亡叙事的原因。他在散文《打工词典》中透露出自己的写作动机："深圳艺术家刘卓泉给出了一个答案，2005年，他花了两个月时间，在深圳吉田公墓拍了无数年轻死者的墓碑的照片，光女性的就有300多张。刘卓泉在接受《南方都市报》的采访时，描述当初的拍摄情景时几度哽咽，他说那些彩色的漂亮的笑意盈盈的脸庞无比鲜活，提醒你去想象她们生前的美好与青春，然后发生了一些可怕的事,然后未来的无限可能性被强行终止,萎缩成一片小而单薄的符号。刘卓泉没有给山死因,但我深深明白。"目睹和感受死亡构成了戴斌对于人生与社会认识的基本经验。现实中经历的人生惨痛,使戴斌站在一个心灵受创者的角度,去观照那些被损害的不幸人们的内心世界和悲剧命运。戴斌漫步在历史的大道边,怀着他的慈悲,用他的笔翻点着一个个溺毙在其中的灵魂,记录下他们的片段的经历和只言片语的声音,并把这一切交给所谓的命运——他笔下的人物就像载着小菊的那辆救护车,无可挽回地奔向生命的终点。《深南大道》中,小菊与深南大道之间所发生的戏剧性的悲剧,正是人在本质上无比弱小的经验对命运的理解,对无可回避的历史之轮的碾压的承受。它在一定程度上解释了现实的"因"与"果"之间复杂而又宿命的关系。个体的人在强大的世界、社会与整体面前是渺小的、孤独的,无法主宰自己的命运。个体的无助,类似海德格尔所说的被抛掷的命运,是戴斌所执意表现的。小菊被抛至这个世上,所面对的是一个完全异己的世界;人与人之间是陌生的、残酷的、自私的、无法沟通的,甚至是互相排斥、互相吞噬、互相残害的。小菊自从听到"深南大道像天堂一样美"的那天起,命运便为她制定了一条通向死亡的道路。戴斌在《深南大道》完整地揭露了城市摧毁一个乡村生命的全过程,"人"由自我的行为努力而不自觉地走进了与自我相离异的境地。《深南大道》表达了对眼前世界和社会规范的怀疑和颠覆,有着浓郁的现实关怀,不过它采取了极端的几近冷酷的叙述方式,撕毁了文明高度发达的现代社会的虚假表象,给我们展示了一个不可理喻的、充满伤害和阴谋的世界。

四、空间变迁中的身位与场位

全球化趋势的发展和工业化城市化浪潮的兴起标志着广东与中国进入了一个空间崛起的时代。正如福柯在《另类空间》中说:"当今时代也许是一个空间的时代。我们都处在一个同时性的时代,一个并列的时代,一个远近的时代,一个共存的时代,一个散播的时代。我们所处的时代乃是一个空间以位所关系的形式呈现在我们面前的时代。"空间的物理特性在一定程度上决定着社会生产方式和文化发展形态,反之,社会生产方式和文化发展形态也营构着

空间的某种基本特性。对于诗歌而言，空间的意义，往往不在它的政治学或经济学内涵，而在于它包容的生命与人性的复杂性和深度。空间对于一位诗人，更是他的生命与艺术得以实际展开的场所和形式。"打工诗歌"对"身位"与"场位"的描述，为被压扁的底层空间寻找到了释放的孔道，浸透了打工者对底层空间的生存体验。

农民进城可以看成是中国社会空间最大的变迁。打工者在同一城市空间的过度集中势必会产生一个独特的城市空间。在某些城市区域（如珠三角地区）出现了打工者过度集中的现象。这些城市空间上的变化都表现出空间和移民之间的某种关联性。在个人言说空间遭到话语霸权挤压和市场话语侵蚀的时代，打工者面临在群体中迷失个体"身位"的空间困境。所谓身位是个体之在的基点，是不可置换、不可重复的那个独自旋转的暗点。身位是肉在和灵在的独异形式，是私人性的偶在与恒在并被置入差异之中的言说方式。它同时包含了形下和形上的因素。"身位"之"身"，足以让人想到，收缩到"一人之身"所占的空间该是多么低微。呈现个体之在的身位，意味着对意识形态话语"身教"的讽解和对市场公共话语"身段"的拒斥。身份只是存在者外部的标志，而身位才是突现昏暗区域的在者之在，因此它是尖利的、不可锉平的那一点。

郑小琼的诗歌，就非常鲜明地表现出与"一人之身"相关的"身位"特征。她"把自己的肉体与灵魂安顿在这个小镇上／它的荔枝林，它的街道，它的流水线一个小小的卡座"（《黄麻岭》）。她在"在五金厂，像一块孤零零的铁"（《生活》）。"它的背后，站着多少杂乱飞舞的灰尘／犹如这铁制品的背后，站着／多少人：郑小琼，李燕，刘水平……／然后她们像一些灰尘一样在背后跳动"（《落日》）。"蓝，一些在焊接的火焰，它的身体／在摇晃，我模糊的念头和清晰的内心"（《蓝》）。"多少沉默的钉子穿越她们从容的肉体／她们年龄里流淌的善良与纯净，隔着利润，欠薪／劳动法，乡愁与一场不明所以的爱情／／淡蓝色的流水线上悬垂着的卡座／一枚枚疼痛的钉子，停留的片刻／窗外，秋天正过，有人正靠着它活着"（《钉》）。诗人能够用钉子像钉图纸、钉单一样，把自己钉在机台上，让"沉默的钉子穿越她们从容的肉体"，把生活的荒诞、阵痛和对一个时代的肢解以诗歌的方式凸显

第四章 珠三角新型城镇化的文学想象

出来,发现和揭示身体的内在深度和纹理,以诗歌的名义对肉体与灵魂进行客观的指认和有效的命名。诗歌中的身位感与诗人的现实处境构成互文联系。郑小琼用诗歌正视和收藏自身的苦难、愉悦、不安、败坏、幸运、秘密和瞬间……诗歌就像身体的器官,恰如其分地散布在理所应当的位置。

> 这些陈年的铁,给锈让出了位置/这些陈旧的灯,给影子让出了位置/空气给尘土让出了位置,剩下我/一个没有位置的人,写诗/在动词上奔波,在形容词上爱情,名词的/青春落在纸上,成为标点符号/爱情给欲望留出了位置,我们缓慢的生存/弯腰,妥协的漂泊,对爱、亲人、朋友/充满了愧疚,在异乡,有人游走去了远方/有人在一张工卡上睡眠/叉车在高楼中寻找位置,鲜活的灯照着/流水线的位置,她们来自湖北、湖南、江西/四川,丧失了姓名,性别,年龄/在白色的工卡的数字的位置上生存,恋爱/一些灯亮着,一个世界在消解着/一个人活着,她剩下一小片土地或者/一块墓石的位置(郑小琼《位置》)

福柯在《另类空间》中指出,"我们所生活的空间,在我们之外吸引我们的空间,恰好在其中对我们的生命、时间和历史进行腐蚀的空间,腐蚀我们和使我们生出皱纹的这个空间,其本身也是一个异质的空间。换句话说,我们不是生活在一种在其内部人们有可能确定一些个人和一些事物的位置的真空中。我们不是生活在流光溢彩的真空内部,我们生活在一个关系集合的内部,这些关系确定了一些相互间不能缩减并且绝对不可叠合的位置。"郑小琼清楚地知道自己写作的位置在哪里,就必然要去捕捉和解读个体生命在这种特定的生存情境中必然会出现的"位置感",必然要在诗歌实践中不断思考自己的"身位"。写作必须要有位置感。写作没有位置感,向度肯定不可能存在。真正的诗人,无论他们所采用的言说方式有多么不同,但他们都清楚地看见了时代中的自我位置。作为一个"没有位置的人",郑小琼的诗歌倾向于强化自己的"位置感"。她的"位置感"尖锐地指向了自己的身体,指向了生活的隐秘之处,成为生活隐痛的诗意表述。于是,一种杂糅的主体性"身体写作"呼

之欲出：这正是为什么身位感总是创造的前兆，事实上，创造从来就不是无中生有，它必须由身位感来连接他者与自我，过去与现在。

在我的身体铺展开九平方米的房间／我在这里返回，门，窗，吊扇，／从海洋来的风打开宁静而粗粝的梦／它们返回，从内心到肉体，从肉体到内心／空空落落的房间，书本，诗歌，／行将即逝的时光在纸上留下苔痕／我已看不见句子像细小的绿点蹒跚／像失业的痛一点点挤着体内流动的／血液与激情，我已习惯了它的疏远／它们在身体里延伸，像虚弱的神经／坚强的血管，明亮的肌肉急于翻新／感受一个词语内部的风尘与辽阔的背影／九平方屋里珍藏着一颗安静的灵魂／它在尘世中打开岁月里猩红的虚幻／打开流浪中的纤弱……打开血液里的轰鸣／那里，有着一颗跳动不息的心（郑小琼《身体》）

谁记住体内的灯火与工业区的灯火／它们都有着亲爱的忧伤，碎了，落在骨头里／或者大地上，我的骨头与大地有着同样的温度／它们像我一样陷入同样的苍茫（郑小琼《经过》）

那些不能言语的月光，灯光以及我／多少渺小，小如零件片，灯丝／用微弱的身体温暖着工业区的繁华与喧哗（郑小琼《工业区》）

它们在黄麻岭的五金厂里撒落／这些细密而脆弱的时光啊，它们像我／卑微却坚强，温暖着身体内的寒冷／我数着我身体内的灯盏，它们照着／我的贫穷、孤独（郑小琼《热爱》）

铁块与胶片抚摸着她命运的暮色／啃咬的机床断残的食指交颈默立／她命运的暮色在一个流离的词语哭泣／她血肉模糊的疼痛询问着命运／啊，这零乱的生活，充满了对命运的愧疚／不肯入睡

第四章 珠三角新型城镇化的文学想象

的肉体,愧对不能相聚的爱情/漂泊不定的岁月,愧对父母与爱情(郑小琼《黎明》)

它抓住我的青春,一张小小的工卡/它抓住我的头发,一条长长的流水线/它抓住我的影子,一幢不说话的厂房/它抓住我的肉体,一台不说话的机器(郑小琼《抓住》)

承受着我肉体与灵魂的五金厂/我看见自己像一块薄薄的铁片(郑小琼《雨水》)

灯火也疲惫得弯曲了脖子/在机台上瞌睡/脆弱的铁向着闪亮的炉火/跳着温柔的舞步/被线切割机匀称撕开的铁/裸露出它善良的肉体/美丽的,温润的蓝色火焰/安慰着它的奔波,劳累/铁的眼泪间蜷伏着机台的尖叫/它袒裸着红盈的肉体/把自己散落在冰冷的模具间(郑小琼《深夜机台》)

落日像纺机般织出金黄色的丝绸披上铁块上/淬火的切割机朝着它的脚指头划开某个鱼白的凌晨/它光滑的生锈的皮肤里——/有黎明,有黄昏,有星星(郑小琼《去年》)

郑小琼的身体书写从身体出发,写最内在、最真实的"身位感",但又不囿于身体。她书写身体,又通向灵魂,延展到整个世界。她的诗歌出现大量的"身体""肉体""躯体",还有"他们的脸,手,腿","缓慢起皱的皮肤、骨头、毛发"。郑小琼的诗歌与身体的联系十分紧密,身体的印痕可以说是无处不在、比比皆是。她在身体及身体器官的反复使用中,捕捉分裂的位置感。她的文字是与个体肉体及其周边事物紧密相连的,呼吸的循环往复,肉体的纳入和释放,像博大的大地和草木生灵。这种存在感、位置感由许许多多身体化的生命细节所构成,坚实而有力。但身体性在郑小琼的诗中并不是"下半身"理论意义上的用粗鄙对抗高雅的叛逆策略。如果说"下半身"运动在很

大程度上以叛逆的姿态迎合了时代的某种主流的话，郑小琼对自身的发掘并没有停留在简单地展示身体，甚至也没有把它当做一种感性的源泉来对抗理性的压迫，而是从感性的视角探究了作为肉身的主体如何面对社会历史的、阶层的以及自身的冲突和困境。她诗歌语言的社会历史感是通过身体性的感知来表达的。换句话说，像郑小琼这样的"打工诗人"，他们的诗所展示的是身体狂欢的反面，是感性主体自由的受挫、困难和缺失。"打工诗歌"关于身体的另类书写，就是揭示人的身体在价值倒塌、道德沦丧、心灵麻木、人格扭曲、旨趣庸俗的现实氛围之中的挣扎、绝望和前所未有的精神的分裂；就是"打开血液里的轰鸣"，重新激活、唤醒信仰、价值、尊严、情感等诗歌基本元素的内在活力，开掘、引领一种独具时代内涵和特点的新的价值理念及美学原则。

　　耗尽了一生的时光／在嘈杂和油污中想望未来／我的师傅教训我／他把切割的刀片锋利给我看／／一个合格的产品／必须由你的眼和手完成／机器是蝎子，它噬咬／岁月。你要带上防腐剂／／3米长的铜管加工成0.3厘米的／电子元件，箫声成噪音／在耳边是历史的废墟／被挖空的地球的旋转／／眼睛被切成一条条血丝／鞋子成为油海上的船，漂泊／在梦中机器还在鸣响／切割刀打磨得雪亮／从手腕到膝盖／我发觉自己被镀上镍／在一台彩电的后座里　长眠（谢湘南《站在铜管切割机前》）

　　我最优秀的五年时间从机器的送料口进去／我看见，这青春的五年从机器的屁眼里／出来——成为一个个椭圆形的塑胶玩具／一个个滑溜的，一会儿是橙黄／一会儿是朱绿的鸡蛋壳壳。／（听说这东西要一车车运往美国，运往／西欧，作为圣诞礼物，一一出售给／蓝眼睛的孩子……）／／那机器吭哧吭哧，冒着青烟／以磨牙的节奏咬住我呜咽的激情／机油光泽可作早晨起来梳洗的镜子／就因为这，五年中蚊虫不敢光顾／我的身体，我热血淌洋的肉铺／……使我像那冒烟的机器……（谢湘南《前沿轶事》）

第四章　珠三角新型城镇化的文学想象

谢湘南写作的根基在于其对个体生存中身体被围困、被捆绑的敏感。谢湘南的写作与这种身体不自由的郁结有关。"被咬伤的铁／我躺在上面／我花了一上午时间／阻止时间的伤害／／用胶纸将锈捆绑／一张席子把睡眠隔开／在铁的内部／有一些我看不到的变化／总之把骨头交给它,还有／笔和稿纸／一床毛毯、行囊的梦／假如锈像树叶一样飘落／／有时铁床说话／那一刻我变换睡姿"(谢湘南《生锈的铁床》)。内与外的对峙和渗透被置于外界词和躯体词的错位之间。身体的自由在此受到严重的束缚。诗歌能否解开这捆绑身体的死结?二十世纪现代派的小说大师卡夫卡的写作,就是将现代人难以逃脱的身体、灵魂的"变形记"生动地刻画出来。在卡夫卡的笔下,现代人的"身体"无奈地变形为一只甲虫,在美妙刑具般的现代性规则之下,只能郁郁而死。谢湘南也写了打工者身体的变形记:"我发觉自己被镀上镍／在一台彩电的后座里　长眠","这青春的五年从机器的屁眼里／出来——成为一个个椭圆形的塑胶玩具","我像那冒烟的机器"。在谢湘南的诗歌实践当中,"身体"的意义至少有两种,一是作为一个肉身生存的打工者的身体;另一个是在既定的时空之中被压抑的人的感官。在第一个意义上,"身体"充满着各样的感官、记忆和言说,是丰富、生动的,甚至是独立的,但在第二个意义上,由于生存空间对"身体"的复杂感受的强行指定,"身体"变得简单,失去了被表达出来的自由。通常而言,"身体"通过语言表达出来,那只是"身体"一部屈辱的变形记。身体成了最后的一块殖民地。这种变形记主要呈现为内和外、内面和外面的对峙、互契与翻转。人类的"内外"关系一直存在着剥离性和悖反性,这在弗洛伊德之后的现时代已越来越深刻地被人认识到。因为外对内的入侵、挤压的强度和内对外的抗拒、讽解的力度,在这个全球化、数字化、工业化的时代达到了从未有过的深度。同时,由人、物、场的"外面"进入到"内面"以及相互进入相互打开,对写作意味着诗性语境向历史语境的开放以及不可绕开、回避之路径。一般而言,比较优秀的诗人不是直接袒露内在的冲突,而是将外在世界与内在世界通过意象造成紧张的对峙。这种写作,要求诗人抑制单向自我的抒情姿势和遣兴作风,忠实于身体世界的复杂性、矛盾性和可变性,在诗中更自觉地涉入了追问、沉思和反讽、互否因素。诗人将身体置于与具体生存情境对称的立足点上,冷静、细密、准确地进行体悟和命

名，探究深层经验的多重内涵，呈现其各种可能性。

> 在钟表店。我看见／我的身体被拆成无数个闪光的零件／／一个猥亵的人，一个瘸子／正用一种什么工具轻轻敲打我的牙齿／往我的眼珠子上注射润滑油／（一种黄色的液体，／让我联想到夜晚的梦遗）／／这个暧昧的修理工，表情诡秘／他说：我要使你年轻，像新的一样／／从钟表店里出来／我开始怀疑身体的某个部分已被窃换／但并未感受到有什么异常（广子《钟表店》）

这种"被拆""被窃换"的荒诞情形，清晰陈述了进入市场化和工业化过程中丧失个人身位的状态。通过外部对内部的侵蚀，通过内部对外部侵蚀的痛感，肉身的体验才能混杂到无意识的话语中，表达一个从感性出发的，然而又是被历史充溢过并且继续与历史搏斗的自我冲突的主体。与此相似，冯永锋反讽性地叙述了一种"被更换"状态，通过突出的切分节奏造成断裂感："一个人得／不停地更换他的工／作、他的年龄、他的／笑容，更换他办公桌上的／表格、他胸卡上的号码／汽车的零件、书上的／词汇、治病的药物，他／因此而粗壮，因此而／脸部发光、手臂有／力地挽着女友和／私生活……他的双脚步得／不停地行走在更换／着方向的路上"（《献辞：想象的力度》）。康城的《模具》一诗则令人颤栗地叙说了另一种个人"被压模"状态："电话现在只振铃四声，声音也有所畏惧／抗议是否有效／我从你的身体里走出，你却不是我的母亲／你是一具肉体的模具"，"现在实行的是订单制的模具修改／制定一个人的面相"。这种被拆换、被压模和被剥剥的晦暗场景，从各个不同方面指述了个人之在的身位的严重沦丧。看得出来，每个诗人关于身体的书写都有自己的存在场景。

与身位相联系的是"场位"。按布尔迪的定义，在社会文化结构中，场是一个位置空间，也是一个决定立场的空间。进行个人言说也必须确定自己的"场位"。"场位"是个人之在的身位所逗留、移动的时空关联域，同时也是进入它内部的存在的形式要素，或者说是被身位之在的气息所涂抹、辐射的镜域。不同时代、不同国别的诗人的写作，都理应有不同的、不可替换的基

第四章　珠三角新型城镇化的文学想象

本场位。就一些优秀的"打工诗人"而言,他们已经意识到了个体场位的重要性。

在郑小琼的诗歌"场位"里,与身体意象一样大量出现的是"铁"。她在五金厂,拇指曾被机器切断,她女性的感觉在金属的冰冷、无情、锋利中得到冶炼与撞击。"铁"频繁出现在郑小琼这里不是偶然,铁的冷硬、铁的板滞、铁的锋锐、铁作为工业化生存的象征,作为流水线一般的生产程序的隐喻,作为与细弱的人性与肉体相对照的异化力量的化身,在表现"工业时代的美学"方面,它可以说有着不可替代的意义。铁是黑暗和秩序,也是心灵和命运。它统治着这世界和这些血肉之躯的生命,让他们更显卑微、无力抗拒。温暖与柔软的身体与坚硬的、冰冷的铁,它们同时出现,构成一个多纬度的立体空间,使感性主体蕴含在无数多样性、差异性与(不)可能性中。在一些诗作里,郑小琼喜欢用"铁"的意象,来描述内心的孤独和激荡:绝不只是打工场景和生态的一般性描述,而是日常生存中内在的心理体认,是诗人与打工生态的相互容纳中,一种身份化了的情感立场、艺术方式和审美趣味。"时光之外,铁的锈质隐秘生长/白炽灯下,我的青春似萧萧落木/散落似铁屑,片片坠地,满地斑驳/抬头看见,铁,在肉体里生长/……她们弯曲的身体,让我想起多少年前/或者多少年后,在时间中缓慢消失的自己"(《方向》)。在另外一些诗中,"铁"已成为了诗人的化身。"我宁愿是一块来自于山间或乡下的铁"(《愿望》)。"在炉火中歌唱的铁,充满着回忆的铁/它的低音或者高音,疼痛而尖锐的生活/它的方言披着春天的炉火与秋天的雨水"(《歌唱》)。"我/只愿把自己熔进铸铁中/做既不思考也不怀念的铁"(《炉火》)。诗人在现实世界中是一个远离家乡,在南方五金厂里微不足道的打工者。她的卑微正如铁而不是金、银在人们心目中的地位一样。"籍贯,姓名,年龄,以及那些原本卑微的血统,出生,地域都交出来",来到了这个喧嚣的大都市,她现在的身份只是一个"打工者",要做的是被"轧,车,磨,铣,然后切割成块状,条形,方形,做成客人所需要的模样"。诗人还由己及人,在《铁》一诗中展现了一个群体的生活和感受:"有多少铁还在夜间,露天仓库,机台上……它们/将要去哪里,又将去哪里?多少铁/在深夜自己询问,有什么在/沙沙的生锈,有谁在夜里/在铁样的生活中认领生活的过去与未来"。诗人就把"铁"这个意象放大了，它不再只是一个个体，它代表千千万万的打工者。日复一日的打工生活磨损着他们的生命，不管是白天还是夜晚，疲惫的生活已使铁露出了"生锈的胆怯与羞怯"。铁所代表的工业意象，在郑小琼的诗歌里像铁一样下沉、持续下沉，而诗人本身似乎在这一有力的下沉中获得了奇妙的上升。

在郑小琼的诗歌"场位"中，黄麻岭是最为重要的一个关键词，构成了一个精神场域的谱系。她在那个叫黄麻岭的村子里打工，散步，写诗，那个沿海的村庄在她的文字中慢慢地呈现，复活，那个村子不但成为她肉体的一部分，渐渐成为她内心的一部分。诗人的工作与生活，欢乐与痛苦，梦想与记忆都与这个地方紧紧相连。这里的街道、村落、山岭、工业区、五金厂……任何一个地方都深深地烙在她的心里。在郑小琼刚刚出版的诗集《黄麻岭》中，收入了她关于"黄麻岭"的上百首诗歌。郑小琼在黄麻岭生活了六年，她用渗入骨髓的诗歌，一一展开了对黄麻岭区域和街道的追问和展现，为我们勾勒出了黄麻岭的轮廓和幽深。她对公共场景和特定风貌的诗意描绘，让人心领神会。而这六年最激荡的青春时光像柴薪一样投入，她的生命被挥霍成了一片炫目而短暂的火焰，如今轻风吹拂，炉灰已冷！

> 我把自己的肉体与灵魂安顿在这个小镇上／它的荔枝林，它的街道，它的流水线一个小小的卡座／它的雨水淋湿的思念头，一趟趟，一次次／我在它的上面安置我的理想，爱情，美梦，青春／我的情人，声音，气味，生命／在异乡，在它的黯淡的街灯下／我奔波，我淋着雨水和汗水，喘着气／——我把生活摆在塑料产品，螺丝，钉子／在一张小小的工卡上……我的生活全部／啊，我把自己交给它，一个小小的村庄／风吹走我的一切／我剩下的苍老，回家
> （郑小琼《黄麻岭》）

诗人企图把被分割的生活重新安顿。正像生活自身把荔枝林和塑料产品组织在一起，她力图接受黄麻岭的生活，如此安排的、被改变的生活。她把自己整个地交给了它，并在它——异乡、卡座、工卡上面安顿"理想，爱情，

美梦，青春、我的情人，声音，气味，生命……"诗歌是对她自己的说服。然而，她最终还是忍不住提到了"一个小小的村庄／风吹走我的一切／我剩下的苍老，回家"。"风"吹走了过去的一切还是正在重新安顿的一切呢？"家"还是被视为接纳只剩下"苍老"的地方？既是叹息又是安慰。郑小琼既被"黄麻岭"所容纳，又被它隔离，时刻承受着即将被抛弃的不祥之感。这表明人与一种"地理"之间的对峙和打工者的客体位置。一个人与一个已经工业化城市化的村庄的较量显然是不对称的，相峙的结果只能是个人的"苍老"蛰伏在时间深处，与复杂的人性体验交织在一起，最终还原为个人的遗世独立。胡塞尔说："没有自我的世界是死寂的世界"。无论外部世界多么喧哗，多么闹腾，都不能对孤独者构成一种召唤，一种期待。"风吹弯曲了道路……岁月还在喧嚣着／我还在五金厂，像一块孤零零的铁站着"（郑小琼《水流》）。

"打工诗人"张守刚一百多首关于"坦洲"的诗歌，也突出表现了他对场位经验的重视。从他被抛进坦洲的那一天开始，一种关于坦洲的经验就在心灵中生长。而当他在诗中面对自己的场位经验时，他绝不会把它们当做诗歌的一种外在的修饰，更多的，诗人把这些经验作为他的诗歌展开的精神背景。他所观察到的大量生活细节，最后都汇合到这一更为广阔的背景与视野中并获得它们的秩序。也就是说，是这种场位经验整合了他的生活经验，让他散乱的生活获得新的精神秩序。这几年，张守刚走过很多地方。这些地方，有的是南方的一个镇，有的是一个城中村，有的则是一条不过千米长的街道。然而这些镇、村和街道在张守刚的诗里却充满了变化莫测的情感表达。他说："我必须记住这些地名／坦洲的平坦／南京的艰难／义乌莫名的短暂／这些我流浪的经络／打开我生活的苦难"（《记住》）。某些空间秩序及其事物见证了他的个人记忆：

> 多少次　我用笨拙的文字／写你／写工业区的密集厂房／写厂房里异乡人的遭遇／他们被工业吞噬的日子／他们被老板占有的青春／还有那些失魂落魄的颠沛流离／更多的是写我自己（张守刚《坦洲》）

　　一条不知名的窄窄马路／串起来的上里角塘和／下里角塘／手牵手的两姐妹／一个在上 一个在下的／小小村庄／装满了那么多南腔北调的人（张守刚《上里角塘和下里角塘》）

　　它不仅仅是一个村／一个工厂连着一个工厂／这边的机器喧嚣着／一个出租房连着一个出租房／那边方言混杂／从十四围到十五围／从金斗街到又有巷／那么多拗口的广东普通话中／簇拥着更多的外地方言／……我所说的合胜村没有村庄／它的每一条道路／它的每一片钢筋水泥森林／都闪着工业的气息／就连在那些来来往往的人身上／也能看出工厂的痕迹／（张守刚《在合胜村》）

　　读张守刚的诗，你会明确知道他身在何处。生存的现场，身体的现场，诗歌的现场，三位一体。特有的场位感，使他的诗有着大地般的简明和清晰。张守刚的身体在不停地"搬迁"和"停留"。悄无声息地搬离，悄无声息的住下，然后开始新的生活，走着新的街道出去、回来。他让每个地点因为他的诗歌而有了更生动、更深刻的含义。那些地点也不是简单的地理说明，实则是身体游走和搬迁的路线。张守刚游走的路线图，仿佛是命运的标记，这是关于身体的指向以及迂回。诗歌中的场位，恰恰是"打工诗人"苏醒的身体的一部分。在某种意义上，张守刚诗歌里的坦洲、上里角塘和下里角塘等是一个个"移民空间"的概念，即随着乡城迁移人员在城市的集聚，"农民工"聚居区这一独特的城市空间正在慢慢形成，并成为身份认同的一个空间符号。物理空间的迁移给移民带来了身份危机和身份焦虑感。这样，张守刚诗歌里的身体就有了空间感，有了空间里的温度、气息、光亮和阴影。"我的名字已经在工卡上注册／我的双手已被流水线操纵／我的身体已被签进合同／我找不到我的头／只看见那双朴素的大脚／每天走在上班和下班的路上／／身边的人都开始认识／工号A058是孤独的湖北人／阿平阿香互相暗恋／在机器轰鸣声中悄悄眉来眼去／住我下床的是我老乡／他每晚加班深夜后／仍辗转难睡／我知道他又在想谁了／1995年 在坦洲／我是真正的打工仔了／我在工厂的员工登记表上／看见我名字／虽然它被工号代替／依旧飘着故乡泥土的芳香"（张守刚《坦洲1995》）。作为一个诗人的成长环境，坦洲以一种隐秘的场位在诗人身体和灵魂中打下了烙印，既形成诗人外在的眼光，也形成诗人灵魂内在的视域。在坦洲这样的工业化乡镇，打工者的身体也成了一个容器，与场位性的容器相比，它是渺小的，但毕竟可以去容纳了。虽然小，有时却可以装下大千世界。"打工诗人"不仅看到了自己灵魂和肉体的阴影，而且还看到和说出更广袤的大地和更多的自己。

五、哪一枚坠落的是乡愁

每个民族都被凝聚在叫做故乡故土的某个特定地区。故乡，按照辞典里的解释是指自己祖祖辈辈的居住地。对于许许多多中国历代的诗人来说，故乡应该有一种更深层、更复杂的含义。刘邦《大风歌》："大风起兮云飞扬，威加海内兮归故乡"；江淹《别赋》："视乔木兮故里，雇北梁兮永辞"；柳宗元《闻黄鹂》："乡禽何事亦来此，令我生心忆桑梓"；李白《静夜思》："举头望明月，低头思故乡"；杜甫《月夜忆舍弟》："露从今夜白，月是故乡明"……多少游子和诗人对故乡这一主题的反复吟唱和感怀，构成了中国特有的故乡情结。曰"不如归去"，曰"行不得也哥哥"，曰"父母在，不远游"，曰"征夫泪""游子悲"，诗中常闻子规啼，笔下每传鹧鸪声。在"故乡"这两个简单而朴素的方块字中，蕴涵着中华民族五千年文明史沉淀下来的思想哲学、地理历史、文学艺术和民风民俗等等文化精髓。"故乡"这个母题是超个人的，它反映着一个民族世世代代普遍性人生经验和心理经验的存积，是历史和文化在种族记忆中的投影。

> 注定要成为下雨的云在异乡／温暖一丛又一丛钢铁的冷冷的火焰　土地一样的心事／或者乳房　是一朵巨大的花苞／珍藏着灵魂深处的构想／她们的一生都在寻找／一个足够她们笑和她们哭的／天堂　她们的手在机器声中绽放／像苹果树的枝　在拼命地升高　转动　创造秋天的光芒／只有我才知道她们其实是／城市的保姆和奶娘／她们的带着泥味的泪水的芬芳／洗净了一切文字的忧伤／她

们的长头发在风中荡漾／那是遥远的故土的根／始终朝着梦的方向"（白连春《打工妹》）

故乡从来只属于远离故乡的人。二十世纪的五十年代至八十年代，台湾同胞远望大陆归期无计，几乎所有的著名诗人都留下了关于乡愁的作品。伴随着数以亿计的打工大军"成为下雨的云在异乡"，新的时代赋予"打工诗人"乡愁、乡恋崭新的意义和更为深广的内涵，延绵成一条采掘不尽的诗的感情矿脉。"故乡已被我们涂改得面目全非／可它永远也无法一笔勾销"（老了《每年都有人从故乡离开》）。乡愁主题几乎贯穿了所有"打工诗人"的写作历程，"洗净了一切文字的忧伤"。"乡愁是一粒米，被大半个祖国／那么多的蚂蚁搬运着／每天都喂养我的身体／我中了乡愁的毒：乡愁要我痛／我不得不痛，乡愁要我死，我不得不死"（白连春《乡愁是一条铁轨，大半个中国》）。"现在的人呀／要围成一圈吃汤圆／多么的不容易／／乡下的人进城／城里的人奔波"（游离《冬至》）；"那些成片的钢筋水泥森林／生长着成片的乡愁／厂规外掩藏着的普通话／泄露着泥土的乡音／被流水线偷听／／那么多不认识的老乡／长着故乡红苕洋芋的模样／即使身穿慵懒的厂服／也能嗅出家乡气味"（张守刚《老乡》）；"打工这个词长了很多同义的叶子／枝繁叶茂栖了很多南方北方的鸟／风一吹　鸟们无法辨认／哪一枚是坠落的乡愁"（方舟《打工这个词》）。充满文化意味的乡愁作为"打工诗人"一种主要的心理积淀，是情绪化了的集体意识，它构成"打工诗歌"内涵中的一个主要层面，成为"戒不掉"的主题。"譬如这个夜晚／喧闹的工业区／寂寞的工业区／生长一种叫做乡愁的植物／弦月如镰，割了还长／／一根长长的电话线／一连串丑陋却欢快的方言／此时此刻，工业区的每一个角落／弥漫着乡村的味道／这些朴素而卑微的居住者／名字叫做进城农民工／站在未卜命运的面前／他们谦卑、谨慎得像个孩子／／譬如这个晚上／在通风口埋头抽烟的那个男人／乡愁更像他嘴里的半支香烟／欲戒不能"（曾文广《戒不掉的乡愁》）。"自流水线上／缓缓升起／你是一枚公用的船票／夜夜渡我回家"（王忠《打工者的月亮》）。月下思乡，在农民工遍布全中国的时代有了新的背景和意涵。"打工诗人"把流水线揉进思乡的情怀，柔情中有沉重的艰辛和无奈，直入人心。乡愁是诗人对故土乡土深厚的无法排遣的心理郁结,是宗族先天血缘与后天环境的共同产物,几乎是来自心理生理不可抗拒的本能,它表现为一种剪不断理还乱的刻骨铭心的思念,一种绵长悠久的梦托,一种无声的仰天长啸,更是一种一触即发的疼痛。文化乡愁如此可怕震慑着一切敏感的灵魂,迫使他们一举手一投足,都陷入"我是谁""我从哪里来"的深渊不能自拔。当这种潜意识成为本能,潜意识化为意识,便在"打工诗人"的写作中体现出来:

> 今夜的桌上只有两个杯子/我们可以无拘无束地/让桌上的木纹/流成一条通向故乡的河/今夜我们用土罐子煨汤/用家乡话调拌一盘凉凉的故事/你用标准的男中音讲普通话/标准得让我想哭/你曾血液一样穿透周身的乡音呢/雀巢咖啡不是雀巢太空饮料让我一口就尝出/无根的辛酸/泡杯浓酽的茶吧/茶叶舒展嫩绿的翅膀/带我们飞回故乡/关山千重 高楼万幢/在普通话的夹缝里找一句乡音/就是找到一条回家的路/我推心置腹的老乡/讲句最乡最乡的乡音吧/哪怕只有一个字/我们生活在这座城市/就不会孤单(卢卫平《拜访老乡》)

乡愁源于一种放逐心态或边缘文化情绪,源于"无根的辛酸"。《荷马史诗》中的奥德修历尽苦难仍要返回故里,从史诗层面展示了归乡的主题。《红楼梦》中"反认他乡作故乡"一语说尽芸芸众生红尘中的情状。最诗意也最直截了当的表达恐怕要让位给特拉克尔的那行绝唱了——"灵魂,这个大地上的异乡者"。因为是异乡者,所以我们缺乏归属感;因为是异乡者,我们"不是归人,是个过客";因为是异乡者,我们怀念亲人,怀念那种洁净的情感和幸福。每年春节的民工潮就是最直观的表现,腊月成了漂泊者经年沧桑的归期。"过年的消息/催动回家的人……/我一个人站在新年之外/伶伶仃仃/春节一过/有的人比春天慢/比冬天冷"(子虚《漂泊》)。"小雨。淡淡的年味隐隐弥漫。浓浓的/是令人心痛的乡愁/一些民工开始返乡/一些民工留下来/一些小姐还得扮着笑脸/为老板的发廊/站好最后一班岗/一些泥土,被鞋子带回故乡/一些泥土,作为足迹的见证/留在某个不起眼的地

"粤派评论"视野中的"打工文学"

方"(宋尾《日记:2002年2月8日》)。"旧历年底,一个游子／被繁华层层过滤后／胸膛里只剩下他的村庄"(曾文广《今夜,我要让我的村庄抚摸一百遍》)。"春运的列车像患了哮喘病"(徐非《在广东过年》)。"四川来的建筑民工头顶油布奔跑／车站开出跨省春运加班车／一阵雨与一阵雨之间／像你的恍惚与出神／像含着你的时间之唇／它的明与暗　黑与白　凉与暖／甜蜜与苦涩　情欲与颓废／像夜雨与凌晨之雨　下在年前"(巫嘎《西坪街2002·腊月二十八》)。进入城市劳累一年的乡村打工仔打工妹,每当春节临近,便如大雁,不可阻止地向家乡飞去。他们从工棚与厂房的隙缝望见月亮引出的思乡病,只有被鞋子带回故乡,一亲故土,才能治愈。面对一年一度汹涌的人潮,我们都不自觉地站在社会发展与转型这样的宏观视角看待了,至于一些诗人从人本角度面对每一个活生生的人与他们生存的现实,并传达出他们之中一些人真实的声音,几乎还没有引起我们应有的关注。

> 腊月将近／我整好行装,踏上旅程／乘闷罐车回家／跟随一支溃散已久的大军／／平日里我也曾自言自语／这一回终于住进／铁皮屋顶／一米高处开着小窗／是小孩办急事的地方／女孩呢,就只好发挥／忍耐的天性／男男女女挤满一地／就好像／每个人心中都有位沙皇／就好像／他们正开往西伯利亚腹地／夜里,一百个／梦境挤满货舱／向上升腾／列车也仿佛轻快了许多／向雪国飞奔／我无法入睡／独自在窗前／把冬夜的星空和大地／仔细辨认／我知道,不久以前／一颗牛头也曾在此处／张望过,说不出的苦闷／此刻,它躺在谁家的厩栏里／把一生所见咀嚼回想?／／寒冷的日子／在我们的祖国／人民更加善良／像牛群一样闷声不语／连哭也哭得没有声响(宋晓贤《乘闷罐车回家》)

这种诗歌配得上我们这个艰难的时代,与我们的时代有着及物的上下文关系,也稍微纠正了甚至打击了我们这个表面的、肤浅的伪浪漫主义时代的嚣张气焰。宋晓贤是真正的"人民诗人"。我说"真正的",是指他对人民的热爱不是基于意识形态,而是基于一种内心对人民的真正亲近,把人从"人民"

中拉了出来。他的每行诗都写得那么好,扎痛你的肉,在这一切背后又隐藏着一种尖锐的锋芒。那些意识形态的人民诗人很容易见风使舵,到头来尽管表面上仍是"人民诗人",口头上也不停地喊着"人民,人民",实际上是以文字来鱼肉人民,因而几乎可以说是站到人民的对立面,成为人民的敌人。在我们以往的表述中,"人民"是"生活"的真正主语,是"热爱"的最可靠的宾词。"人民"被我们从内心深处满怀敬仰地呼唤而出,是一群可以无条件信赖的人群。但现在,人民背井离乡,像潮水一样涌进城市。"人民"来到陌生的城市,很快发现,这里并非黄金遍地,他们不得不为了一日三餐忍受肉体的困顿和心灵的屈辱。苦难总是与"人民"为伴。为生存奔波的"人民"当然不是当年被流放的俄罗斯革命者和知识分子,但他们的隐忍却是那样的相似。只不过一个是为理想献身的主动承担,另一个则是被生存的艰辛磨掉了思想而只知劳作的牲口:"人民更加善良/像牛群一样闷声不语/连哭也哭得没有声响。"这是一种揪心的痛。"人民"是谁?可是从没人问"人民"是谁。在"人民"这一称谓中,人本身——每一个个体的肉身存在并未在场。"人民"连"国民"都不是,因为他们至今仍享受不到"国民待遇"。正是这种情形,使个体存在悄悄地失去了生存正当性和处身性。故乡作为生命的初生和成长之地,作为灵魂最初依偎的空间,也许能成为"人民"疗治心灵疾苦的一剂良药。"人民"只有"乘闷罐车回家",回到真正属于自己的家时,他们才是这个国家合法的公民。然而,故乡已沦为"西伯利亚腹地",本真的故乡已无法返回。

  献给我降生的乡村/故乡已认不出我的模样/挖出我心脏中的花骨和养分//献给我的父老乡亲/你们有谁能够读懂我的诗/听我把多年的去向说个明白……献给我的出生和成长/我不知道今天会成为诗人/注定在漂泊中长成、衰老及歌唱

  最大的石榴树是一截树桩/最出息的人离开了家乡/通往异乡的道路是一条河流/守据的人郁郁终老/出走的人无法还乡(安石榴《献给石榴村的歌谣》)

实际上，睿智的古人早就提醒大家，"未老莫还乡，还乡须断肠"。叶赛宁，那位俄罗斯最伟大也是最后的乡土诗人，一方面对生养自己的梁赞省那神秘的教堂、十字架以及布谷鸟的婉转啼鸣依依眷恋，另一方面又不得不承认，回到故乡，却"只有森林、贫瘠的土壤和小河对岸的沙荒……"这种情感与现实的矛盾，今天常使我们的"打工诗人"陷入难堪的窘境，使他们"注定在漂泊中长成、衰老及歌唱"。石榴村是安石榴降生的村庄，不被人知地潜伏在广西藤县乡下一个群山围困的角落。这个石榴村成为他诗歌写作的源头和永远的怀想。诗人十八岁离开了自己的家乡，并为自己取名"安石榴"。相传石榴在汉代由西域安石国传入中国，故名安石榴。诗人说："我的出生是石榴村的一个异数，我唯一没能与之斩断的是血脉的牵扯和瘦弱的遐想，那是滋生及埋葬我诗歌的宿命之地。我终生的出走都是为了摆脱这种宿命，同时这种宿命又默默提升着我卑微的生命。"也许每一个诗人都无法摆脱某种宿命的纠缠，因而他的诗也就注定了必然要表现这种宿命。"羁鸟恋旧林，池鱼思故渊"，在异乡颠沛流离的安石榴在组诗《献给石榴村的歌谣》中以一种沧海过后的口吻写道：

雷声滚过的村庄／雨水浇灌无人的山岗／雨中的房屋显得荒凉
　春天的诅咒／出身的诋毁／／石榴村雨水未歇／我仍然落泊
异乡

诗人被故乡和异乡悬离的空茫，焦灼，莫名躁动，无力感，漂泊，无家可归的困惑，引诱诗人对"出身的诋毁"。安石榴对故乡的抒写均写得过于荒凉和悲伤，也许，只有这种诅咒的热爱才能承受他对石榴村的复杂情感。石榴村成为诗人借物起兴的象征之物，故乡虚化成一个空筐，所承载的是人生天地间忽如远行客的顿悟以及随之而来的复杂情愫。但那令人魂牵梦萦的故乡，也只是一个心造的幻影。虽人生如寄，仍一往情深，这就是诗人的宿命。"榴花开在五月／我抢在五月前离开故乡／我不能面对榴花／我不能守着美丽生活／把果实归还雨水富足的村庄／把榴花的爱情／献给五月最干净的嘴唇"（安石榴《五月榴花》）。这美丽的石榴花虽然也是一种虚妄，但比之现实的丑陋显

第四章　珠三角新型城镇化的文学想象

然具有迷人的魅力。诗人逐一地展示他的心路历程和人生姿态，使我们慢慢触摸到他粗粝的身躯与历经磨难的灵魂。故土在漫长而艰难的岁月里点点滴滴进入了漂泊者的内心。故土是血缘的投影，是套鞋上的土，和我们一起行走艰辛的人生旅程；故土就像唇边的石榴，我们长久地咀嚼它、体味它，很多时候我们并没有意识到它的存在，就像我们常常忽略了身体的某个部分，但正是由于它的存在，我们在悲伤时忍住了泪水。

> 打开地图／我们在经纬线上／寻找某个地名／那个地方／我们从信中得知／亲人生活在那里／有时得意有时落魄／那个地方／一定还生活着许多人／我们没有去过／也许今生亦无缘分／但当我们触到那个圈圈／我们的心中／便只有亲人的姓名（蒲仕相《有时候，某个地方仅仅意味着亲人的姓名》）

> 兄弟对于你／最贴切的比喻／应该是燕子／这种农村最常见的候鸟／／衔四川的泥土／到遥远的广东／兄弟／在家乡小城早涝保收的我／从檐前的雨里／细数你的脚印／和打湿的羽毛／并看见／南方繁华的都市里／你孤寂的影子／拖得很长／但是兄弟／你要坚强／一滴滴汗水变成的钞票里／不要迷失了归家的路／更不要忘记／在春天到来之前／飞回故乡／看看爹娘（布衣《给打工的兄弟》）

这些诗歌浓缩了比打工生活更为重要的人生况味：人生有温情，人类有理解，灵魂有路可走，有家可归。在一个让任何人都感到焦虑与烦躁的时代，现实中满目皆是干瘪的人，人与人之间的隔离成了普遍并且绝对的事实。"房东像我的远房亲戚／不收房租从来不来／我们的谈话／总是从租金开始／到租金结束／除此没有任何温暖的内容"（马忠《家》）。但亲情的守望，相对于现实生存的疏离与冷漠来说，便有了永远的意义。"家乡的腊肉香喷喷的／在工业区飘香／家乡人闻到这熟悉的香味／就好像回了家"（张守刚《关于猪》）。每一个打工者的身后其实都是一段背井离乡的故事，都藏着千里之外亲人的期盼。"乡土温馨捂热游子跌宕坎坷一生"（杨晓茅《在君之侧》）。"有时候，地图也会是一方揩泪的手巾／……摸出方言中的小村／一个人看到了辽阔温暖的心跳"（张作梗《打工生涯》）。打工者心中揣着对故土的无比亲情，从泥泞和岑寂中悄悄地出发，成为中国历史上最庞大的"候鸟"编队。他们在"别人的床上做自己的梦／醒来写一封信寄给家乡的老父亲／别人的邮政编码编写着复杂心情"（韩歆《带家具出租房屋》）。"漂泊的日子／家书是唯一的慰藉和欢乐／每天放工的时刻／翘盼工厂大门的黑板墙上／赫然写有自己的名字"（黄品功《家书》）。"邮电所离家最近／离父亲的胃病最近／离弟弟的学校最近／星期天，在邮电所集合／用一个月的汗水在汇单前排队／用倾诉和倾听／走进话筒，源头的声音／泪水和疼痛不忍心装进信封／取出所有快乐和好奇，在一个星期天／将一个节日递给衰老的耳朵／或者孩子期盼的目光。一份礼物／长长的叮咛放进邮箱"（谢湘南《星期天，在邮电所集合》）。"我路过电话亭／一个眼熟的身影在抖动，抽泣，说着家乡话／我没有打扰她。走着／看树上飘落的叶子，为一滴眼泪／寻找支点"（谢湘南《空白》）。打工者在异乡奋斗与歌唱，某种程度上是因为他们从亲人注视的视线中，学会了忍受更多的东西，找到了生活的支点。这种信息可能不会传达到所有诗人，但是听到的人就会把它记在心里，就会在自己的作品里加以发挥。诚如诗歌评论家朱先树在"打工诗人"徐非的诗集序言中所说："打工者的漂泊生活，能让他们艰辛而又坚定地生存，给他们以精神支撑的，是生养他们的故乡，乡情、亲情、爱情是他们永远的精神家园。"

> 母亲站在／内陆乡村的边缘／随着冬季来临／她的白发／被风吹成摇摆的柳枝／仿佛柔弱而坚韧的思念／正召唤女儿的归期／／母亲永远是女儿／远方的守护神／而此时，女儿在南方／在一个又一个崛起的／海边城市里／有她们用血和汗／竖起的纪念碑／有时她们也唱／故乡的歌谣／在夜深人静时／也悄悄落泪／眼泪滴落的重量／使内陆乡村的边缘／高高翘起／母亲的形象就愈加清晰完美（杨雪《母亲》）

第四章 珠三角新型城镇化的文学想象

诗歌不是一种刻意的追逐,而是某一特定时境的情感流露。近年来,写亲情的"打工诗歌"俯首即拾,这类诗歌更多地体现对过去的怀念和对现实的隐忍。家是他们出发的地方。作为漂泊者,他们同童年,同青春,同过去,同父母,同朋友,同故乡——告别了。这些经历当然不可能不在他们的诗中得到反映。这类诗歌最感人的一点是其诗歌内容中情感的真实性和可触性。"望一眼包裹啊/眼里就有泪/泪眼里/一颗是爹/一颗是娘"(徐道勇《望一眼包裹眼里就有泪》)。"母亲说手机费很贵/儿子的时间也很贵/电话里那串焦急的忙音告诉我/母亲对我的牵挂更贵"(沈岳明《跟母亲通电话》)。对母亲的歌颂是"打工诗歌"中最常见的主题之一,在"打工诗歌"中母亲的形象更加清晰完美。"打工诗人"在工业文明的苍白烟尘中回想母亲慈祥的笑容,用心灵同远方的亲人对话。"最先看见母亲是在外省的路上/那是我第一次出远门,那年我十六岁/巨大的天空差点儿压断了我的背/最先听见母亲是在外省的黄昏/那时候太阳快要落山了,我不想哭/却怎么也制止不住泪水,我听见母亲很轻很轻地/叫我的小名,在老家门前那棵歪脖槐树下/最先爱上母亲是在外省的夜晚/四周一片漆黑,伸手不见五指/我非常害怕,不敢睡,甚至忘记了如何呼吸/我才发现我真的是一步也离不开母亲/最先喊母亲是在一座外省的楼里/那楼还没有完成,一个和我一样大的民工/不小心掉下去/我的心一下子高高揪起/妈妈,脱口而出/我喊了一声"(白连春《母亲》)。从内陆乡村的边缘到一个个崛起的海边城市里,母亲是儿女们永远的守护神,是我们每个人心中永远闪亮的灯,她总是让这个世界在黑暗中也感受得到光明,在寒冷中也感受得到温暖。母亲是生命的象征,作为生命的原动力,它使这世界生生不息。"这个时候我才知道/瓦是母亲的眼皮/一直保护着母亲的眼睛/它在离我很远很远的地方/门一样关上/却未关住母亲的泪/高高的屋檐下 成行成行的/母亲的泪沿瓦的边缘淌下/无论多硬的岁月/都能滴穿"(白连春《瓦》)。这是一首拧得出泪水的诗,让人体味到人生隐秘的真情。我相信这首诗可以打动任何一个远行的游子。沿诗淌下的泪,无论多厚的心壁,都能滴穿。"母亲,电话里的声音/我听出你正在病痛之中。/每天,你起床,打开家门/让太阳照在十年前的椅子上。/你的脸上,夜晚/还没有走远,而革命走远了/留下你慢慢脱离回忆。/我是一个习惯出门在外的人/来

到人间,习惯在流浪中／学会想念母亲。如同／一个丢失身份证件的人／在离家的路上,在抓不住的／事物中仆倒在地。／母亲,你在说:／上次寄回的药还没有见效／去年栽下的树已有绿芽。／母亲,也许你不知道／我也已经感觉到时间／在我身上留下了一点东西"(沈方《给母亲寄药》)。这首诗让人联想到两句古诗"谁言寸草心,报得三春晖",有一股想哭的冲动。

海德格尔认为,人是一种"被抛入的设计",在这种无家可归的状态中,体现的是现代人的根本处境。打工一族被抛出故乡的那天起,他们甚至在很长的一段时期内品尝不到"性福"的真味,"人性"合理的一面得不到张扬。他们是孤独凄凉远离快乐远离幸福的"漂一族",有着与生俱来的"被抛感"。"长久的干旱使工地陷入苦闷／民工们像是从水里捞上来的／衬衫贴着凸现的一根根肋骨／其中一个,朝过路的白色遮阳帽女孩／远远叫嚷——／在她漠然的背影里／怅然若失／／他们是外地人／有外地的口音、相貌、眼神／有外地的嗓门,耐力,和贫困"(沈娟蕾《工地》)。"几个光膀子的建筑工人／敲着碗走过／框架结构的工地／嘴里哼着家乡的小调／昏黄的灯光下／一个瘦弱的建筑工人／光着全身在路边的水龙头下／洗澡　毫不回避过往的眼睛／几个女孩惊叫着跑过／立即引起他们放荡的笑／黄昏的余晖／在他们身上停留片刻／天就黑了／今夜成群的蚊子／将袭击他们的梦"(张守刚《建筑工人》)。我们每个人都有内心的冲突。我们每个人内部都有一个"社会人"与情欲炽盛的"个人",有灵与肉,神与兽。处于社会最底层的民工们也有自己的身体,也有他们自己从身体出发到身体为止的感受。他们身体的位置和出场的姿态就是他们的历史处境性。他们的身体说着陌生的语言,他们凝视,他们晃动,他们怅然若失,他们做梦。"男耕女织"的家园已分崩离析,但在远方他们有一个真正的家,那里还存放着他们过去的东西,包括户口、没交清的债务,以及父母、老婆和孩子。这一切都被他们失落在漂泊的途中。他们无法回到过去,但未来也见不到可靠的指望,他们浮于半空,无法得到安宁的沉思,他们生存的节奏由无数根无形的小绳操纵着,如同一个傀儡。生命的困惑往往起源于生命与其存在环境的冲突,更深一层讲,是打工一族没有改变那种环境的力量。他们"把爱情种在梦中／把亲情友情及一切心事,不动声色／产品般推往一边。遍地机器轰鸣"(刘大程《我要回家》)。他们偶尔作一次不怀恶意的幻想:"我坐在电子厂门口的水泥凳上／一边等人,一边与自己聊天／水泥凳微微发烫／也许是哪位穿裙子的打工妹／刚刚坐过／她身体某一部分／与凳面亲密无间／偶尔作这样一次不怀恶意的幻想／我不说谁也不知道"(曾文广《幸福或不幸的生活》)。肉身是一个人的血肉之躯的存在,是人必须面对的最终真实。"打工诗人"触及肉身便也同时触及了对这一真实存在的感知和探询。他们身体所包含的人生故事和头脑一样多。"打工诗人"王甲有在《迁居城里》中用绕口令似的句子写一个进城男人在爱情面前的捉襟见肘:"他爱上了一个女人,他说／女人爱上了这座城市,他说／然后,他什么都不说／／她爱上了一个男人,她说／男人爱不起这座城市,她说／然后,她什么都不说。"与建筑工地上的民工们相比,作为"文化打工者"的"打工诗人",他们大多数人的爱情也是只漂泊的行囊。"在我很小很小的时候／我就开始向往爱情／像豆芽一样／用极幼小幼小的心灵／栽一棵青梅／骑一匹竹马／玉凤／最难忘的是洞房花烛／点动一汪秋水／直到喜鹊在枝头上／将天色叫亮／将霜色叫暖／我多么不想说／这只是暗香浮动的往事／对于我／爱情是只漂泊的行囊／她比母亲更亲比女儿更近／如今的新房／关不住一枝红杏／一夜杏花　一河春水／楚楚动谁／我多么不愿一语道破"(子虚《爱情是只漂泊的行囊》)。爱是向上的力量,爱是向着广阔远方的召唤,爱是对自己和他人的彻底敞开。诚如歌德所说,"青年男子谁个不善钟情？妙龄女人谁个不善怀春？""打工诗人"在缺乏爱的时代呼唤着爱,不知道把象征着爱与欲望的玫瑰送给谁。"傍晚的过街桥上,一个少年／向我兜售玫瑰。他还不知情为何物／就老练地冲我吆喝：／'先生,买几枝玫瑰送给心上人吧！'／看着那快要枯萎的玫瑰／看着他那双期待的眼睛／我停下来买了两枝／不用放到唇边,我就知道／那是爱情的味道,让人心醉／这时我才想起,远在异乡／我不知将这玫瑰献给谁／一个又一个妙龄女子擦肩而过／夜色中,她们姣好的面庞／比桃花更脆。而她们不屑的眼神／加快了我手中玫瑰的枯萎……"(郁金《我不知将玫瑰献给谁》)。一个异乡人对爱情渴盼却使他陷入孤独、充满忧虑软弱无力,忍受着现实世界对他的漠视和遮蔽。面对来自肉身的痛苦,诗人郁金对之进行了深入、确切和富有启示性的表达:"叫春的猫,柔情似水／它在墙上一闪／就跌进了谁的梦里／它举着爱情的灯笼／独自熬到天明／／孤独的人呀，这一刻／你的梦弯向了哪里？／一个人在清醒深处打盹／让欲望醒着，让激情睡去／是多么残忍"（郁金《让爱杀死你》）。这是孤独者在孤独的生活中做出的最孤独的生存倾诉。那些在黑夜里难以入眠的人，谁来关注他们炽热的肉身，谁来关注他们感官的最直接感受，谁帮助他们去掉层层枷锁，去掉遮蔽。"一张怀春的车票／从我心上碾过／让我感觉爱情的麦芒／是雨　长芒短芒／仿佛泪水，滴穿石头／把月亮的那半好时光留给你／把月亮的那半刀光留给我"（子虚《爱情不是毛毛雨》）。漂泊者在这样的爱的碾磨中体味着内心的不安和渴望。他们的爱情和故乡的麦芒一样，和纸上的故乡一样，和水中的月亮一样。"漂泊的古铜镜／你单薄的温柔／正如新婚时雪白的床单／美丽地从床头漫过　月光／让我爱情打翻水色的月光／往年是新娘／今夜是刀光"（子虚《十八的姑娘十八变》）。月亮的那半刀光，它让漂泊者照见了自身。人体绵绵不绝的潮汐总是与自然的潮汐一样，应和着月相的盈亏变化。与月相相伴的是打工者漂泊的轨迹，他们所经历的月相变化，也正是他们遭遇到的真实命运。他们"用大部分时间／去挣钱。只将小部分时间／放在爱情上，放在未来的打算上……／而思念，是有毒的／它会让天上的月亮也／也瘦了自己"（郁金《思念，是有毒的》）。命运的展开往往并不依据我们真切的愿望，瘦了的月亮把我们带到精神的异乡，让我们成了无家可归的异乡人。"这是夜里，这是异乡，你必须学会／在半夜里抬头看看窗外的月亮／你必须学会捂住自己的欲望／你必须学会面对内心的荒凉"（郑小琼《夜晚》）。在异乡，月亮最圆的时候，我们正面对内心的荒凉。当生活的重荷降临到具体而微小的个体身上，那并未被当事人察觉的扭曲、那不知不觉中被时光酝酿的变形世界，就这样摆到了我们高歌猛进的新时代的眼前。我们的身体被存在规定。我们不能主宰自己，我们只有遗忘自己的本性。

"这是我离乡的轨迹／一个乡村少年的阅历／比他抵达的路途更深"（安石榴《车辙》）。一个在命运的底层抵御和抗争的"打工诗人"，他所感受和体验到的很多东西，绝不会被那些沉浸在风花雪月中的人们所理解。他们是一面哭泣一面追求着的人。他们生命的真实伤口其实都是在途中的足印。他们对故乡与亲人的爱与恨都是生存的一种本能反应。工业文明以它强大的磁场向四周发出引动时，他们一呼百应地背井离乡，这是一种历史的进步，但同时物化了人们诸多精神形态，导致了诸多心理失衡，使人们在现代文明高速进程中既享受物质又失落精神，时时处于某种被掏空被弃置的漂泊状态，而带有神话虚幻色彩的家园意识，很自然地成为人们精神的象征和代码，它命定地成为人们精神的一种地久天长的安抚。"漂泊是一种病／故乡是一种药……／别人的月亮圆一回／我就掉一次眼泪／暗自从乡愁中醒来／看见最早的一颗露水"（子虚《漂泊》）。曾经遍寻故乡却不知故乡安身何地，"打工诗人"慢慢了悟故乡原是心中的一滴净水。但作为具体存在的家园，是从来都不曾有的，它只是人类精神历程中一种情感判断和企望，家园对于游子来说永远是欲返无路。"妈妈／我不能两手空空地回去／你的亲情只是人生中的一部分／还有更多的，使大地不动的／脚印和漫天风雪"（殷龙龙《收废品的小伙子》）。

"打工诗人"像海德格尔一样向存在发问——"在技术化了、形式化了的世界文明时代，是否以及如何还能有故乡"。"在混血的城市剧烈的咳嗽中／血管里停留着三公里长的忧伤／更悠远的宁静，是水，／它穿越我们的眺望的峡谷／却不能抵达我们眺望的村庄"（郑小琼《完整的黑暗》）。"一次做完爱之后／他叫她妈妈／轻轻地低喃／他说他是个孤儿／是一个……没有故乡的人"（谢湘南《没有故乡的人》）。故乡是一块非常伤情的栖居之地，它要么将来会有，要么曾经有过，但它不在现在，不在我们触手能及举目可视的任何一处。我们是没有故乡的人。我们置身的永远是"另一个地方"，我们始终"生活在别处"。"掩面而泣的远游女子"郑小琼在《红尘的黄昏》《祖母》《我》等诗中，敏感于祖母生活过的后花园，看到了自己与后花园类似于交感巫术式的宿命纠缠。在我们的故乡我们与我们的先辈保持着神秘的纽带关系。而现在，这一切似乎都荡然无存，我们已被抛出历史，我们又不得不面对它，我们的记忆中仍然残留着过去的痕迹。"必须放弃回忆中的后花园，回到／现实的世界，就像在生活中我放弃真实的泪水／戴上一张面具，在周围形形色色虚构的人群中／活着，行走，微笑地把手伸向厌恶的人"（郑小琼《我》）。我们即使重返故乡，也意味着我们失去了故乡。"钉子里有列车正要启动／可前面仍站着那堵墙／你回家花光了所有积蓄／也背不来从前"（殷龙龙《春节回家》）。"经常在外谋生的人／回到家里／就像做客一样。／似乎有点拘谨／虽然非常熟悉家里／却又有点陌生。／原来在家里经常使用的东西／重新拿起／顺手却又有那么一丁点迟疑。／……／家里人／把你当做贵客热情招待。／当客的身份脱下／一家人融为一家人时／你却又要起身／去外面的世界寻找活路"（张绍民《回家就像做客》）。回到老家，诗人痛心发现，他和老家之间竟隔了一层如烟似瘴的东西。我们被逐他乡是不可挽回的事实。我们被遗弃在历史的假定终点，不知所措。这从内部改变着我们，这已成为我们的命运。

没有一座城市像这样一座城市／春节来临，上演一出空城计／那个凄惶的早晨／炮竹屑在小巷里盘旋／那么多的门都紧闭着／这是年初一，我步行在十九岁／姐姐在她的宿舍用小煤油炉做好了鱼／她的等待是寒风中唯一的温暖／我和宿舍中熟悉的几张面孔打了招呼／和姐姐坐下来享受鱼的热气／没有一座城市像这样一座城市／中国的节日是一种刻骨铭心的记忆（谢湘南《没有一座城市像这样一座城市》）

年关近了　而梦中的家园／却在寒风中越走越远／工业区的上空飘着／乡愁的颜色／像绵绵阴雨中的雾／久久不肯散去／隔着山隔着水／隔着拥挤的车票／隔着加班加点的订单／但是　很多人都想回去／／年关近了　很多人都想／回去看看／回去走走亲戚／工业区没有亲戚／有的只是不近人情的机器／它们被钢筋水泥团团围困／变得麻木不仁／仅仅供工业的手操纵／／他们真的很想回去／回去看看炊烟／回去亲亲土地／回去闻一闻故乡村里／新年的气味（张守刚《年关了，很多人都想回家》）

这是浸泡在切肤的生活经验中的精彩诗句，这是漂泊者内心的低语。"打工诗人"谢湘南和张守刚把读者从繁华的大街上，拽进他们所熟悉的冷僻、隐蔽的小巷里，拽进被钢筋水泥团团围困的工业区里，用尖锐、压抑而又不乏激情的底层经验迎面向你砸来，使你可以从另一个视角观察失乡人的生活真相。"打工诗人"在"空城"里的写作只是底层自己的喘息。"中国的节日是一种刻骨铭心的记忆"。"北方老家的火塘很旺／一家老小围桌而坐／腾腾的热气里我又看到南方的工厂、公司／围拢着一群群向北眺望的人群"（徐道勇《二〇〇一年除夕》）。这不仅仅是指肉体上的元气归依，还有一种精神与灵魂的颤动。如果站在小农意识的立场上观照这些节日里的打工者，得到的仅是传统的感伤，而立于当代的精神文明文化背景来考察，可能更多的是指向生存的出路问题。"没有一座城市像这样一座城市／春节来临，上演一出空城计"。一个国家的"空城计"什么时候才能结束？一座座繁华的城市为什么会沦为"打工诗人"心中的空城？什么才是"春运民工潮""民工荒"背后的真相？在"身处之地"和"来自之地"之间的徘徊和追问构成了"打工诗人"写作的一个牢固的主题。"城市"是一个空，而诗也是一个放逐了诗人的"空"。认同一个城市和被一个城市认同都是艰难的。只有获得认同，人才能生存下去。缺乏承认的社会不可能成为一个被广泛认同的公共社会。"空城"甚至不是个标志空间的概念，它更多地指向时间，指向现实的深处，指向一种精神的寿命，指向孤寂的内心，它使漂泊者的灵魂经历了一次次炼狱。

第五章

"世界工厂"的相对性书写
——以王十月《国家订单》为例

昆德拉称"小说家既非历史学家，又非预言家：他是存在的探究者"，"他是一个发现者，他在摸索中试图揭示存在不为人知的一面。"①昆德拉把对存在的发现与勘探看成界定小说的最核心的方式。一些优秀的"打工作家"领受并遵循了这种方式，一些优秀的"打工小说"深入地勘探了打工者的生存领域，为我们提供了一幅幅"生存的地图"。"打工小说"对存在的勘探，就在于它对生活中那些被遮蔽、被扭曲、被消音了的具体生活的感知和发现。"打工小说"对于"打工"的发现，其旨不仅仅是讲"悲情故事"，更不是要"开药方"，而是去发现那些我们平时往往会视而不见的，湮没于时代轰鸣声中的生动面孔，发现他们不同的生存状态与悲欢离合，发现他们那内在的也是常遭忽视的人的尊严，让我们看到掩藏在喧嚣与繁华之后的另一番存在。王十月的《国家订单》就是一篇充满发现意义的"打工小说"，套用昆德拉的说法，因为它"发现唯有小说才能发现的东西"。《国家订单》最初发表于2008年第4期《人民文学》头条，同期发表的还有阿来的《空山》第六卷、王安忆的《黑弄堂》，但这期卷首语《留言》，谈论的对象仅限于王十月和他的《国家订单》，可见编者对这篇小说的偏爱。发表后不久，《新华文摘》《小说选刊》《小说月报》《中篇小说选刊》《作品与争鸣》等选刊几乎同时转载，《2008中国中篇小说精选》（中国作协创研部选编，长江社版）、《2008中国中篇小说年选》（谢有顺选编，花城社版）、《2008小说月报精品选》（小说月报编辑部选编，百花社版）、《2008中篇小说选》（小说选刊编辑部选编，漓江社版）等选本也不约而同地收入，并入选中国小说学会2008年度中国小说排行榜。2010年，《国家订单》荣获第五届全国鲁迅文学奖，评委会认为"作为一位从工人中走出来的作家，王十月对于全球化背景下中国企业中不同身份人们的复杂境遇有着深切的体会和理解。他的《国家订单》在危机与生存的紧张叙述中烛照人心，求证个体的权利、梦想与社会的和谐、发展，体现了公

---

① 米兰·昆德拉著，董强译：《小说的艺术》，上海译文出版社，2004年8月版，第56、185页。

第五章 "世界工厂"的相对性书写——以王十月《国家订单》为例

正、准确地把握时代生活的能力"。

《国家订单》似乎不是简单地表达对打工者的同情和怜悯,而是怀着"理解之同情"去抚慰每一个人的心灵。大多数人认为,与以往的"打工小说"相比,《国家订单》的叙事视角有了新变化,故事的讲述者从打工者转换成小老板,叙事方式的转变引发叙事伦理的变化,小说似乎透露出劳资双方意图和解、分享艰难的意味。少数人则批评,它以"打工文学"的名义背叛打工者的阶级意识,为文学界接受并高度评价,但它只是顺应了当下的文坛与新意识形态。这两种阐释都是错误的,因为它们都把小说的基础看作是一种阶级意识,而不是一种探询。从"打工小说"的角度看,《国家订单》似乎犯了忌,但却从更深意义上开拓了"打工小说"的本质领域,使小说之剑更加锋利地直逼存在。我认为,《国家订单》最为成功之处,是王十月对车衣工张怀恩过劳死的叙述,发出了对存在意义的追问。小说的所有情节其实都是对张怀恩之死的探询:以做来料加工而白手起家的小老板因为香港贸易商赖查理的货款收不回、无钱订购原材料、无钱给工人发放拖欠了四个多月的工资而众叛亲离,工厂濒临倒闭。树倒猢狲散,大家想的都是各奔前程。在这样的情况下,小老板心急如焚,既要一天无数次地联系港商救星赖查理,又要心平气和地接待一批批讨薪工人。恰好这时,美国发生了"9·11事件",美国人民的爱国热情空前高涨,家家户户都在门口悬挂国旗。赖查理向小老板下了一批"国家订单",要求小老板在五天之内生产二十万面美国国旗。为了按时交货,小老板不得不逼着工人加班,五天五夜只睡四个小时。国旗终于按期交货,小老板也履行诺言,带着工人到海边去游玩。此时,却发现新提拔的车间主任张怀恩,因连续加班累死在了车间的碎布料堆里。如果没有以"为弱势群体提供法律援助,维护弱势者基本人权"为名头的律师周城的出现,小老板用八万元即可平息掉"死亡事件"。周城却以八十万元索赔把小老板逼上了破产的绝境。当小老板如跳楼讨薪的民工一样爬到高高的高压线铁架反思时,赖查理又兴奋不已地以"国家订单"的由头,再次急电他在两天内赶做十万面美国国旗……

张怀恩之死,对于小说叙述的意义,不仅在于制造了情节的戏剧性,而且在意蕴层面将各方利益主体整合在一起,集中显现了人的处境、存在的状况和生命价值问题。死亡是对生命价值的尖锐提示,提示了人的存在困境。死亡

展示了人性的黑暗和人性的复杂性、生存的复杂性。小说借助死亡这一生动的生命事件逼近了"人"的真实面目，使我们有机会认识像小老板和张怀恩这样的类型人物。当本义的死亡降临具体的生命个体时，死亡叙事中体现人文主义精神的对于个体生命的关怀主题也就显现出来。同时，人的正负两面也分明地展现出来，个体的存在状况和日常经验得以还原。《国家订单》对张怀恩过劳死的叙述，从主题意义上说，集中体现了生存、生命和人性的各种价值，体现了作为"社会关系总和"的"人"的属性。谁为张怀恩的死亡负责？追究个体生命的死亡问题，探讨个体生命价值、个体生存危机等存在问题和人性问题，是我们解读这篇小说必须思考的关键问题。张怀恩之死，面临着社会文化立场、道德感和法制意识的责问，给我们带来了一种存在的震撼。

一、小老板的人性探询

叙事视角关系到小说的总体意义。谁占有视角，小说借用谁的眼光，关系到故事的呈示方式和小说展开的视域。小说家想告诉读者多少东西，这和他选择的视角有非常大的关系。就总体而言，《国家订单》叙述方式仍取传统的全知全能视角，但他视角中又有人物视角，完整地叙述了张怀恩过劳死事件，叙事的视点更多地落在小老板身上，这样有助于厘清人物事件的因果关系，显示自己发现的意义。王十月就像爬上高压线上的小老板，"他想知道，上帝在天上看人时，是一个什么样的视角。他希望能从另外的一个角度，把自己的命运看清，他就爬上去了，他果然从另外一个视角看到这个世界"。小说的角度固然重要，更重要的是能否看到这个世界。与一般的"打工小说"相比，《国家订单》的主角变成了小老板，它其实是从小老板的角度让我们看清了打工者的命运，看清了小老板的贪欲是造成张怀恩死亡的主要诱因之一。贪欲是人性中的恶力，常导致对他人的侵害。在生存危机与欲望激扬的张力中，小老板的人性被无情地扭曲。欲望比性格更能代表一个人的存在价值。王十月就是通过对人的欲望及其病态心理的探究，体现了他对生命意义的关怀与探寻。

贫富与欲望，是人类痛苦或者欢乐的根源，依然是当今世界的主要矛盾。贫穷是可耻的，当越穷越光荣的时代终结时，对富贵的渴望便显得愈来

第五章 "世界工厂"的相对性书写——以王十月《国家订单》为例

愈迫切。小老板十年前离开故乡时,"他在心底发下了誓言,一定要发财,当老板,衣锦还乡。"几十年来,无数中国人就是怀着这样的梦想离开了他们的故乡,这个梦想的力量今天还远未枯竭。为了这个成功的梦想,小老板一直在寻找机会,先是当工人,当技术工,跑业务,终于有了自己的制衣厂。制衣厂濒临倒闭时,二十万面星条旗,成为小老板的救命稻草。要五天内完成二十万面美国国旗的订单,打工仔出身的经理李想认为完成不了,要求分给其他厂家生产,同样是打工仔出身的小老板不同意,为了独享全部利润,他动员全厂工人二十四小时加班生产,他自己也身先士卒,带着他的娇气老婆也和工人们一起加班加点地干。这也足见挣钱的欲望是如何让人异化为物的。结果干到第三天,许多人都累倒在缝纫机前不能动弹,小老板这才同意全厂工人休息四小时再开工生产。为了五天做出十天的货,小老板用小恩小惠拉拢张怀恩,不仅送了五百块钱"心意"给他,还立即提拔他做主管,希望张怀恩带好头。张怀恩不仅技术好,而且论人缘,也是最好的,厂里好多工人都是他的老乡。小老板正是看中了张怀恩的这种利用价值,让他充当"抗洪抢险"的角色。小老板"突然发觉,做了这么多年的生意,这一次,他才真正像一个生意人了,他学会了驭人之术"。张怀恩其实就死于小老板的驭人之术,他的死亡是在小老板的暗中诱使下造成的。使用了"驭人之术"的工厂宛如一个巨大的圆形敞视监狱,规训机制微观化到了极致,这样的结果便是产生了"中国制造"所需要的驯服而有用的肉体,产生了一具具行尸走肉般毫无自由意志的符号。小老板对张怀恩采取"驭人之术"时也觉出了危险,但在利益的强烈魅惑下,他又觉得是一种进步,最终导致了悲剧的发生。张怀恩的身体一步一步垮下去,老板是知道的,然而生命的警告敌不过利益的召唤,加班任务的紧迫和小老板的贪婪最终夺走了这个即将成为新郎的打工仔的命。小说对小老板的心理细节描写,揭示了人在物质文明中痛苦的真正根源——欲望的无限性。欲望的畸形膨胀与欲望的不能正常满足都是欲望的失衡。叔本华说得对,欲望是一张永远饥饿的"口",它没有满足的时候。因为一种获得满足的欲望立刻会让位于一种新的更大的欲望,如同赌场上得手的赌徒,权力角逐场得胜的权力者。人在社会生活中痛苦或以悲剧结局的原因,不在于拥有欲望,而是被欲望的无限性所纠缠。欲望,像一口越往下越无穷并充满各种诱惑的井,以各种贪欲、物欲、情欲等为诱饵引诱所有的人向它迈进,并将上钩的人引到它巨大的腹中任意玩弄、折磨。走进这口"井"的人,被灌满了无穷欲望,被抽取了灵魂,被消解了理性,变得对自身的欲望行动缺乏理性的分析和思考,心灵不知所归,生命变得痛苦,迷失自我走向悲剧。王十月就是以张怀恩的死亡结局来审视欲望膨胀带来的危害性。

在小老板的身上,我们看到贪欲强大的负面能量,突破了人道和伦理的底线,使人丧失了人性中的一切正面价值。在一个经济决定一切的时代里,造成精神毁灭和肉体毁灭的人更可能是一个满面笑容的人,而不是那种一眼看上去就让人心生怀疑和仇恨的人。小老板就是这样满面笑容的人。小老板打过工,知道打工的苦,待工人不坏。他对工人说,将来工厂发展大了,我不会亏待大家。他是这样说的,也当真是这样想的。如期交货后,工人得到了比平时高得多的工资,小老板还拉全厂工人去海边玩一天。如果张怀恩不死,这样的结果将是皆大欢喜。但张怀恩的死,尖锐地批判了"为了利润可以不顾一切法律规定——可以将人的基本权利压缩至最小,甚至没有"的发展模式。小老板本来可以说是一个好老板,但就是这样一个"好老板",在贪欲面前也没能坚守自己的伦理底线,尽管这种贪欲是形势逼迫出来,是很难抉择甚至是别无选择的。历经濒临破产磨难的小老板,为了实现创业生涯的一次华丽转身,放纵贪欲,铤而走险,这就注定身败名裂的悲惨结局。如果当初小老板能听进李想的忠告,能稍微考虑一下工人们的生理承受力,悲剧或许就能避免。小老板表面上不跟背叛自己的李想计较什么,但内心深处的那份自负以及有些扭曲的自尊还是让他错过了李想的肺腑之言。"小老板有太多的后悔,其实命运是给了他机会的,可是他没有把握好。如果当时听了李想的话,略微把工人当人一点,拿出一部分星条旗外发加工,这一切,大约也就不会发生了。"小说中的这段议论显得有点多余,张怀恩的死亡悲剧其实已经透露了作者的动机,生命消失是悲剧的极致。小说结尾,坐在高压线架上的小老板又接到了赖查理的电话,要求他再加工十万面星条旗。他扔掉手机,一边骂着"去他妈的国家订单",一边摸出口袋里的星条旗样板,使劲扔掉。这或许可以看做小老板的觉醒,却为时已晚。不管是"好老板"还是"坏老板",他都必须对张怀恩的过劳死负责。这可是一起重大的安全生产事故,于情、于理、于法都说不过去。

第五章 "世界工厂"的相对性书写——以王十月《国家订单》为例

在张怀恩的赔偿问题上,若是八万元的赔偿标准,他不会破产;而周律师提出的八十万元,意味着他又要回到十年前一无所有的境地。从主观上看,小老板是不希望出现这样的结果的。如果换了我们任何一个人处在他的位置上,我们可能也是那样干的。只是为了扭转工厂面临倒闭的危局才造成了工人累死车间的惨剧。惨剧发生的原因从小说中对众多事情的叙述看却是复杂的,但所有的一切都不能作为自我开脱的理由。无论赔偿多少,都是一个谁该为低端制造业所奉行的低人权恶果买单的问题。对于膨胀的欲望,不管是什么人,都应该有克制的智慧。凡事总有限度,一旦过度,必受惩罚,这是朴素的人生哲学,也是自然界诸多事物的规律。

对于人物的欲望,作者没有因某一阶层或阶级就特别去美化或贬低人的个性,也没有以好坏来区别,只是以一个有社会责任感、关注个体甚至是民族命运的作家身份,真实地剖析被各种欲望引诱的个性心理的发展变化,致力于还原在社会中分裂的现代人类灵魂,并且作品中的人,已经不是以个人的身份或者角色出现,他们代表的是一类人。在小说中,不仅是小老板,其实每一个人物都是在无穷的欲求推动下维持生存。在《国家订单》营构的小说情境里,不仅小老板,所有的人都懂人情世故,都是善良的,至少不主观作恶。但一旦各方的利益冲突凸显出来,温情的面纱背后潜藏的危机便不可避免地爆发了。打工者在为养家糊口而盘算利益的同时也难免会牺牲情义。工厂山穷水尽,连最受老板器重的李想也萌生去意。最令我们沉思的人物还是那位大律师周城,他在为农民工提供法律帮助,真是个有社会良知的好人。但他偶尔也露出马脚,如他在李想面前咒骂打赢官司还不给钱的民工。终于他傍上了美元,可以更加冠冕堂皇地为自己赚钱了,赚的还是美元!他口口声声为了保护打工者的利益,但在这背后他更关心的是自己的利益的增值。五天五夜的加班生产,也是工人愿意的,因为可以得到更多的工资与奖金。"何况这几天挣得的工资,相当于平时半个月的。出门打工,不就是为了挣钱吗。每个月来一次这样的加班才好呢。"因为都要实现自己的利益,正如小老板所说:"大家都不容易。"是的,要实现人生目标,每个人都不容易。工人之难只是为了得到应得的工资——辛苦劳作后的微薄报酬,而老板的"不容易"则包含了太多丰富的内容。正是受生存逼迫,打工者学会了为自己争取权利,"对付起老板来,办法一套一套的",他们会在老板最需要劳力的时候提出加薪,在讨要报酬的时候软硬兼施。老板为了实现利润最大化,更是无所不用其极,一会儿以开除威胁一会儿以加薪诱惑一会儿以朋友称呼,推出"大棒+金钱+人情"的全新管理模式。在欲望面前,工人与老板之间的冲突逐渐消失,剩下的只有对各自利益争夺的共性,当商业社会的经济利益战胜了人伦社会的情义道德和法治社会的正义公平,悲剧就诞生了。说到底,在人役于物的时代里,所有的人生都将是一曲无尽的悲歌,没有谁可以逃避人间的劫难和不幸。无论是张怀恩还是小老板,都命定了要在资本长长的阴影下舔舐自己悲伤的灵魂。庄子千年前就已经说过:"物物而不物于物,则胡可得而累邪?"可惜的是,我们每一个凡人都无法做到像庄子那般的超然和洒脱。因此,当欲望干预我们思维的时候,建立维护公平与正义的理想秩序就不是一蹴而就的事情了。通过文本叙事,作者不仅于全景式的人生事像展示中生动地诠释了欲望与人生悲剧的因果关系,而且在字里行间也寄寓了沉痛的追问,追问的背后则是其对人性弱点的反思、对弱势群体的关注与对生命过程本身的关怀。

如果说很多打工文学作品是把"老板"简单地"妖魔化"了,《国家订单》则是将"人"和"魔鬼"做了自然的天衣无缝的对接。即便从一般的历史伦理来看,毕竟他们都曾是一些活生生的躯体,即便是在资本时代的"罪人",他们曾经的生存也不应被完全忽略和遗忘。作为一种底层的探究和讲述,我以为《国家订单》的发现意义正在这里,它还原了"人"的生存内涵。但和一些粗糙的"打工文学"不同的是,作者的思想并没有简单地停留在对苦难的愤怒控诉或鞭挞之上,而是通过他们的人生轨迹折射出整个民工世界的生存窘态,也在更深的意义上暗示了制度层面的缺失可能导致的巨大的社会危机。作品不仅叙写了打工者的辛酸和悲哀,也同样刻画了"小老板"的苦闷与惶惑,甚至还渗透着对资本家这些既得利益者的悲悯和同情。在王十月看来,资本时代的个人无论具有何种身份都只是一种悲剧性的存在,由于拥有了这么一种阔大的胸怀和眼光,《国家订单》才超越了一般"打工文学"的狭隘与局限,于更宽广的维度上书写着资本时代中人类普遍的悲哀和不幸。应该说,这种文学叙述同当下社会形态的复杂性也是一致的。在当前,我们无论谈论"打工文学"还是底层叙事,也许都无法简单地用以前那种非此即彼的阶级方法

第五章 "世界工厂"的相对性书写——以王十月《国家订单》为例

来进行分析。因为阶级冲突和压迫虽然继续存在，甚至在当前的中国凸显出异常激烈的程度，但阶级成分的构成远比过去复杂、微妙，不同阶级之间的利益博弈既有对立，又有互相重叠和缠绕，人们对同一社会问题和事物的态度也不像过去那样泾渭分明。打破一般打工小说习惯的人物塑造模式，一分为二地看待小老板等企业主的禀赋及生存状况，通过对"来料加工"型企业的描写而展示世界资本主义经济的国际产业转移及"世界工厂"与中国劳工可悲命运的关联，展示南方打工世界利益链上群体之间的复杂关系，表明王十月已经置身于打工阶层之外观照打工生活，其文化视野更加开阔，思想更加深沉，思维更加敏锐。小说不仅思考了张怀恩，也思考了小老板的生存境遇和生命意义。

以一种大悲悯的胸怀来看待世俗人生，王十月用犀利的笔触挺进到了小老板和打工者的心灵深处，进而揭示出他们的精神憋闷和生存苦痛，这当然是《国家订单》值得首肯的一面。但仅仅看到这一点，我认为还是不够的。相对于那种急切地呈现苦难，愤怒地表示反抗或怨恨的"底层文学"来说，我倒更欣赏《国家订单》在叙事上所表现出来的从容、大度以及那份淡淡的温情与希望。《国家订单》中的许多人物在人性的敞亮中也展示了其人性中最为美好感人的一面。王十月直面现实，非常真实地再现了尖锐的矛盾，同时他又试图进行某种调和，试图去抚摸每一颗焦虑的心灵。这是一种善意的立场，也是一种美好的期待。小说最后"带着写作者的体温和心灵的热度"。黑夜里，小老板不知不觉走上高压线架，看着地面上的人，他静静地给阿蓝打了个电话，说着空洞的告别似的话。当妻子哭着喊着"破产了我们再去打工"，"小老板突然感觉一片温暖"。当他绝望地准备"要给那片地方光明"之时，赖查理的电话又一次想起，要两天内赶制出十万面星条旗，"去他妈的国家订单"，小老板终于愤怒了，把手机扔得很远，用力撕碎了手里的星条旗样板。这是对失落的人性发出的深沉呼唤。在观照复杂的欲望景观的同时，又在不断地挖掘人性深处的闪光点，对"善"的期待给小说注入了温情的色调，人性之欲在人性之光的照耀下，得到了理性的救赎。人类社会千百年来所做的事，就是法律、宗教、道德、文学与人的贪欲的搏斗。我们的文学真能使人类的贪欲有所收敛吗？结论是悲观的，尽管结论是悲观的，但我们不能放弃努力，因为，这不仅仅是救他人，同时也是救自己。穿行于人性两端的姿态使《国家订单》获得了内在的张力。

二、张怀恩的性格探询

要想了解一篇小说的基本情况,常见的方法就是问一下"这是谁的故事?"换言之,小说所系的是谁的命运,这往往是首先提出来的重要问题。表面上看,《国家订单》的焦点人物是"小老板",但这篇小说的关键人物却是张怀恩。也可以说,小说是从小老板切入,书写打工者群体的生存处境和心理状态,从更深层次上探讨张怀恩是怎样一步一步走向死亡的。小老板与打工者"都不容易",但张怀恩显然属于"更不容易"的一个阶层。只是在叙述的过程中,面对张怀恩的过劳死,作者没有简单地站在弱者一方,而是深刻地剖析了底层群体自身生存伦理,并不借助于任何外在的、客观的力量,而执意的伦理化、内在化,将所有的挣扎、磨难都放到人的心灵拼争中来展现。《国家订单》艺术上的主要成就是成功塑造了张怀恩这样一个个性鲜明的底层悲剧型人物,向我们展现了错综而悲苦的底层人生。张怀恩的"过劳死",在某种程度上也可以说是因性格缺陷而导致的性格悲剧。悲剧包括三个主要因素:悲剧人物特性,造成悲剧的原因以及悲剧过程。在《国家订单》里,作者揭示了张怀恩的悲剧性格与其悲剧命运的因果关系。所以古希腊哲学家赫拉克利特指出:"人的性格就是他的命运。"张怀恩人生悲剧的根源,一部分就在于他的性格,他的悲剧性格就是他悲剧命运的直接根源。张怀恩的悲剧,是性格和命运的悲剧,它真切地展现了一个不该毁灭者灭亡的全过程,是"命运悲剧"与"性格悲剧"的融合。

小说对张怀恩性格的揭示,离不开对一把水果刀的反复叙事。所谓反复叙事,简单地说就是小说中的某一个事件、某一个细节在小说的各个不同的段落中被一次次地重复叙述。张怀恩的性格和他的行为,与那把反复叙述的刀子不可分割地交织在一起。张怀恩的死与这把刀子直接有关。那把水果刀是张怀恩性格悲剧的显影。小说中刀子这个意象出现了许多次,刀子的描写,具体地展示了人物的内心冲突和性格特征,折射了人物与人物之间的关系,对于小说情节的深入发展,是不可缺少的"点睛"之笔。在这篇小说里,刀子的重要

第五章 "世界工厂"的相对性书写——以王十月《国家订单》为例

程度不亚于国家订单。小说开始写小老板面对经理李想的辞呈,他"很冷漠地看着李想,嘴角甚至泛起了一丝冷笑。他想到了那封信,没有署名,但措辞很强硬,限他三天之内把工人的工资发了,否则,后果自负。随信一起的,还有一把水果刀。刀很锋利,闪着寒光。信肯定是他厂子里的工人写的,但是谁写的,小老板不知道。他本来是想和李想谈一谈这封信的,没想到李想提出了辞职,这让小老板的心里多少生了些许的疑惑。理论上来说,厂里所有的员工,都有可能写这封信,所有的员工,当然就包括了李想"。小说将对水果刀的描写和人物的内心活动有机地交织在一起,产生了很好的艺术效果。水果刀的出现,让小老板不得不重新审视他与员工的关系。匿名信和水果刀是车衣工张怀恩所寄,他只是想吓唬一下小老板,然后要到自己的工钱。张怀恩的欲求其实非常简单和具体,但这把刀子却让他的内心变得异常复杂起来。小说多次写到张怀恩想到那把刀子的心理活动,挖掘他的存在问题,挖掘他的一些处境和动机。张怀恩携带水果刀被治安队盘问,如不是李想与律师周城解围,他坚持不了多久,就会如实招供了。这时候的张怀恩"想到了另外的一把刀子,还有和刀子放在一起的那一封信"。当张怀恩找到小老板胆怯地要工资时,小老板像对待李想辞职一样拉开了抽屉,看着那把闪亮的刀子。"小老板把抽屉合上,平静地盯着张怀恩。张怀恩被小老板盯得有点发毛了,惶恐地低下了头,恨不得把头都低到两条腿中间了。""张怀恩离开后,小老板又拉开了抽屉,拿着那把锋利的刀子,眯着眼看着。"小说还叙述了张怀恩为了提防坏人,带着水果刀与未婚妻约会的情景,揭示了他懦弱的性格特征。小说围绕水果刀的心理细节描写,鲜活饱满、真实有力,像刀一样剖开人物内心的幽暗地带。小说中每一次对刀子的书写都不是无谓的重复,每一次书写都会强调同一个事件的某一个侧面,或补充一下细节,它造成的效果就是昆德拉所说的"循环提问",对同一个事件的内涵进行无穷的询问和追索。

为了强化刀子在小说中的重要意义,刻意营造反复叙事的小说结构,反复加深读者的印象,小说中还有几处描写,用刀作为喻体:"十年前,小老板背着一个破蛇皮袋离开故乡,那是一个清晨,天刚蒙蒙亮,初春的风,吹在脸上,像小刀子在割。""信上的每一个字,其实都像是一把刀子,一刀一刀,扎在小老板的心头。""小老板拿起了电话,突然像被人在屁股上扎了一刀一

样,蹦了起来。""治安员把注意力转移到了李想和周城的身上,目光像锐利的刀子。""小老板的目光盯在了李想的脸上,他没有意识到自己目光中流露出的得意。而这得意,像一把锋利的刀,将他和李想之间的裂缝切得更大了。"

王十月是靠写刀出名的,他最早的成名作就叫《出租屋里的磨刀声》。在那篇小说里,主人公天佑只是因为穷,被挤到那个最现代化的城市边缘,甚至为此而断送了甜蜜的爱情。而就在这城市的边缘,他们又遇到了另一个也是因为穷而更加窘迫的天涯沦落人。那个磨刀人原是一位小学教师,因为穷,爱情被阻。与钟爱的情人流落他乡,女人却陷入色狼手中,后被迫卖淫。磨刀人内心的郁闷和仇恨无以发泄,只是用夜夜磨刀来虚拟一种复仇的满足。磨刀人后来从那个阴暗的地方消失了,把仇恨的种子也带走了。天佑却又成了这里的另一个磨刀人。《国家订单》中的张怀恩与天佑、磨刀人一样,都是被生活的重负折磨得癫狂的打工人。然而,卑微的人,连他们的癫狂都是卑微的。他们无力对现实做出任何反抗,只能用刀子虚假地释放着仇恨和疯狂,直至失去正常思考的能力。从这个意义上说,他们都是神经病患者。刀子表现出他们内心尖利的一面,又表现出他们性格脆弱的一面。

与天佑、磨刀人命运不同的是,张怀恩却因为刀子而丢掉了自己的性命。当小老板接到国家订单,提拔他做主管时,"他又想到了老板桌子上的那封信,还有那把刀。老板要是知道,这信是我张怀恩所写,这刀是我张怀恩所寄,会怎么想呢?这样一想,张怀恩就后悔得要死,觉得自己干了一件天大的蠢事。"对刀子的反复叙事,到这里达到了高潮。因刀子产生的愧疚感,让张怀恩奋不顾身,为老板卖命地加班。刀子是造成他累死的原因之一。王十月对刀子的反复叙事,是因为他的核心意图是思考小说人物存在的可能性,思考人物的生存编码,思考人物的性格问题。王十月让刀子成为张怀恩的生存编码,让刀子透露着张怀恩的存在秘密,承载着人物生存的诸种可能性。张怀恩的前后表现,因为刀子构成一种特别奇特的反差联系。张怀恩因刀子产生的内心矛盾冲突和他的性格有着极其密切的关系。李想、张怀恩、小老板,他们每个人都有自己的内心冲突。小说致力于对丰富复杂的人物性格的描写,对微妙深奥的人物精神世界的探察,表现他们矛盾的感情,刻画出他们心理活动的丰富性

第五章 "世界工厂"的相对性书写——以王十月《国家订单》为例

和复杂性,揭示了人与人、人和世界的复杂关系。各种角色之间的关系推动了小说叙事的产生、发展和解决。小说通过一把水果刀的反复叙事,展现了人物之间的矛盾冲突,但最重要也最具有意义的冲突,就发生在小老板的内心,也发生在张怀恩的内心。在一篇小说里,发生的什么事情肯定不会仅是某种表面的东西。内在的东西——如关系的改变,心灵的变化——才是改变一个人生活的决定因素。小说通过场景、细节的描写来表现张怀恩那颗卑微的感恩的心所产生的心理变化:

> 张怀恩猛地做了主管,有点不知所措,跟在李想的后面转了两圈,不知道该做什么,就又坐回到自己的位置忙碌起来。

张怀恩就是在这样的环境下,一个心眼报恩,超出了自己的能力范畴,才造成这样令人扼腕痛惜的人生悲剧。滴水之恩,当涌泉相报。小老板送五百块钱的"心意"和提他做主管的"知遇之恩",张怀恩真不知该如何去报答了。报恩思想是我们民族传统美德的重要行为准则之一,是人际交往中衡量人格高下的重要尺度,但是在张怀恩身上,报恩思想却起了负面作用,直接导致他走向悲剧深渊,令人痛心。用报恩思想表现张怀恩的悲剧命运是《国家订单》人物描写的一大特色,王十月之所以将张怀恩起名"怀恩",显然有他的一番深意。张怀恩的报恩思想是其悲剧的内在根源,支配了其生命的最后光阴。封建传统文化是产生报恩思想的基础,小生产意识和缺少人性呵护是报恩思想形成的原因。报恩,对中国人来说,这是被重复得最多的日常经验之一。这类经验的普遍和深刻程度应该说提供了足够多的可能性,也完全可以被提升到现象学和人类学的高度。小说在这个层面上,揭示出悲剧性根源,具有了特殊意味的深度。小说的结局表现了作者对报恩思想的否定。小说从来不是孤立地处理人物性格的,因为怎样的人决定他有什么样的行为。人物在行动中生成自己的性格,也一步步完成对存在的勘探。身份的低微和生活的贫穷,使得张怀恩对这个世界的要求很低很低,他已经习惯卑微地活着,来自别人的一点点的恩惠和尊重都会使他感激涕零。张怀恩加班时的积极表现,强化了他卑微的感恩的心。在生产过程中,机器因为长时间运转而引燃了布料,在这种情况下，张怀恩提醒过小老板，人可以不休息，但机器却不能不休息。而张怀恩自己却成了不休息的机器。张怀恩其实一直是靠着透支生命来维持着他的生存的，也就是说他的生恰恰是映照了他的死。我们感受到了张怀恩那感恩戴德却又无缘以报的疼痛的心，以及这颗疼痛的心灵背后是一个多么卑微的灵魂！王十月以自己的仁爱之心和悲悯之情去切身地感受在这个资本至上的世界里，一颗心灵是如何地惶恐，兴奋，痛苦，颤栗，直至破碎，而这一切都源于他生命的卑微。表面上来看，似乎张怀恩自主选择了对自我生命的处置，实际上他是在重压之下无奈地走向不归之路。

王十月对张怀恩的描写，警醒人们对现实人生的重视，寄寓了作者对现实社会人生的沉痛追问。死亡体现着生存的本质，体验死亡便是体验生存，作家在直面死亡时获得了生命的真切感，并触发生命意识深处的警觉、恐惧和颤栗，使人清醒地面对生存的真相，体认人的存在境遇，以引发对生命存在的形而上的思考。文学作品，从本质上说，应该是揭露现实，抚慰心灵，也就是鲁迅所说的"改良人生"，也就是汪曾祺说的"有益世道人心"。王十月的小说便贯穿了这种启蒙精神，在这种启蒙的背后意味着可能的认同形塑，这种启蒙姿态中潜在着复杂张力。在1933年的《我怎么做起小说来》（《南腔北调集》）一文中，鲁迅表明了他创作小说的意图，"我要抱着'启蒙主义'改良社会，改良人生，揭出病苦，引起疗救的注意……"王十月在鲁迅文学奖获奖感言中表白："能获得以鲁迅先生的名字命名的文学奖，我倍感珍贵。孔乙己、润土、祥林嫂、眉间尺这些人物形象，给了我最初的文学滋养和深刻的文学记忆，但真正知道鲁迅先生于中国，于中华民族的意义，并在自己的文学实践中践行先生的文学理想，则是多年后的事。揭出病苦，引起疗救者的注意。"《国家订单》的人物命运的安排模式，跟我们熟悉的鲁迅作品有着相似点：鲁迅的多数作品，人物也几乎是以死或半死的状态作为悲剧结局，如为革命牺牲的夏瑜、在人嘲笑和冷眼中死去的孔乙己、在祝福中孤寂死去的祥林嫂以及被黑暗势力压制得愚钝而麻木的闰土等等。鲁迅的这种人物命运处理，可以从他"悲剧是什么？悲剧就是把美好的东西撕碎给人看"的名句中得出答案。

三、"中国制造"的历史探询

在现代，欧洲有两种小说：一种被昆德拉称之为"审视人类存在的历史范畴的小说"，另一种"是表现特定历史环境的小说，是对一个特定时期的社会的描述、是一种小说化的历史记录"。昆德拉认为自己的小说应该是前面一种，是对"人的存在的历史编码"。"历史记录写的是社会的历史，而非人的历史。所以我的小说讲的那些历史事件经常是被历史记录所遗忘了的。"[①]昆德拉所谓"存在的编码"在王十月的《国家订单》里也获得了实现。

《国家订单》对于中国工人在低端制造业生存现状的描摹非常富有深度，在全球化时代，中国低端制造业生存处境艰难，工人所面临的不仅是低工资问题，而且还有超时加班对身心的摧残。生存环境的险恶，物质财富的匮乏，使个人的力量面对强大的世界时显得渺小之极。张怀恩的过劳死，是中国低端制造业的悲剧，凸现了中国人在全球化历史中的存在境遇。小说客观地为我们呈现了处于全球产业链末端，以廉价劳动力为最大特点的中国制造业在当下的困境。至于如何摆脱这些存在困境，王十月并没有指出一条明路，他只是"存在的探究者"。张怀恩之死，与富士康员工坠楼身死，都是当代中国必须面对的时代悲音。这不仅是时代之殇，更是个人之痛。虽然全球化工业化现代化城市化是动态变化的过程，必然会出现很多新情况、新问题，产生一幕幕令人心悸的悲剧，但"化"的真正意义应该从一个不完善、不健全、不完美的世界，向着一个完善、健全、完美的世界逐步跃进。在这一历史性进程中，中国必须不断追问，不断追根究底，从一件件具体的事件、一桩桩悲剧案例中吸取经验教训。流布全球的"中国制造"，是中国的骄傲，更是来自乡野的中国工人胼手胝足尽其所能做出的惊人奉献。他们候鸟般穿梭于中国的城乡，让一座座城市日长夜大，让一条条新路伸向远方，让中国的GDP一年又一年地不断跃升。我们无法否认社会经济的发展，正在推动着中华民族在近两百年积弱之后的伟大复兴，但谁是这崛起的庞大躯体下用血肉之躯铺路的人？正如王

---

① 米兰·昆德拉著，董强译：《小说的艺术》，上海译文出版社，2004年8月版，第46—47页。

造者。树立起终极的悲剧制造者就等于给了其他所有人豁免权,"我们"都是受害者,像小老板所说的"大家都不容易"。王十月没有给小老板这样的豁免权。小说不仅书写了"外在的压力",更重要的是向我们展示了人物的内心冲突。自我的人格与精神构成正是小说追究所有问题的起点。"一个人"对耻辱与罪责的承担、反省,也正是整个民族反思灾难与道德完善的起点。

四、世界相对性的探询

当下中国小说的"底层叙事"大多还停留在"同情"的层面,小说家自觉或不自觉地以"强者"的姿态关注"弱势群体",廉价的同情心对于底层的体恤不过是杯水车薪,或者说是浮光掠影。而真正的底层叙事,需要小说家以无功利的审美情态去倾听、观看、沉思底层的人生百态、芜杂人情、人性和人心。王十月的小说潜藏着他对我们这个民族、这个世界,对人性和人类的生存有一种通达的理解却又是无可奈何的慨叹,潜藏着难以言说的人生、历史的苍凉感。"我们正在经历的生活是如此的纷繁复杂,让人眼花缭乱,如何穿越这纷繁复杂的生活表象,去发现世道人心的真实图景,对我们这一代写作者来说,是一个考验"。王十月在创作谈中写道:"我在《国家订单》中写下了小老板和张怀恩、李想们之间利益攸关而又相互依存的复杂关系。他们身上或多或少有我真实生活的影子,或者说,他们的人生,就是我人生的多种可能性,是我们这一代打工者的可能性。"小说家的任务就是发现存在的可能性。"在一个已经成为陷阱的世界中,究竟一个人的可能性有哪些?"[①]死是最极端和最不确定的可能性,它为生存提供真正的背景。《国家订单》是对昆德拉所说的"可能性"与"相对性"的探询,是对张怀恩之死的追问,小说是"建立于人类事件相对性与暧昧性之上的世界的表现模式":

  人总是希望世界中善与恶是明确区分开的,因为人有一种天生

---

① 米兰·昆德拉著,董强译:《小说的艺术》,上海译文出版社,2004年8月版,第60页。

第五章 "世界工厂"的相对性书写——以王十月《国家订单》为例

的、不可遏制的欲望,那就是在理解之前就评判。宗教与意识形态就建立在这种欲望上。只有在把小说相对性、暧昧性的语言转化为它们独断的、教条的言论之后,它们才能接受小说,与之和解。它们要求必须有一个人是对的;或者安娜·卡列宁娜是一个心胸狭隘的暴君的牺牲品,或者卡列宁娜是一个不道德的女人的牺牲品;或者无辜的K是被不公正的法庭压垮的,或者在法庭的背后隐藏着神圣的正义,而K是有罪的。

这一"或者/或者",实际意味着无法接受人类事件具有本质上的相对性,意味着无法面对最高审判官的缺席。正是由于做不到这一点,小说的智慧(不确定性的智慧)变得难以接受,难以理解。①

《国家订单》确证了昆德拉所说的"小说的智慧",充满了对生活相对性的探询,努力展示问题的全部复杂性和纠缠性,小说中每个人都有自己的难处,每一个问题都有两面甚至多面性。小说产生于"唯一的神圣的真理被分解为由人类分享的成百上千相对真理"。在《国家订单》里,绝对真理失去了,世界处在相对性之中,所有的人都得到了理解。张怀恩的过劳死也具有"本质上的相对性"。传统的宗法伦理的道德判断基于普遍性的道德理想和典范,必然会抹杀个体生命的具体性和差异性。对于王十月的写作伦理来讲,生活中的个人不是善与恶的范例,而是自主的、依自己的价值偏好生活的具体个人。王十月中止了传统的普遍性道德判断,让个体生存的血肉和经脉在小说里浮现出来,小说的道德就是人的血肉和经脉。王十月的叙述坚持了一个客观的中立者的立场,没有时下一些作者在描写劳资关系时,先入为主的批评资本怜悯弱势的高姿态,来为自己博取道德制高点。他没有匆忙和道德化地对人群进行"善"与"恶"的界分,而是从人性与历史的深处,来对其原生性和普遍性进行探讨。他发现和询问人的存在,以免存在的被遗忘,展示了中国人在工业时

---

① 米兰·昆德拉著,董强译:《小说的艺术》,上海译文出版社,2004年8月版,第8—9页。

代真正的生存本质和状况。《国家订单》中小老板、张怀恩、李想、周城等几个人物关系与命运的交织，既亲密，又疏离，既温馨，又隔膜，很好地展示了人心的亮度与暗度。小说的人物几乎都不能进行善与恶的明确区分。小说描绘了小老板的多个层面，也描写了小经理李想、打工者张怀恩、律师周城的多个层面，不像一般"打工文学"中仅仅将他们描述为简单的对立面，小说呈现出了每一个人物的复杂性与可能性，这相对于较为僵化的"对立面"来说是一个突破与成功。小说中的每一个人都有自己的软弱和痛苦，都有自己的相对性，而作者对每一个人都有着充分的理解。读者对每一个人物的感情，可能永远会是说不清道不明的。这就使这部小说具有了别样的艺术魅力。时代的复杂则引导着小说对复杂的艺术的回归。在《国家订单》中，王十月表达更多的复杂，也就是更多的真实。"小说的精神是复杂性。每部小说都在告诉读者：'事情要比你想象的复杂。'这是小说永恒的真理"。①

---

① 米兰·昆德拉著，董强译：《小说的艺术》，上海译文出版社，2004年8月版，第24页。